光文社古典新訳文庫

十五少年漂流記　二年間の休暇

ヴェルヌ

鈴木雅生訳

光文社

Title : Deux Ans de Vacances
1888
Author : Jules Verne

目次

序文

これまでに数多くのロビンソン物語が若い読者の興味をかき立ててきた。ダニエル・デフォーは不朽の名作『ロビンソン・クルーソー』で孤独な男を描いた。ヨハン・ダーフィット・ウィースは『スイスのロビンソン』で家族を描き、ジェイムズ・フェニモア・クーパーは『火口島』で社会を多様な要素とともに描いた。『神秘の島』で私が描いたのは、無人島に漂着した知識豊かな人々が諸々の窮乏を乗り越える姿である。その他にも『十二歳のロビンソン』、『氷の国のロビンソン』、『少女たちのロビンソン』[1]をはじめ枚挙に暇（いとま）がない。かくも夥（おびただ）しい小説がロビンソン物語群を作り上げているのだが、これを完全なものに近づけるには、少年たちの集団を描かなければならないと私には思えた。孤島に打ち捨てられ、国籍の違いに由来する感情のもつれのなかで、生き延びるために力を尽くす八歳から一三歳までの少年たち――要するに「ロビンソンたちの寄宿学校」である。

他方『十五歳の船長』で私が描いたのは、一人の少年が自らの年齢を超えた責任を背負いながらも、その勇気と知恵で危険や困難に立ち向かう姿であった。あの本に含まれる教訓が万人に有益となり得るのであれば、それをさらに補完すべきだと私は考えた。

このふたつの目的で、本書は書かれた。

ジュール・ヴェルヌ

---

1 ここで挙げられている三作品は以下の通り。マレス・ド・ボーリュー夫人（Madame Mallès de Beaulieu）『十二歳のロビンソン（*Le Robinson de douze ans*）』（一八一八年）、エルネスト・フイネ（Ernest Fouinet）『氷の国のロビンソン（*Le Robinson des glaces*）』（一八三五年）、ヴォワレ夫人（Madame Woillez）『エマ、あるいは令嬢たちのロビンソン（*Emma, ou le Robinson des demoiselles*）』（一八三五年）。

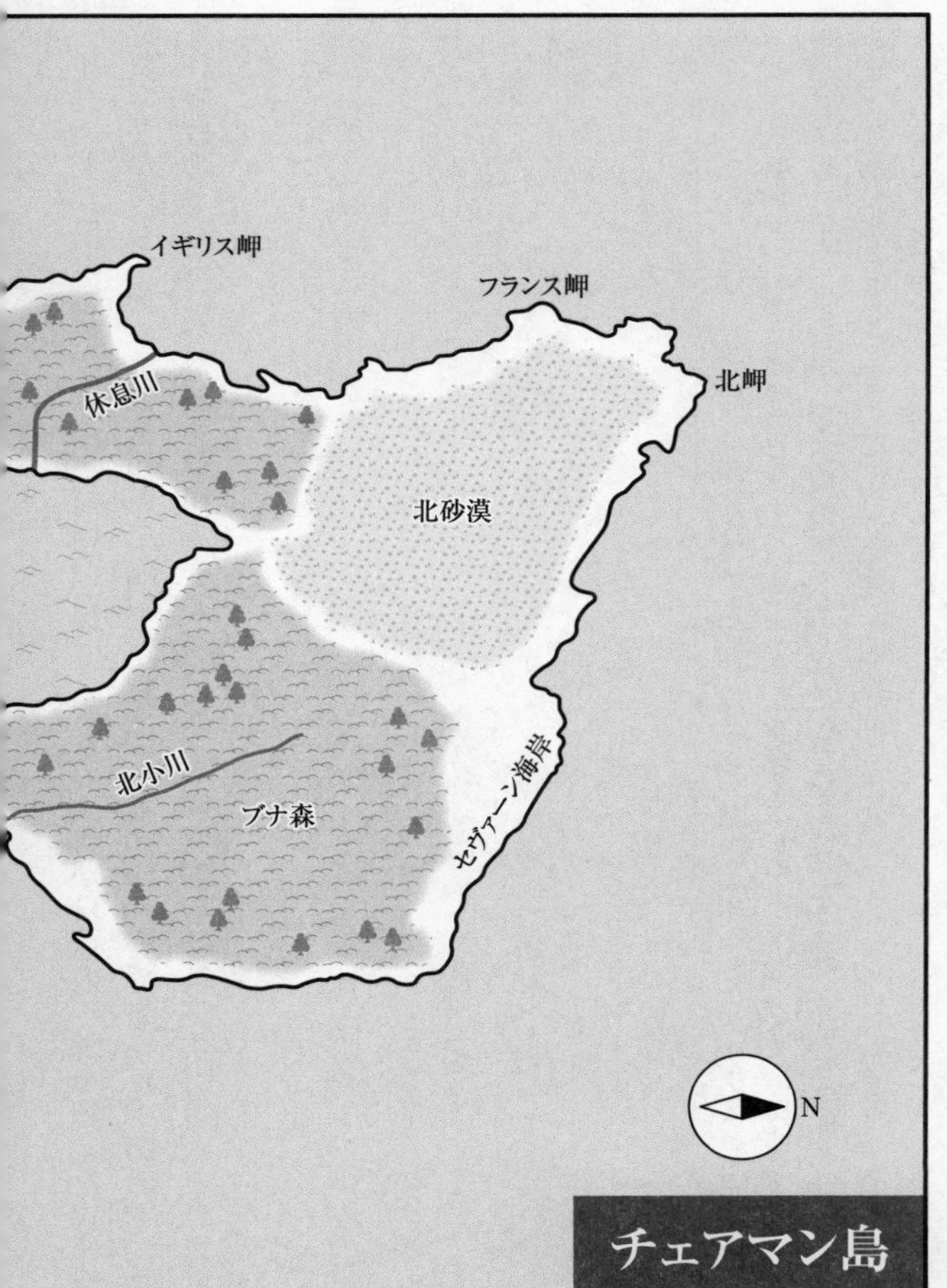
イギリス岬
フランス岬
北岬
休息川
北砂漠
北小川
ブナ森
セヴァーン海岸
N
チェアマン島

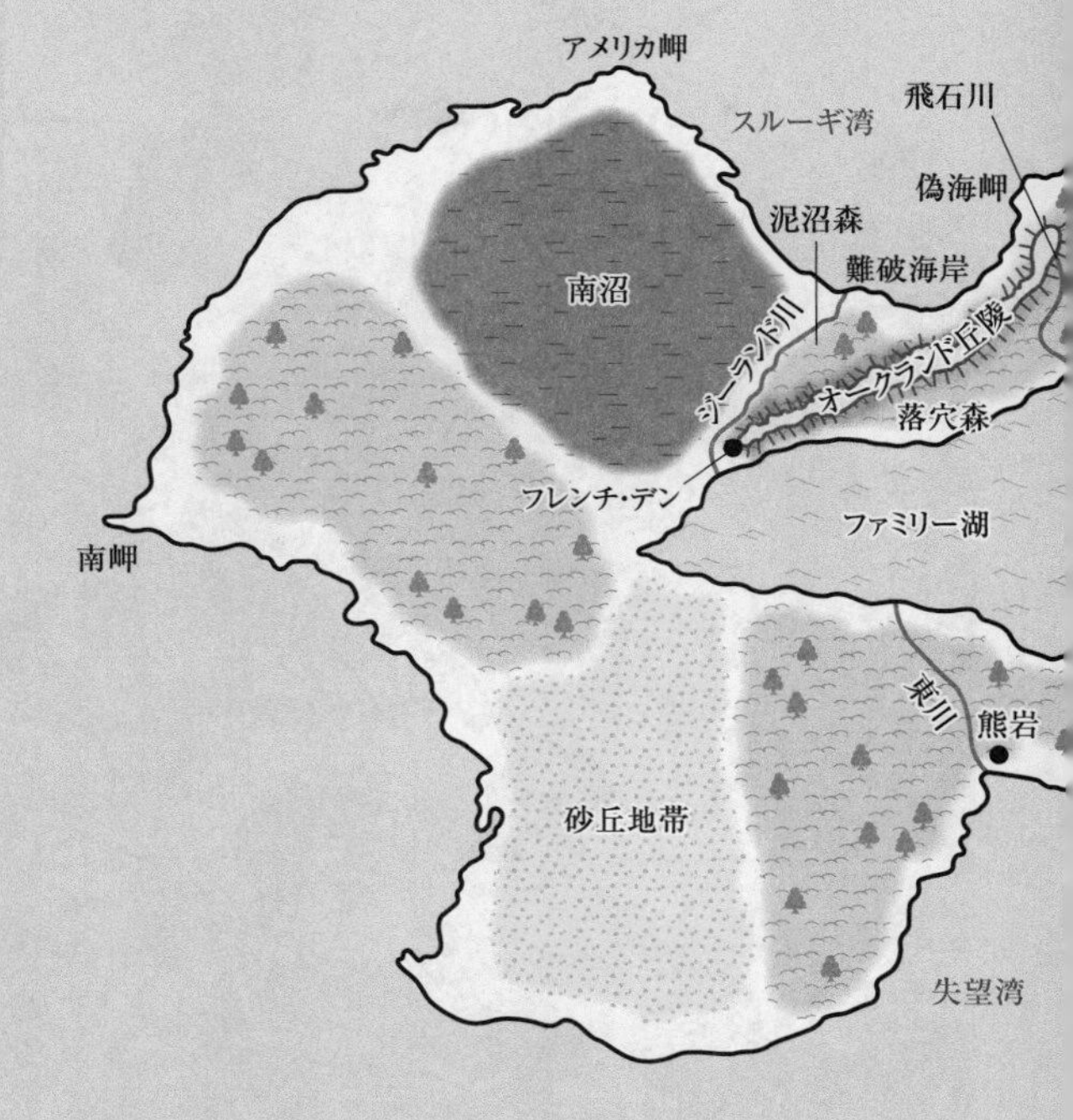
アメリカ岬
スルーギ湾
飛石川
偽海岬
泥沼森
難破海岸
南沼
ジーランド川
オークランド丘陵
落穴森
フレンチ・デン
ファミリー湖
南岬
東川
熊岩
砂丘地帯
失望湾
0 1 2 3 4 5 6 7 8 9 10 12 14 16 18 20 22 24 26 28 30km

挿絵　レオン・ブネット

十五少年漂流記
二年間の休暇

1

嵐——航行不能のスクーナー船——スルーギ号甲板の四少年——引き裂かれた前檣帆（フォースル）——船内の点検——窒息寸前の見習水夫——船尾からの大波——朝靄の彼方の陸地——岩礁帯

一八六〇年三月九日の夜、雲は海原に重く垂れ込め、視界は数メートルもなかった。荒れ狂う海に波濤が鈍色（にびいろ）の微光を散らして砕けるなか、一隻の小型船が帆も張らずに走っている。

一〇〇トンの大型ヨット、イギリスやアメリカでは「スクーナー」と呼ばれる船だ。

船の名はスルーギ号。しかし船尾の船名板にその名を読もうとしても無駄だ。波にさらわれたのか衝突したのか、一部がもぎ取られている。

時刻は夜の一一時。このあたりの緯度では、三月初めの夜はまだ短い。五時頃には夜明けの薄明が見られるはずだ。しかし、朝日が昇ったからといってスルーギ号の危機は去るのだろうか？　この脆い船は依然として波にもてあそばれているのではないか？　おそらくそうだろう。波濤が静まり、突風がおさまらない限り、船はこの最悪の遭難を逃れることはできない。ここは大海のただなか、助けとなる陸地ははるか遠い。

スルーギ号の船尾では四人の少年が舵輪にしがみついていた。ひとりは一四歳、ふたりは一三歳、もうひとりは一二歳くらいで黒人の見習水夫だ。四人は船首が左右に振れないよう力を合わせていた。船首揺れをおこすと、横波をまともにくらうおそれがあるからだ。並大抵の苦労ではなかった。いくら必死に押さえていても舵輪は回転し、少年たちは甲板の手摺の外へと投げ出されそうになる。まもなく夜中の一二時になろうとする頃、ひときわ大きな波が舷側に叩きつけた。舵輪が壊れなかったのは奇跡に近かった。

振り落とされた少年たちは、すぐに立ち上がる。

「ブリアン、舵は？」少年のひとりがたずねる。

「無事だよ、ゴードン」真っ先に持ち場に戻ったブリアンは落ち着いて答えると、もうひとりの少年に声をかける。

「ドニファン、しっかり！　みんな、あきらめちゃ駄目だ、ぼくたちにかかってるんだから！」

このやりとりは英語で交わされた。ただブリアンにはフランス語訛りがあった。

つづいてブリアンは見習水夫に向かって声をかける。

「モコ、怪我は？」

「大丈夫。とにかく船首を波に向けないと。でないと沈んじまうよ！」

そのとき、船室につづく昇降口の覆い戸が勢いよく開いた。ふたつの顔が甲板にあらわれる。犬も一緒に顔を出して吠える。

「ブリアン、ブリアン、なにがあったの？」そう叫んだのは九歳の少年だ。

「なんでもないよ、アイヴァーソン。なんでもないんだ。なかに入ってて、ドールも一緒に。……さあ、早く！」

「だって怖いんだもん」もうひとりの少年が言った。こちらはもう少し年下だ。

「ほかの連中は？」ドニファンがたずねる。

「みんなも怖がってるよ」ドールが答える。

「さあ、ふたりとも戻って」とブリアン。「扉をしっかり閉めるんだよ。毛布をかぶって目をつむっていれば、なんにも怖くないから。心配しないで」

「気をつけて！　また波が！」モコが叫んだ。

激しい衝撃が船尾を襲う。今度は幸いにも波をかぶらずにすんだ。開いたままの昇降口から海水が船内に流れ込みでもしたら、船体が重くなって波間に浮かんでいられなくなるところだ。

「なかに入ってるんだ！」叫んだのはゴードンだ。「入らないと承知しないぞ！」

「さあ、ふたりとも戻って」ブリアンは優しい口調でつけ加えた。

ふたつの頭が引っ込んだと思うと、別の少年が顔を出した。

「ブリアン、なにか手伝おうか？」

「大丈夫だよ、バクスター。きみはクロス、ウェッブ、サーヴィス、ウィルコックスと一緒に小さい子たちを見てあげて。こっちは四人で充分だから」

バクスターは内側から扉を閉じた。

先ほどドールは「みんなも怖がってるよ」と言っていた。

ということは、嵐に翻弄されるこのスクーナー船には子どもしかいないのだろうか？　そう、子どもしかいないのだ。いったい何人の子どもが？　甲板にいる四人を含めて一五人。どのような事情でこの子どもたちは船に乗ったのか？　それはやがてわかるだろう。

この船には大人は本当にひとりもいないのか？　指揮する船長も？　操船に必要な船員も？　この嵐のただなかで舵をとる舵手も？　いないのだ、ひとりもいないのだ！

つまり、スルーギ号が大洋のどの位置にいるのか、船に乗っている誰に聞いても正確に答えることはできないということだ。そもそも大洋といっても、どの大洋なのだろうか？　すべての大洋のなかでもっとも広大な大洋、オーストラリアとニュージーランドの陸地から南米大陸沿岸まで八〇〇〇キロにわたって広がるあの太平洋だ。なにが起きたというのか？　大事故でもあってスクーナー船の乗組員がいなくなってしまったのか？　マレー諸島の海賊が乗組員を拉し去り、最年長でも一四歳にすぎない子どもだけが船に残されたのか？　一〇〇トンの大型ヨットともなれば、少なくとも船長と甲板長のほかに、船員が五、六人いなくてはならない。それなのに、操船に必要な人員で残っているのは、見習水夫ひとりだけなのだ。……いったいこのスクーナー船はどこからやってきたのか？　オーストラリア付近のどの海域から、あるいはオセアニアのどの群島からきたのか？　いつから航海しているのか？　目的地はどこなのか？　陸から遠く離れた大海原でスルーギ号に出くわせば、どの船の船長でもこうした質問を投げかけただろうし、少年たちもそれに答えられたはずだ。しかし船影はどこにもない。オセアニア近海を行き交う太平洋航路の船も、ヨーロッパやアメリカから太平洋上の港に何百隻と送られる商船——蒸気船も帆船もある——も姿を見せることはない。たとえ強力な機関や帆装を備えた大型船がこの海域を航行していたとしても、暴風雨と格闘するのに精一杯で、荒れ狂う海にもてあそばれる漂流物のようなこのスクーナー船に手を差し伸べる余裕などないだろう。

そのあいだにも、ブリアンと仲間たちは船首をまっすぐに保とうと奮闘していた。

「どうすればいいんだ！」ドニファンが言った。

「助かるために、やれることはなんでもやろう。あとは神さまに任せるんだ」とブリアンは応じた。

年端（としは）もいかない少年がこのように言ったのだ。屈強な大人でも希望を失いかねない状況だというのに。

実際、嵐はさらに激しさを増していた。風の凄まじさは、まさに船乗りたちの言葉でいう「雷が落ちるように吹きまくる」という表現そのままだった。スルーギ号は襲いかかる突風で、雷撃を受けたように木っ端微塵になる危険にさらされていたのだ。そのうえ、主檣（メインマスト）は二昼夜前に根元から一メートルほどのところで折れてしまい、小縦帆（トライスル）を取りつけることができない。この荒天用の補助帆があれば、より確実に操船できたのだが。前檣（フォアマスト）は先端が折れただけでまだ持ちこたえているが、支檣索（ししょうさく）がゆるみ、いつ甲板に倒れてきてもおかしくない。船首ではちぎれた小三角帆（インナージブ）が激しくはためき、銃声のような音を立てている。無事なのは前檣帆（フォースル）だけだが、少年たちにはそれを畳むだけの力がないので、いまにも破れそうだ。破れてしまったら、船は風と同じ方向に向きを保てず、横から波を受けて転覆し、乗っている少年ともども底知れぬ海に呑み込まれてしまうだろう。

沖には一向に島影ひとつ見えず、東の方に陸地があらわれる気配もない。海岸に乗り上げるのは恐ろしい事故につながりかねないが、猛り狂う果てしない海原に比べればましだった。とにかく海岸さえあれば、たとえ浅瀬や岩礁に囲まれ、打ち寄せる怒濤がたえず岩に砕ける海岸であっても、自分たちは助かるのだと考えていた。足元に口を開く大海とは違って、とにかく堅固な大地なのだから。

少年たちは必死に明かりを見つけようとしていた。明かりさえ見えれば、針路を定めることができるのだ。

しかし、この深い闇夜のなかには、かすかな光もあらわれてこない。

午前一時前、引き裂くような恐ろしい音が、吹き荒（すさ）ぶ風の唸りをかき消した。

「前檣（フォアマスト）が折れた！」ドニファンが叫ぶ。

「違う、帆だよ！　帆が縁索(ふちなわ)からちぎれちまったんだ！」見習水夫が答える。
「帆をはずさないと」ブリアンが言う。「ゴードン、ドニファンと一緒に舵を頼む。モコはぼくを手伝って！」

　見習水夫のモコは船の扱いを多少は心得ていたが、ブリアンもまったく知識がないわけではなかった。ヨーロッパからオセアニアにやってくるとき、大西洋と太平洋の横断を経験していたこともあり、少しは操船に慣れていた。だから、船のことを知らないほかの少年たちは、モコとブリアンにスクーナー船の操縦を任せるしかなかったのだ。

　ふたりはひるむことなく船首へ向かった。船の横転を避けるためには、どうにかして前檣帆(フォースル)を外さなければならない。帆は風を受けて下だけが大きくふくらみ、船縁(ふなべり)が海面につきそうなほど船体が傾いている。このままだと、前檣(フォアマスト)を支える金属の支索を切って、根元から倒してしまわなければ、船を立て直すことはできない。少年たちだけでどうすればそのような大仕事をやり遂げられるだろうか？

　こうした状況のなかで、ブリアンとモコはすばらしい手腕を発揮した。突風がつづく限りスルーギ号が追い風を受けていられるよう、できるだけ帆を残すことにしたのだ。ふたりは帆桁の動索をなんとかゆるめ、甲板から一、二メートルのところまで下

ブリアンとモコはすばらしい手腕を発揮した。

ろす。帆の破れた部分をナイフで切り離すと、下側の左右を二本の綱具で舷墻（げんしょう）[1]の索止めに縛りつける。そのあいだにも、ふたりの勇敢な少年は何度となく大波にさらわれそうになった。

帆がかなり小さくなったことで、スクーナー船はこれまでと同じ針路を取りつづけることができた。ほとんど船体だけの状態だったが、充分に風を受けて水雷艇のような速さで進んでいく。なによりも肝心なのは、海のうねりより速く疾走するので波に追いつかれないことだ。これで船尾から大波をかぶらずにすむ。

作業を終えたふたりは、ゴードンとドニファンのそばに戻り、舵を取るのを助けた。そのとき、昇降口の覆い戸がまた開いた。ひとりの子どもが顔を出す。ブリアンの弟で三歳年下のジャックだ。

「どうした、ジャック？」

「きて！　きてよ！　船室に水が！」

「まさか！」

ブリアンはそう叫ぶと昇降口に駆け寄り、大急ぎで下りた。

1　上甲板の外舷に沿って立ち上げた波の浸入や人の転落を防ぐ囲い。

船室にぽつんと灯るランプが、船の揺れにあわせて狂ったように揺れていた。その薄明かりに、長椅子や寝台に横になった一〇人ほどの子どもが浮かび上がる。なかには八歳か九歳くらいの小さい子までいる。年少の子たちは怯えきって、互いに身を寄せ合っていた。

まずはこの子たちを安心させなければ。ブリアンは大声で言った。

「大丈夫だよ、ぼくたちがついてるから。心配しないで！」

それから手提げランプの明かりを頼りに船室の床を調べた。船が揺れるたびに水が片側から片側へと流れる。

いったいどこから？　外板の割れ目から入ってきたのだろうか？　確かめなければならない。

船室の先には大きな寝室があり、さらに食堂、船員室とつづいている。

ブリアンはそのすべてを見て回った。吃水線の上下どちらにも浸水しているところはない。この水は、船首が大波をかぶったとき、船員室の昇降口の隙間から入り込んだだけだ。船尾が下がったので船室の方までそれが流れてきたのだ。だからこれについては心配しなくていい。

ブリアンは船室の子どもたちを安心させると、自分も少し胸をなでおろして、舵輪

この水は、船首が大波をかぶったときに入り込んだだけだ。

へと戻った。このスクーナー船は造りが堅固で、船底には頑丈な銅板が張り替えられたばかりだから、浸水のおそれもないし、荒波にも耐えられるはずだ。

時刻は午前一時。厚く垂れ込めた雲でいっそう濃くなった夜闇のなか、猛り狂った風が吹き荒れる。波に揉まれて進む船は、水に浸かったようにずぶ濡れだ。ウミツバメの鋭い鳴き声が夜を切り裂く。ウミツバメがいるということは、陸地が近いのだろうか？　いや、違う。岸から数百キロも離れた沖合でウミツバメに遭遇するのはよくあることだ。この鳥は、風に逆らう力がないので、流されるまま飛んでいるにすぎない。人間の力ではどうやっても速度を抑えることができなくなったこのスクーナー船と同じなのだ。

一時間後、引き裂くような音がふたたび聞こえた。わずかに残っていた前檣帆(フォースル)も破れたのだ。ぼろぼろの切れ端が、巨大なカモメのように飛び去っていく。

「帆がなくなった！」ドニファンが叫ぶ。「別の帆なんて張れないぞ」

「大丈夫、速度は落ちないよ」ブリアンが答える。

「さあ、どうだか」ドニファンは言い返す。「お前のそんな操縦じゃ……」

「後ろから波が！」モコが言う。「しっかりつかまってないと波にさらわれて……」

その言葉が終わらないうちに、数トンの海水が船尾を越えて甲板にどっとなだれ込んできた。ブリアン、ドニファン、ゴードンの三人は昇降口のあたりまで投げ飛ばされたが、どうにかそこにしがみつくことができた。しかしモコの姿が見当たらない。大量の水の塊は、スルーギ号の船尾から船首に向かって凄まじい勢いで押し寄せ、マストや帆桁の予備材の一部、甲板に引き込んでいた小艇二隻とボート一隻、何本かの円材、それに羅針盤の箱までさらっていった。ただ、衝撃で舷牆が突き破られ、波がすぐに甲板から流れ去ったため、船は海水の重みで沈没する危険をまぬかれた。

「モコ！　モコ！」ブリアンは口がきけるようになるとすぐに叫んだ。

「海に落ちたのか？」とドニファン。

「そんな！……姿は見えない。……声も聞こえない」ゴードンが船縁から海をのぞき込みながら言う。

「助けないと……。救命ブイを投げよう。ロープを！」

そう答えたブリアンは、嵐の勢いが一瞬弱まると、よく響く声でふたたび叫ぶ。

「モコ！　どこだ！」

「助けて！……助けて！」モコの声だ。

「海じゃない、船首の方だ！」とゴードン。

「ぼくがいく！」

ブリアンはそう叫ぶと、這うようにして船首へ向かった。ゆるみかけた索具の先に揺れる滑車にぶつからないよう、不意に横揺れがきても濡れた甲板から海に滑り落ちないよう気をつけながら進んでいく。

見習水夫の声がもう一度響いたかと思うと、それきりなにも聞こえなくなった。

ブリアンはどうにか船員室の昇降口までたどり着いた。

モコの名を呼ぶ。

返事はない。

モコは最後に叫びを上げた後、またも襲ってきた大波にさらわれてしまったのだろうか？　だとすると、すでに風ではるか遠くに流されてしまったはずだ。船の速度ではモコを呑み込んだ波のうねりに追いつくことはできないのだ。そうなるともう助けるすべはない。

いや、そうではなかった！　弱々しい声が聞こえる。ブリアンは急いで舳先から伸びる斜檣（バウスプリット）の根元、揚錨機（ウィンドラス）のところに向かった。必死にのたうつ身体がその手に触れる。

モコだ。舷牆と船首の隙間に挟まっている。綱が絡まって、もがけばもがくほど喉を絞めつける。このままもう一度大波に襲われたら、さらに絞められ息絶えてしまうかもしれない。

ブリアンはナイフを開くと、やっとのことで綱を切った。

船尾まで連れ戻されたモコは、話せるようになるとまず、「ありがとう、ブリアンさん。助かったよ」と礼を言った。

モコも舵輪の持ち場に戻った。四人は互いの身体をロープでつなぎ、スルーギ号の風上に逆巻く波に立ち向かった。

ブリアンの予想に反して、前檣帆（フォースル）を失ってから船足はいくらか落ちていた。それは新たな危険の種だった。波の方が船より速いので、船尾から波に襲われるおそれがあるのだ。だがどうすればいいのか？　もはやどんな小さな帆も張ることはできないのに。

南半球の三月は北半球の九月にあたり、夜はそれほど長くない。時刻はすでに四時に近い。東の方、スルーギ号が嵐で流されていく先の洋上は、まもなく白みはじめるはずだ。夜明けとともに暴風はおさまるのか？　行く手に陸地が姿をあらわし、少年たちの運命に転機が訪れるのか？　暁の光が遠い空を染める頃には、すべては明らかになるだろう。

四時半頃になると、空はうっすらと明るくなった。だが、霧のため視界は半キロもない。雲は凄まじい速さで走っているようだ。嵐は一向に衰える気配がなく、海原は砕け散る波で一面白く泡立っている。スクーナー船はうねりに高々と持ち上げられたかと思うと、波の谷間に叩きつけられる。横から波を受けていたら、すでに海の藻屑となっていただろう。

甲板の四人は、荒れ狂う海を見つめながら、このまま嵐がつづけば、もう助かる見込みはないと感じていた。スルーギ号が大波の襲撃に持ちこたえられるのは、せいぜいあと一昼夜といったところ。昇降口が破られるのも時間の問題だ。

そのときモコが叫んだ。

「陸だ！　陸だよ！」

霧の切れ間から、東の方に海岸線が見えた気がしたのだ。見間違いではないか？　ぼんやりかすんだ海岸線は渦巻く雲とよく似ていて、見分けるのはこの上なく困難なのだ。

「陸だって？」ブリアンが聞き返した。

「そう、陸が……。東の方！」

モコはそう言って水平線の一点を指さしたが、その先はすでに霧にまぎれて見えない。

「本当なのか？」とドニファンがたずねる。

「うん、本当さ。おいら、たしかに見たんだ。霧が晴れたらよく見ておくれよ。あそこ。前檣（フォアマスト）のちょっと右……。ほら！　あそこ！」

薄くなった霧が海面から離れ、視界が晴れてきた。と次の瞬間、船の前方何キロにもわたって、大海が広々と姿をあらわした。

「陸だ！……本当に陸だ！」ブリアンが叫ぶ。

「しかも、ずいぶん低い陸地だね」海岸線を注意深く観察してゴードンが言う。

もはや疑いの余地はなかった。大陸なのか島なのかは判然としないが、水平線の彼方に一〇キロほどにわたって陸地の影が浮かび上がっている。このまま突風を受けて進めば、スルーギ号は一時間も経たずあの陸地に打ち上げられるはずだ。懸念されるのは、陸地にたどり着く前に岩礁に乗り上げ座礁してしまうことだったが、少年たちはその危険に思いをめぐらすことさえしなかった。眼前に突如あらわれた陸地に天の助けを見ていた。それしか見ることができなかったのだ。

ふたたび風が激しくなった。スルーギ号は鳥の羽のように軽々と海岸へ運ばれていく。白みがかった空を背景に、海岸線がインクで描いたようにくっきりと浮かび上がっている。奥には断崖が切り立っていたが、高さはせいぜい五〇から六〇メートルといったところか。手前には黄色っぽい砂浜が広がっている。砂浜の右手を縁取るこんもりとした木立は、内陸の森へとつづいているようだ。

スルーギ号が岩礁に乗り上げずにあの砂浜までたどり着き、どこかの河口に避難できれば、少年たちは窮地を脱することになる。

ほかの三人に舵を任せて、ブリアンは船首に移った。船足は速く、みるみるうちに陸地が近づいてくる。しかしいくら目を凝らしても、船が安全に着岸できそうな場所はない。河口どころか、一気に乗り上げられるような浅瀬さえ見当たらない。しかも、砂浜の手前には岩礁が連なり、波間から点々と突き出した岩頭に怒濤が次から次に打ち寄せている。岩礁帯に入ったが最後、スルーギ号は木っ端微塵になってしまうだろう。

船が座礁した場合に備えて、全員が甲板にいた方がいい。そう考えたブリアンは、昇降口の覆い戸を開けて叫んだ。

「みんな、上がってきて！」

真っ先に飛び出してきた犬につづいて、一〇人ばかりの子どもが出てきて、船尾の方へと這っていった。浅海に入りさらに凄まじさを増した波濤を目にし、幼い子たちは恐ろしさに悲鳴をあげた。

六時少し前、スルーギ号は岩礁帯にさしかかった。

「しっかりつかまって！　しっかり！」

ブリアンはそう叫ぶと上半身裸になり、誰かが波にさらわれてもすぐ助けられるよう準備した。

最初の衝撃。岩礁はすぐそこまで迫っている。後部船底が暗礁にぶつかったのだ。船全体が大きく揺れる。しかし外板を破って水が流れ込むことはなかった。

次に来た大波に持ち上げられて、船は無数に突き出た岩角に触れることなく、一五メートルほど前に運ばれた。そして左舷に傾いたまま、泡立つ波しぶきのなかで動かなくなった。

スルーギ号は見渡す限りの大海原からは逃れた。だが、砂浜まではまだ四、五〇メートルはあった。

2

砕け散る波のなかで――ブリアンとドニファン――海岸の観察――脱出準備――ボートの奪い合い――前檣（フォアマスト）の上から――ブリアンの勇気ある試み――高波の結果

その頃には霧が晴れて視界が開け、船の周囲が広く見渡せた。雲は依然としてものすごい速さで流れていく。突風もまだその激しさを失ってはいない。けれどもこの風は、太平洋のどことも知れぬ海域で、最後の力を振り絞っているだけなのかもしれない。

そうであってほしかった。状況は前夜からなにも変わっていないのだ。スルーギ号は海の猛威と必死に闘いつづけている。少年たちは身を寄せ合ったまま、手摺を越えて砕ける波をかぶるたびに、生きた心地がしなかっただろう。動けなくなった船は、なすべもなく激しい怒濤にさらされていた。しかし、波の衝撃で船の骨組まで揺さぶられてはいるが、暗礁に底がぶつかったときも、岩のあいだにはまり込んだときも、船体の外板は突き破られなかったらしい。ブリアンとゴードンは船内を見て回り、どこも浸水していないことを確かめた。

ふたりは仲間たち、特に幼い子たちをできるだけ安心させようとした。

「怖がらなくていいんだよ」とブリアンは繰り返した。「この船は頑丈なんだ。海岸だって遠くない。……もう少し待ってよう、あそこまでたどり着けるようにするから」

「どうして待ってなくちゃならないんだ?」口を挟んだのはドニファンだ。

「そうだよ、どうしてさ?」別の少年も後につづく。一二歳くらいの少年、ウィルコックスだ。「ドニファンの言う通りだよ。どうして待たなきゃいけないのさ?」

「海がまだすごく荒れていて、いま船を離れたら岩に叩きつけられてしまうからだよ」とブリアンが答える。

「でも、もし船が壊れたら?」もうひとりが大声をあげる。ウィルコックスと同じくらいの年のウェッブだ。

「その心配はないと思うよ、少なくとも潮が引いているうちはね。潮が引いて、風が

ゴードン

ドニファン

おさまったら、脱出に取りかかろう」

ブリアンの言うことはもっともだった。太平洋では潮の干満はそれほど大きくないとはいえ、やはり満潮時と干潮時で海面水位にはかなり差がある。だから数時間待つのが得策だろう。そのうち風も静まるかもしれない。干潮になれば、暗礁の一部が海面にあらわれるはずだ。船を離れても危険は少ないし、岸までの四、五〇〇メートルを渡るのもずっと容易になるだろう。

けれど、ブリアンの言葉がいかに理に適っていても、ドニファンと何人かはそれに従うつもりはなさそうだった。自分たちだけ船首に固まって、なにかを話し合っている。どうやらドニファン、ウィルコックス、ウェッブ、そしてもうひとりクロスは、ブリアンと協調する気はないらしい。スルーギ号の航海中はおとなしく従っていたが、それはブリアンが操船を多少心得ていたからだ。心の中ではずっと、陸に上がったら指図など受けずに自由に行動しようと考えていた。特にドニファンがそうだ。知識の点でも頭の良さの点でも、自分の方がブリアンや他の少年たちよりも上だと思っているからだ。ブリアンに対する妬み（ねた）の気持ちは、かなり以前からあった。それにイギリス人の少年たちにしてみれば、フランス人のブリアンの言いなりになることなど、到底我慢できなかったのだ。

こうした感情が、ただでさえ不安な状況をさらに悪化させるおそれがあった。

ドニファンたち四人は、白く泡立つ海を見つめていた。潮流が入り混じり、そこかしこで逆巻いている。ここを渡るのはあまりに危険だ。引き潮に逆風が打ちつけ、波濤が岩礁に激しく砕けるこの海では、どんな熟練の泳ぎ手でもひとたまりもない。数時間待とうという言葉はあまりに当然だった。ドニファンたちもこの明らかな事実を認めるより他はなく、結局はみんながいる船尾に戻ってきた。

ブリアンはゴードンをはじめ、まわりにいる少年たちに声をかけていた。

「どんなことがあっても離ればなれにならないようにしよう。みんな一緒にいるんだ。そうしないと助からない」

「おれたちに命令しようっていうのか！」その言葉を耳にしたドニファンが大声で言った。

「そんなんじゃないよ。みんなが助かるには協力して行動しなければってことさ」

「ブリアンの言う通りだ」とゴードンも言った。いつでも冷静で真面目なゴードンは、よく考えたうえでしか口を開かない。

「そうだ、そうだ！」二、三人の幼い子たちが叫んだ。この子たちは自然とブリアンに親しみを感じるようになっていた。

ドニファンはなにも言い返さなかった。しかし自分の仲間だけで固まったまま、頑としてみんなとは交わろうとはせず、船を離れるときがくるのを待っていた。

ところで、あそこに見えるのはどのような陸地なのだろうか？　太平洋に浮かぶ島なのか、それとも大陸なのか？　この疑問は解きようがなかった。スルーギ号の位置は陸に近すぎて、海岸線を広く見渡せないのだ。海岸は大きく弧を描いて広い湾を形作り、その両端には岬が突き出ている。北の方の岬は切り立った断崖、南の方の岬は先にいくにつれて細くなっている。だが、岬の向こうはどうなっているのか？　海がぐるりと取り囲み、島のまわりに打ち寄せているのではないか？　ブリアンは船縁から望遠鏡で確かめようとしたが、無駄だった。

この陸地が島だった場合、島を出るにはまずスクーナー船を離礁させなければならない。けれども、船が上げ潮に運ばれて岩礁を引きずられたりしたら、ばらばらに壊れてしまうだろう。それにこの島が太平洋にいくつもある無人島のひとつだとしたら、取り残された少年たちは誰にも頼らず生きていかなければならない。だが、船から持ち出せるわずかな食糧だけで、どうやって生き延びることができるのだろうか？

もし島ではなく大陸の場合は、助かる見込みはずっと高くなる。大陸だとしたら、それは南米大陸でしかありえないからだ。チリかボリビアの領土を通っていけば、上陸後すぐに、とはいかなくても、数日後には助けてもらえるだろう。たしかに南米の大草原地帯（パンパス）に近い沿岸部では、さまざまな危険に出くわすおそれがある。しかしいまはとにかく陸地にたどり着くことが先決だ。

あたりがだいぶ明るくなり、海岸は細かいところまで見えるようになった。手前に広がる砂浜、それを背後から抱え込む断崖、そして断崖のふもとに密生する灌木の茂みもはっきり見分けられる。右の方に目を移すと、川が海に注いでいるのもわかる。ブリアンはそのことをみんなに伝えた。

海岸の眺めには取り立てて心引かれるものはなかったが、緑の草木がこれだけ茂っているのは、温帯と同じくらい肥沃な土地だということだ。崖の向こうは海風もあたらず土質もいいだろうから、植物はかなり元気に生育しているに違いない。

このあたりの海岸を見る限りは、人は住んでいなそうだ。川の近くにさえ、人家どころか小屋ひとつ見当たらない。もし先住民がいるとしても、きっと内陸部に住んでいるのだろう。そこならば西風の激しい攻撃にさらされずにすむ。

「煙ひとつ見えないな」望遠鏡を下ろしながらブリアンが口を開く。

「海岸にも小舟ひとつありゃしない」とモコも言う。

「港もないのに、船なんかあるわけないじゃないか」ドニファンが言い返す。

「港がある必要はないんだ」とゴードンが答える。「漁船は河口に避難することもあるからね。もしかすると嵐を避けて上流の方まで行っているのかもしれない」

ゴードンの指摘は正しかった。しかし理由はどうであれ、一隻の船も見当たらないことに変わりはない。人の住む気配もまったくない。難破した少年たちが何週間かここにとどまらなければならなくなったら、はたして暮らしていけるのだろうか？　なによりもそれが気がかりだった。

そうしているあいだに、潮が少しずつ引いてきた。ただ、その引き方はあまりに遅々としたものだった。海風は北西に向きを変え勢いは弱まったようだが、引き潮に逆らって吹いているからだ。いまのうちに、岩礁を歩いて渡れるようになったときの準備をしておいた方がいい。

まもなく七時になろうとしていた。少年たちは必要最低限の物資をみんなで甲板に運び出した。残りのものは、波で海岸に打ち寄せられてから拾い集めるしかない。小さい子も年長の少年も総出で作業をおこなった。船にはかなりの量の缶詰や乾パン、それに塩漬け肉や燻製肉が積み込まれている。それをいくつかの包みにまとめ、年長組が手分けして陸まで運ぶことにした。

しかし物資を運ぶためには、岩礁が海面にあらわれていなければならない。干潮時になれば、岸まで歩いていけるほど潮は引くだろうか？

　ブリアンとゴードンは注意深く海を観察しつづけていた。風向きが変わるにしたがって嵐の弱まるのが感じられ、波も次第におさまりはじめた。いままでは海面に顔を出した岩のまわりから水が引いていくのがはっきりとわかる。だが、それとともに船体はさらに左舷に傾いていく。このままだと横倒しになってしまうかもしれない。このスクーナー船は高速ヨットのように細身で、船底が鋭角に反り上がり、竜骨も大きく突き出しているのだ。全員が船を離れる前に横倒しになり、甲板が水に浸かったら、深刻な事態になるだろう。

　ボートを何隻も嵐にさらわれてしまったことが、かえすがえすも悔やまれる。全員が乗れるだけのボートがあれば、すぐにでも岸へと向かうことができたはずだ。それに、船と陸地を苦もなく往復できるから、当面は船に残しておかざるをえない多くの有用な物資を運ぶのも容易だろう。もし今夜にでもスルーギ号がばらばらに壊れたら、その残骸は打ち寄せる波によって岩礁でもみくちゃにされてしまう。そんなものが役に立つだろうか？　まだ使えるだろうか？　残った物資はすっかり駄目になっているのではないか？　そうなったら漂着した少年たちは、この土地で手に入るものだけに頼らなければならなくなってしまう。

船から脱出するのにボートが一隻もないというのは、実に大きな痛手だった。

そのとき突然、船首の方で喚声があがった。バクスターがすばらしい発見をしたのだ。

流されたとばかり思っていたボートが、斜檣（バウスプリット）の支索にひっかかっていた。五、六人しか乗れないボートだったが、甲板に引き上げて調べてみると、どこも破損していなかった。岩礁を歩いて渡れない場合はこれを使うこともできそうだ。となると、あとは潮が引ききるまで待てばいい。ところがこのボートをめぐって意見が分かれ、ブリアンとドニファンのあいだで激しく言い争いになった。

ドニファンがウィルコックス、ウェッブ、クロスと四人でそのボートを持ち上げ、船から降ろそうとしているところに、ブリアンがやってきたのだ。

「なにをしようっていうんだい？」

「ぼくらの勝手だろ」ウィルコックスが応じる。

「ボートに乗るつもりかい？」

「そうだ」とドニファン。「おれたちの邪魔をするなよ」

「そんなことさせないぞ。ぼくだけじゃない、きみが見捨てようとしているみんなだって……」

「見捨てる？　お前、なに言ってるんだ？」ドニファンは尊大な態度で言う。「いいか、おれは誰も見捨てるつもりなんかない。向こうに着いたら、ボートを戻しにくるさ」

「もし戻ってこられなかったら？」怒りを抑えながらブリアンが言う。「岩にぶつかって壊れでもしたらどうするんだ」

「いいから乗ろうぜ」ウェッブはブリアンを押しのけると、ウィルコックスとクロスの手を借りてボートを持ち上げ、海に降ろそうとする。

ブリアンはボートの端をつかむ。

「駄目だ！」

「口出しするな！」とドニファンが言い返す。

「駄目だ！」とブリアンは繰り返す。みんなのためにも止めなければならないのだ。「ボートは小さい子のために残しておかないと。潮が引いても、海が深くて向こうまで歩いていけないかもしれないじゃないか」

「おれたちのことは放っておいてくれ！」ドニファンは怒りにまかせて大声をあげる。「もう一度言うぞ、ブリアン。おれたちの邪魔をするな！」

「ぼくももう一度言う。駄目だ、ドニファン！」

ブリアンとジャック

ふたりはいまにも飛びかからんばかりだった。そうなれば当然ウィルコックス、ウェッブ、クロスの三人はドニファンに加勢する。バクスター、サーヴィス、ガーネットはブリアンの味方につくだろう。まさに一触即発というそのとき、ゴードンが割って入った。

いちばん年上で誰よりも沈着なゴードンは、そのようなことになったら取り返しがつかないと判断し、ブリアンの側に立って両者を仲裁した。

「なあ、ドニファン、もう少しだけ我慢したらどうだい。海はまだだいぶ荒れてるから、ボートが壊れるかもしれない。それはきみだってわかってるだろ？」

「おれはブリアンに命令されるのが気に食わないんだ。このところ妙に偉そうにしやがって」

「そうだ、そうだ！」クロスとウェッブも応じる。

「ぼくは誰にも命令するつもりなんてないよ」とブリアンが答える。「ただ、みんなの命が危なくなるなら、誰であろうと勝手はさせない」

「おれたちもみんなのことを考えてるんだ、お前だけじゃない」とドニファンは言い返す。「もう陸に着いたんだから……」

「残念ながら、まだ着いちゃいない」とゴードンが言う。「意固地になるなよ、ドニファン。ボートを使うのにちょうどいい時がくるのを待とう」

ゴードンはこれまでにも何度かあったようにふたりをうまく取りなした。少年たちは皆ゴードンの意見に従った。

いつのまにか潮は六〇センチほど引いていた。岩礁にボートが通れそうな水路はあるだろうか？ それが見つけられればいいのだが。

前檣（フォアマスト）の上から見れば、岩の位置がよくわかるに違いない。ブリアンはそう考えて船首へ向かった。そして右舷の支索をつかむと、腕の力だけでマストの横木まで上った。

岩のあいだに一本の水路がくっきりと見える。どの方向に延びているかは水路を挟むように海面から突き出した岩頭でわかるから、ボートで岸まで渡るのならば、それに沿っていけばいいだろう。しかしいまはまだ渦や逆流で荒れていて、とてもではないが水路を進めそうにない。ボートは間違いなくどこかの岩に打ちつけられて、あっという間に壊れてしまう。やはり待った方がいい。潮が引けば歩いて渡れるようになるかもしれない。

ブリアンは横木にまたがったまま、海岸の様子をさらに正確に調べようと、望遠鏡を砂浜沿いから崖の方まで向けた。ふたつの岬に挟まれた一五キロほどの海岸には、やはり人の住んでいる気配はまったくない。

三〇分ばかり調べて甲板に降りてきたブリアンは、見たものを仲間に報告した。ドニファンたち四人はなにも言わず、ただ聞くふりをしているだけだった。しかしゴードンは真剣に耳を傾けた後、ブリアンにたずねた。

「スルーギ号が座礁したのは、朝の六時頃だったね？」

「そうだよ」

「潮が引くのにどれくらい時間がかかる？」

「五時間くらいじゃないかな。……そうだよね、モコ？」

「うん、五時間から六時間」と見習水夫が答える。

「ということは、海岸に渡るのにいちばんいいのは一一時頃だね」

「ぼくもそう考えてた」とブリアン。

「だったらそのときに備えて、なにかお腹に入れておこう。もし海に入るなら、食後少なくとも二、三時間してからでないと」

いかにも慎重なゴードンらしいこの的確な助言に従って、少年たちは缶詰と乾パンで朝食をとることにした。ブリアンは特に年少組に気を配った。ジェンキンズ、アイヴァーソン、ドール、コスターは幼い子ならではの無頓着さから、陸が見えたことでもう安心しはじめていて、放っておいたら際限なく食べつづけてしまうかもしれない。なにしろ丸一日というもの、ほとんどなにも口にしていなかったのだ。しかし心配していたようなこともなく朝食は終わった。それから水で少し薄めたブランデーを数滴。これでだいぶ元気になった。

食事をすませるとブリアンは船首へ戻り、舷牆に肘を突いてふたたび岩礁の観察をつづけた。

潮が引くのは実に緩慢だった。それでも海面が下がっているのは確かだ。船体はさらに傾いているのだから。モコは測鉛を下ろして水深を調べた。まだ少なくとも二メートル半はある。このぶんだと、干潮になっても暗礁がすっかりあらわれることはなさそうだ。モコはみんなを心配させないように、ブリアンにだけそっと伝えなければと考えた。

モコの話を聞くと、ブリアンはゴードンのもとへ相談しにいった。風はいくぶん北寄りになってはいたが、やはりこの風のせいで海水は凪のときほどは引かないのだ、とふたりは考えた。

「どうしようか?」とゴードン。

「わからない……、ぼくにはわからないよ」ブリアンは答える。「いったいどうしたらいいんだろう、子どもしかいないのに。こんなとき大人がいてくれたら」

「窮すれば通ず、って言うだろ。あきらめないことだよ、ブリアン。よく考えて行動しよう」

「そうだね、ゴードン、なんとかしてみよう。このまま満潮になっても船を離れないで、もう一晩ここで過ごすことにでもなったら、ぼくらは助からないんだから」

「それははっきりしてる。船はばらばらに壊れてしまうからね。だからなんとしてもここを離れなければ」

「そう、なんとしてもね」

「筏(いかだ)みたいなものを作ったらどうだろう。それを渡し船にして……」

「ぼくもそれは考えた。でもね、嵐でマストの円材がほとんど全部流されてしまったんだ。舷牆をばらして筏を作る手もあるけど、時間がかかりすぎる。残るのはボートだけど、こんな荒れた海じゃ使えない。とても無理だ。やれるのは、岩礁の向こうまでロープを渡して、どこかの突き出た岩に結びつけることじゃないかな。そうすればロープを伝って岸のそばまで行けるかもしれない……」

「誰がロープを張る？」

「ぼくがやる」とブリアンが答える。

「手伝うよ」とゴードン。

「いや、ぼくひとりでやる」

「ボートを使うのかい？」

「そんなことをしたらボートを失うかもしれないよ、ゴードン。ボートは最後の手段に取っておいた方がいい」

だが、この危険な企てに取りかかる前に、ブリアンは万一の事態に備えておきたいと考えた。

船には救命浮輪がいくつかあったので、小さい子たちにすぐさま着けさせた。船を離れなければならなくなった場合、水がまだ深くて足が届かなくても、これがあれば浮いていられる。そうすれば年長組がロープを伝いながら岸まで押していけるはずだ。

時刻は一〇時一五分になっていた。あと四五分もすれば潮は引ききるだろう。船首側の水深はもう一メートル半ほどしかない。ただ、海面がこれより下がることはなさそうだ。五〇メートル先までいけば、水深はかなり浅くなっている。海の色が黒ずんでいて、尖った岩頭が砂浜に沿っていくつも顔を出していることからもそれがわかる。難しいのは、船首付近の水深が深いところを越えるまでだろう。しかし、もしブリアンがその先までロープを伸ばして岩のひとつにしっかりと固定し、船上の揚錨機（ウィンドラス）でぴんと張れば、それを伝って足が届くところまでたどり着けるはずだ。食糧や必要な道具をまとめた包みも、ロープを滑らせれば無事に陸地まで運べる。

ブリアンは準備に取りかかった。この企てがどれほど危険でも、誰かに代わってもらおうとは思わなかった。

船には繋留や曳船のため三〇メートルほどのロープが何本も積んである。ブリアンはそのなかから手頃な太さのものを一本選ぶと、服を脱ぎ、その端を腰に結んだ。

「よし、みんな！」とゴードンが大声をあげる。「ここへきてロープを繰り出すんだ！　船首にきてくれ！」

ドニファン、ウィルコックス、クロス、ウェッブもこの作業の重要性はわかっていたので、協力しないわけにはいかなかった。だから四人も自分たちの気持ちは脇に置いて、ロープを繰り出す準備をした。ブリアンが無駄な力を使わずにすむよう、巻いてあるロープを少しずつ伸ばしていこうというのだ。

ブリアンが海に入ろうとしたとき、弟のジャックがそばに駆け寄ってきて叫んだ。

「兄さん！……兄さん！」

「心配するな、ジャック。大丈夫だから」

そう言い残すとブリアンは海に入り、力強く泳ぎはじめた。ロープがするすると伸びていく。

とはいうものの、たとえ穏やかな海であっても、これをやり遂げるのは困難に違いない。突き出した無数の岩に、波が激しく打ち寄せているからだ。海流が入り混じり、さすがに勇敢な少年もまっすぐ進むことができない。いったん流れに巻き込まれると、抜け出すにはとてつもない労力が必要になる。

それでもブリアンは少しずつ海岸に向かっていった。船上の少年たちは、それに合わせてロープを繰り出していく。しかし、船からやっと一五メートルばかり進んだところで、ブリアンの力は明らかに限界にさしかかっていた。目の前では、逆流するふたつのうねりがぶつかり、渦を巻いている。この渦さえよけられれば、その先はずっと穏やかだ。きっと目的を果たせるだろう。ブリアンは力を振り絞って左の方を回ろうとした。だが、その懸命の努力も報われなかった。屈強な大人の泳ぎ手でも無理だっただろう。ブリアンはうねりに捕らえられ、渦の中心へ引きずり込まれていく。

「助けて！……引いてくれ！……ロープを引いてくれ！」

その叫びを最後に、ブリアンの姿は見えなくなった。

船上の少年たちは不安に震えあがった。

「ロープを引け」ゴードンが落ち着いて指示を出す。

ブリアンは渦の中心へ引きずり込まれていく。

少年たちは、溺れて息が止まってしまう前にブリアンを引き戻そうと、急いでロープをたぐり寄せる。

一分も経たないうちに、ブリアンは甲板に引き上げられた。気を失っている。しかし弟の腕に抱かれて、すぐに意識を取り戻した。

岩礁の上にロープを張り渡す試みは失敗に終わった。誰かがもう一度やっても、成功の見込みはまずない。となると、この不幸な少年たちにできるのは、待つことだけだ。……待つといっても、いったいなにを？　救助を？　だが、どこから助けにくるのか？　誰が助けにくるのか？

時刻は正午を過ぎていた。すでに上げ潮らしい。砕け散る波が大きくなってきている。新月ということもあり、満潮は昨夜より高くなりそうだ。そうなると沖合からわずかでも風が吹き寄せれば、船は岩から持ち上げられるおそれがある。船底が海底にまた接触したり、暗礁で転覆したりするかもしれない。そんなことになれば、誰ひとりとして助かりはしない。それなのに、どうすることもできない。ただ手をこまぬいているしかないのだ。

船尾では、幼い子たちを年長の少年が囲うようにして全員が固まり、海を見つめていた。海は次第にふくれあがり、岩の先端を次々と水の下に呑み込んでいく。そのうえ西風がまた戻ってきて、昨夜と同じく陸に向かって容赦なく吹きつける。水かさが増すにつれて波が高くなり、スルーギ号にしぶきを浴びせる。大波が船に襲いかかるのも時間の問題だろう。難破した少年たちは、もはや神に救いを求めることしかできなかった。少年たちの怯えた叫びに混じって、祈りの声が聞こえていた。

二時前になるとスクーナー船は上げ潮で起き直り、もう左舷に傾いてはいなかった。しかし大きく縦に揺れ、船尾の方は岩にはまり込んだまま、船首がたえず海底にぶつかっていた。やがて竜骨が海底をこする音がして、スルーギ号は左右に大きく揺れだした。少年たちは互いにしっかりつかまって、甲板から投げ出されないようにしなければならなかった。

そのとき、泡立つしぶきとともに山のような波が沖合から押し寄せ、船から四〇〇メートルほどのところで大きくせり上がった。潮津波か高潮か、六メートルを超える巨大な波だ。それが奔流となって猛然と襲いかかり、岩礁を覆いつくすと、スルーギ号をぐっと持ち上げ軽々と押し流す。船底は岩をかすりもしない。

スルーギ号は沸き立つ波濤に包まれたまま一気に砂浜の半ばまで運ばれ、盛り上がった砂にぶつかって動かなくなった。崖下の灌木の茂みまでは六〇メートルほど離れていた。今度こそ固い大地の上だった。波が引くと、広々とした砂浜があらわれた。

3

オークランドのチェアマン寄宿学校――年長組と年少組――休暇の船旅――スクーナー船スルーギ号――二月一五日深夜――漂流――接触事故――嵐――オークランドでの捜索――スクーナー船の残骸

その当時、ニュージーランドは太平洋上におけるイギリスの重要な植民地であり、チェアマン寄宿学校といえばその首都オークランド[1]でも一、二を争う名門校として知られていた。一〇〇人ほどの生徒は皆この土地の裕福な家庭の子弟だった。先住民であるマオリ族の子どもは入ることができず、現地人学校に通うことになっていた。チェアマン寄宿学校にいるのはイギリス人、フランス人、アメリカ人だけで、いずれも地主や資産家や商人や官吏の子弟だった。生徒たちはここでイギリスの寄宿学校で受けるのと同じ非の打ち所のない教育を受けていた。

ニュージーランド諸島にはふたつの主要な島がある。イカ・ナ・マウイ（魚の島）と呼ばれる北の島と、タワイ・ポナム（翡翠の地）と呼ばれる南の島だ。クック海峡で隔てられたふたつの島は、南緯三四度から四五度にまたがっている。これは北半球でいえばフランスから北アフリカの緯度に相当する。

地図で見る北島はゆがんだ梯形（ていけい）で、南の海岸線は入り組み、北西に曲線を描いて突き出している。その半島の先端がマリア・ヴァン＝ディーメン岬である。

オークランドが位置するのは、この曲線がはじまるあたり、半島の付け根の幅一〇キロほどしかないところだ。ギリシアでいえばちょうどコリント[2]のような位置にあることから「南洋のコリント」とも呼ばれている。この町は東西にそれぞれ自由港[3]を擁している。ハウラキ湾に面した東の港は水深が浅いため、中型船が接岸できるように、イギリス式の長い「桟橋（ピア）」を設ける必要があった。なかでもひときわ長く突き出た商業桟橋（コマーシャル・ピア）は、中心街を貫くクイーンズ・ストリートに通じている。

1　一八四一年に首都として定められる。一八六五年に遷都し、ウェリントンが首都となった。
2　ペロポネソス半島のつけ根に位置する都市。
3　外国船の入港を関税なしに自由に認める港。

この大通りのなかほどにチェアマン寄宿学校はある。

一八六〇年二月一四日の昼下がり、その寄宿学校から一〇〇人ばかりの生徒が家族に付き添われて出てきた。どの顔も晴れ晴れと喜びにあふれ、まるで籠から解き放たれた小鳥の群れのようだった。

そう、夏季休暇のはじまりなのだ。これから二ヶ月間は自由にのびのびと過ごすことができる。それに何人かの生徒たちにとっては、学期中からずっと計画していた船旅も待っていた。スルーギ号に乗り込み、ニュージーランド沿岸を船で回る幸運に恵まれた少年たちがどれほど心躍らせていたか、あらためて述べるまでもないだろう。

この愛らしいスクーナー船は生徒たちの親がチャーターしたもので、六週間の航海に出ることになっていた。船の所有者はそのうちのひとりウィリアム・H・ガーネット氏、元商船船長で、全幅の信頼を寄せることのできる人物だった。費用は親たちが分担して拠出し、安全かつ快適な申し分ない航海が約束されていた。少年たちは有頂天だった。これ以上にすばらしい休暇を過ごせる機会などめったにないだろう。

イギリスの寄宿学校での教育は、フランスとはだいぶ違う。自主性がずっと重んじられているため、生徒にはより多くの自由が認められているのだ。これが将来にいい影響を与えている。フランスのように、生徒たちはいつまでも子どものままでいることはない。つまり、イギリスの寄宿学校では、人間的陶冶と知的陶冶とが並行しておこなわれているのだ。そのためほとんどの生徒は礼儀正しく思いやりがあり、きちんとした身なりをしている。そして特筆すべきは、罰を受けなければならないときでも、隠し立てをしたり、嘘をついたりはしないということだ。また、共同生活のための諸々の規則や、それに伴う静粛厳守の決まりにそれほど縛られていないことも指摘しておくべきだろう。たいていの寄宿学校では各々に個室が与えられていて、そこで食事をとるのだが、みんなで食堂に集まって食事をするときには気兼ねなく談笑できるのだ。

　生徒たちは年齢別のクラスに分けられる。チェアマン寄宿学校には五つのクラスがあった。第一学年と第二学年の年少組はまだ両親の頬にキスをしているが、第三学年にもなるとすでに、両親に対してもキスの代わりに一人前の大人のように握手をするのだった。この学校には生徒を監督する舎監はいない。小説や新聞を読むことも許されている。休日は頻繁にある。授業時間はそれほど長くはない。肉体の鍛錬のことも考えられていて、体操やボクシングをはじめ、さまざまなスポーツがおこなわれている。めったにないことだが、生徒たちがこういった自主性を悪用した場合の戒めとして鞭打ちの体罰が定められている。ただしイギリスの少年にとっては、鞭打ちを受け

ウィルコックス
クロス
バクスター
ウェッブ
ガーネット
サーヴィス
ジェンキンズ
アイヴァーソン
コスター
モコ
ドール

チェアマン寄宿学校

るのは少しも不名誉なことではない。自分がそれだけのことをしたのだと納得すれば、文句も言わずおとなしくその罰に服するのだ。

周知のように、イギリス人は私生活でも公生活でもしきたりを重んじる。それがたとえ理不尽なものであっても、やはりしきたりは学校でも尊重される。ただ、ここで言うしきたりとは、フランスの学校での新入生いじめなどとはまったく違う。上級生には下級生を保護する責任がある代わりに、下級生は上級生の身の回りの世話を必ずしなければならないのだ。身の回りの世話というのは、朝食を運んだり、服にブラシをかけたり、靴を磨いたり、お使いに行ったりといったもので、「雑用（ファギズム）」の名で知られている。世話をする少年は「雑用係（ファグ）」と呼ばれる。上級生の雑用係をつとめるのは最年少の第一学年で、もし服従を拒もうものならひどい目に遭わされるだろう。しかし拒もうなどと考える者はひとりもいない。こうしてイギリスの生徒は、規律に従うという、フランスの高等中学ではまずお目に掛かることのない習慣を身につける。そもそも伝統とは規律なしには成り立たない。どこの国にも増して規律を守っているのがイギリスであり、この国では取るに足らない市井のロンドン子（コックニー）から上院議員にいたるまで、規律が身に染みついている。

スルーギ号の航海に参加するのは、チェアマン寄宿学校のさまざまな学年の生徒、すでに見たように八歳から一四歳までの少年だった。見習水夫を含めたこの一五人の少年たちが、家から遠く離れ、いつ終わるともわからない恐ろしい冒険に投げ込まれることになる。

話を先に進める前に、ここで少年たちの名前、年齢、能力、性格、家庭環境を知っておいてもらう必要がある。そして、例年通りの時期に休暇に入ったこの少年たちが、学校でお互いどのような関係にあったのかも。

フランス人のブリアン兄弟とアメリカ人のゴードンを除いて、生徒は皆イギリス人だ。

ドニファンとクロスは、ニュージーランド社会で最上位にあたる富裕地主の家柄で従兄弟(いとこ)同士、ともに一三歳と数ヶ月で第五学年の生徒である。ドニファンは洗練されていて身なりが良く、誰もが認める優等生だ。勉強熱心で頭脳明晰、その向学心と負けず嫌いから、一番であることに並々ならぬこだわりを持っている。偉そうに人を見下すきらいがあり、陰では「ドニファン卿」などと呼ばれていた。尊大な性格で、いつでも人の上に立っていないと気がすまないため、何年も前からブリアンとは対立関係にあり、とりわけ今度の航海でブリアンが仲間たちに大きな影響力を持つようになってからは、対抗心がさらに強まっていた。クロスの方はごくふつうの生徒で、従兄のドニファンの考えや言動すべてに心酔しきっている。

バクスターも同じ第五学年で一三歳。冷静で思慮深いのに加えて、勤勉で創意工夫に長(た)け、手先がとても器用な少年だが、父親はごくささやかな財産しかない商人だ。

ウェッブとウィルコックスは一二歳で第四学年、成績は中くらいだ。ふたりともかなり我が強く、すぐに人に突っかかる。きちんと雑用(ファギズム)をやるようにといつも口うるさい。どちらの家も裕福で、この土地の司法官のなかでも高い地位についている。

ガーネットとその親友のサーヴィスは一二歳、第三学年だ。ガーネットの父親は元商船船長、サーヴィスの父親は財をなした入植者で、いずれもワイテマタ湾北岸のノースショアに住んでいる。家同士の仲が良いこともあって、ガーネットとサーヴィスはいつも一緒に行動している。ふたりとも気立てはいいのだが、勉強にはほとんど関心がない。自由にさせておいたら、いつまでも好き放題していることだろう。ガーネットが特に熱中しているのが、イギリスの船乗りに人気のアコーディオンだ。その熱中ぶりには困ったもので、自分も「海の男」の息子なのだからと、暇さえあればこのお気に入りの楽器を弾いている。もちろんスルーギ号に持ち込むのを忘れるはずもなかった。サーヴィスはチェアマン寄宿学校一のお調子者で、一行のなかで誰よりも陽気でそそっかしい。愛読書の『ロビンソン・クルーソー』[4]と『スイスのロビンソ

バクスター

ン』[5]にすっかりかぶれて、いつも冒険旅行を夢見ている。

次に挙げなければならないのは、九歳になるふたりの少年だ。ひとりはジェンキンズで、父親は「ニュージーランド王立協会」という科学協会の会長。もうひとりはアイヴァーソン、聖パウロ首都教会の牧師が父親だ。年少のこのふたりはそれぞれ第三学年と第二学年だが、すでに寄宿学校でも指折りの優等生とされている。

それから八歳半のドールと、八歳のコスター。どちらも父親はイギリス＝ニュージーランド軍の士官で、オークランドから一〇キロ離れたマヌカウ港沿岸の小さな町オンチャンガに住んでいる。この子たちについてはまだ幼いので、ドールは強情でコスターは食いしん坊ということ以外は取り立てて言うべきことはない。ふたりとも第一学年のなかではほとんど目立たない生徒だが、読み書きができるからというだけで、

4　イギリスの作家デフォーの小説。一七一九年刊。難破して無人島に漂着したロビンソン・クルーソーが、信仰心と合理的な創意工夫で自給自足の生活を築いていく物語。

5　スイスの牧師ウィースが息子たちのために書いた物語。息子のひとりがそれに手を入れ、一八一二年に初版を出版した。デフォーの『ロビンソン・クルーソー』を下敷きにして書かれた作品だが、牧師夫婦と四人の息子の一家族が南海の孤島に漂着する点に特色がある。

自分ではまわりの生徒よりも賢いと思い込んでいる。もちろんその年齢では、別に得意になることでもなんでもない。

おわかりの通り、ここまで紹介してきた生徒は、いずれもニュージーランドに長く暮らす良家の子弟だ。

スクーナー船に乗り込む生徒は、これ以外に三人いる。アメリカ人の生徒ひとりと、フランス人の生徒ふたりだ。

アメリカ人は一四歳のゴードン。その顔つきにも風采にも、すでにアメリカ人特有の野暮ったさのようなものがにじみ出ている。やや不器用で少しばかりのんびりしているが、第五学年のなかでは誰よりも落ち着きがある。同級生のドニファンのような才気煥発さは持ち合わせていないものの、公平な精神と実務感覚の持ち主であることを折に触れて示してきた。いつでも冷静で観察力に優れ、物事をなんでも真面目に捉えようとする。几帳面なまでに整理好きで、さまざまな品物すべてにラベルを付けて分類し、専用の手帳に書き留めたうえで机のなかにしまうのと同じように、頭のなかも理路整然と整理整頓されている。級友たちもその長所を認めてゴードンには一目置き、イギリス出身ではないにもかかわらず、いつも仲良くしていた。ボストン生まれで父親も母親も早くに亡くし、身寄りは後見人の元領事官だけだ。元領事官は財産を築くとニュージーランドに居を定め、数年前からはマウント・セント・ジョン村近郊の丘に点在する瀟洒な邸宅のひとつに住んでいる。

　ふたりのフランス人がブリアンとジャックの兄弟である。父親は優秀な技師で、北島中央にある沼沢地の干拓工事を指揮するため、二年半前にこの地にやってきた。兄のブリアンは一三歳、頭は切れるがあまり勉強熱心ではないため、第五学年のなかで下位の成績を取ることも珍しくない。しかし、やる気になりさえすれば、人並み外れた理解力と記憶力ですぐ首席になれる。ドニファンにとっては、それがなによりも癪（しゃく）にさわる。そのためチェアマン寄宿学校では、これまでふたりの関係が良かったためしがない。この不和がスルーギ号の船上でどのような事態を引き起こしたかは、すでに見た通りである。また、ブリアンは大胆で怖いもの知らず、運動が得意で口も達者、それにドニファンのように偉そうな態度を取ることはなく、世話好きで気立てがいい。そのくせ服装にはやや無頓着で、行儀も悪い。要するに、いかにもフランス人らしい少年ということであり、まさにその点において、イギリス出身の同級生たちとは似ても似つかない。そのうえ、年長組が力ずくで言うことを聞かせようとしていると、いつも年少組を守ってやっていたし、ブリアン自身もけっして「雑用（ファギズム）」の義務に従おうとはしなかった。それが原因で反撥や諍（いさか）いや喧嘩も起こったが、勝つのはたいてい腕力が強く勇敢なブリアンだった。こうしてブリアンは大勢から好かれていたので、スルーギ号を指揮する際も、級友たちは一部の例外を除いて、迷うことなくブリアンに従ったのだ。もちろん、ヨーロッパからニュージーランドに来るときに多少なりとも航海の知識を身につけていたことも、信頼を勝ち得た理由だった。

弟のジャックは、それまで第三学年一のいたずら者、いや、サーヴィスを含めてもチェアマン寄宿学校一のいたずら者と誰からも思われていた。いつも新しいいたずらを考え出しては級友たちに一杯食わせ、その挙げ句こっぴどく罰を受けるのだった。しかし後に見るように、船が港を離れてからというもの、どうしたわけかジャックの性格はすっかり変わってしまった。

以上が、嵐によって太平洋上のどこかの陸地へ打ち上げられた少年たちの顔ぶれだ。

スルーギ号は、数週間におよぶニュージーランド沿岸航海のあいだ、船主であるガーネットの父親が指揮をとることになっていた。ガーネット氏はこの海域きっての豪胆なヨットマンで、そのスクーナー船は何度となくニューカレドニアやオーストラリアの沿岸を、そしてトレス海峡からタスマニア島南端までを周航していた。ときには、大型船舶でも命がけの航海となりかねないモルッカ諸島やフィリピン諸島、あるいはセレベス諸島まで航行することもあったが、堅牢かつ航海にきわめて適した造りをしたこのスクーナー船は、たとえ荒天に見舞われても、見事に大海を乗り切ってきた。

スルーギ号の乗組員は甲板長に船員六名、料理人、そして見習水夫という構成だった。見習水夫はモコという名の一二歳の黒人少年。その家族はニュージーランドの入植者のもとでずっと働いていた。また、アメリカ産のすばらしい猟犬、ファンのことも忘れてはならない。ゴードンが飼っている犬で、片時も主人のもとを離れようとしないのだ。

出航予定日は二月一五日だった。その日までスルーギ号は商業桟橋（コマーシャル・ピア）の突端――つまり港でもっとも沖合寄りの場所に船尾を繋留していた。

一四日の夕刻、少年たちが船に乗り込もうとやってきたとき、乗組員はまだ全員乗船していなかった。ガーネット船長は出航準備が整ってからくることになっていた。ゴードンをはじめとする少年たちを迎えたのは甲板長と見習水夫だけ、残りの船員はといえば、これでしばらく飲み納め、とウィスキーをあおりに出かけてしまっていたのだ。少年たちが船室に荷物を下ろして眠りにつくと、甲板長までもが、これで自分も酒場で仲間の船員と一杯やれる、などと考え、あろうことか深夜一時過ぎまでそこに腰を落ち着けるという失態をおかしてしまった。見習水夫の方は、船員室で倒れ込むように眠りに落ちていた。

そこでなにが起きたのだろうか？　正確なところはおそらく誰もわからなかったに違いない。ただ、不注意によるものか故意によるものか、船を繋留していた綱がほどけてしまったということだけは確かだ。乗っていた少年たちはなにも気づかなかった。

漆黒の闇が港もハウラキ湾も包み込んでいた。陸から吹きつける風が強くなり、船はいつのまにか引き潮に運ばれて沖合へと流されはじめた。

見習水夫のモコが目を覚ますと、スルーギ号は大波に揉まれるような横揺れをしていた。港で寄せては返す波に揺られているときとは明らかに違う。モコは慌てて甲板へ出た。船が流されている！

モコの叫び声に、ゴードン、ブリアン、ドニファン、そしてほかにも何人かが寝台から飛び降りて、昇降口を駆け上がってきた。声を合わせて助けを叫ぶ。しかし無駄だった。町や港の明かりひとつさえ目に入らない。船はすでに陸から五キロ近くも離れ、湾の真ん中まで流されていたのだ。

少年たちがまず試みたのは、逆風帆走で港に戻るために、ブリアンとモコの指示に従いながら帆を上げることだった。しかし重すぎてうまい向きに張ることができず、かえって西風を孕んで、さらに遠くまで流されてしまった。スルーギ号はコルヴィル岬を回り込み、グレートバリア島との海峡を抜け、たちまちニュージーランドから何キロも遠ざかってしまった。

事態は深刻だ。もはや陸地からの助けは当てにできない。港から何隻かの捜索船が出された場合、仮にこの深い闇のなかでスクーナー船を見つけられるとしても、救助に駆けつけるのは何時間も経ってからだろう。たとえ夜が明けたところで、沖を漂うこんなちっぽけな船が、はたして人の目に留まるものだろうか？　自分たちの力だけでこの窮地を脱するにしても、いったいどうすればうまくいくというのか？　このまま風向きが変わらないようなら、陸地に戻ることを断念するしかない。

残された希望は、ニュージーランドの港へ向かう船舶に見つけてもらうことだった。そうした偶然はまず起こりそうになかったが、万一の可能性に賭けて、モコは急いで前檣（フォアマスト）の先に手提げランプを掲げた。ほかにできることといえば、夜明けを待つことだけだった。

年少組はこの騒ぎのなかでも眠りつづけていた。そのまま寝かせておく方がいいだろう。目を覚まして怯えたりすれば、いたずらにこの場を混乱させるだけだ。

そのあいだにも、スルーギ号を風上に向けようとする試みは何度も繰り返されていた。だが船はすぐに針路を変えて、なすすべもなく東へと流されていった。

と、そのとき数キロ先にひとつの明かりが忽然とあらわれた。帆柱の先に灯る白い明かり――航行中の蒸気船の標識灯だ。まもなく船の左右を示す赤と緑の舷灯が浮かび上がった。両方の舷灯が見えるということは、蒸気船がまっすぐこの船に向かって進んでいるということだ。

少年たちは必死に叫んだ。しかしその声が届くことはなかった。砕ける波の音、排気管から噴き出す蒸気の鋭い響き、ますます強まる風の唸り、そういったすべてが少年たちの叫び声をかき消してしまったのだ。

だが、こちらの声は届かなくても、むこうの当直船員はスルーギ号が掲げるランプに気づいてくれるのではないか？　それが一縷の望みだった。

けれども不幸なことに、上下に大きく揺れたはずみに帆綱が切れ、ランプは波間に呑み込まれてしまった。いまとなってはスルーギ号の漂流を知らせる手立てはなにもない。蒸気船は時速二〇キロ近い速度でこちらに向かってくる。

数秒後、スルーギ号は蒸気船と接触した。船腹に衝突されたらあっという間に沈んでいただろうが、船尾をかすめただけだったので、船名板の一部がもぎ取られたものの、船体は無傷ですんだ。

接触の衝撃はごく軽いものだった。蒸気船は、襲いかかる突風にさらされるスルー

必死に叫んだが、その声が届くことはなかった。

ギ号を取り残して、そのまま航行をつづけた。

船長のなかには、他船と衝突しながら相手を救助しようとしない者も多い。もちろんこれは重大な過失で、そのために罪に問われた例も少なくない。しかしこの件については、闇にまぎれて姿の見えない小型帆船が相手だったため、蒸気船の方で接触にまったく気づかなかったのも仕方のないことだった。

風に流されるままの少年たちは、途方に暮れるしかなかった。夜が明けても、目に入るのは一面の大海原ばかりだった。太平洋のこのあたりは、ほとんど船舶が通らない。オセアニアからアメリカへ、あるいはアメリカからオセアニアへと航行する船舶は、もう少し南寄りか北寄りの航路を取るのだ。スルーギ号からは帆影ひとつ見えなかった。夜になると天候がさらに悪化し、風はときおり弱まることはあっても、相変わらず西から吹きつづけていた。

いつまで漂流するのか、ブリアンにもほかの仲間にも見当がつかなかった。ニュージーランド海域に船を戻そうと努力しても無駄ではないのか？ 少年たちはどのように針路を変更するかの知識も、帆を張るだけの力も持ち合わせていないのだ。

このような状況にあって、ブリアンは一三歳とはとても思えない力強さを発揮して、みんなを引っ張りはじめ、ドニファンもそれには従うほかなかった。モコの助けを借りても船を西の海域に戻すことはできなかったが、わずかの知識を頼りに、少なくとも転覆せずに航行できる状態に保つことができたのだ。ブリアンは昼も夜もたえず水平線に目を凝らし、救いがあらわれるのをうかがっていた。スルーギ号のことを記した紙片を瓶のなかに入れて海に投げ入れたりもした。見込みの薄い方法ではあったが、やれることはすべてやってみた。

そのあいだにも西風は休みなく吹きつづけ、もはや東への漂流を止めることはおろか、その速度を弱めることもできないまま、船はなすすべもなく太平洋上を流されていた。

それからなにが起きたのかは、すでに見た通りである。ハウラキ湾から押し流されてから数日後、激しい嵐がわき起こり、二週間にわたって猛威をふるった。次々に襲いかかる巨大な波、叩きつける怒濤、幾度となく海の藻屑となりかけた末に——堅牢な造りと優れた航海性能を備えた船でなければひとたまりもなかったはずだ——スルーギ号は太平洋上の未知の陸地に漂着したのだった。

ニュージーランドから七〇〇〇キロも離れた場所に流れ着いたこの生徒たちの運命は、これからどうなるのだろうか？　少年たちが助かる手立てを自力で見つけられるとは考えにくい。どこから救いの手は差し伸べられるのだろうか？

残された家族の方は、息子たちがもろとも海に呑み込まれてしまったと信じるしかなかった。次のようなことがあったからだ。

オークランドでは、二月一四日から一五日にかけての深夜にスルーギ号が行方不明になったことがわかると、ただちにガーネット船長と少年たちの家族に伝えられた。その知らせに町中が騒然となり、悲しみに包まれたことは言うまでもない。

だが、繫留索がほどけたにせよ切れたにせよ、漂流したスクーナー船がすでに湾のはるか沖合まで流されたということはあるまい。船は見つかるだろう。ただ西風が強まっている。それがなによりも気がかりだ。

港湾局長はそう考えて、ただちにスルーギ号救助のための措置をとった。二隻の小型蒸気船がハウラキ湾を出て、何キロにもわたって捜索にあたった。荒れはじめたその海域を一晩中くまなく捜し回った捜索船が夜明けに帰港すると、心配で胸が張り裂ける思いをしていた家族は、すべての望みを絶たれることになった。

捜索船はスルーギ号を見つけることはできなかったが、波間に浮かぶ漂着物を拾い上げてきた。それは船尾の残骸――ペルーの蒸気船キトー号が気づかないまま接触したときにもぎ取られた船名板の一部だった。

その破片には、スルーギ号の船名を記した文字が読み取れた。だから船は荒波に打たれて大破し、乗っていた少年たちもろとも、ニュージーランド沖二〇キロほどのところで海に沈んでしまったに違いないと思われたのだった。

4

沿岸地域の最初の探検――木立を進むブリアンとゴードン――見つからない洞穴――物資の一覧――食糧、武器、衣類、寝具、日用品、工具、器具――最初の昼食――一日目の終わり

ブリアンが前檣(フォアマスト)の横木の上から観察したように、人の住んでいる気配はまったくなかった。スクーナー船が砂浜に漂着して一時間が過ぎても、ひとりの先住民も姿をあらわさない。崖のふもとに茂る木立の下にも、上げ潮で水かさが増した川の岸にも、人家はおろか掘っ立て小屋ひとつ見当たらない。砂浜には足跡さえなく、打ち上げられた海藻が波打ち際を長々と縁取っているだけだ。海に注ぐ小川にも、漁の小舟ひとつ浮かんでいない。南北ふたつの岬に挟まれた湾を見回しても、一筋の煙も目に入らない。

ブリアンとゴードンはまず、木立を抜けて崖のところまで行き、もし可能であればよじ登ってみようと考えた。

「とにかく陸地に着いたんだ。それだけでもすごいことだよ」ゴードンは言った。

「でも、ここはどんなところなんだろう。人は住んでいないみたいだけど……」

「重要なのは、人が住めないところじゃないってことさ」とブリアン。「とりあえず食糧も弾薬もあるしね。ないのは寝る場所だけだよ。どこかに見つけないと。……せめて小さい子たちの分だけでも。年少組のことが先決だ」

「そうだね」

「ここがどこなのか突きとめるのは、その問題を片づけてからだ。ここが大陸なら、助けがくる望みもあるかもしれない。もし島だったら……、それも無人島だったら……、そのときはまた考えよう。さあ、ゴードン、寝るところを探そう！」

ふたりはすぐに木立までたどり着いた。木立は川の右岸、三、四〇〇歩ほど上流のところから崖にかけて斜めに広がっている。

足を踏み入れると、人の通った形跡は皆無だった。道ひとつ、踏み跡ひとつない。朽ちて倒れた木の幹がそこかしこに横たわっている。枯れ葉が厚く地面を覆い、ふたりの足は膝まで埋まってしまう。ときおり鳥たちが怯えたように飛び去っていく。ま

ここはどんなところなんだろう。人は住んでいないみたいだけど……。

るで人間を警戒しなければならないと知っているかのようだ。このあたりに人は住んでいなくても、近くの先住民がときどき訪れてくるのかもしれない。

崖に近づくにつれてますます鬱蒼とする木立を、ふたりは一〇分ほどで抜けた。壁のように切り立った崖の頂までは、およそ六〇メートル。この岩壁の下あたりに、寝場所として使えそうな洞穴があれば、どれほど好都合だったろう。ここならば、木立にさえぎられて潮風もこないし、海が荒れていても波をかぶらずにすむ。これ以上ない隠れ家となったはずだ。沿岸地域の詳しい調査がすんで内陸部へ安心して踏み込んでいけるようになるまでのあいだ、しばらく身を落ち着けることができたに違いない。

けれども残念なことに、そそり立つ城壁さながらのこの断崖には、洞穴どころか、よじ登る足がかりになりそうなひび割れひとつ見つからなかった。内陸部へ足を踏み入れるには、おそらくこの崖を迂回する必要があるだろう。ブリアンはスルーギ号の前檣（フォアマスト）から観察したときに、崖がどこまでつづいているのか見当をつけていた。

ブリアンとゴードンが崖沿いに半時間ほど南下すると、川の右岸に出た。川の上流は曲がりくねりながら東へとつづいている。ふたりがいる右岸は生い茂る木々が木蔭をつくっているが、左岸の様子はまったく異なっていて、草木の緑もなければ、起伏に富んだ地形もない。どうやら南の地平線まで湿原が広がっているようだ。

崖の頂まで登れば何キロにもわたって周囲を見回すことができるだろうと考えていたのにそれが叶わず、ブリアンとゴードンはがっかりしてスルーギ号に戻ってきた。ドニファンと何人かは岩場を歩いていた。年少組のジェンキンズ、アイヴァーソン、ドール、コスターの四人は、貝採りをして遊んでいた。

ブリアンとゴードンは探検の結果を年長組に報告した。あたりのことがもう少し明らかになるまでは、スクーナー船のそばを離れない方がいいと思われた。船底は破れ、左舷に大きく傾いているが、打ち上げられたこの場所に置いたまま、仮の住処として使えそうだ。船首側の甲板、船員室の上にあたる部分には穴が開いているものの、少なくとも船尾側の船室と寝室は吹きつける風を避けるには充分だろう。炊事場は、暗礁に乗り上げた際も損害を受けなかった。これには、食事をなによりも楽しみにしている年少組も大喜びだった。

少年たちがここで暮らすのに必要な物資を砂浜まで運ぶ羽目に陥らずにすんだのは、実に運がよかった。たとえやり遂げることができたとしても、その苦労と疲労はどれほどのものになっていたことか。スルーギ号がはじめの岩礁に乗り上げたままだったら、物資を救い出すのはどうやっても難しかっただろう。荒波にさらされた船はあっという間にばらばらになり、その残骸が砂浜に打ち上げられるだろうが、散乱する漂

年少組の４人は、貝採りをして遊んでいた。

着物のなかから缶詰、武器や弾薬、衣服に寝具、そして生活するのに有用なさまざまな道具といったものを集めることが、はたして少年たちにできただろうか？　しかし幸いにもスルーギ号は高潮に乗って岩礁を越え、砂浜に打ち上げられた。もう二度と航海に出ることは叶わないにしろ、少なくともそこに住むことはできる。船体上部の造りは、襲いかかる突風にもびくともしなかったばかりか、座礁の衝撃にも耐えたほど頑丈だからだ。それに竜骨がしっかりと砂地にはまり込んでいるのでぐらつくこともない。もちろん、照りつける日差しと打ちつける雨にさらされるうちに朽ちていき、外板が剝がれ、甲板には大きな裂け目が口を開くだろう。いまは風雨をしのげるにしても、やがて使い物にならなくなるはずだ。しかしそうなるまでには、少年たちはどこかの町や村にたどり着けているだろう。嵐で流れ着いたこの場所が無人島であるならば、海岸近くの岩壁に洞穴を見つけているだろう。

さしあたってはスルーギ号に仮住まいするのが最善の策だということで、その日から実行に移された。左舷に縄梯子が架けられ、年少組も年長組も甲板の昇降口まで登れるようになった。見習水夫として多少の調理の心得があるモコは、料理好きのサーヴィスに手伝ってもらいながら、食事の準備に取りかかった。誰もが旺盛な食欲で平らげ、ジェンキンズ、アイヴァーソン、ドール、コスターの年少組は、このような状

モコ、ガーネット、サーヴィス

況のなかでもはしゃいでいた。ただ、寄宿学校では盛り上げ役だったジャックだけは、相変わらずみんなの輪からはひとりぽつんと離れていた。性格も振る舞いもまるで別人だった。このあまりの変わりぶりに誰もが驚いていた。すっかり無口になったジャックは、そのわけをたずねられても、いつも言葉を濁すのだった。

食事が終わると、嵐のなかで幾日も幾晩も危険と隣り合わせで過ごした疲れがどっと出て、少年たちの頭には眠ることしかなかった。年少組の後を追うようにして、年長組も寝室に入っていった。けれどもブリアン、ゴードン、ドニファンの三人は、交代で見張りをすることにした。野獣の群れ、あるいはそれに劣らず恐ろしい先住民の一団があらわれるのでは、と心配せずにはいられなかったのだ。しかしそれは杞憂に終わり、夜は何事もなく過ぎた。朝日が昇ると、少年たちは感謝の祈りを捧げた後、やるべき仕事に取りかかった。

まず初めに、船に残っている食糧と、武器、道具、衣類、工具といった物資の一覧を作成しなければならない。なによりも重要なのは食糧の問題だ。このあたりには人が住んでいる気配はなく、手に入るものといえば、漁撈（ぎょろう）や狩猟で捕れるもの以外は見込めないだろう。それも獲物がいればの話だ。これまでのところ、狩りが得意なドニファンの目に留まったのは、岩礁や岩場に群れ集まっている海鳥だけだった。だが、海鳥ばかりを食べつづけるのはさすがに辛い。だからこそ、節約した場合に船の食糧がどれくらいもつのか知っておくことが必要だった。

調べてみると、乾パンはふんだんにあったが、缶詰、ハム、上質の小麦粉と豚挽肉と香辛料で作られた肉入り乾パン、コンビーフ、塩漬け、シチュー缶は、どれほど節約しても、もってせいぜい二ヶ月といったところだった。だから、はじめのうちからこの土地で手に入るものに頼ることにした方がいいだろう。そうすれば、沿岸の港や内陸部の町まで何百キロも歩き通さなければならない場合に備えて、船の食糧をできるだけ取っておくことができる。

「缶詰が駄目になってなければいいけど」バクスターが言った。「岩に乗り上げたときに、船倉に水が入ってたりしたら……」

「傷んでそうな缶詰を開けて確かめてみよう」とゴードンが応じた。「中身にもう一度火を通せば食べられるんじゃないかな？」

「おいら、やってみるよ」とモコ。

「すぐに取りかかってくれるかな」ブリアンが言った。「はじめの何日かはスルーギ号にある食糧を食べるしかないからね」

「いますぐにでも湾の北の方にある岩場に行って、海鳥の卵を取ってくればいいじゃないか」そう言ったのはウィルコックスだ。

「そうだ、そうだ！」ドールとコスターが声をあげた。

「釣りって手もあるぞ」ウェッブが口を挟んだ。「船には釣竿があるだろ。そして海には魚がいる。あとは誰が釣りに行くかだ」

「ぼくが行く！……ぼくが行く！」と年少組が口々に叫んだ。

「わかった、わかった」ブリアンが応じた。「でもこれは遊びじゃないんだからね。釣竿を使っていいのは、まじめに釣る子だけだよ」

「だいじょうぶ！」とアイヴァーソン。「ぼくたち、宿題するみたいにまじめにやるよ」

「なるほど。でもまずは船になにがあるか、リストを作ることから始めよう」ゴードンが言った。「食べ物のことばかり考えてるわけにはいかないからね」

「でもさ、貝を採ってくれれば、お昼に食べられるよ」とサーヴィスが指摘した。

「まあいいだろう」とゴードンは答えた。「年少組三、四人で行っておいで。モコ、ついていってくれるかい」

「わかったよ、ゴードンさん」

「危なくないよう気をつけてあげて」とブリアンもつけ加えた。

「まかせて」

みんなから頼りにされているこの見習水夫は、とても面倒見が良く、器用で勇気もあり、遭難した少年たちを助けて熱心に働いてくれる。特にブリアンに対しては身を惜しまず仕え、ブリアンの方もモコへの好意を隠そうともしない。イギリス人の級友たちなら、黒人の見習水夫に好意を持つのは恥ずかしいと思ったことだろう。

「さあ、出発だ！」ジェンキンズが叫んだ。

「ジャック、お前は行かないのかい？」ブリアンは弟に声をかけた。

ジャックは行かないと答えた。

そこで、ジェンキンズ、ドール、コスター、アイヴァーソンの四人がモコに連れられて出発し、引き潮で姿をあらわした岩礁伝いに進んでいった。おそらく岩蔭を探ればムール貝やハマグリ、あるいはカキなどの貝をたくさん採ることができるはずだ。採った貝は、生のままでも焼いても、昼食の立派なご馳走になるだろう。四人は、役に立つ仕事をするというより遊びにでも行くように、はしゃぎながら出かけていった。年齢を考えればそれも当然だった。幼い子たちの頭には、自分たちがくぐり抜けてきた苦難の記憶も、これから待ち受ける危険への不安もほとんどないのだ。

年少組が出かけてしまうと、年長組は船内の調査に取りかかった。ドニファン、ク

ジェンキンズとアイヴァーソン

ロス、ウィルコックス、ウェッブの四人は、武器、弾薬、衣類、寝具、工具、船の道具を調べた。ブリアン、ガーネット、バクスター、サーヴィスの四人は飲料品の担当だ。ワイン、ビール、ブランデー、ウィスキー、ジンなどが、一〇ガロンから四〇ガロン[1]の大小さまざまな樽に入って船倉の奥に並んでいる。調査の結果はゴードンが手帳に記入した。この手帳には、船の備品や積荷についてのメモがびっしりと書き留められていた。生まれながらの会計係ともいうべきこの几帳面なアメリカ人少年は、船の物資をすでにだいたい把握していて、あとはそれを確認するだけのようだった。

まずは予備帆と、ロープや錨綱や大綱といった索具が一通り揃っていることが確かめられた。もし船がまだ航行可能ならば、船具をすっかり取り替えても、欠けているものはなにひとつないはずだ。いまとなってはもはやこうした上質の帆や真新しい索具を船の装備に使うことはないので、この地での生活のために使用できるだろう。リストにはさらに、手持ち網、底釣り用と引き釣り用の仕掛けなどの釣具も記されていた。この近海に魚が豊富であれば、重宝するのは間違いない。

武器に関してゴードンの手帳に記されているのは以下の通りだ。中折れ式猟銃八丁、

1 約四五リットルから一八〇リットル。

遠距離鴨撃ち銃一丁、リボルバー式拳銃一二丁。弾薬については、実包三〇〇発、二五ポンド[2]入り火薬樽二個、大量の散弾および弾丸。これらの弾薬は、スルーギ号がニュージーランド沿岸に寄港するときに狩猟を楽しむためのものだったが、ここでは皆の暮らしを助けるという実用的な目的で使われることになるだろう――とはいっても、危険から身を守るために使われるような事態にならなければいいのだが。船倉にはほかにも、かなりの量の夜間通信用信号弾や、備え付けの二門の小型大砲に装塡する弾薬筒と砲弾が三〇発ばかりあった。これについても、先住民の襲撃を撃退するために用いられることがないよう願うしかない。

身繕い用品や炊事道具については、たとえこの地での暮らしが長引いたとしても大丈夫なだけあった。食器の一部は暗礁に乗り上げたときに壊れてしまったが、炊事場や食卓で使う分は充分に残っていた。だが食器というのは、なくて困るといったものではない。なによりもありがたいのは、フランネル、ラシャ、木綿、麻などの衣服が豊富にあり、気温に応じて着替えられることだった。この土地がニュージーランドと同じ緯度に位置しているとすれば――オークランドを出てから船はずっと西風に流されてきたのだからその可能性は高い――、夏はひどい暑さ、冬は厳しい寒さを覚悟しなければならない。船には幸いにも、何週間にもわたる航海に必要な衣類が積み込まれていた。海上ではどのような服を着ることになるのかわからないからだ。また、船員用の衣類箱に収められていたズボン、ウールの上着、防水のフード、厚手のセーターなどは、少年たちの身長に合わせて直すのも難しくはないだろう。これで冬の寒さもしのげるはずだ。もちろん、船を出てもっと安全な住処に移らなければならないような事態になったら、各々が自分の寝具一式、つまりマットレスやシーツ、枕、毛布まで揃った吊床を持っていくことになる。こういった寝具は、丁寧に扱えば長く使えるものなのだ。

長く使える？　いや、もしかすると、いつまでもずっと使いつづけなければならないのかもしれない。

次に、ゴードンが船の備品として手帳に記したものを見てみよう。アネロイド気圧計[3]二台。アルコール式摂氏寒暖計一台。マリン・クロノメーター[4]二機。銅製のラッパ

2　約一一・三四キロ。
3　薄い金属でできた真空の箱が気圧の変化に伴って、へこんだりふくらんだりする動きを指針に伝えて気圧を示すようにしたもの。
4　航海用の高精度時計。正しい時刻を知ることで、経度を正確に割り出すことができる。

数本、これは濃霧の際の連絡用で、距離が離れていても聞こえる。大小の望遠鏡三本。据え付け型の羅針盤一台に小型コンパス二個。嵐の接近を予測するための気象管(ストームグラス)[5]一本。イギリス国旗が何枚かと、船舶間の通信に用いる信号旗一式。さらにハルケットボートという、折り畳むと旅行鞄くらいの大きさになる軽量ゴムボートがひとつ。川や湖を渡るにはこれで充分だ。

道具類は工具箱に一通り揃っているほか、釘、ボルト、木ネジ、船のちょっとした修理に使う各種金具などもそれぞれ袋に入っている。ボタンや針や糸もある。航海中に服を繕うこともあるだろうと、少年たちの母親が用意してくれていたのだ。火に不自由する心配はまずないだろう。マッチはふんだんにあるし、火縄と火打ち金はすぐになくなるものでもないから、この点については安心してもよさそうだ。

船内には海図が何枚もあったが、いずれもニュージーランド諸島沿岸のもので、現在いる未知の海域には役立たなかった。幸いゴードンが世界地図を持ってきていた。いまの地理学でもっとも正確だとされているシュティーラー[6]の世界地図だ。さらに、船内の書棚には旅行記や科学書を中心にかなりの数の英語やフランス語の本が並んでいた。そのなかには有名な二冊のロビンソン物語[7]ももちろんある。かつてポルトガルの詩人カモンイス[8]が難破のときも自作『ウズ・ルジアダス』の原稿を守ったように、そして、スルーギ号が座礁したときガーネットが愛用のアコーディオンを無事に守りきったように、サーヴィスならば万一の際には真っ先にこの二冊を救い出すに違いない。また、読むための書物だけではなく、書くために必要なペン、鉛筆、インク、紙のすべて揃っていた。一八六〇年のカレンダーの日付を一日ごとに消していく役目はバクスターが引き受けた。

「スルーギ号がここに打ち上げられたのは三月一〇日」とバクスターは言った。「だから三月一〇日と、それより前の日付は全部消しておくよ」

5　複数の化学薬品をガラス管に詰めたもので、溶液の沈殿、結晶の状態によって気象状態を知る。

6　ドイツの地図学者。主著『シュティーラー世界地図帳』(一八一七—一八二二)は五〇葉の地図を含み、ドイツ最初のもっとも有名な地図帳で、のちしばしば増訂された。Adolf Stieler(一七七五—一八三六)。

7　デフォーの『ロビンソン・クルーソー』とウィースの『スイスのロビンソン』のこと。

8　ポルトガルの詩人。バスコ・ダ・ガマのインド航路発見を軸とする愛国的大叙事詩『ウズ・ルジアダス』(一五七二)により、偉大な国民的詩人とされる。Luis Vaz de Camões(一五二四—一五八〇)。

船の金庫から金貨五〇〇ポンドが見つかったことにも触れておかねばならない。遭難したこの少年たちがどこかの港にたどり着き、そこから祖国へ戻るときがきたら、この金貨を役立てることになるだろう。

つづいてゴードンは、船倉に積み込まれているさまざまな樽を詳細に記録した。樽にはジンやビールやワインが入っていたが、そのうちの何樽かは暗礁に乗り上げたときに底が抜け、中身が流れてしまった。これは取り返しのつかない損失だった。残った分はできるだけ節約しなければならない。

船倉にまだ残っているのは、ボルドー産の赤ワインとシェリー酒が一〇〇ガロン、ジン、ブランデー、ウィスキーが五〇ガロン、そして一〇〇ガロン入りのビール樽が四〇樽。さらには、さまざまなリキュールのボトルが三〇本ほど。藁でしっかり包まれていたので、座礁したときも割れずにすんだのだ。

これだけの物資があれば、スルーギ号の一五人の少年は当面生活には困らないだろう。次にやらなければならないのは、この蓄えを温存できるように、この土地でどのようなものが手に入るか調べることだ。もし漂着したこの場所が島だとしたら、船が近くを通りかかるだけでなく、その船に向かって自分たちがここにいると知らせることができなければ、脱出の望みはない。壊れた船を修理して、船底の折れた肋材を直したり、外板を張り替えたりするのは、少年たちの力では到底無理な話だ。道具だってうまく使いこなせない。スルーギ号の残骸で新しい船を造るなどは夢のまた夢だ。

そもそも航海術の基礎も身につけていないのに、どうやって太平洋を横断しニュージーランドまでたどり着けるというのだろうか。とはいっても、スクーナー船に積んでいた搭載艇があれば、近くに大陸か島があった場合に、そこへ向かうことも不可能ではなかった。けれども、二隻の小艇は荒波にさらわれてしまった。船に残っているのはボートが一隻、これではせいぜい海岸沿いを航行することしかできない。

昼頃、モコに連れられて貝採りに行っていた年少組が戻ってきた。幼いながらも真面目に働き、きちんと役目を果たしていた。山のような貝を持ち帰ったのだ。モコは料理に取りかかった。モコの話では、卵もたくさん手に入るだろうとのことだ。崖の上の窪みにイワバトの群れが巣を作っているのを目にしたという。

「それはいい」ブリアンは言った。「近いうちに狩りに行こう。きっといっぱい獲れるぞ」

「ぜったい大丈夫」モコが答えた。「三発か四発撃つだけで、いくらでもイワバトが獲れるよ。巣を取るのだって、崖の上からロープで下りてけば、そんなに難しくないはず」

「よし、わかった」ゴードンが言った。「ドニファン、明日にでも行ってみるかい？」

「ぜひそうしたいものだね」とドニファン。「ウェッブ、クロス、ウィルコックス、お前たちも来るだろ？」

「もちろんさ！」と三人は答えた。何千羽という鳥を銃で撃てるというので大喜びだ。

「でも、あまり獲りすぎないようにした方がいいよ」とブリアンが釘を刺した。「必要なときにいつでもすぐ獲れるんだから。弾や火薬を無駄にしないことが大事だよ」

「おいおい、まだ一発も撃ってないのにお説教かよ」ドニファンは人から口出しされるのが我慢ならない。相手がブリアンとなるとなおさらだ。


一時間後、昼食ができたとモコが知らせにきた。みんな我先に船に駆け上り、食堂のテーブルについた。船体が傾いているので、テーブルも左舷側にかなり傾いていたが、横揺れに慣れっこになっていた少年たちは気にならなかった。採ってきた貝、なかでもムール貝は誰もが美味しいと言った。たしかに味付けにはまだ工夫の余地があったが、少年たちの年齢では、どんなときでも食欲にまさる調味料はないのだ。乾パン、たっぷりのコンビーフ、そして海水が混じらぬよう引き潮のときに河口で汲み、ブランデーを数滴垂らした冷たい水もあったので、なかなか上等な食事となった。

午後は船倉の整理と、リストに書き入れた物資の分類にあてられた。作業のあいだ年少組は、いろいろな魚がひしめく川で釣りに熱中していた。それから夕食。食事の後は、バクスターとウィルコックスを見張り役に残して、少年たちは寝床についた。

太平洋上のどこかの陸地での一日目はこのようにして過ぎていった。

無人の土地に漂着した場合、たいてい食糧をはじめとする物資の不足に悩まされるものだが、少年たちはそのような事態に陥らずにすんだ。このような状況であれば、身体壮健で手先が器用な大人なら難局を乗り切る見込みも充分にあっただろう。しかし最年長でも一四歳という少年たちがもしこのような状態のままいつまでもとどまらなければならないとしたら、はたして生きていけるのだろうか？　そのような疑問を抱くのも当然だった。

5

島か大陸か?——探検——ブリアンの出発——海棲哺乳類——ペンギンの群れ——昼食——岬の上から——沖合の三つの小島——彼方の青い線——スルーギ号への帰還

ここは島なのか、それとも大陸なのか? それがブリアン、ゴードン、ドニファンの頭を占めている重大問題だった。この三人は、性格からいっても、知性からいっても、まさにこの小さな集団のリーダーとなっていた。年少の子たちは目の前のことしか心配しないが、この三人は先のことを考えており、今後についていつも話し合っていた。島であろうと大陸であろうと、とにかくここが熱帯地方でないことははっきりとしている。それはこの地の植物を見ればわかる。ナラ、ブナ、カバ、ハンノキ、マツ、モミといった樹木、そこかしこに生えているフトモモ科やユキノシタ科の植物、どれも太平洋の中央部には自生していないものだ。もしかするとニュージーランドよりも高い緯度、つまり南極に近いところに位置しているのかもしれない。となると冬の厳しさが心配だ。断崖のふもとに広がる木立では、地面はすでに落ち葉が厚く敷きつめられていた。マツとモミだけは枝に緑が残っていたが、こういった木は季節がめぐっても葉を落とすことがないのだ。

「冬のことを考えると、海岸のこの場所でずっと暮らすのはやめた方がいいと思う」

ゴードンがこう言ったのは、スルーギ号を住処にしようと決めた翌日だった。

「おれも同じ考えだ」とドニファンが言った。「ぐずぐずしてると手遅れになる。人が住んでいるところまでたどり着くのに何百キロも歩くことになるかもしれないんだからな」

「いや、焦りは禁物だよ。まだ三月半ばじゃないか」そう応じたのはブリアンだ。

「そうさ。四月の終わりまでは晴れがつづく。六週間あればだいぶ進めるだろ」とドニファンが答えた。

「それは道があればの話だよ」

「道がないなんてことがあるもんか」

「道はあるだろうけど」とゴードンが言った。「その道がどこにつづくのかはわからないよ」

「おれからしてみたら、寒くて雨ばかりの冬が来る前に船を離れないなんてどうかしてる。慎重になりすぎるのはよくない」とドニファン。

「慎重すぎる方がましさ」とブリアンが返した。「知らない土地を馬鹿みたいに歩き回るよりはね」

「ほう、お前の意見に賛成しないやつは馬鹿呼ばわりか」

ドニファンの言葉にブリアンも言い返そうとして、あわや口喧嘩になりかけたとき、ゴードンが割って入った。

「喧嘩したってなにもならないよ。この状況を切り抜けるためにも、まずはぼくらのあいだで方針を決めよう。人が住んでるところが近いなら一刻も早くそこへ行くべきだ、っていうドニファンの言い分は正しい。だけどそれができるか、っていうブリアンの考えももっともだ」

「おいおい、ゴードン。北へ行ったり、南へ行ったり、東へ行ったりすれば、そのうち必ずどこかにたどり着くじゃないか」とドニファンは言い返した。

「その通りさ、ここが大陸ならばね」ブリアンが言った。「でもここが島だったら、それも無人島だったりしたら、そうはいかない」

「だからこそ、ここが島なのか大陸なのか確かめるべきなんだ」とゴードンが応じた。「東にあるのが海なのかそうでないのか確かめもせず、スルーギ号を捨てていくっていうのはやはり……」

「ふん、スルーギ号の方でおれたちを見捨てるさ！」ドニファンは声を荒らげた。いつものように意地でも自分の意見を変えようとしない。「冬になって冷たい風が吹きつけてきたら、こんな船、ひとたまりもないんだぞ」

「きみの言う通りだよ」とゴードン。「でもね、内陸の方へ踏み込む前に、どこを目指していくのかわかってないと」

ゴードンの言うことは明らかに筋が通っているので、さすがのドニファンも従うしかなかった。

「ぼくならいつでも調査に出かけられるよ」ブリアンが言った。

「おれもだ」とドニファン。

「出かける気があるのはみんな同じさ」とゴードンが言った。「だけど、この探検はきっと長くて疲れるものになるから、小さい子を連れて行くのはとても無理だ。二、三人で充分じゃないかな」

「それにしても、このあたりに高い丘がないのは残念だね」とブリアンが言った。

「もしあったら、そこからまわりを見渡せたんだけど。このへんは低地だし、沖から見たときもずっと遠くまで山らしいものはなにも見当たらなかった。砂浜の奥にあるあの崖のほかには、高いところはなさそうだよ。崖の向こうには、たぶん森とか平原とか湿地とかがあるんじゃないかな。そこを、このあいだゴードンと河口のあたりを探検したあの川が流れているんだ」

「まずはこのあたりがどうなっているのか見てみるのがいいだろうね」とゴードンが応じた。「ブリアンとぼくで洞穴を探したあの崖を越えていくのはその後だ」

「それじゃあ北の方に行くのはどうだろう？　湾の先にある岬をよじ登れば、遠くまで見渡せるんじゃないかな」

「ぼくも同じことを考えていたんだ。あの岬は八〇から一〇〇メートルくらいはありそうだから、崖の向こうまで見渡せるはずだ」

「じゃあ、ぼくが行ってくるよ」

「そんなことしても無駄だね」とドニファンが口を出した。「あそこからなにが見えるっていうんだ」

「なにかは見えるさ」とブリアンは答えた。

実際、湾の突端には高い岩が突き立っていた。海に面した方は垂直に切り立っているが、陸側は崖とつながっているように見える。スルーギ号からその岬までは、湾曲した海岸沿いに歩いても一二、三キロ、アメリカ人が言う「ミツバチの飛び方」——つまり直線距離なら、せいぜい八キロほど。ゴードンは高さを海抜一〇〇メートルほどと見積もったが、大きく間違ってはいないはずだ。

その高さでこのあたりの土地を広く見渡すことができるだろうか？　東の方になにかさえぎるものがあって、見通しがきかないのではないか？　だがいずれにしても岬の向こうがどうなっているのか、つまり海岸線がずっと北までつづいているのか、あるいは海になっているのかはわかるだろう。となれば湾の突端まで行って、岬の上まで登ってみるべきだ。もし東の方の視界が開けていれば、かなりの範囲にわたって土地の様子を把握できるに違いない。

こうして探検は実行に移されることになった。計画を思いついたのが自分ではなくブリアンだったからだろう、ドニファンはこの探検には意味がないと考えていた。だが良い成果をもたらす可能性は充分にあった。

探検の計画と合わせて、漂着したのが大陸——大陸だとすればアメリカ大陸以外にはありえないが——なのかどうか明らかにならないうちはけっしてスルーギ号を離れない、ということもはっきりと決められた。

しかし、それから五日のあいだは探検を実行することはできなかった。天候が変わって霧が立ちこめ、ときおり細かい雨まで降ったからだ。風が強まる様子はなかったが、計画通りに出かけたとしても見通しがきかず、徒労に終わったことだろう。だが、この五日間は無駄になったわけではない。各々がさまざまな仕事をして過ごしたのだ。ブリアンは父親のようなやさしさで尽くすのが生来の習い性になっているのだろう、年少の子たちにたえず目を配って世話をしていた。ブリアンが心がけていたのは、このような状況下でも年少の子にできるだけきちんとした身なりをさせることだった。気温が下がってくると、船員の衣類箱にあった暖かそうな服を直して着せてやった。縫い針よりも裁断する鋏(はさみ)が大活躍するこの仕立て作業には、見習水夫として裁縫も心得ているモコがその器用な腕前を大いに発揮した。コスター、ドール、ジェンキンズ、アイヴァーソンはだぶだぶの上着とズボンを上品に着こなしていた、と言いたいところだが、正直なところ、裾も袖もだいぶ切り詰めてしまったので、とてもそうは言えない。しかしそんなことはどうでもよかった。とにかく着替えることができたし、当人たちもこのおかしな服装にもすぐに慣れてしまった。

それに年少の子たちものんびりとはさせてもらえなかった。ガーネットとバクスターが引率役となって、干潮時に貝を採りに行ったり、網や釣糸を使って川岸へ魚を捕まえに行ったりしていたのだ。これは小さい子たちの遊びと、みんなの実益とを兼ねていた。年少組は楽しい仕事に夢中になって、自分たちがどのような状況に置かれているのか考えもしなかった。たとえ考えたところで、その深刻さを理解できなかっただろうが。もちろん、両親のことを思い出すと悲しい気持ちになった。それはほかの少年たちも同じだ。しかし年少組の頭には、もう二度と両親と会えないかもしれないなどという考えが浮かぶことはなかった。

ゴードンとブリアンはスルーギ号からほとんど離れることはなく、船を暮らしやすくする作業にかかりきりになっていた。ときにはサーヴィスが加わることもある。いつも陽気で、とてもよく働いてくれる。サーヴィスはブリアンが好きで、ドニファン一派には加わろうとしなかった。ブリアンもサーヴィスのことを気に入っていた。

「大丈夫、なんとかなるよ！」サーヴィスはいつもそう言うのだった。「それにしてもぼくらのスルーギ号は、あの親切な波のおかげで本当にうまく砂浜にたどり着いたものだね。ほとんど壊れずにすんだし。ロビンソン・クルーソーだって、スイスのロビンソンだって、島に流れ着いたとき、こんなにうまいこといかなかったんだよ[1]」

ところでジャックはどうしていただろう？　ジャックは兄のブリアンを手伝って船内の細々とした仕事をしていたが、なにかたずねられてもほとんど答えもせず、正面から見つめられるとすぐに目をそらしてしまうのだった。

ブリアンはジャックのこうした態度を本気で心配せずにはいられなかった。三歳年長ということもあり、これまでブリアンはなにかとジャックから頼られてきた。ところがすでに見たように、船が港を出てからというもの、ジャックは後悔にとりつかれているようだった。自分を責めずにはいられない重大な過ち――兄にも打ち明けられないような過ちを犯したのだろうか？　はっきりしているのは、ジャックが何度か泣きはらした赤い目をしていたということだ。

身体の具合が良くないのだろうか、とブリアンは考えるようになった。もし病気にかかっているとしたら、どんな手当てをしてやれるというのだろう？　心配になったブリアンは、弟にたずねてみた。だがジャックはこう答えるだけだった。

「ううん、なんでもない……、なんでもないよ」

それ以上のことはなにひとつ聞き出せなかった。

三月一一日から一五日までのあいだ、ドニファン、ウィルコックス、ウェッブ、クロスは岩場に巣くう鳥を撃つことに専念した。四人はいつも一緒に行動し、明らかに別のグループを作ろうとしていた。その様子を目にすると、ゴードンは心配にならずにはいられなかった。機会があるごとにそれぞれに話しかけ、いかに団結が必要かわかってもらおうとした。しかしどれほど説いても、特にドニファンからは素っ気なくあしらわれるだけなので、あまりしつこく言わない方がいいと判断した。とはいうものの、分裂の芽を絶つのをあきらめなかった。このままだと、いずれ困った事態を招きかねない。ただ、自分がなにか言うよりも、これから起こるさまざまな出来事を通して、歩み寄りが実現することもあるだろう。

霧が立ち込めているあいだは北の岬へ探検調査に出ることはできなかったが、狩りについてはかなりの収獲があった。大のスポーツ好きのドニファンは、銃の扱いも実に長けていた。自分の腕前を鼻にかけ――それも鼻持ちならないほどに――銃以外の狩猟道具、ウィルコックスが好んで使う罠や網や輪差(わさ)などを馬鹿にしきっていたが、少年たちが置かれている状況では、おそらくウィルコックスのやり方の方がずっとみんなの役に立つだろう。ウェッブも銃の腕はなかなかのものだったが、ドニファンにはかなわなかった。クロスは狩猟にはそれほど熱はなく、従兄のドニファンが獲物を仕留めるたびに拍手喝采するだけだった。犬のファンのことも触れておこう。狩りで

1　『ロビンソン・クルーソー』でも『スイスのロビンソン』でも、主人公は岩礁に座礁した船まで何度も往復して必要な物資を陸揚げする。

ウェッブ、クロス、ウィルコックス

のファンの働きはめざましく、獲物が岩礁の向こうに落ちると、一目散に波間に躍りこんで捕りにいった。

狩猟組が撃ち落とした獲物のなかには、ウ、カモメ、カイツブリなど、どう料理すればいいかモコにもわからない海鳥も多かった。もちろん、肉がとても美味しいイワバトやガンやカモも豊富に獲れた。この土地のガンはコクガンの一種で、銃声に驚いて一斉に飛び立つ方向からすると、内陸部に棲みついているようだった。

ドニファンが仕留めた鳥のなかにはミヤコドリも何羽かいた。この鳥は貝が大好物で、カサ貝やマルスダレ貝やムール貝を餌にしている。これだけの種類の鳥が獲れたので、どれを食べるも選り取り見取りだった。ただしほとんどの獲物は、きちんと下処理をして脂臭さを落とさないと、とても食べられたものではない。モコも努力はするのだが、必ずしもみんなが喜ぶようなものができるとは限らなかった。しかしゴードンがよく言うように、味に文句をつけるなどもってのほかだ。先のことを考えれば、ふんだんにある乾パンは別として、船の食糧はできるだけ節約しなければならないのだから。

そのようなわけで、誰もが北の岬への探険調査を心待ちにしていた。岬に登りさえすれば、ここが大陸なのか島なのかという重要な問題に答えが出るだろう。そこに少年たちのこれからがかかっていた。つまりこの土地での暮らしが一時的なものですむのか、それともいつまでもつづくものになるのかが。

三月一五日、天候は計画の実行に好都合なものになりそうだった。数日来の凪で厚く垂れ込めていた霧は夜のうちに晴れていた。陸からの風がほんの数時間ですっかり吹き払ってくれたのだ。まばゆい日の光で断崖の頂が金色に輝いている。午後になって日差しが西から斜めに注ぐようになれば、東の方が遠くまでくっきりと見えるに違いない。観察すべきはまさにその方角だ。もし水平線が東までずっと延びていたら、ここは島ということになる。そうなると、この近海を船舶が通りかかりでもしない限り、救助がやってくることはないだろう。

湾の北を探検するというのはブリアンの発案だった。ブリアンはひとりで出かけるつもりだった。もちろんゴードンが一緒に来てくれたら心強かっただろうが、ゴードンまで出かけたら、残された仲間のことに気を配る者がいなくなってしまう。それがなによりも心配だった。

一五日の夕方、しばらくは好天がつづくことを気圧計で確かめると、ブリアンは翌朝夜明けとともに出発するとゴードンに伝えた。往復で一六、七キロの距離を歩くのは、疲れをものともしない元気な少年にとっては苦もないことだ。ブリアンなら一日もあれば探検をやり遂げられるだろう。夜までには戻ってこられるはずだ、とゴードンは考えた。

夜が明けると、ほかの少年たちが寝静まっているなか、ブリアンは出発した。武器として携えているのは杖一本と拳銃一丁。狩猟組は、これまで狩りに出ても野獣がいる痕跡を目にしたことがない、と言ってはいたが、万が一野獣に出くわしたときに備えてだ。

護身用の武器以外にも、岬の上に着いてからの任務に役立つ道具も持ってきていた。スルーギ号にあった望遠鏡だ。これがあれば遠くまではっきりと見える。また、ベルト付きの鞄には、乾パン、塩漬け肉、少量のブランデーを混ぜた水を詰めた水筒が入っていた。これが昼食と、そしてなんらかの事情で船に戻るのが遅れた場合には夕食になる。

ブリアンはまずは早足で海岸線をたどった。引き潮で岩礁があらわれ、濡れた海藻が海岸に沿って長々と連なっていた。一時間後には、ドニファンたちがイワバトを撃ちにきたあたりを通り過ぎた。イワバトもブリアンのことは恐れる必要がなかった。できるだけ早く岬のふもとにたどり着こうと、ブリアンは脇目もふらず歩きつづけていた。霧はすっかり晴れ、空は澄み渡っている。この機会を逃してはならない。午後になって東の空に靄がかかるようなことがあれば、探検が無駄になってしまう。

最初の一時間はかなりの速度で歩けたので、道のりの半分以上を進むことができた。このまま順調にいけば、八時までには岬に着いているはずだ。しかし、断崖が海岸に迫るにつれて、足元が歩きにくくなってきた。砂地が少なくなるとともに岩が増えてきたからだ。それまで歩いていたのは、海と木立のあいだ、川からそれほど離れていないところに広がる踏み心地のよい砂地だったのに、いまでは滑りやすい岩場を乗り越えたり、粘つく海藻を踏んだり、水たまりを避けたり、ぐらつく岩に足をかけたりしながら進まなければならなかった。疲労はかなりのものだったうえ、当初の予定より二時間も遅れる羽目になってしまった。

「とにかく満潮になる前に岬に着かないと」とブリアンは考えた。「このあたりはさっきまで海で隠れていたところだ。次に潮が満ちたら、きっとまた断崖のふもとまで水につかるだろう。ここで引き返したり、どこかの岩の上に避難したりすることになったら、岬に着くのが遅くなってしまう。満ち潮がくる前になんとしてもここを通り抜けないと」

この健気な少年は、疲れで手足が重くなりかけているのも構わず、できるだけ近道を取るようにした。何度も靴と靴下を脱いで、膝まで深さのある水たまりを渡らなければならなかった。岩礁にさしかかると、足を滑らすのではと不安を抱きながらも、巧みな身のこなしで果敢に進んでいった。

ブリアンが目にしたように、このあたりは獲物の宝庫だった。ハト、ミヤコドリ、カモが群れをなしている。見事な毛並みのアザラシもいる。二、三組のつがいが岩礁で跳ね回っているが、べつに驚いたり、水に潜って逃げたりはしない。人間を警戒していないのは、恐れる必要がまったくないからだ。少なくともここ数年のあいだは、アザラシ猟にきた人間は皆無なのだろう。

ブリアンはさらに考えた。アザラシがいるということは、ここは自分が思っているよりも高い緯度――つまりニュージーランド諸島よりも南に位置しているということだ。となると、スクーナー船は太平洋上を漂流しているあいだ、かなり南東に流されていたに違いない。

その考えがいっそう強まったのは、ようやく岬のふもとにたどり着き、ペンギンの群れを目にしたときだ。ペンギンは南極海域でよく見られる鳥である。そのペンギンが何百羽も、飛ぶためではなく泳ぐための翼を不器用に動かしながら、よたよたと歩いていた。ただし、その肉は臭いがきついうえ脂っぽくて、とても食用にはならない。

時刻はすでに一〇時。最後の何キロかを踏破するのにどれだけ時間がかかったのか

アザラシが岩礁で跳ね回っている。

わかるというものだ。疲れ切って空腹だったブリアンは、一〇〇メートル近くある岬を登る前に体力を回復させておいた方がいいと思った。

ブリアンは、岩礁を浸しはじめた満ち潮を避けて、大きな岩に腰を下ろした。あと一時間遅かったら、潮が満ちて断崖と岩礁のあいだを通り抜けられなかったところだ。いまはもうその心配はない。午後になって引き潮になれば、またそこを通れるようになるだろう。

肉を食べて水筒の水を飲むと、空腹と喉の渇きはおさまった。休憩のあいだに、疲れた手足を休めることもできた。ブリアンは考えをめぐらせはじめた。仲間から離れてひとりになったいま、じっくりと冷静に状況を考えてみたかった。みんなが助かるためならどんなことでも力を惜しまずやり遂げようと心に決めていた。ブリアンは、ドニファンたちの自分に対する態度が気がかりだった。それがきっかけで仲間割れという不幸な事態になりかねないからだ。しかしそれでも、みんなを危険に巻き込むような行動には、断固として反対する覚悟だった。次に考えたのはジャックのことだ。元気のないのがとても心配だった。ジャックはなにか過ちを犯し――おそらく出発前のことだろう――それを隠しているように見える。これについては弟を強く問いただしてなんとしても答えさせよう。

一時間ほど休むと、すっかり回復した。ブリアンは鞄を取り上げて背負い、岩を登りはじめた。

湾のはずれに鋭く突き出た岬は、地質学的にかなり特殊な形成過程をしているように見えた。マグマが深成作用によって結晶化したもののようだ。

遠くから見たときはつながっているように見えたが、この岬は断崖とはつながっていなかった。岩の組成からしてまったく異なっている。岬は花崗岩でできているが、断崖の方はヨーロッパ西部の英仏海峡沿岸と同じような石灰岩質の地層だったのだ。

こういったことを観察したブリアンは、岬と断崖が狭い水路で隔てられていることにも気づいた。その向こうには、北にどこまでも砂浜がつづいている。だが、この岬は断崖よりも三〇メートルは高いのだから、とにかく上まで登ればこの一帯を広く見渡すことができるだろう。それが肝心なことだ。

岬の上までたどり着くのは困難だった。岩から岩へよじ登らなければならないが、なかにはその上端に指をかけるのもままならないほど高い岩もあった。しかしブリアンは登山家とも呼べる腕前の持ち主だった。幼い頃から岩登りが好きで、並外れた大胆さと、しなやかさ、敏捷（びんしょう）さを身につけていたのだ。そのため、何度か危うく滑り落ちそうになったものの、なんとか岬の頂に立つことができた。

まずは望遠鏡を目に当てて、東の方角を眺めた。

東の方は見渡す限り平坦だ。もっとも高いのは断崖で、そこから内陸にいくにしたがってゆるやかに低くなっている。遠くにはいくらか隆起したところもあるが、全体の眺めを大きく変えるほどではない。土地は緑の森に覆われている。秋になってところどころ黄色くなった茂みの下には、幾筋かの川が流れているのがかすかに見える。海岸の方へ流れているに違いない。平坦な地形は、地平線までおよそ二〇キロつづいている。その先に海が広がっているようには見えない。ここが大陸なのか島なのか確かめるには、東の方をもっと遠くまで探検する必要があるだろう。

北の方は、まっすぐ一二、三キロほど延びた海岸線の先に、別の岬が長く突き出ている。その向こうには、砂漠を思わせる広大な砂地が湾曲した海岸線を描いている。南へ目をやると、湾のはずれに岬が細く突き出し、その奥に海岸が北東から南西にかけて延びている。こちらの海岸は、北の荒涼とした砂地とは対照的に、広大な湿地となっている。

ブリアンは望遠鏡をめぐらし、周囲を注意深く観察した。自分がいるのは島だろうか？　それとも大陸なのか？　現時点ではどちらとも言えなかった。いずれにせよ、島だとしたら、かなり大きな島だ。はっきりと言えるのはそれだけだった。

それからブリアンは西の方へ視線を移した。傾きはじめた太陽の光を斜めから受けて、海がきらきらと輝いている。

突然ブリアンは望遠鏡を目に当て、沖合の水平線へ向けた。

「船だ……、船が通る！」

きらめく海面の彼方に三つの黒い点が見える。距離は二五キロ以上離れている。胸が激しく高鳴るのがわかった。幻覚だろうか？　本当に三隻の船が見えているのだろうか？

ブリアンは望遠鏡を下ろし、息で曇ったレンズをよく拭いてからもう一度目に当てた。

たしかにあの三つの点は船で間違いなさそうだ。見えているのは船体だけ。マストは見えない。となると蒸気船か。煙は見えないから、航行中ではないのかもしれない。

ブリアンは即座に考えた。あれが船だとしても、あまりに離れているから、ここから合図を送っても気づいてもらえないだろう。仲間たちからは当然あの船は見えていないはずだから、一番いいのは大急ぎでスルーギ号に戻って、海岸で火を燃やすことだ。そうすれば、日が沈んだ後で……。

そう考えをめぐらせながらも、三つの黒い点から目を離さずにいた。そして、それが少しも動いていないと気づき、当惑せずにはいられなかった。

ブリアンはふたたび望遠鏡を目に当て、数分のあいだレンズ越しに見つめつづけた。やがて正体がわかった。沿岸の西に浮かぶ三つの小島だ。嵐でスクーナー船が海岸まで流されたとき、その近くを通ったはずだが、霧に閉ざされて見えなかったのだ。

落胆は大きかった。

時刻は二時になっていた。潮が引きはじめ、断崖沿いの岩礁帯が姿をあらわした。そろそろスルーギ号に戻らなければならない。ブリアンは岬を下りる準備をした。だが、下りる前にもう一度だけ東の方を見ておきたかった。太陽の光は斜めから注ぐようになっているから、もしかすると先ほどまで見えていなかった場所が見えるかもしれない。

ブリアンは最後に東の方角をつぶさに観察することにした。やはり無駄ではなかった。森の緑のさらに奥、ようやく視界が届くあたりに、青みがかった一筋の線がくっきりと見えたのだ。その線は北から南へ何キロもつづき、両端はぼんやりとかすむ森の背後に隠れていた。

「あれはいったいなんだろう？」

さらに目を凝らす。

「海だ！……そう、あれは海だ！」

あやうく望遠鏡を取り落としそうになった。

海が東に広がっているのだから、もう間違いない。スルーギ号が漂着したのは大陸ではなく、島なのだ。それも太平洋の真ん中にぽつんと浮かぶ島、脱出の叶わない孤島なのだ。

ブリアンの頭には、待ち受けるありとあらゆる危険が次々と浮かんだ。心臓が締めつけられ、鼓動が止まってしまいそうだった。だが、くじけそうになる気力を奮い立たせた。未来がどれほど不安に満ちていても、落ち込んでいるだけでは駄目だ、と考えたのだ。

一五分後、ブリアンは砂浜に下り立っていた。そして午前中にたどった道をふたたび通って、五時前にはスルーギ号に戻ってきた。船では仲間たちがブリアンの帰りを待ちわびていた。

6

議論――探検の計画と延期――悪天候――魚獲り――巨大なヒバマタ――コスターとドールの遅々とした騎行――遠征の準備――南十字星への祈り

その日の夜、夕食がすむと、ブリアンは年長組に探検の結果を報告した。東の方角、森林地帯の先に、北から南に延びる一筋の水がくっきりと見えた。あれが海であることは確かだ。つまり、スルーギ号が流れ着いたのは大陸ではない。島なのだ。

ブリアンの話を聞いてまず、ゴードンたちは激しく打ちのめされた。まさかここが島で、脱出する手立てがまったくないなんて。大陸につづく道を東の方に探しに行こうと計画していたのに、それもあきらめなければならないのか。この海岸で、船が通りかかるのをひたすら待ちつづけるしかないのか。助かる望みは、本当にそれだけなのだろうか。

「ブリアンの見間違いってこともあるんじゃないか？」ドニファンは言った。

「そうだよ、ブリアン。雲が横にのびてるのを海だと思ったんじゃないの？」クロスも口を挟んだ。

「ぜったいに見間違いなんかじゃない」とブリアンは答えた。「東に見えたのは海だ。水平線が丸くなってたんだから」

「距離は？」たずねたのはウィルコックスだ。

「岬から一〇キロくらい」

「その先には山とか高台とかはなかったかい？」ウェッブもたずねた。

「いや、空しかなかった」

ブリアンがそう断言するからには、信じるほかはなさそうだ。

それでもドニファンは自分の意見を曲げようとしなかった。ブリアンが相手だといつでもこうなのだ。

「やっぱりブリアンが見間違えたんだと思うね。自分の目で確かめてみないことには……」

「確かめてみよう」とゴードンが言った。「はっきりさせておく必要があるからね」

「だったら、一日も無駄にできないよ」とバクスター。「もしもここが大陸だったら、冬がくる前に出発しなきゃならないんだし」

「明日にでも探険に出よう」とゴードンが応じた。「ただし天気次第だ。今度の探検はたぶん何日もかかる。だから天気がいいときじゃないと。内陸のあの深い森を、天気が悪いなか無理して越えるなんて、正気の沙汰ではないからね」

「わかったよ、ゴードン」ブリアンは答えた。「そして島の反対側の海岸に着いたら……」

「島だったら、だけどな」ドニファンはこれ見よがしに肩をすくめて言った。

「島だよ」苛立ったそぶりを見せながらブリアンが言い返した。「見間違ってなんかいない。東にはっきりと海が見えたんだ。ドニファンはただ意味もなくぼくに反対してるだけさ、いつもみたいに」

「へえ、お前はぜったい間違えないって言うんだな」

「間違えないなんて言ってないさ。でもこれについては、ぼくの見間違いじゃないってことがわかるよ。ぼくは確かめに行く。ドニファンが一緒にくるっていうのなら……」

「もちろん行くさ！」

「ぼくたちも行く！」年長組の三、四人も声をあげた。

「わかった、わかった」とゴードンが応じた。「みんな、落ち着こう。ぼくらはまだ子どもかもしれないけど、ここは大人みたいに振る舞おうよ。状況は深刻なんだ。軽はずみなことをしたら、取り返しのつかない事態になってしまう。全員であの森に踏み込むなんて駄目だ。第一、小さい子たちはついてこられないだろ。だからといって、小さい子だけをスルーギ号に残していくこともできない。ドニファンとブリアンで探検に行くのがいいんじゃないかな、ほかにふたりくらい連れて」

「ぼくが行く！」とウィルコックスが言った。

「ぼくも！」サーヴィスも声をあげた。

「いいだろう」とゴードンは答えた。「四人いれば充分だ。きみたちの帰りが遅れても、何人かで迎えに出られるからね。ほかの者は船に残ることにしよう。忘れちゃいけないよ、この船こそが、仮とはいえぼくらの住まいなんだ。ぼくらにとっての家、ぼくらにとっての〝わが家（ホーム）〟なんだ。ここが大陸だとはっきりするまでは、船を離れてはいけない」

「ここは島だよ」ブリアンは言った。「もう一度はっきり言っておく、ここは島だ」

「それを確かめに行くんじゃないか」とドニファンがやり返した。

ゴードンの分別ある忠告が、ふたりの意見の対立に終止符を打った。ブリアン自身が考えるように、中央にある森を越えて、一筋の水のところまでたどり着くことが重要であるのはもちろんだ。ただ、東に広がっているのが海だと認めるとして、その先にほかの島が浮かんでいるということもありえないだろうか？　海峡に隔てられているだけで、渡っていくことも不可能ではないかもしれない。まずは、その島が群島の一部かどうか、水平線に山かなにか見えるかどうかを確かめ、そのうえで救われるための方法を決めるべきではないのか？　太平洋のこのあたりからニュージーランドの海域まで、西の方に陸地ひとつないことは明白だ。したがって人の住む土地に戻る望みは、太陽の昇る方角、東に求めるしかない。

とにかく、天気が良くなければ、この遠征を試みるのは無鉄砲というものだろう。ゴードンが言っていたように、これからは子どもとしてではなく、大人として判断したり行動したりする必要がある。この先どのような脅威が待ち受けているのかわからない以上、いつまでも子どもの頭から成長せず、年相応の軽率さや無分別に流されたりしたら、さらには仲間割れなど起こしたりしたら、すでに危機的な状況をますます悪化させるだけだろう。だからゴードンは、仲間同士の諍いを未然に防ぐためにはどんなことでもしようと固く心に決めていた。

ドニファンとブリアンは一刻も早く出発したがったが、天候が急変したため延期せざるをえなかった。翌日から冷たい雨が降りだしたのだ。気圧計の目盛りは下がりつづけ、しばらくは突風が収まりそうになかった。このような悪天候で探検に出たりするのは無謀きわまりないことだった。

出発を延ばさなければならなかったことを、残念に思うべきなのだろうか？　いや、その必要はまったくない。誰もが――年少組は除いて――自分たちは四方を海に囲まれているのか否か、早く知りたがっていた。その気持ちはよく理解できる。しかし、たとえ遠征の結果大陸にいるとはっきりわかった場合でも、はたして未知の土地の奥へ、しかも寒い冬がやってこようというときに踏み込んでいこうなどと考えるだろうか？　もし何百キロも歩き通さなければならないとしたら、その疲労に耐えられるのだろうか？　みんなのなかでもっとも元気な少年でも、目的地まで到達できるだけの体力を備えているだろうか？　いや、無理だ。賢明に行動しようとするなら、そのような企ては、日が長くなって、冬の悪天候をもう心配する必要がなくなる時期まで延期するべきだろう。したがって、どちらにしろ寒さの厳しい季節のあいだは、あきらめてスルーギ号の仮住まいで過ごすよりほかはないのだ。

それでもゴードンは、難破したのが太平洋のどのあたりなのか確かめずにはいられなかった。船の書棚にあるシュティーラー世界地図帳には、太平洋の地図も一通り含まれていた。船が流されただろう航路をオークランドからアメリカ大陸沿岸までたどってみると、北寄りであれば、ツアモツ諸島を越えてからはイースター島とファン・フェルナンデス島――ロビンソンのモデルであるセルカーク[1]が生涯の一時期を過ごした島――しかない。南の方には、果てしなく広大な南極海までまったく陸地はない。東に目を向けると、チリ沿岸にチロエ島やマドレ・デ・ディオス島といった島々が点在するだけだ。そこから南下すると、マゼラン海峡とフエゴ島周辺の島々に、ホーン岬の荒波が打ち寄せている。

船の漂着したのが南米の大草原（パンパス）地帯にほど近い無人島のひとつだとしたら、チリやラプラタ川流域やアルゼンチン共和国といった人の住んでいるところまでは何百キロもあるだろう。そんな人里離れた広大無辺な土地で、ありとあらゆる危険に脅かされながら、いかなる救いの手を期待すればいいのか？

どのような事態が待ち受けているかわからないのだから、慎重にも慎重を重ねて行

1　遭難者として無人島で四年間を過ごしたスコットランドの水夫。Alexander Selkirk（一六七六―一七二一）。

動した方がいい。いたずらに未知の土地へ乗り出して、惨めな最期を遂げるような危険を冒してはならない。

　これがゴードンの考えだった。ブリアンとバクスターも同じように考えていた。おそらくドニファン一派も、ゴードンの考えを認めざるをえないだろう。とはいっても、東に見えたという海を確かめに行くという計画に変更はなかった。しかし、それから二週間というもの、実行に移すことはできなかった。天気が大きく崩れたのだ。雨は一日中降りつづき、風が激しく吹き荒れた。森を通り抜けることなど、とてもできるはずもない。島か大陸かという重大な問題にいくら早く決着をつけたくても、遠征は延期するしかなかった。

　突風が吹きつけるあいだ、少年たちは何日間も船に閉じこもったままでいた。けれどもなにもせずに過ごしていたわけではない。物資に気を配るのはもちろん、風雨に痛めつけられ破損した箇所を次から次に修理する必要があったのだ。船体上部の外板が剝がれはじめる。甲板の防水が劣化し、水が染みこんでくる。継ぎ目に詰めた槙皮(まいはだ)[2]がぼろぼろになり、あちこちで雨水が漏れるので、たえず詰め直さなければならない。

　差し迫った課題は、もっと安心して身を落ち着けられる場所を探すことだった。仮に東を目指して進むとしても、それは五、六ヶ月先になるだろう。スルーギ号はそれまで持つまい。もし冬のさなかに船を離れなければならなくなったら、どこで雨風をしのげばいいのか。崖のこちら側には利用できそうな洞穴はひとつもない。となると、海からの風が届かない崖の反対側を新たに調査して、必要とあれば、全員で暮らすのに充分な大きさの住処を建てるべきだ。

だがさしあたっては、雨漏り箇所を直したり、風が吹き込む船底の穴をふさいだり、剝がれてきた内張を固定したりと、応急修理でしのがなければならなかった。予備の帆で船体を覆うという手もあったが、厚くて丈夫な布地を犠牲にしてしまうのは惜しいとゴードンは考えた。船を離れて野営せざるをえないときには、テントを張るのに使えるからだ。そこで、タールを塗った防水布を甲板に広げることにした。

それと並行して、積荷をいくつもの包みに分けて番号を付け、ゴードンの手帳に書き入れた。いざというとき、すぐに木蔭へと運び出せるようにするためだ。

数時間でも風雨がおさまると、ドニファン、ウェッブ、ウィルコックスはイワバト猟に出かけた。モコがそれを、みんなの口に合うよういろいろなやり方で調理した。

2　ヒノキやマキの内皮を砕き、柔らかい繊維としたもの。船などの水漏れを防ぐため、板の継ぎ目に詰める。

タールを塗った防水布を甲板に広げた。

一方、ガーネット、サーヴィス、クロスの三人は、年少組を連れて――ときには兄に強く言われたジャックも連れて――魚を獲りにいった。このあたりの海は魚が多く、湾では岩礁に生える海藻のなかに、ノトテニア属の魚や大型のメルルーサが豊富に泳いでいた。大型褐藻（ケルプ）の一種で、長さ一三〇メートルにもなる巨大なヒバマタのあいだには、小さな魚が無数に群がっていて、手で捕まえることもできた。

幼い漁師たちは、岩礁のへりで網や釣竿を引き上げるたびに大騒ぎだった。

「釣れたよ！　ものすごいのが釣れた！」ジェンキンズが喚声をあげる。「ほら、大きいよ！」

「ぼくだって。こっちのほうが大きいよ！」アイヴァーソンはそう叫ぶと、ドールに助けを求める。

「逃げられちゃうよ！」コスターが大声をあげると、みんなが駆け寄って手伝ってくれる。

「しっかり持って！……しっかりと！……早く網を引き上げろ！」ガーネットやサーヴィスは、小さい子たちのあいだをまわって、しきりに声をかける。

「むりだよ！……できないよ！」コスターが引きずられながら叫ぶ。

みんなの力を合わせて、やっとのことで網が砂浜まで引き上げられる。急がなけれ

「できないよ！」コスターが引きずられながら叫ぶ。

ばいけない。澄んだ海水には獰猛なヌタウナギが群れていて、網のなかの魚をあっという間に食べてしまうのだ。かなりの魚が奪われはするものの、残った分だけでも少年たちの食卓を満たすには充分だった。なかでもメルルーサは、そのまま食べても塩漬けにしても、とても美味しかった。

河口で獲れるのは、カワハゼに似たガラクシア属の魚だけだった。味はいまいちで、モコはせいぜいフライにでもするほかなかった。

三月二七日のことである。いつもよりもすごい獲物が捕まって、ちょっとした楽しい騒動が起きた。

雨がやんだので、午後になると年少組は釣道具を手に河口へ出かけた。

突然、叫び声があがった。楽しそうな喚声だったが、よく聞くと助けを求めている。船で作業をしていたゴードン、ブリアン、サーヴィス、モコの四人は、仕事をやめて声のする方へ駆けていった。五、六〇〇歩離れた川まではすぐだった。

「きて！　こっちにきて！」ジェンキンズが叫んでいる。

「コスターを見て！　馬に乗ってるよ！」アイヴァーソンも声をあげている。

「ブリアン、早く、早く！　逃げちゃうよ！」とジェンキンズが繰り返す。

「もういいよ！　もういいってば！……ねえ、おろして！　怖いよ！」コスターが怯えて叫ぶ。

「それいけ！　ほら！」コスターの後ろで大声をあげているのはドールだ。ふたりはなにか大きな生き物にまたがっている。

それは巨大なウミガメだった。普段見かけるときは、たいてい海面に浮かんだまま眠っているのだが、このときは砂浜にあがっているところを不意に捕まえられ、なんとか海に戻ろうとしていた。

子どもたちは甲羅から突き出た首に縄をかけて引き留めようとするけれど、相手があまりに力持ちで、とてもかなわない。ウミガメはお構いなしに歩きつづける。のろのろと、だけど有無を言わせぬ力で、縄をつかむ子どもたちを引きずっていく。ジェンキンズがふざけてコスターを甲羅に乗せたのだ。落ちないようにと、後ろにまたがったドールが支えているが、コスターはウミガメが海に近づくにつれて、いっそう甲高い悲鳴をあげる。

「ほら、がんばれ、コスター！」ゴードンが声をかける。

「お馬さんが暴れないよう気をつけるんだぞ！」とサーヴィスも叫ぶ。

ブリアンも思わず笑い出した。べつに危険はない。ドールが手を離したところでコスターは甲羅から滑り落ちるだけ、ちょっと怖い思いをすればそれでおしまいだ。

「それいけ！　ほら！」コスターの後ろでドールが叫ぶ。

しかし、いまはまずこのウミガメを捕まえなければならない。たとえブリアンたちが年少組と力を合わせても、ウミガメを引き留めることはできないだろう。なにか別の方法で歩みを止めなければ。ぐずぐずしていると、海に逃げられてしまう。

船を飛び出すときにゴードンとブリアンが持ってきた拳銃は、とても役立ちそうにない。弾は甲羅にはじかれてしまう。斧で仕留めようとしたところで、頭も足も甲羅に引っ込めてしまうだろう。

「方法はひとつしかない」とゴードンが言った。「ひっくり返すんだよ」

「でも、どうやって？」たずねたのはサーヴィスだ。「このカメ、一〇〇キロは超えてる。ぼくたちじゃ無理だよ」

「円材だ！　帆桁用のがある」

ブリアンはそう言うと、モコを連れてスルーギ号へ駆け戻った。

そうしているうちに、ウミガメはもう海まで三〇歩ほどのところにきていた。ゴードンは、甲羅にしがみついているコスターとドールを急いで抱き下ろした。そして、みんなで縄をつかみ力一杯引いたが、どうやっても歩みを止めることはできなかった。このウミガメなら、チェアマン寄宿学校の生徒全員が相手でも引きずっていくに違いない。

幸いなことに、ブリアンとモコはウミガメが海にたどり着く前に戻ってきた。二本の円材を腹の下に差し込み梃子(てこ)にして、ようやくウミガメを仰向けにひっくり返すことができた。こうなるともう逃げようがない。自力では元通りに起き上がれないのだ。

ウミガメが頭を引っ込めようとするところを、ブリアンが斧を打ち下ろした。狙いはあやまたず、一撃で仕留めた。

「どうだい、コスター。まだこいつが怖いかい?」とブリアンはコスターにたずねた。

「ううん、怖くない。だって死んでるもの」

「でもコスター」サーヴィスが言った。「さすがにこいつを食べる気にはならないだろ?」

「食べられるの?」

「もちろんさ!」

「じゃあ食べる。おいしければだけど」コスターはそう答えながら、もう舌なめずりをしている。

「ものすごくうまいよ」と言ったモコは、あとは食べてのお楽しみとばかりに、ウミガメの肉は実に上品な味だ、ということ以外はほとんど教えてくれなかった。

このまま船まで運ぶのはさすがに無理なので、その場で解体することにした。これはかなりぞっとする作業だったが、ロビンソンのような生活を送るうえでは気が進まない仕事であってもどうしてもやらなければならないときがあるのだ、という考えに少年たちは慣れはじめていた。いちばん難しいのは、腹部の甲羅を割ることだった。なにしろ斧の刃もこぼれてしまいそうな、金属も顔負けの固さなのだ。それでも甲羅の隙間に鏨(たがね)を打ち込んで、どうにか割ることができた。それから肉を切り分け、スルーギ号に運んだ。その日の食事では、ウミガメのスープがいかに美味しいかを全員が知ることとなった。サーヴィスが炭火で焼いた肉も、多少焦げてはいたがもちろん絶品で、誰もがむさぼるように食べた。おこぼれをもらったファンの様子からは、犬もやはりウミガメの肉が大好きだということがよくわかった。

ウミガメからは二五キロ以上の肉がとれた。これだけあれば船の食糧を節約できるはずだ。

三月はこのようにして過ぎていった。スルーギ号が漂着して三週間というもの、この海岸での暮らしが長くなることに備えて、各々ができる限り働いた。あとは、冬がやってくる前に、ここが大陸なのか島なのかという重要な問題に決着をつけるだけだった。

四月一日になると、天候の回復が近いことがはっきりしてきた。気圧計の目盛りが徐々に上昇し、風は陸風に変わってだいぶ和らいできた。この様子ならまもなく雨風もおさまり、しばらくは天気が崩れることはないとみて間違いない。内陸部への遠征も大丈夫だろう。

その日、年長組は話し合った。議論の末、誰もがその重要性を認めている探検に向けて、準備がはじめられた。

「明日の朝に出発しても問題ないんじゃないか？」ドニファンが言った。

「問題ないと思う」とブリアンが答える。「夜が明けたら出発できるように準備しないと」

「ぼくのメモによると」ゴードンが口を開く。「きみが東の方に見た水の線は、岬から一〇キロくらいのところだったよね？」

「そうだよ。でも、湾は内陸側にだいぶ深く入り込んでいるから、ここからだともっと近いかもしれない」

「そうなると、二四時間もあれば戻ってこられるかな？」

「東に向かって確実にまっすぐ進めればね。ただ、崖の向こうに出てから、森を突っ切る道が見つかるかどうか」

「なに、道なんかなくたって、進むことに変わりはないさ」口を挟んだのはドニファンだ。

「そうだね」とブリアンが応じる。「けど、川とか沼とかに邪魔されて進めなくなるかもしれない。念のため何日か分の食糧を用意しておくのがいいんじゃないかな」

「それと弾薬も」とウィルコックス。

「もちろんだ」とブリアンは言う。「いいかい、ゴードン。ぼくたち丸二日は帰ってこないかもしれないけど、心配しないで大丈夫だからね」

「きみたちが半日いないだけでも心配だよ」とゴードン。「でもそんなことは言ってられない。探検に出ると決めたからにはやり遂げてくれ。そもそもこの探検の目的は、東に見えたっていう海にたどり着くことだけじゃない。崖の向こうの土地がどうなっているか確かめるのも、同じくらい重要なんだ。崖のこちら側には洞穴はひとつも見つからなかった。いずれスルーギ号を離れなきゃいけなくなったら、海風の届かない場所に移らないと。吹きさらしのこの海岸で冬を越すなんてできそうにないからね」

「その通りだね、ゴードン」とブリアンが言う。「どこか住めそうな場所を探してくるよ」

「この〝島〟とやらから脱出できるってことがはっきりすれば、そんなもの探す必要もないけどな」ドニファンは相変わらず自分の考えを曲げようとしない。

「そうかもしれないけど、もう冬も近づいてきてるから、すぐには脱出できないよ」

とゴードンが応じる。「とにかくできるだけのことをしよう。さあ、明日出発だ！」

準備はまもなく完了した。四日分の食糧を鞄に詰め、肩にかけて持っていく。四人がそれぞれ小銃と拳銃を携える。それから手斧二本、小型コンパス、五、六キロ先まで見渡せる高性能の望遠鏡、旅行用毛布。そして携帯用炊事道具、火縄、火打ち金、マッチ。これだけあれば、短期の遠征には充分だろう。ただし、数日間だけの探検とはいえ、危険がないとは言えないから、ブリアンとドニファン、同行するサーヴィスとウィルコックスは、くれぐれも警戒を怠らず用心に用心を重ねて進み、けっして離ればなれにならないよう注意することにした。

ゴードンは、自分が一緒に行けば、たとえブリアンとドニファンが衝突しても大事にならずにすむはずだと思っていた。しかし、スルーギ号に残って、ほかの仲間たちに気を配る役を引き受ける方が賢明だろうと判断した。ゴードンはブリアンを脇に呼んで、ドニファンと仲違い（なかたが）いしたり争ったりしないと約束させた。

気圧計による予測は的中した。日暮れ前には、残っていた雲も夕日に染まる空に消えた。西の方には、丸みを帯びた水平線がくっきりと浮かび上がっている。南半球の壮麗な星座が満天にきらめく。南天にひときわ美しく輝いているのは南十字星だ。

この別れの前夜、ゴードンも仲間たちも胸が締めつけられる思いだった。探検中は幾度となく大変なことが降りかかってくるはずだ。いったいなにが待ち受けているのだろうか。満天の星を見つめているうちに、いつしか少年たちの思いはもう二度と会えないかもしれない両親のもとへ、家族のもとへ、故郷のもとへと戻っていた。

幼い子たちは、礼拝堂の十字架の前でするように、夜空に輝く南十字星に向かってひざまずいた。その子たちの耳には、このすばらしい天空を創造した神に祈りを捧げて希望を託すように、と語りかける南十字星の声が聞こえていたのかもしれない。

7

カバの木立——断崖の頂から——森の横断——小川（クリーク）の飛び石——川の導き——野宿——草葺き小屋（アジューパ）——青みがかった線——喉を潤すファン

ブリアン、ドニファン、ウィルコックス、サーヴィスの四人は、朝七時にスルーギ号を出発した。雲ひとつない空に昇っていく太陽は、その日が晴れ渡った一日になることを告げていた。北半球の温帯地域であれば一〇月の秋晴れといえる日だ。暑くなるおそれも、寒くなるおそれもなかった。地形に阻まれない限りは、歩みを遅らせたり、立ち止まったりする必要はなさそうだ。

一行はまず、砂浜を斜めに横切って断崖のふもとへ向かった。探検隊にはファンも参加していた。犬の勘が役に立つかもしれないからと、ゴードンが連れて行くよう勧めたのだ。

出発から一五分後、四人は木立に入ったが、抜けるのに時間はかからなかった。小さな鳥が何羽か木蔭を飛び回っていた。けれども、そんなものを追いかけて時間を無駄にすることはできないので、ドニファンは撃ちたい気持ちをこらえておとなしく歩きつづけた。ファンもむやみに駆け回っても疲れるだけだとわかったのか、少年たちに付き添いながら、少し離れて斥候(せっこう)役をつとめていた。

計画では、断崖のふもとに着いた後は北に進み、途中に断崖を越えられるところが見つからなければ、そのまま湾の北端にある岬まで行くことになっていた。それからブリアンが見たという水を目指して歩く。最短の道のりではないが、もっとも確実だった。歩く距離が三、四キロ延びたところで、元気で健脚家の少年たちには苦でもなかった。

崖にたどり着くと、ブリアンはすぐに、そこがゴードンと最初に探検にきた場所だと気づいた。ここから南へ行っても、石灰岩質の崖にはどこにも越えられるところはない。したがって北に向かって進みながら、越えられるくらい崖が低くなっている場所を探すべきだ。ただ、場合によっては岬まで歩く羽目になるかもしれない。そうなるとおそらく丸一日はかかるだろう。しかし崖のこちら側に越えられる場所がなければ、そうするより仕方がないのだ。

ブリアンがこのように説明すると、ドニファンも反対しなかった。崖の斜面を登ろうとしても、無理だったからだ。四人は木立が迫る崖のふもとを北にたどっていった。一時間ほど歩いた。このまま岬まで進むとなると、海岸を通り抜けられるか気がかりだった。時間が経ったせいで、上げ潮がもう砂浜を覆ってしまったのではないだろうか？　潮が引いて岩礁が姿をあらわすのを待つとなると、半日は無駄になってしまう。

「急ごう」潮が満ちる前に通り抜けることがいかに大事かを説明してから、ブリアンは言った。

「どうってことないさ」とウィルコックス。「足首まで水に浸かるってだけだろ」

「足首ですめばいいけどね。足首の次は胸、その次は耳までってなるよ」ブリアンは言った。「海面は一メートル半から二メートルも上がるんだ。まっすぐ岬を目指す方がぜったいいいと思うよ」

「そういうことは先に言えよ」とドニファンが返した。「ブリアン、お前が案内役だろ。遅れることにでもなったら、ぜんぶお前の責任だからな」

「それでもいいよ。とにかくぐずぐずしてられない。――あれ、サーヴィスは？」

ブリアンは呼んだ。

「サーヴィス！……サーヴィス！」

いなくなっている。ファンを連れて離れたかと思うと、右に一〇〇歩ほどのところ、突き出た崖の向こうに姿を消したのだ。

しかしすぐに叫び声と犬の吠える声が聞こえてきた。サーヴィスになにか危険が迫っているのだろうか。

ブリアン、ドニファン、ウィルコックスの三人が駆けつけると、サーヴィスは崖の前に立ちつくしていた。崖は一部が崩落している。かなり前に崩れたものだ。雨水が染みこんだのか、風雨にさらされ石灰岩質の岩が風化したのか、頂から地面まですり鉢状にえぐれ落ちている。岩壁は垂直に切り立っているが、逆円錐形に削られた部分の傾斜はせいぜい四〇度から五〇度、斜面には凹凸もあるから足をかけるのも簡単だろう。敏捷で柔軟な少年たちなら、それほど苦労せずに崖の上まで登れるはずだ――途中で新たな崩落が起きなければの話ではあるが。

危険はあったが、ためらうことはなかった。

崖下にうず高く重なった岩に真っ先に取りついたのはドニファンだった。

「待てよ！……慌てるな！」とブリアンは叫んだ。「慎重にやらないと！」

しかしドニファンは耳を貸さなかった。意地でも仲間には――特にブリアンには――負けまいと、早くも斜面の中ほどまで登っていた。

ほかの三人も後につづいた。落ちてくる岩の欠片に当たらないようにドニファンの真下を避けて登った。

すべてうまくいった。ドニファンは崖の頂に一番乗りしてご満悦だった。少し遅れて仲間もやってきた。

ドニファンはすでに望遠鏡をケースから出して、東の方に果てしなく広がる森を見渡している。

目に入るのは一面の緑と空。ブリアンが岬の上から見たのと同じ眺めだが、あのときほど遠くまでは見えない。この崖の方が岬よりも三〇メートルばかり低いからだ。

「どう？　なにも見えないの？」ウィルコックスがたずねた。

「なにひとつ見えないね」ドニファンは答えた。

「ぼくにも見せて」ウィルコックスが言った。

ドニファンは望遠鏡を手渡した。その顔には満足そうな表情がありありと浮かんでいる。

「水の線なんてぜんぜん見えないよ」ウィルコックスは望遠鏡を下ろすと言った。

「まあそうだろうね」とドニファン。「こっちの方角に海なんてないんだから。ブリ

ドニファンは望遠鏡で森を見渡している。

アン、お前も見てみろよ。見間違いだったってことがわかるさ」

「見る必要ないよ」とブリアンは言った。「見間違いなんかじゃないって自信があるからね」

「おいおい、勘弁してくれよ！　なにも見えないじゃないか」

「あたりまえだよ。この崖は岬より低いんだからね。そのせいで遠くまで見えないんだ。同じくらいの高さからなら、一〇キロくらい先に水平線が青く見えるはずさ。実際に見ればわかるよ、雲の帯なんかじゃないってね」

「口で言うだけなら簡単さ」ウィルコックスが口を挟んだ。

「確かめるのだって簡単だよ」とブリアンは応じた。「この崖を越えて森を突っ切っていけばいいんだ。まっすぐ歩いていけばたどり着く」

「おいおい、かなり遠くまで行くことになりそうだな」とドニファンが言った。「それだけの苦労に見合うのかどうか、おれには疑問だね」

「じゃあドニファンはここにいなよ」ブリアンはゴードンとの約束を思い出し、ドニファンに水を差されてもぐっとこらえて言った。「きみはここに残ってればいい。サーヴィスとふたりで行ってくるから」

「ぼくたちも行くよ」とウィルコックスは言った。「出発だ、ドニファン、出発！」

「お昼を食べてからね！」とサーヴィスが口を挟んだ。

その通りだ。出発前に腹ごしらえをしておいた方がいい。一行は半時間ほどで昼食をすませ、ふたたび歩きはじめた。

はじめの数キロは順調だった。草地なので楽に歩けたのだ。石であちこち盛り上がったところは、苔や地衣類で覆われていた。灌木の茂みが、種類ごとに固まって、点々と生えている。こちらには木生シダやヒカゲカズラ、あちらにはヒースやメギ。葉先が尖ったヒイラギや、高緯度地域でもよく見られる、革質の葉を持つヘビノボラズの茂みもある。

崖の上の台地を越えると、今度は反対側の岩壁を下りなければならない。これはなかなか大変だった。湾に面した方の岩壁と同じように切り立っていたからだ。幸いにも、半ば涸れた川床が蛇行しながらつづいていたので、急勾配を何度も折り返しながら下りることができた。そうでなければ、また岬まで戻らなければならなかったところだ。

森に入ると、生い茂る植物や鬱蒼と生える高い草でずっと歩きにくくなった。倒木にたえず行く手を阻まれる。深い藪はかき分けて進まなければならない。少年たちは「新大陸」の森に分け入る開拓者さながらに、斧をふるって道を切り開いた。なにか

斧をふるって道を切り開いた。

と立ち止まらなければならず、足よりも斧を振り回す手の方が疲れた。これほど足止めされてばかりでは、朝から晩までかけても、進む距離はせいぜい五、六キロにしかならないだろう。

この森には、人間はこれまで足を踏み入れたことがないようだった。少なくとも人間の痕跡はまったく見当たらない。細い小径(こみち)でもあれば人が通ったことの証明になるのだが、そんなものはどこにもない。木が倒れているのも、人の手によるものではなく、枯れて朽ちたか、突風になぎ倒されたかしただけだ。ところどころ草が踏みつけられているものの、それほど大きくない動物が最近そこを通った跡にすぎない。実際、逃げていく動物を何匹か見かけもした。どのような動物かまではわからないが、すぐに逃げ出すくらいだから、そこまで恐ろしい動物ではないはずだ。

もちろん気の短いドニファンは、銃をとってその臆病な動物を撃ちたくてうずうずしていた。しかし理性でぐっとその気持ちを抑えていたので、ブリアンとしては、むやみに銃を撃ってこちらの存在を知らせるようなことをするな、とわざわざ口にする必要はなかった。

ドニファンは愛用の武器を黙らせておかなければならないとわかってはいたが、その気になれば銃にもの言わせる機会はいくらでもあった。一歩進むごとに、ヤマウズラやアマツバメが飛び立つ。食べると実に美味しい鳥だ。ツグミ、ガン、ライチョウ、そのほかにもたくさんの鳥がいて、何百羽でも容易に撃ち落とせそうだった。

つまり、このあたりに住めば、狩りでいくらでも食糧が手に入るということだ。ドニファンは探険の最初から、それを確かめるだけにしていた。いまは我慢しなければならなくても、あとで好きなだけ狩りをすればいい。

森の樹木は主にカバやブナの仲間で、薄緑の梢を地上三〇メートルほどのところまで広げていた。ほかには、大きく育ったイトスギや、赤みがかった稠密(ちゅうみつ)な木材になるフトモモ科の木、そして樹皮がシナモンに似た香りを放つ「ウィンターズ」と呼ばれる木の見事な群生などがあった。

二時になった。森のなかに開けた小さな空地で二度目の休息をとることにした。空地には北米で「クリーク」と呼ばれる浅い川がせせらいでいた。澄み切った水が黒っぽい岩の上を静かに流れている。穏やかで浅い流れにもかかわらず枯れ枝や草でせき止められていないところを見ると、水源はそれほど遠くないのだろう。流れを渡るのは簡単だ。あちこちに見える石を伝っていけばいい。場所によっては平らな石がとても規則的に並べられている。それが少年たちの目を引いた。

「妙だな」ドニファンが言った。

たしかにこちらの岸から向こうの岸へ渡る飛び石のようになっている。

「流れをせき止めているみたいだね」サーヴィスはそう言うと、渡ろうとした。

「ちょっと待って」ブリアンが声をかけた。「この石の並び方、気にならないかい?」

「おかしいよ」とウィルコックスが言った。「石がひとりでにこんな風に並ぶなんて」

「そうだね」とブリアンが応じた。「誰かがここに通り道を作ろうとしたようにも見える。そばへいってみよう」

四人は飛び石をひとつひとつ調べた。石は水面から少し出ているだけだから、雨季には水に浸かってしまうはずだ。

これらの石は、小川(クリーク)を渡りやすくするために、人の手で並べられたものなのだろうか。いや、そう言い切ることはできない。むしろ、増水時に流されてきた石が長い年月をかけて徐々に集まり、自然の堰を作り上げたと考えるのが妥当ではないだろうか。あまりに単純な説明かもしれないが、これが詳しく調べた末に四人が出した結論だった。

さらにつけ加えると、右岸にも左岸にもほかに気になるものはなかった。人間がこの空地に足を踏み入れた形跡はなにひとつない。

小川(クリーク)の流れは北東、つまり湾とは反対の方向に向かっている。ということは、ブリアンが岬の上から見たという海に注ぎ込んでいるのだろうか？

「さあどうだか」とドニファンは言った。「これはたんなる支流で、もっと大きな川が西に向かって流れてる、ってこともあるからな」

「いずれわかるさ」ブリアンはこの問題で議論を蒸し返しても無駄だと考えた。「とにかく東に流れているんだから、この川沿いに進んだ方がいいと思うよ。あまり曲がりくねってなければだけど」

四人はふたたび歩きはじめた。まずは飛び石を踏んで小川（クリーク）を渡った。もしかすると下流ではここより渡りづらいところを渡る羽目になるかもしれないからだ。

川岸を歩くのは楽だった。ただ、流れに根を浸した木立が、両岸にまたがるほど枝を広げている場所にさしかかると、そうもいかなかった。小川（クリーク）はときに大きく曲がることもあったが、コンパスで確かめると、おおむね東へ流れていた。河口はまだ遠そうだ。流れは相変わらず穏やかで、川幅も広くなっていない。

五時半頃、ブリアンとドニファンは残念ながら、小川（クリーク）の流れがはっきりと北に向かっているのを認めざるをえなかった。このまま川の導き通りに進むと、目標からは明らかにはずれた方向に遠ざかってしまう。そこで一行は川岸を離れて、カバとブナが密生する森をかき分けながら東へ向かうことにした。

進むのは困難をきわめた。身の丈よりも高く生い茂る草むらに入り込んだときには、互いに姿を見失わないよう、声を掛け合って歩かなければならなかった。一日中歩いても、海が近づいている兆しは一向にあらわれない。さすがにブリアンも不安になっていた。岬の上から水平線を見たのは、目の錯覚にすぎなかったのだろうか？

「いや、そんなことはない」ブリアンは心の中で繰り返した。「ぼくは見間違ってなんかいない。そんなことありえない。見間違いじゃないんだ！」

とはいうものの、夜の七時頃になっても、森が終わる様子はなかった。あたりはもう真っ暗で、これ以上進むのは無理だった。

ブリアンとドニファンは、その日の行程はここまでとして木蔭で夜を過ごすことに決めた。たっぷりの塩漬け肉があるから、空腹に苦しむことはない。暖かい毛布があるから、寒さに震えることもない。枯れ木を燃やしてもよかったが、そうすると獣を寄せつけずにすむ一方、夜のあいだに先住民が近づいてくるおそれがあった。

「見つかるような危険は冒さないほうがいいだろう」とドニファンは言った。

ほかの三人も賛成した。少年たちの食欲は旺盛そのものだった。持ってきた食糧を心ゆくまで食べてから、大きなカバの木の下に横になろうとしたとき、サーヴィスが少し離れたところに草の茂みを見つけた。暗闇をすかして見ると、茂みからは一本のそれほど高くない木が突き出し、低い枝を地面まで垂らしている。四人は茂みにもぐりこみ、毛布にくるまると、こんもり積もった枯れ葉の上に横になった。この年齢では、眠れないなどということはない。四人はあっという間に眠りに落ちた。見張り役を仰せつかったファンも、ご主人様たちに倣って眠り込んでしまった。

それでもファンは、夜中に一度か二度、長い唸り声をあげた。危険な獣かどうかはわからないが、たしかになにかの動物が森をうろついているのだ。しかし少年たちが眠っているところには近づいてこなかった。

目を覚ましたのは、翌朝の七時頃だった。朝日が斜めに差し込み、四人が夜を過ごした場所をぼんやりと照らしていた。

サーヴィスが最初に茂みを出た。そのとたん、サーヴィスは驚いて叫び声をあげた。

「ブリアン！　ドニファン！　ウィルコックス！　来て、早く来て！」

「どうしたんだい？」とブリアンがたずねる。

「そうだよ、いったいどうしたのさ」ウィルコックスも言った。「サーヴィスったら、しょっちゅう大声を出して、みんなを驚かすんだから」

「いいから早く！　ぼくたちが寝てた場所を見てよ！」

そこは茂みなどではなかった。インディオが「アジューパ」と呼ぶ、枝を組み合わせ葉で覆った粗末な小屋だった。だいぶ古いものらしい。屋根も壁ももはや用をなさず、木に寄りかかってようやく立っている。その木の枝が小屋を新たに覆って、南アメリカ先住民の小屋と似たものになっていた。

「人が住んでるってことか？」ドニファンはあたりを素早く見回しながら言った。

「少なくとも、人が住んでたのは明らかだ」とブリアンが応じた。「まさかこの小屋がひとりでに建つわけないからね」

「小川(クリーク)の飛び石もこれで説明つくね」ウィルコックスは言った。

「いやあ、よかった！」サーヴィスが叫んだ。「住んでるのはいい人だよ。ぼくたちが泊まれるよう、わざわざこの小屋を建てておいてくれたんだから」

実際には、この土地の先住民がサーヴィスの言うような「いい人」かどうかは定かでなかった。確かなのは、先住民がこのあたりの森をよく訪れている、あるいはかつてよく訪れていた、ということだ。その先住民というのは、ここが新大陸とつながっていれば、インディオ以外にはありえない。ここがオセアニアの島だったら、ポリネシア人か、もしかすると食人種という可能性もある。万が一食人種だったりしたら、危険はかりしれない。大陸なのか島なのかという問題を解決することが、これまで以上に重要になってきた。

ブリアンが出発しようとすると、ドニファンは小屋を詳しく調べてみようと提案した。長いあいだ打ち捨てられていたようだが、食器でも道具でも工具でも、とにかくなにかあれば、どんな人が住んでいたのかわかるかもしれない。

床に敷きつめられていた枯れ葉の寝床を注意深くひっくり返すと、小屋の隅でサーヴィスが土器の欠片を拾い上げた。鉢か水差しの一部だろう。人がいたことを示す新たな手がかりではあるが、それ以上のことはなにもわからない。一行はふたたび先に進むことにした。

七時半、少年たちはコンパスを手にまっすぐ東へ向かった。土地はゆるやかな下り勾配になっていた。こうして二時間ほど、遅々とした足取りで、絡み合った草や灌木の茂みを進んだ。二、三度は斧を振るって道を切り開かなければならなかった。

一〇時少し前、果てしなくつづく木々とは違う景色がようやくあらわれた。森を抜け広い平原が開けたのだ。ニュウコウジュ、タイム、ヒースが点々と見える。八〇〇メートルほど先には、砂地が帯のように延びている。そこに打ち寄せる静かな波。ブリアンが目にした海だ。水平線の果てまで広がっている。

ドニファンは黙り込んでいた。負けず嫌いのドニファンにとっては、ブリアンの見間違いでなかったと認めるのが悔しかったのだ。

ブリアンは得意になることもなく、望遠鏡であたりを見回していた。

北の方の海岸は、太陽の光を浴びてまぶしく輝き、わずかに左へ曲がっている。南の方も似たような眺めだが、海岸線はさらに大きく湾曲している。

もう疑う余地はない。スクーナー船が嵐で打ち上げられたのは、大陸ではなく島なのだ。外から助けが来ないかぎり、脱出の望みは捨て去るしかない。

沖に目をやっても、ほかの陸地は見えない。この島は広大な太平洋にぽつんと浮かぶ孤島のようだ。

四人は、平原を横切って砂浜まで行くと、小さな砂丘のふもとでひと休みした。昼食をとった後、また森を抜けて帰るつもりだった。急いで歩けば、夜になる前にスルーギ号へ戻るのも不可能ではないだろう。

少年たちは沈んだ気持ちで食事をすませた。ほとんど言葉を交わすこともなかった。

ドニファンはようやく鞄と銃を手に立ち上がった。そしてひとこと言った。

「行こう」

一行は海に最後のまなざしを投げかけると、平原を引き返そうとした。と、ファンが跳ねるように砂浜を駆け出した。

「ファン！　戻ってこい、ファン！」サーヴィスが叫んだ。

しかしファンは、湿った砂の匂いを吸い込みながら走りつづける。そして打ち寄せるさざ波に飛び込むと、勢いよく飲みはじめた。

「おい……、飲んでるぞ！」ドニファンは叫んだ。

ドニファンは砂浜を一気に越え、ファンが飲んでいた水を掬（すく）って口に持っていった。

それは真水だった。

東の方に遠く水平線まで広がっていたのは湖だった。海ではなかったのだ。

それは真水だった。

8

湖の西側の調査——湖岸に沿って——ダチョウの影——湖から流れる川——静かな夜——突き出た断崖——堤防——小舟の残骸——刻まれた文字——洞穴

漂着した少年たちの運命を左右する重大な問題は、こうして未解決のまま残された。海だと思われていたものが実は湖であった、という点については疑いようもない。しかし、この湖が島のなかにあるということもありうるのではないか？　湖の向こうまで探検をつづければ、本物の海が——どうやっても渡ることのできない海が——あらわれるのではないか？

それにしても、かなり大きな湖だった。ドニファンが指摘したように、湖面をいくら見渡しても、目に入るのは空ばかりだ。やはりここは島ではなく大陸だと認めるしかなさそうだ。

「ぼくたちが流れ着いたのは、アメリカ大陸ってことになりそうだね」ブリアンは言った。

「おれはずっとそう思ってたさ」とドニファン。「おれの方が正しかったようだな」

「ともかくぼくが東の方角に見たのは、やっぱり水だった」

「だとしても、海なんかじゃなかったけどな」

ドニファンの言葉には得意げな調子がありありとにじみ出ていた。ブリアンはそれ以上なにも言わなかった。そもそもこれからのことを考えれば、自分の見間違いだった方がいいのだ。ここが大陸であれば、島に閉じ込められているのとは違って、どこかへたどり着けるはずだ。しかし東へ向かうにしても、しかるべき時節を待たなければならない。船から湖までの一〇キロにも満たない道のりでもあれほど苦労したのだから、小さい子も連れて全員で歩くとなったらはるかに困難だろう。もう四月だ。南半球の冬は北半球よりも早く訪れる。ふたたび春がめぐってくるまでは、出発するのはとても無理だ。

けれども、海から吹きつける風にたえずさらされるあの西側の湾にいつまでもとどまることはできないだろう。四月の終わりまでには、船を離れる必要がありそうだ。

そうなると、断崖の西側に洞穴を見つけられなかった以上、湖の近くにもっと住みやすい場所がないかどうか調べなければならない。この付近を念入りに見て回った方がいい。船に戻るのが一日か二日遅れるとしても、この調査はなんとしてもやる必要がある。戻るのが遅れたらゴードンはきっと心配するだろうが、ブリアンとドニファンはためらわなかった。食糧はまだ二日分は残っているし、天候が変わる兆しもないので、湖岸に沿って南下することに決まった。

調査をさらにつづけるのは、ほかにも理由があった。

先住民はこのあたりに住んでいた、あるいは少なくとも、このあたりをよく訪れていた。それは確実だ。小川(クリーク)の飛び石や、以前人が住んでいた草葺き小屋(アジューパ)がそのことを示していたが、冬に備えて新たな住処に移る前に、さらに証拠を集めておきたかったのだ。すでに見つけたもののほかにも、なにか手がかりが見つかるのではないか?もしかすると先住民がいるのではなくて、漂着した人がここでしばらく暮らしていた、そしてその後ここを離れて大陸のどこかの町にたどり着いた、ということもありえるだろう。そう考えると、湖岸一帯の探検をつづける価値は確かにあった。

問題は、湖岸を南へ行くべきか、北へ行くべきかだった。しかし、南下した方がスルーギ号に近くなるという理由から、南へ向かうことにした。湖の南端まで足を延ばした方がいいかどうかは先に行ってから考えよう。

そう決まると、四人は八時半から歩きはじめた。草の生えた砂丘が平原に起伏をつけている。平原の西には森が広がっている。

ファンが前方を探ると、シギダチョウの群れが飛び立ち、ニュウコウジュやシダの茂みに逃げ込んでいく。そのあたりには、赤や白のツルコケモモや、健康にいい野生のセロリが群生している。だが、湖の近くには先住民がやってくるかもしれないので、銃を撃つのはひかえなければならない。

少年たちは砂丘のふもとを通ったり、砂地を踏んだりしながら湖岸に沿って進み、それほど疲れを感じることもなく、その日のうちに一五、六キロ歩くことができた。先住民がいる痕跡はどこにも見つからなかった。森からは一筋の煙も上がっていない。湖畔の砂にも足跡ひとつついていない。寄せては返す波に洗われているだけだ。一面の水はどこで果てるともわからない。ただ、湖の西岸は先の方で湾曲しているようにも見える。あのあたりが南端なのだろうか。しかし人の気配はまったくない。水平線には帆影ひとつ見えず、湖面には小舟ひとつ浮かんでいない。このあたりにかつて人が住んでいたとしても、いまはもういないようだ。

危険な野獣も、おとなしい反芻動物も見かけなかった。午後になって、なにかの鳥が森のはずれに二、三度姿をあらわしたが、近づく前に逃げられてしまった。それでも構わずサーヴィスは叫んだ。

「ダチョウだ！」

「子どものダチョウだろう」とドニファン。「それほど大きくないからな」

「あれがダチョウだとしたら」ブリアンが言った。「そしてここが大陸だとしたら……」

「お前、まだ疑ってるのかよ」ドニファンが皮肉混じりに言った。「ダチョウがたくさんいるってことは、ここはアメリカ大陸に違いないって言いたかっただけだよ」

夕方七時頃、進むのをやめて休むことにした。想定外の問題が立ちふさがらなければ、明日中にはスルーギ湾——船が漂着した海岸のあたりをそう名づけたのだ——へ戻れるだろう。

とりあえずその夜は、もう先に進みようがなかった。湖から流れ出る川が行く手を阻み、渡るならば泳ぐしかなかったのだ。それに暗くなって、あたりの様子もよく見えない。川の右岸には断崖が迫っているようだ。

夕食を終えると、もはや休むことしか考えられなかった。今夜は小屋ではなく、満天の星の下だ。夜空にちりばめられた星屑がきらめくなか、三日月は太平洋の西へ姿を消そうとしていた。

湖水も湖畔もしんと静まりかえっていた。四人はブナの木の太い根元にもぐりこんで、たちまち眠りについた。雷鳴が轟いても気づかないほどの深い眠りだった。すぐ近くでジャッカルらしき吠え声がしても、遠くの方で野獣らしき唸り声がしても、ファンにも少年たちにも聞こえていなかった。この土地には野生のダチョウが生息しているので、へたをするとジャガーやピューマ――南米のトラともライオンとも言われる危険な獣だ――が近寄ってくるおそれもあったが、何事もなく夜は更けていった。ただ朝の四時頃、まだ湖の水平線が夜明けの薄明で白みはじめてもいない時間に、ファンがなにか興奮した様子で、低い唸りをあげたり、しきりにあたりを嗅ぎ回ったりした。

朝七時近く、ブリアンは毛布にくるまって眠る仲間たちを起こした。

みんなすぐに起き上がった。サーヴィスが乾パンをかじっているあいだ、ほかの三人は川の対岸がどうなっているか見に行った。

「ゆうべここを渡ろうとしなくて本当に正解だったね」ウィルコックスは声をあげた。「沼にはまり込んじゃうところだったよ」

「たしかに」とブリアンは言った。「南の方はずっと湿地だね。どこまでつづいてるかはわからないけど」

「見ろよ!」ドニファンは叫んだ。「マガモもコガモもタシギも、群れでたくさん飛んでる。冬のあいだここで暮らせたら、獲物には困らないぞ」

「そうだね」そう言うとブリアンは川の右岸に足を向けた。

背後には高い崖がそびえている。断崖のはずれは扶壁[1]のようにほぼ直角に突き出し、片方の岩壁は川の流れに沿い、もう片方は湖に面していた。この崖は、スルーギ湾を囲むように北西へと延びるあの崖とつながっているのだろうか。それについては、この一帯を詳しく調べてみないとわからない。

右岸は幅が六、七メートルで、崖に沿うようにつづいている。左岸は低地になっていて、南の方に見渡す限り広がる湿原の溝や澱(よど)みや泥濘(でいねい)とほとんど変わらない。流れがどの方角に向かっているのかはっきりさせるためには、崖をよじ登る必要があるだろう。スルーギ湾への帰路につく前に、登ってみることにしよう。ブリアンはそう心に決めた。

1　主壁を支えて補強する柱や壁。

まずは、湖水が川に流れ込むあたりを調べる必要があった。そこの川幅は一二、三メートルしかないが、湿地や崖からわずかにでも水が流れ込んでさえいれば、下流にいくにつれて川幅も水深も増すはずだ。

「ねえ、見て！」ウィルコックスは、崖が突き出したところにたどり着くと叫んだ。ウィルコックスが見つけたのは、積み上げられた石だった。堤防のような形になっていて、森のなかで見たものと似ていた。

「今度こそ間違いない」とブリアンは言った。

「ああ、間違いない」ドニファンは石積みの堤防の端に散乱する木片を指さして言った。破片はおそらく小舟の残骸だ。そのうちのひとつは半ば朽ちて苔むしていたが、その曲がり具合からすると船首の一部らしい。錆びついた鉄の環（わ）もついている。

「環だ。鉄の環がついている！」サーヴィスが叫んだ。

四人は固まったままあたりを見回した。この小舟を使っていた人、この堤防を積み上げた人がいまにも姿をあらわすのではないか。

いや、誰もいない。小舟が川岸に打ち捨てられてから長い年月が過ぎていた。ここで暮らしていた人は、その後、故郷の人たちと再会できたのだろうか。それともこの地を離れることができないまま、不幸な生涯を終えたのだろうか。

この土地に人間がいたことのもはや否定しようのない証拠を突きつけられ、少年たちが動揺したのも無理はない。

そのとき四人は、ファンの奇妙な様子に気づいた。なにかの跡を見つけたに違いない。耳をぴんと立て、尾を激しく振りながら、地面を嗅ぎ回ったり、草むらにもぐりこんだりしている。

「ほら、ファンが！」サーヴィスが言った。

「なにか嗅ぎつけたんだ」ドニファンは近づいていった。

ファンは片足を上げ、鼻づらを突き出したまま立ち止まった。すると突然、湖側の崖下に生える木立に突進した。

ブリアンたちは後を追った。が、すぐにブナの老木の前で足を止めた。幹にふたつの文字と、西暦と思われる数字が刻まれていた。

F　B
1807

四人は刻まれた文字を前に、長いあいだなにも言わず、身じろぎもしなかった。ファンが引き返して、突き出した崖の角に姿を消さなかったら、いつまでもそのままでいたことだろう。

「ファン、戻ってこい！」ブリアンは叫んだ。

戻ってくる代わりに、慌ただしく吠える声が聞こえてきた。

「みんな、気をつけて！」とブリアンは言った。「離れちゃ駄目だ。警戒しながら進もう」

いくら用心してもしすぎることはなかった。近くに先住民の一団がいるのかもしれない。もしそれが南米の大草原（パンパス）地帯に出没する残忍な先住民だとしたら、助かるどころか、恐ろしいことになる。

小銃に弾を込め、拳銃を握りしめ、防御態勢を固めた。

少年たちは前進した。崖の角を曲がり、狭い川岸に沿って忍び足で進む。二〇歩もいかないうちに、ドニファンが身をかがめ、なにかを拾い上げた。

つるはしだった。柄は朽ちかけ、鉄の頭部はいまにも外れそうだ。アメリカかヨーロッパで作られたもので、ポリネシアの先住民の手になる粗雑な道具ではない。小舟についていた環と同じようにひどく錆びついている。ずっと前からこの場所に打ち捨

狭い川岸に沿って忍び足で進む。

てられていたに違いない。

崖のふもとには、耕作した跡もある。不規則につけられた畝や、手入れされないまま荒れ果てた小さなヤマイモ畑が見える。

そのとき陰にこもった吠え声が聞こえた。と同時にファンがまた姿をあらわした。なぜかはわからないが、さらに興奮している。その場をぐるぐる回ったり、少年たちの前を走ったり、なにかを訴えたりしている。ついてくるよう促しているようだ。

「なにか変わったものがあるんだよ」ブリアンはそう言うと、ファンをなだめて落ち着かせようとした。

「ついていってみよう」ドニファンはウィルコックスとサーヴィスについてくるよう合図した。

一〇歩ほどいったところでファンは立ち止まった。崖下に枝を絡ませ合って密生する藪の前だった。

ブリアンは近づいていった。藪のなかに動物の死骸か、あるいは人間の亡骸でも隠れているのをファンが嗅ぎつけたのではないか。藪をかき分けると、そこにあらわれたのは狭い穴だった。

「洞穴かな?」ブリアンは二、三歩後ずさりながら言った。

「そうらしいな」とドニファンが言った。「なかにはなにがあるんだ？」

「調べてみよう」

ブリアンはそう言うと、穴の入口をふさいでいる枝を手斧でなぎ払いはじめた。そうしているあいだも、怪しげな音はなにも聞こえてこなかった。

枝はすぐに取り払われた。さっそくサーヴィスが穴に入ろうとするのを、ブリアンが押しとどめた。

「まず、ファンがどうするか見てみよう」

ファンは相変わらず低く唸っていた。不安は募るばかりだ。

だが、この洞穴になにか生き物がひそんでいるなら、もうとっくに出てきているはずだ。

なかがどうなっているか調べてみる必要があった。しかし、洞穴内部の空気が汚れているかもしれないので、ブリアンはひとつかみの枯れ草に火をつけ、入口から投げ入れた。枯れ草は地面に散らばり、勢いよく燃えあがった。内部の空気は問題なく呼吸できる。

「入ってみる？」ウィルコックスがたずねた。

「ああ」とドニファンが答える。

ブリアンはひとつかみの枯れ草に火をつけ、投げ入れた。

「ちょっと待って。明かりを用意するから」

ブリアンはそう言うと、川岸のマツの枝を一本切った。樹脂の滲んだその枝に火をつけると、先頭に立って洞穴にもぐりこんだ。

洞穴の入口は高さ一メートル半、幅六〇センチほどだ。しかし中はすぐに大きくなり、高さ三メートル、幅六メートルほどに広がる。地面は乾いた細かい砂で覆われている。

奥に進むと、ウィルコックスがなにかにぶつかった。木の腰掛けだ。そばにはテーブル。その上に日常の細々した道具が置かれているのが見える。陶器の水差し、皿代わりに使ったのだろう大きな貝殻、刃がこぼれて錆びついたナイフ、釣針二、三本、ブリキ製のコップ。反対側の壁際には、板を大雑把に組み合わせただけの箱がある中の衣服はぼろ布になっていた。

この洞穴に人が住んでいたのは疑いようがない。だが、いつごろ、どのような人が住んでいたのだろう？　ここで暮らしていた人は、いまは洞穴のどこかに横たわっているのだろうか？

奥には粗末なベッドがあり、ぼろぼろの毛布がかかっている。枕元の台には、コップと木製の燭台。燭台の受け皿には、黒焦げになった芯の端しか残っていない。

少年たちははじめ、毛布の下に亡骸が隠れているのだと思って、後ずさりした。ブリアンは気味の悪いのを我慢して、思い切って毛布をはいだ。

ベッドは空だった。

四人はすっかり動揺して、慌てて外へ出た。ファンは相変わらず悲しげな声で吠えていた。

川岸を二〇歩ほど進んだところで、少年たちの足が突然止まった。恐怖で足がすくんでしまったのだ。

ブナの木の根元に、ばらばらになった骸骨が横たわっていた。

洞穴に住んでいた不幸な人は、この場所で死んだのだ。あの粗末な隠れ家をおそらくは何年ものあいだ住処にしていたはずなのに、そこで永遠に安らうことさえ叶わずに。

ブナの木の根元に……。

9

洞穴の調査――家具と道具――投げ玉と投げ縄――懐中時計――ほぼ判読不能な手帳――漂着者の地図――どこにいるのか――船への帰路――川の右岸――沼地――ゴードンの合図

四人の少年は黙り込んでいた。この場所で死んだ人は何者だろう？　救助を待ちつづけたまま最期を迎えた漂着者だろうか？　どこの国の人だろうか？　この地に漂着したときは若かったのだろうか？　ここで年老いて死んだのだろうか？　もし難破してここに流れ着いたのだとしたら、ほかの人も生き残ったのだろうか？　それとも不運な仲間たちが死んだ後、この人だけが生き残ったのだろうか？　洞穴にあったさまざまな品は、船から持ち出したものなのだろうか、自分でつくったものなのだろうか？

疑問が次から次にわいてくる。しかしその答えは永久に謎のままだろう。

なかでも特に大きな疑問がある。この人が漂着したのは大陸なのに、どうして内陸の町か沿岸の港まで行かなかったのか？　人がいるところまで行こうにも、乗り越えられないほど大きな困難が立ちはだかっていたのか？　あまりにも遠くて、行き着けないとあきらめるしかなかったのか？　確実なのは、不幸な人が病気か老齢で衰弱し、洞穴に戻るだけの力もなく、この木の根元で生涯を終えたということだ。もし助けを求めて北や東に向かう手立てがこの人になかったとしたら、スルーギ号の少年たちにもやはりないのではないか？

ともかく洞穴を詳しく調べる必要があった。この人がどこの国の人で、この地にどれくらい暮らしていたのかが明らかになるようなものが見つかるかもしれない。またそれとは別に、船を放棄した後、冬のあいだここで暮らせるかどうかも調べた方がいい。

「行ってみよう」ブリアンが言った。

一行は二本目のマツの枝を松明（たいまつ）に、ファンを連れて洞穴に入った。

最初に目に入ったのは、右手の壁につけられた棚板の上にある、油脂と麻くずで作った粗末なろうそくの束だった。サーヴィスがさっそくその一本に火を灯して木の燭台に立てた。調査開始だ。

人が住めることははっきりしているので、まずは洞穴の内部がどうなっているか調べなければならない。この広い空洞は、地質学的にみて太古の時代に形成されたものだった。空気が入ってくるのは川岸に面した入口からだけだというのに、湿気は少しもない。壁面は花崗岩の壁と同じように乾いている。斑岩(はんがん)や玄武岩の洞穴では、鍾乳石を作り出す水の浸出や数珠状の水滴が見られることがあるが、この洞穴にはそのような痕跡は皆無だ。しかも洞穴の向きから考えても、海からの風は吹き込まない。日の光がほとんど入らないのは残念なところだ。けれども、壁に穴をひとつかふたつ開ければそれも解決するし、一五人が洞穴内にいても問題ないだけの空気を取り込むこともできるだろう。

洞穴の広さは幅が六メートルで奥行きが一〇メートルほど、たしかにこれでは共同寝室、食堂、倉庫、炊事場のすべてをまかなうには不充分だろう。だが要するに冬の五、六ヶ月を過ごすだけなのだ。冬が終わればここを出て北東へ向かい、ボリビアかアルゼンチンのどこかの町を目指すことになる。もし仮にここでずっと暮らすことを余儀なくされた場合には、岩壁は石灰岩質で比較的やわらかいので、それを掘ってもう少し住みやすく改修すればいい。ただ夏になるまでは、このままの状態で満足しなければならないだろう。

　こうしたことを確かめるとともに、ブリアンは洞穴内にある品を細かく調べ上げた。実のところ、ごくわずかな品しかなかった。住人は裸同然でここにたどり着いたに違いない。難破した船からなにを持ち出すことができたのだろうか？　折れた円材や外板の破片などの残骸だけ。それを利用してベッド、テーブル、箱、台、腰掛け――これがこのみすぼらしい住処の家具のすべてだ――を作ったのだ。スルーギ号の少年たちのようには恵まれていなかったので、使える道具もほとんどなかった。つるはし一本、斧一丁、炊事道具が二、三、ブランデー樽とおぼしき小さな樽ひとつ、金槌一丁、鏨（たがね）二丁、のこぎり一丁――最初に見つかったのはこれだけだ。これらの品は小舟で運び出したのだろうが、その小舟もいまは川の堤防の近くで残骸になっている。

　以上のようなことをブリアンは皆に語った。骸骨を目の当たりにし、自分たちもきっと同じように見捨てられたまま死んでいく運命にあるのだろうと怯えていた仲間たちも、ブリアンの話を聞きながら、この不幸な人に比べたら自分たちにはずっと多くのものが揃っていると考え、元気を取り戻そうという気持ちになった。

　それにしても、この人は何者だろう？　どこの国の人だろう？　難破したのはいつごろだろう？　息を引き取ってから長い年月が経っているのは間違いない。木の根元で発見した骨からも見て取れる。それに、つるはしや小舟の鉄環の錆びついた様子も、洞穴の入口をふさぐ藪の深さも、かなり昔にこの漂着者が死んだことを示してはいないだろうか。

なにか新しい手がかりがあれば、この推測が確信に変わるのだが。

調査をつづけるうちに、ほかにもいくつかの品が見つかった。刃こぼれがいくつもあるナイフ、コンパス、やかん、鉄の索留め栓（ビレイピン）、船乗りの持ち物である綱通し針（マーリンスパイク）。しかし望遠鏡や羅針盤といった航海用具はひとつもなかった。獲物を撃ったり、獣や先住民から身を守ったりするための銃もなかった。

とはいっても、食べていくためにはきっと罠を仕掛けたりしていたはずだ。この点については、ウィルコックスが発見したもので明らかになった。

「これ、なんだろう？」ウィルコックスが声をあげた。

「それかい？　なんだろうね？」とサーヴィスが応じた。

「玉ころがしの玉かな？」とウィルコックス。

「玉ころがしの玉？」ブリアンは驚いたように言った。

しかしブリアンにはすぐに、ウィルコックスが見つけたそのふたつの丸い石がなにに使われていたのかわかった。ロープでふたつの玉をつないだ「投げ玉（ボーラ）」と呼ばれる南米のインディオの狩猟道具だ。上手い人が投げ玉（ボーラ）を投げると、動物の脚に絡みついて動けなくし、簡単に生け捕りにすることができる。

この道具を作ったのは、洞穴の住人で間違いない。さらには投げ縄（ラゾ）も見つかった。これは革の長い紐で、投げ玉（ボーラ）と同じように使うのだが、近距離向きの道具だ。

以上がこの洞穴で見つけた品々だった。持ち物で言えば、少年たちの方がはるかに恵まれている。ただ、ブリアンたちはまだほんの子どもでしかないけれど、洞穴の住人は大人だった。

この人はただの水夫だったのだろうか、それともさまざまな知識を身につけた航海士だったのだろうか？　もっと確かな証拠が見つかるまでは、はっきりしたことを言うのは難しかった。

ベッドの枕元、先ほどブリアンがはいだ毛布をめくると、ウィルコックスは、壁に打ちつけられた釘に懐中時計が掛かっているのを見つけた。

それは水夫が持つようなありふれた懐中時計ではなく、かなり手の込んだ作りだった。外装は銀の二重ケース、銀の鎖に鍵がついている。

「これで時間がわかる！　見てみようよ！」とサーヴィスが言った。

「時間を見てもなにもわからないよ」とブリアンが応じた。「きっと、持ち主が亡くなる前に止まってしまってただろうからね」

継ぎ目が錆びついているので少し苦労したが、ブリアンは蓋を開いた。針は三時二七分を指していた。

「でもどこかに名前が入ってるだろ」とドニファン。「それを見ればわかるんじゃないか」

「きみの言う通りだ」

ケースの内側をよく見ると、文字盤のプレートになにか刻まれている。《デルプーシュ　サン＝マロ》、これは製造者名と製造地だ。

「フランス人だ！　ぼくと同じフランス人だ！」ブリアンは興奮して叫んだ。

もはや疑う余地はない。ひとりのフランス人が、その悲惨な生涯を終えるまで、この洞穴で暮らしていたのだ。

さらにもうひとつ、これに劣らず決定的な証拠もまもなく見つかった。ベッドを動かすと、ドニファンが一冊の手帳を拾い上げたのだ。黄ばんだページは、鉛筆でびっしりと書き込まれていた。

あいにくその大部分はほとんど判読不能だった。どうにか判読できる部分もあったが、そのなかでも特にはっきりと読み取れる文字があった。《フランソワ・ボードワン》。

これは、漂着者が木の幹に刻みこんだ頭文字「ＦＢ」とぴったりと一致する。手帳はこの人が海岸に打ち上げられてからの日々の記録だった。消え残った切れ切れの文章のなかに、ブリアンはさらに《デュゲイ＝トルーアン》の文字も読むことができた。明らかにこれは、太平洋の絶海に消えた船の名前だった。

最初のページの日付は一八〇七年。刻まれた頭文字の下にあった数字と同じだ。おそらくは難破した年だろう。

そうなると、フランソワ・ボードワンが漂着したのは、いまから五三年前ということになる。この土地で暮らしているあいだ、外からの救助の手はまったく差し伸べられなかったのだ。

フランソワ・ボードワンがこの大陸のほかの場所へと向かうことができなかったのは、乗り越えがたい困難が立ちはだかっていたからではないだろうか。

少年たちはいままで以上に、自分たちが置かれている状況の深刻さを理解した。辛く厳しい仕事をものともせず、苛酷な作業も難なくこなす海の男でもなしえなかったことを、どうして自分たちがやり遂げられるだろう？

そして、最後の思いがけない発見によって少年たちは、この土地を離れようとするどのような試みも無駄だと悟ることになる。

手帳をめくっているうちに、ドニファンは折り畳まれた紙があいだに挟まっているのを見つけた。それは煤を水で溶いたインクで書かれた、一枚の地図だった。

「地図だ！」ドニファンは叫んだ。

「きっとフランソワ・ボードワンが書いたんだ」とブリアン。

「だとしたら、ただの水夫じゃないよ」そう言ったのはウィルコックスだ。「地図を描けるってことは、デュゲイ＝トルーアン号の航海士だ」

「もしかしてこいつは……」ドニファンが言った。

そう、まさにこの土地の地図だった。一目見ただけでわかる。スルーギ湾、岩礁帯、船がある砂浜、四人がその西岸を南下してきた湖、沖合に浮かぶ三つの島、湾曲しながら川のそばまでつづく崖、中央部を覆うように広がる森。

湖の対岸には、さらに森が広がっている。その先は別の海岸線だ。そしてその海岸線は、海に囲まれている。

東へと向かい救助を求めようという計画はこうしてあっけなく崩れ去った。やはりドニファンではなく、ブリアンが正しかったのだ。大陸だと思っていたこの土地は、海に囲まれていた。ここは島なのだ。だからフランソワ・ボードワンは脱出できな

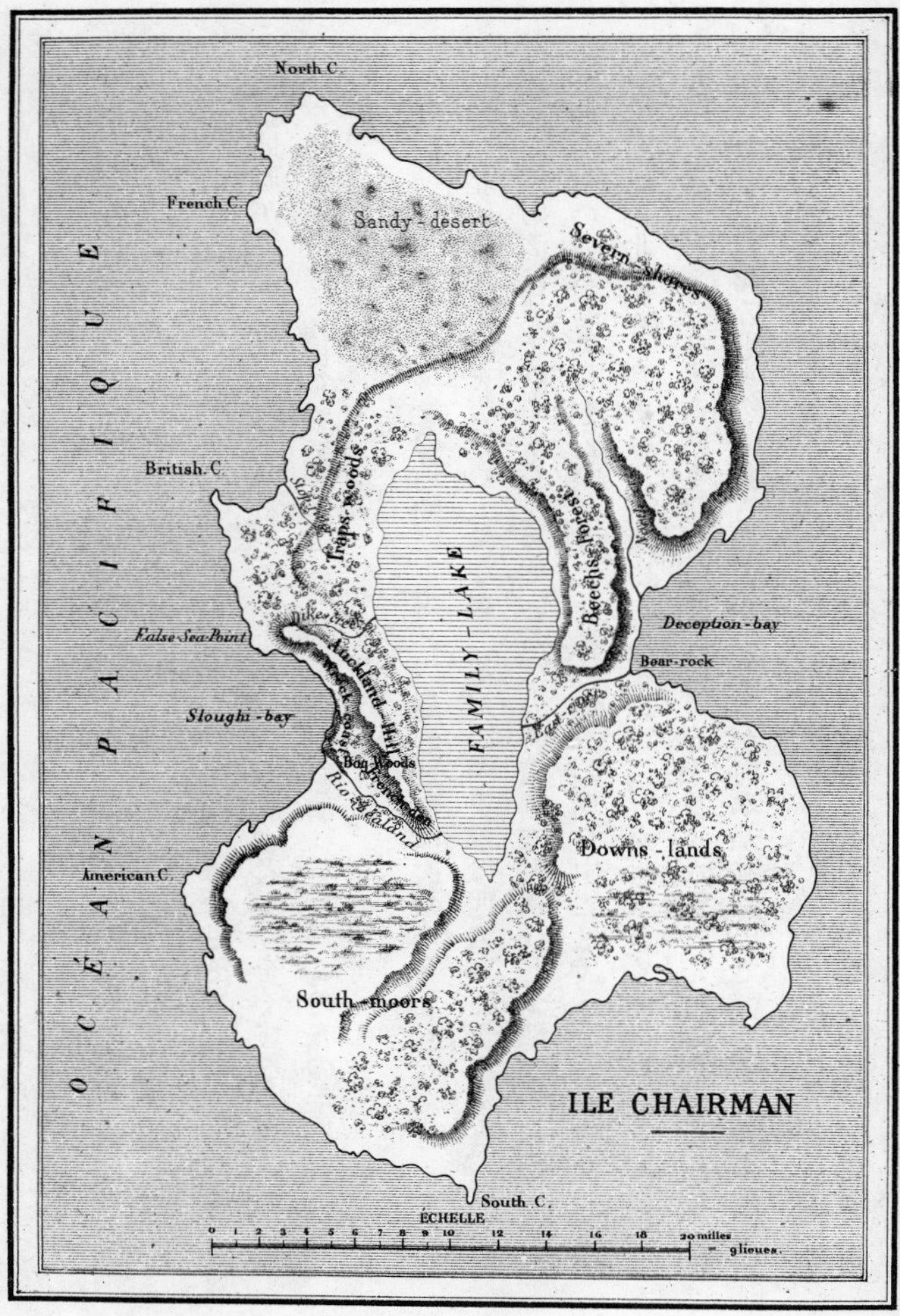
North C.
French C.
Sandy-desert
Severn-shores
British C.
Traps-woods
FAMILY-LAKE
Beechs-forest
Deception-bay
Bear-rock
False-Sea-Point
Sloughi-bay
Auckland-Hill
Bog-Woods
Downs-lands
American C.
South-moors
OCÉAN PACIFIQUE
ILE CHAIRMAN
South C.
ÉCHELLE
0 1 2 3 4 5 6 7 8 9 10 12 14 16 18 20 milles
= 9 lieues.

かったのだ。

地図には島の輪郭がかなり正確に描かれていた。もちろん距離は歩いた時間から推定されたもので、三角測量によるものではないだろう。しかし、スルーギ湾から湖まででですでに知っている地形から判断すると、大きな狂いはなさそうだ。

主な地形が詳細に記されているところから、この漂着者が島をくまなく歩き回っていたことがわかる。おそらくは草葺き小屋(アジューパ)や小川(クリーク)の飛び石も、この人の手になるものだろう。

フランソワ・ボードワンの地図によると、島の地形は次のようなものだ。

島は南北に長く、羽を広げた大きな蝶の形だ。中央部は西のスルーギ湾と、ぐっとえぐれた東の湾に挟まれて狭くなっている。島の南側にもうひとつ湾があるが、これはほかのふたつの湾よりも広い。広大な森林地帯の真ん中には大きな湖が横たわっている。湖は南北に約三〇キロ、東西に約八キロ。これだけ大きくては、四人が湖の西に立ったときに、北にも南にも東にもまったく岸が見えなかったのも無理はない。最初に海だと思ったのも当然である。湖からは川が何本か流れ出ている。洞穴の前を流れる川は、船からほど近いところでスルーギ湾に注いでいる。

この島でほかよりもやや高くなっているのは、スルーギ湾北端の岬から洞穴前の川の右岸まで斜めに走る断崖だけのようだ。島の北部は、地図では乾いた砂地になっている。川の向こうは、島の南端に突き出た岬まで、広大な湿地がずっとつづく。島の北東部と南東部には砂丘が延々と連なり、スルーギ湾とはまったく趣が異なる。

地図の下部に記された縮尺によれば、島の大きさは南北に最大八〇キロ、東西に最大四〇キロほどだ。海岸線が不規則なことを考えると、島の周囲は約二四〇キロに達する。

この島がポリネシアのどのあたりに位置しているのか、太平洋上の孤島なのか群島の一部なのか、確かなことはなにも言えない。

いずれにせよスルーギ号の少年たちは、一時的な仮住まいでしのぐのではなく、しっかりと身を落ち着ける拠点を定めなくてはならなくなった。この洞穴は安心して暮らせる住処になるから、冬の突風が吹きはじめて船が壊れてしまう前に、物資をここに運び込んだ方がいいだろう。

まずは急いで船に戻らなければならない。ゴードンは心配しているはずだ。遠征隊が出発してすでに三日が経っているのだ。ブリアンたちの身になにかあったのではと気を揉んでいることだろう。

ブリアンの意見で、その日の一一時には帰路につくことになった。わざわざ断崖を越える必要はなかった。地図を見ると、東から西に流れるこの川の右岸に沿っていくのが最短だからだ。湾まではせいぜい一二キロほど、三、四時間もあればたどり着けるだろう。

しかし出発前に四人は、難破したフランス人の弔いをしようと考えた。フランソワ・ボードワンが自らの頭文字を刻んだ木の根元につるはしで墓を掘り、そこに木の十字架を立てた。

弔いを終えると、洞穴に引き返して入口をふさぎ、獣が入ってこないようにした。そして残りの食糧を食べてから、崖裾に沿って川の右岸を下っていった。一時間ほど歩くと、崖が川を離れて北西に向かうようになる地点を通り過ぎた。

川沿いを歩いているあいだは、少年たちの足取りも順調だった。岸には樹木や灌木や草があまり茂っていなかったからだ。

この川はスルーギ湾と湖を結ぶ水運路になると考え、ブリアンは歩きながらたえず注意深く観察していた。少なくとも上流のあたりでは、小舟か筏を引綱で引いたり、鉤竿で押したりできそうだ。これなら、上げ潮で川の水位が上昇するのを利用すれば、楽に物資を運べるだろう。問題は、流れが急になったり、水深や川幅が足りなくなったりしないかということだが、まずその心配はない。湖から五キロほどの距離については、申し分なく船が通れそうだ。

しかし四時頃になると、川岸を離れなければならなくなった。右岸を進もうにも、ぬかるんだ広い沼地にさえぎられていた。さすがにそこに踏み込むのは危険だ。森のなかを通り抜けるのが賢明だった。

ブリアンはコンパスを片手に、スルーギ湾まで最短で着くよう、北西に向かった。それからの道のりは、とても時間がかかった。背の高い草が絡み合って生い茂っていたのだ。そのうえ、カバやマツやブナの葉叢(はむら)が鬱蒼と頭上を覆っていたため、日が落ちるとともにほとんど闇に包まれてしまった。

こうした難路を三キロばかり進んだ。北に大きく広がる沼地を迂回した後は、ふたたび川の流れに沿って進むのがもっとも確実な道だっただろう。地図によれば、川はスルーギ湾に注いでいるのだ。しかしそれではあまりに遠回りになってしまう。もう一度川の方まで戻って時間を無駄にしたくなかった。そこで森のなかを進みつづけることにした。だが七時になる頃には、一行は自分たちが道に迷ってしまったことを認めざるをえなかった。

このまま森のなかでもう一晩過ごさなければならないのだろうか。もし食糧さえあれば、たとえ野宿でもそれほどは苦でないだろう。だが、少年たちはひどい空腹を抱えているのに、食糧をなにも持っていなかった。

「このまま進もう」ブリアンが言った。「西の方へ歩けば、必ず船に着くんだ」

「その地図が間違っていなければな」とドニファン。「あの川がスルーギ湾に注ぐ川じゃなかったらどうするんだ」

「どうして地図が正確じゃないなんて言えるんだい、ドニファン?」

「どうして地図が正確だって言えるんだい、ブリアン?」

明らかにドニファンは、道に迷ってしまった苛立ちをどこに向ければいいかわからず、地図をあまり信じまいと意地になっていた。けれども、すでに知っている島の部分に関しては、フランソワ・ボードワンの地図が正確であることを否定できない以上、ドニファンの言い分は筋が通っていなかった。

こんなことを言い合っても意味がないというブリアンの言葉で、四人はふたたび敢然と歩きはじめた。

八時になると、あたりはとっぷりと闇に閉ざされ、互いの顔も見分けられなくなった。森はどこまでも果てしなくつづき、どうやっても抜け出すことはできそうにない。

突然、木立の隙間から、夜空に尾を引くまばゆい閃光が見えた。

「なんだろう?」サーヴィスが言った。

「流れ星じゃないかな？」とウィルコックス。

「いや、あれは信号弾だ」ブリアンが言った。「スルーギ号の信号弾だよ」

「ということは、ゴードンからの合図だ！」ドニファンはそう叫ぶと、銃を撃って合図に答えた。

二度目の信号弾が闇のなかに上がると、その方角に輝く星のひとつを目印に定めて、ブリアンたちは歩いた。そして四五分後にスルーギ号にたどり着いた。

四人が道に迷ったのではと心配し、船の位置を知らせるために信号弾を使うことを思いついたのは、やはりゴードンだった。

すばらしい思いつきだった。これがなければ、ブリアン、ドニファン、ウィルコックス、サーヴィスの四人は、その夜、船の寝台で疲れ切った身体を休めることはできなかっただろう。

信号弾を使うことを思いついたのはゴードンだった。

10

探検の報告――スルーギ号を離れる決定――荷降ろしと船の解体――突風の助け――テントでの野営――筏の組み立て――荷積みと出航――川の上での二晩――フレンチ・デンへの到着

四人がどれほど歓迎されたか、想像に難くない。ゴードン、クロス、バクスター、ウェッブは抱擁で迎え、年少組は首に飛びついた。歓声が上がり、固い握手が交わされた。ファンも皆の喜びの声に合わせて吠え、この温かい歓迎会の仲間入りをした。

ブリアンたちの留守がどれほど長く思われたことか。

「道に迷っているのだろうか？　先住民に捕まってしまったのだろうか？　獣に襲われてしまったのだろうか？」と、スルーギ号に残った少年たちは考えていたのだ。けれども無事に戻ってきてくれた。もう心配ない。あとは探検中になにがあったのか教えてもらうだけだ。ただ四人は長いあいだ歩きづめで疲れ切っていたので、話は翌日ということになった。

「ここは島なんだ」

ブリアンはそれだけ言った。けれどもそのひとことだけで、これから先いくつもの恐ろしい出来事が待ち受けているだろうと想像するには充分だった。にもかかわらず、ゴードンはブリアンの言葉を聞いても落胆の色をあまり見せなかった。

「そうか。そんなことだろうと思ってたんだ。別に驚きはしないよ」とでも言わんばかりだった。

翌四月五日、夜が明けると年長組の九人——ゴードン、ブリアン、ドニファン、バクスター、クロス、ウィルコックス、サーヴィス、ウェッブ、ガーネット——と、頼りになる助言者のモコは、まだ年少組が眠っているなか、スルーギ号の船首に集まった。ブリアンとドニファンが代わる代わる話し、探検中になにがあったか報告した。小川に並んだ飛び石。藪に埋もれた草葺き小屋(アジューパ)の跡。こういったものから、この土地には人が住んでいる、あるいはかつて住んでいたと考えるようになったこと。はじめは海だと思っていた水の広がりが、実は湖にすぎなかったこと。さまざまな手がかりに導かれて、湖から流れる川のほとりに洞穴を見つけたこと。フランス人フランソワ・ボードワンの遺骨の発見。そして、その人が描いた地図によって、スルーギ号が打ち上げられたのが島だとわかったこと。

ブリアンとドニファンは些細な点も省かず、詳細に報告した。地図を見たいまとなっては、救いがやってくるのは島の外からだけだと、誰もがはっきり理解した。

未来に暗い影が落ち、もはや神に希望を託すしかないとわかっても、ゴードンだけはそれほど絶望した様子がなかった。この点は強調しておいた方がいいだろう。このアメリカ人の少年には、ニュージーランドで待つ家族はいない。だから、実務的な精神と几帳面な性格、そして仲間を組織する力を備えたゴードンにとっては、この地に小さな入植地のようなものを建設するのは少しも苦ではなかった。むしろ、自分本来の気質を生かせる機会だと考えていた。そこでゴードンは、みんなが自分に協力してくれたら、この地での暮らしをなんとかして住みやすいものにする、と約束して仲間たちを元気づけた。

この島はかなり大きいから、太平洋の地図で南米大陸近辺に載っていないはずはない。しかしいくら仔細に調べても、シュティーラー世界地図には、目立った島としてはフエゴ諸島やマゼラン海峡周辺の島々——デソラシオン島、レイナ・アデライダ群島、クラレンセ島など——以外には見当たらない。もしこの島がそういった島々のひとつで、大陸と狭い海峡で隔てられているだけだとしたら、フランソワ・ボードワンはきっと地図にそれを記していたはずだ。だがなにも記されていない。そうなると、ここは孤島ということだ。孤島ならば、これらの島々がある海域よりも北か南に位置しているに違いない。だが、充分な資料も必要な機材もないので、この島が太平洋のどこに浮かんでいるのかはっきりさせるのは不可能だ。

もはや、冬になって移動ができなくなる前に、身を落ち着ける住まいを定めるよりほかはない。

「湖のそばで見つけた洞穴に住むのがいちばんだよ」ブリアンが言った。「あそこならきっと安心して暮らせるよ」

「みんなで住めるくらい大きいのかい？」そうたずねたのはバクスターだ。

「いや、そこまでは広くない」ドニファンが答えた。「だけど、もうひとつ穴を掘れば広くできると思う。おれたちには道具もあるし」

「当面はそのままにしておこう」とゴードン。「少し窮屈かもしれないけど」

「とにかく、できるだけ早く移ることにしよう」とブリアンは言った。

たしかに急がなければならなかった。ゴードンによれば、スクーナー船は日に日に住みにくくなっていた。最近の雨とそれにつづく猛暑で、船体や甲板の継ぎ目がだいぶゆるんでいた。覆いの防水布も破れ、あちこちから雨風が吹き込んでくる。船底は腐って穴が開き、砂浜の砂を伝って水も流れ込んでくる。船体の傾きはひどくなる一方で、ゆるんだ砂地に船が沈み込んでいるのは明らかだ。突風が海岸に吹き荒れるようになったら、船はひとたまりもない。なにしろいまは秋分の時期、この時期には突風がよく吹き荒れるのだ。だからこそ、一刻も早く船を離れなければならない。しかし同時に、船をきちんと解体し、梁材、板材、鉄や銅など、使えそうなものをすべて取っておく必要もある。フレンチ・デン――洞穴には、漂着したフランス人を偲んで、「フランス人の洞穴」を意味するこの名をつけた――を住みやすくするためだ。

「でも、むこうに移るまではどこに住む？」ドニファンはたずねた。

「テントだよ」ゴードンは答えた。「川岸の木立にテントを張るんだ」

「それはいい考えだね」とブリアンは言った。「さあ、時間を無駄にしないようにしよう」

船の解体、資材や食糧の運び出し、荷物運搬用の筏の組み立て、これらの作業には少なくとも一ヶ月はかかるだろう。そうなると、スルーギ号を離れるのはおそらく五月の初めになる。これは北半球でいえば一一月の初め、つまり冬がはじまる頃だ。

ゴードンがテントを張る場所として川岸を選んだのには理由があった。荷物の運搬には川を利用しなければならないからだ。移動距離の点からも、容易さの点からも、ほかの方法は考えられなかった。解体後の資材をすべて荷車に積んで、森のなかや川岸を延々と運んでいくなどというのは、まず実行不可能だ。しかし筏であれば、上げ潮が湖まで遡ってくるのを何度か利用することで、それほど苦労せず目的地にたどり着けるはずだ。

川の上流には、妨げとなるような滝も急流も堰もない。これはすでにブリアンが確認していた。そこで今度は沼地から河口にいたる下流の調査がおこなわれた。ブリアンとモコがボートで向かい、そこも問題なく航行できることを確かめた。つまりスルーギ湾とフレンチ・デンのあいだには、実に好都合な水路があるということだ。

つづく数日は、川岸にテントを設営する作業に費やされた。まずは二本のブナの下枝から三本目のブナの枝まで、それぞれ長い円材を渡した。この支えの上に大きな予備帆をかぶせて端を地面に垂らし、それを繋留具でしっかりと固定した。こうしてできたテントの下に、寝具、必須の道具類、武器、弾薬、食糧を運び込んだ。筏は船材で作るので、スルーギ号の解体作業が終わるのを待たなければならなかった。

雨に降られることもなく、申し分ない天気がつづいた。ときどき風が吹くことがあっても、陸からの風だったので、荷降ろしの作業は順調に進んだ。

テントの下に荷物を運び込んだ。

四月一五日頃には、船はほとんど空になった。残っているのは、重量がありすぎて解体後でなければ運べないものだけだ。なかでも底荷（バラスト）用の鉛塊、船倉に据え付けられた貯水桶、揚錨機（ウィンドラス）、炊事設備といったものは、機械なしでは持ち上げられない。船具は前檣（フォアマスト）、帆桁、支檣索と後支索、鎖、錨、索具、舫（もや）い綱、引綱、縄糸など、予備も含めてかなりたくさんあったが、すべてテントの近くに運ばれた。

この作業がどれほど急を要するものであっても、当然のことながら日々の食糧の調達をおろそかにするわけにはいかない。ドニファン、ウェッブ、ウィルコックスの三人は毎日数時間を狩猟に充て、イワバトや湿地から飛来する水鳥を撃った。年少組は、引き潮で岩礁があらわれると、せっせと貝を拾い集めた。ジェンキンズ、アイヴァーソン、ドール、コスターが、水たまりで遊ぶ雛鳥の群れのようにちょこちょこ動き回っている姿は、見ている方も楽しかった。膝の上まで水に濡らしてしまうこともあり、そんなときにはなにかと厳しいゴードンは小言を言うのだが、ブリアンはできるだけ大目に見ていた。ジャックも年少組と一緒に貝拾いをしていたが、ほかの子に交じって笑い声を上げるようなことは一度もなかった。

作業は予定通り進んでいった。これも実務に長けたゴードンが仕切っていたからだろう。ドニファンは、ブリアンや誰かがなにを言っても耳を貸さなかっただろうが、ゴードンの言うことだけは受け入れていた。つまり、少年たちの小さな世界はひとつにまとまっていたのだ。

とにかく急がなければならなかった。四月の下旬になると、天候が悪化した。気温はみるみるうちに下がっていった。早朝には氷点下になることも珍しくなかった。冬が迫っている。まもなく雹（ひょう）や雪や突風がやってくるだろう。太平洋の高緯度海域では、それは恐ろしい脅威だった。

寒さに備えて、年長組も年少組も厚着をすることになった。冬用の暖かいセーター、厚手のズボン、毛織の上着。こうした衣類は種類別、大きさ別に整理してあったので、ゴードンの手帳を見れば、どこにあるのかすぐにわかった。ブリアンが特に心を配ったのは、小さい子たちのことだ。足を冷やしてはいないか、汗をかいたあと風にさらされたりしてはいないか、いつも気をつけていた。少しでも風邪っぽいと有無を言わせず寝かせて、暖かい熾火（おきび）を絶やさないようにした。ドールとコスターは、風邪気味だから外に出ないようにと命じられ、船室に閉じ込められはしないまでも、テントに残っていなければならないことが度々あった。モコはそんなふたりに、船の薬箱にあった煎じ薬をたっぷりと飲ませるのだった。

船内のものがすっかり運び出されると、解体作業に取りかかった。すでにあちこち壊れかけている船体を、いよいよ本格的に解体するのだ。

船底に張ってある銅板は、フレンチ・デンの改修に使うため、丁寧に剝がされた。外板を肋材から外すには、しっかりと打ちつけられた釘や木釘を、釘抜きやペンチや金槌を使って抜かなければならない。これはかなりきつい作業で、慣れないうえにまだ力も充分ではない少年たちはとても苦労した。解体はなかなか進まなかった。けれども、四月二五日に吹いた突風が思わぬ助けとなった。

すでに冬にさしかかっていたが、その日の夜、季節外れの激しい嵐が訪れた。気象管（ストームグラス）の変化が嵐を予知していた。稲妻が夜空を切り裂き、雷鳴が真夜中から明け方まで轟きつづけた。年少組はすっかり怯えきっていた。幸いにも雨は降らなかったが、荒れ狂う風があまりに凄まじくて、テントを飛ばされないよう何度か押さえなければならなかった。

テントは木にしっかりと結びつけてあったおかげで無事だったが、船の方はそうはいかなかった。海から吹きつける強風にまともにさらされ、押し寄せる波濤になすべもなく打たれていたのだ。

船は原形をとどめていなかった。外板は剝がれ、肋材は散乱し、竜骨は折れ、一夜のうちに残骸と化してしまった。だが、それを嘆く必要はなかった。波にさらわれたのはごく一部で、大部分は岩礁に残っていたからだ。金具類は砂に埋もれていたので、見つけるのは難しくなさそうだ。

次の日からは、全員が残骸の片づけに専念した。梁材、板材、底荷（バラスト）の鉛塊、重くて運べなかったものが、いたるところに転がっていた。あとはテント近くの川の右岸まで運ぶだけでよかった。

実に大変な作業だった。時間はかかり、疲労も相当なものだったが、それでも首尾よくやり遂げた。重い木材にロープを巻き、かけ声をあげて励まし合いながら、全員が力をひとつにして引いていく姿は、なかなか見応えがあった。円材を梃子として使ったり、丸太を並べて重いものを転がしたりもした。なによりもきつかったのは、かなりの重量がある揚錨機（ウィンドラス）、炊事場の竈、ブリキの貯水桶を運ぶことだった。この子どもたちを指導してくれる大人がいれば、どれほどよかったことか。もしブリアンのかたわらに技師である父がついていれば、もしガーネットのかたわらに船長である父がついていれば、これまでに何度も失敗を繰り返さなくてすんだかもしれないし、これからさらに失敗を重ねなくてすむかもしれないのだが。それでも、機械のことに明るいバクスターが、持ち前の器用さと熱意を発揮した。砂に杭を打ち込んで複滑車を取りつけたのも、バクスターがモコと相談しながらやったことだ。これによって少年

重い木材にロープを巻き、力をひとつにして引いていく。

たちの力は飛躍的に増大し、作業を完了させることができた。

こうして二八日の夕方には、スルーギ号の残骸はすべて川岸まで運ばれた。もっとも大変な仕事は終わった。あとは川がこれらの物資をフレンチ・デンまで運ぶ仕事を引き受けてくれるはずだ。

「明日からは筏を組むことにしよう」ゴードンが言った。

「そうだね」とバクスター。「組み立ててから進水させるのも手間だから、最初から川のなかで組み立てる方がいいんじゃないかな」

「それはやりにくいぞ」ドニファンが口を挟んだ。

「それでもやってみようじゃないか」ゴードンが言った。「筏を組むのに苦労しても、川に浮かべるときの心配はしなくてすむからね」

たしかにこのやり方で進める方がよさそうだった。翌日から筏の組み立てがはじまった。重くてかさばる荷物を積むので、かなり大きな筏でなければならない。

船から外した梁、ふたつに折れた竜骨、前檣（フォアマスト）、根元から一メートルほどのところで折れた主檣（メインマスト）、甲板の柵と横梁、斜檣（バウスプリット）、前檣帆桁（フォアヤード）、後檣下桁（ブーム）、後部縦帆斜桁（スパンカーガフ）。

こういった木材が運ばれたのは、川岸の満潮時にだけ水に浸かる場所だった。潮が満ちると、水に浮かんだ木材を川面に移し、長いものを並べた後で短いものを横に渡し、互いにしっかりと結びつけた。

こうして長さ一〇メートル、幅五メートルばかりの頑丈な骨組ができた。一日中休みなく作業をして、できあがったときには夜になっていた。ブリアンは筏を川岸の木につないだ。こうしておけば、上げ潮で川上のフレンチ・デンの方へ流されたり、引き潮で川下の海の方へ流されたりしないですむ。

丸一日働き通しで誰もが疲れ切っていたが、旺盛な食欲で夕食を平らげると、朝までぐっすりと眠った。

翌三〇日も、夜明けとともに作業に取りかかった。

次は骨組の上に床を作らなければならない。これにはスルーギ号の甲板の床板と、船体の外板が使われた。板材を渡して金槌で釘を打ち込み、綱で結びつけると、全体がしっかりと固定された。

もはや一刻も無駄にできないと、誰もが脇目もふらず働いたが、それでもこの作業には三日かかった。すでに岩場の水たまりや川岸には氷が張りはじめている。いくら火を焚いても、テントのなかは暖かくならない。少年たちは毛布にくるまって身体を寄せ合うことで、寒くなる一方の気温にどうにか抗っていたが、それもそろそろ限界だ。フレンチ・デンに身を落ち着けるための作業を急がなければならない。緯度の高

こうして頑丈な骨組ができた。

いこの土地では冬の寒さはとてつもなく厳しいはずだが、フレンチ・デンなら充分しのげるだろう。少年たちにはそれだけが心の支えだった。

当然のことながら、筏の床は可能な限り頑丈に作られていた。途中で床が抜けたりしたら、積荷は川底に呑み込まれてしまう。そのような取り返しのつかない事故を未然に防ぐためにも、もう一日出発を遅らせ、念入りに準備した方がいいだろう。

「でも、五月六日までには出発しないと」とブリアンが言った。

「どうしてだい？」ゴードンがたずねた。

「あさっては新月だからね。二、三日は上げ潮が高くなる。上げ潮が高いほど、川を遡るには都合がいいんだ。いいかい、ゴードン、この重たい筏を引綱で引いたり、鉤竿で押したりしなければならないとしたら、流れに逆らって進むなんてとてもできないよ」

「きみの言う通りだ。遅くても三日後には出発しよう」

そこで少年たちは、作業が完了するまでは休みを取らないことにした。

五月三日、荷積みに取りかかった。筏が傾いたりしないよう、細心の注意を払って積まなければならない。それぞれが自分の力に応じて作業に専念した。年少組のジェンキンズ、アイヴァーソン、ドール、コスターは、道具や工具や器具といった細々したものを運ぶ役。ブリアンとバクスターがそれをゴードンの指示通りに整然と筏に並べていく。竈、貯水桶、揚錨機（ウィンドラス）、金具類、船底から剝がした銅板など重量のあるものや、スルーギ号の残骸である湾曲した肋材、船体の外板、甲板の手摺、昇降口の扉などを積み込むきつい仕事は、年長組の役目だ。食糧の包み、ワインやビールなどの酒類を詰めた樽、そして湾の岩場で採取した塩の袋も年長組。荷積み作業を楽にするため、バクスターは二本の円材を立て、それを四本の綱で支えてクレーンのようなものを作ると、先端に滑車を結び、滑車に渡したロープの端に船の巻揚機のひとつ――小型の水平巻揚機――を取りつけた。これを使うことで、地面に置かれた荷物を持ち上げ、筏にそっと下ろすことができるようになった。

　こうして誰もが慎重に、そして熱心に作業をしたので、五月五日の午後には荷積みが終わった。あとは筏をつなぐ舫い綱を解くだけだ。それをするのは、上げ潮が河口に入ってくる明朝八時頃になるはずだ。

　もしかすると少年たちは、仕事が終わったから夕方までは休めるだろうと考えていたかもしれない。けれどもそうはいかなかった。ゴードンの提案で、さらなる仕事が舞い込んできたのだ。

「諸君。ぼくらはまもなくこの湾を離れる。それはすなわち、海上を見張ることがで

クレーンの端に滑車を結んだ。

きなくなるということだ。となると、島の近くに船がやってきても、合図を送ることができない。だから崖の上にマストを立てて、ぼくらの旗をずっと掲げておいた方がいいと思うんだ。そうすれば、沖合の船に気づいてもらえるんじゃないかな」

この提案は受け入れられ、筏を組むのに使われなかった中檣（トップマスト）が崖のふもとまで運ばれた。川岸近くの崖の斜面はそこまで急ではなかったが、頂の近くは曲がりくねったきつい坂道で、登るのにひどく苦労した。

それでも登り切ると、マストを地面にしっかりと立てた。それからバクスターが揚げ綱（ハリヤード）を使ってイギリス国旗を掲げた。ドニファンは銃で礼砲を撃った。

「やれやれ」ゴードンはブリアンに言った。「ドニファンのやつ、イギリス代表でこの島を所有した、とでも言わんばかりじゃないか」

「このあたりの島がまだイギリス領になってなかったら、そっちの方が驚きだけどね」とブリアンは答えた。

ゴードンは思わず顔をしかめた。ときどき「ぼくの島」と口にするところをみると、この島をどうもアメリカの島と考えているらしい。

翌日、夜明けとともに全員が起きた。手早くテントをたたみ、寝具を筏に運ぶと、目的地に着くまで濡れないように、帆布を広げてかぶせた。天気が崩れるおそれはなさそうだが、風向きが変わって、沖合からの靄が島の方へ流れてくるかもしれない。

七時、準備が完了。いざとなれば二、三日は筏の上で過ごせるように積荷を整理した。食糧については、火を使わなくてすむように、モコが移動中に必要な分を別に用意していた。

八時半、全員が筏に乗り込んだ。年長組は筏のへりに立ち、鉤竿や円材を手にしていた。川では舵がきかないので、筏を操るにはこういったものを使うしかないのだ。

九時少し前、上げ潮がはじまった。筏の骨組が鈍く軋み、結びつけた木材が揺れ動いた。しかしそれだけのことだ。筏が壊れる心配はなかった。

「いくぞ!」ブリアンが叫んだ。

「いくぞ!」バクスターも叫んだ。

ふたりはそれぞれ前部と後部に立ち、筏を岸につなぐ舫い綱の端を握っている。

「いいぞ!」ドニファンが叫んだ。ドニファンはウィルコックスとともに、筏の先頭部にいる。

筏が潮に乗っているのを確かめると、ブリアンは叫んだ。

「舫い綱を解け!」

命令は速やかに実行された。解き放たれた筏は、後ろにボートを曳きながら、ゆっくりと川を遡りはじめた。

重い筏が動き出すと、少年たちは一斉に歓声を上げた。たとえ大型船を建造したとしてもこれほどまでは、というほどの喜びようだった。少年たちのこのささやかな自己満足を、どうか大目に見てあげてほしい。

川沿いに木立が並ぶ右岸は、左岸よりもかなり高くなっている。左岸はすぐそばまで沼地が迫っていて幅が狭く、ほとんど傾斜もないので、筏が乗り上げる危険があった。ブリアン、バクスター、ドニファン、ウィルコックス、モコは、筏を左岸から遠ざけようと必死だった。川の深さからいっても、対岸に沿っていった方が安全だ。

そこで筏をできるだけ右岸に寄せて進んだ。こちらの方が上げ潮の流れが強く、鉤竿で筏を押すのもやりやすかった。

出発から二時間で進んだ距離は一キロ半ほどだと思われた。筏はどこにも衝突しなかった。このぶんなら無事にフレンチ・デンまでたどり着けそうだ。

だが、ブリアンの計算によると、川の長さは湖からスルーギ湾まで約一〇キロ、そして一回の上げ潮のあいだは三キロほどしか進めないから、目的地に着くまでには三、四回の上げ潮が必要になる。

実際、一一時頃になると潮が引いて、流れは川下に向かいはじめた。筏が海へと流されていかないよう、慌てて岸につないだ。

もちろん、日が暮れる頃には夜の上げ潮がくるから、ふたたび出発することもできるだろう。しかしそうなると、暗闇のなかを進むことになる。

「それはあまりに無謀だと思う」とゴードンが言った。「どこかにぶつかって、筏がばらばらになってしまうかもしれないからね。明日まで待って、昼の上げ潮に乗る方がいい。これがぼくの考えだ」

きわめて適切なこの提案に、反対が出るはずもなかった。たとえ丸一日余計にかかることになっても、大事な積荷を川に沈めてしまう危険を冒すよりはました。

こうして半日と一晩をこの場所で過ごすことになった。ドニファンたち狩猟組は、ファンを連れてさっそく右岸に上陸した。

あまり遠くへ行かないようにとゴードンが釘を刺し、ドニファンたちも言うことを聞くしかなかった。それでもノガン四羽とたくさんのシギダチョウを獲って帰ることができたので、自尊心は満たされた。モコの意見で、この獲物はフレンチ・デンの食堂での記念すべき最初の食事――朝食、昼食、夕食のどれになるかはわからないが――のために取っておくことにした。

この狩りのあいだドニファンは、ずっと前のものであれ最近のものであれ、このあたりの森に人間がいた痕跡はなにひとつ見かけなかった。動物については、大型の鳥が茂みのなかを逃げていくのを目にしたが、どのような種類の鳥なのかはわからなかった。

日が暮れると、バクスター、ウェッブ、クロスの三人が見張りをつとめ、潮の流れが変わったらそれに応じて舫い綱を締めたり緩めたりできるよう、一晩中備えていた。

何事もなく夜が明けた。その日は九時四五分頃に上げ潮とともに出発し、前日と同じように川を進んだ。

前夜は寒かったが、日中もやはり寒かった。到着を急がなければならない。もし川面が凍りついたり、湖の氷がスルーギ湾へ流れてきたりしたら、どうなってしまうだろう？　この大きな不安から解放されるためには、フレンチ・デンにたどり着くしかないのだ。

それなのに、潮の流れよりも速く進むことはできない。潮が引いているときに、流れに逆らって進むこともできない。一時間にせいぜい一キロ程度しか進むことができないのだ。これがその日の平均速度だった。午後一時頃、沼地のところで休息をとることになった。以前ブリアンたちが、スルーギ湾への帰路で迂回しなければならなかった沼地である。この休息のあいだに付近を少し探検してみることにした。モコ、ドニファン、ウィルコックスがボートで北に向かうと、二キロほど先でようやく沼地が途切れた。この沼地は、左岸の向こうに広がる湿地帯とつながっているらしく、水鳥が豊富に生息しているようだった。ドニファンはシギを何羽か仕留めることができた。獲物は先ほどのノガンやシギダチョウと同じく、フレンチ・デンまで取っておくことにした。

夜は穏やかだったが、凍てつくような寒さだった。川の上を吹き抜ける風は、刺すように冷たい。薄氷も張ったが、少し叩けば割れたり溶けたりした。いくら防寒服を着込んでも、筏の上は寒くてたまらなかった。帆布の下に丸まって身を寄せ合っても無駄だった。小さい子たちのなかでも特にジェンキンズとアイヴァーソンがぐずりだし、スルーギ号から離れなければよかったと不平をもらした。ブリアンは何度もふたりを励まし、元気づけなければならなかった。

翌日の午後には、三時半頃までつづいた上げ潮のおかげで、ようやく湖の見えるところまでたどり着いた。筏はフレンチ・デンの前の川岸に横づけされた。

11

フレンチ・デン内部の最初の片づけ——筏の荷降ろし——漂着者の墓へ——ゴードンとドニファン——炊事用の竈——狩猟鳥獣——ナンドゥ——サーヴィスの計画——迫り来る冬

上陸がはじまると、年少組は歓声を上げた。幼い子にとっては、生活が変わるというのは新しい遊びと同じなのだ。ドールは子ヤギのように川岸を跳ね回っている。アイヴァーソンとジェンキンズは湖の方へ駆けていく。コスターはというと、モコを脇に呼んでなにか話しかけていた。

「ねえ、おいしい夕食を作ってくれるって約束したよね？」

「それがね、コスターさん、夕食はなしにしてもらわないと」

「どうして？」

上陸がはじまると、年少組は歓声を上げた。

「今日はもう、夕食を支度する時間がないんで」

「そんなぁ、夕食抜きなの？」

「夕食は抜き。でも夜食はあり。ノガンってやつは、夜食に食べてもやっぱりおいしいよ」

そう言うとモコは、真っ白い歯を見せて笑った。

コスターは親しみを込めてモコを小突くと、仲間のもとへ戻っていった。ブリアンは小さい子たちに、遠くへ行かないようきつく言い聞かせていた。そうでもしないと、目の届かないところまで遊びにいってしまいそうだった。

「お前はみんなと一緒に行かないのかい？」ブリアンは弟にたずねた。

「うん、ここにいる方がいい」とジャックは答えた。

「少しは身体を動かしたらどうだい」とブリアンは言った。「ジャック、お前変だぞ。なにか隠してることがあるだろ。それともどこか具合でも悪いのか？」

「ううん、兄さん、なんでもないよ」

相変わらず同じ答えだ。納得がいかないブリアンは、頑なな弟と喧嘩になってもいいから、事情をはっきりさせようと心に決めた。

とはいうものの、その夜からフレンチ・デンで暮らすためには、一刻も無駄にできない。

洞穴を知らない仲間たちを案内するのが先決だ。ブリアンは筏を流れのゆるやかなところに移動させて川岸にしっかり繋ぐと、皆についてくるよう言った。モコは船のランプを持ってきた。ランプにはレンズが取りつけられているため、その光はとても明るかった。

まずは入口を通れるようにしなければ。入口をふさいでいる枝は、以前ブリアンとドニファンが置いたままの状態だった。つまり、人間であろうと動物であろうと、なにかがフレンチ・デンに入ることはなかったのだ。

枝を取り除くと、少年たちは狭い穴を通ってなかに入った。ランプに照らされた洞穴は、松明や粗末なろうそくの炎で照らされたときとは比較にならないほど明るい。

「こいつはだいぶ窮屈だな」洞穴の深さを測ると、バクスターは言った。

「大丈夫さ」とガーネットが言った。「寝台を重ねて置けばいいじゃないか、船室みたいに」

「駄目だよ。寝台はきちんと並べた方がいい」そう言ったのはウィルコックスだ。

「そんなことしたら、あちこち動き回れなくなるよ」ウェッブが言い返した。

「じゃあ、あちこち動き回らなければいい。それだけのことさ」とブリアン。

「ウェッブ、ほかにいい考えはあるかい？」

「いや、ないけど……」

「とにかく肝心なのは」とサーヴィスが口を開いた。「これで雨風をしのげるってことさ。まさかウェッブだってここに、居間も、食堂も、寝室も、大広間も、喫煙室も、浴槽も、なにもかも揃った申し分ない住まいが見つかるなんて思ってなかっただろ」

「それはそうだけど」今度はクロスが言った。「やっぱり料理する場所は必要だよ」

「おいら、外でやるよ」とモコが言った。

「だけど、天気が悪いときは困るね」ブリアンが指摘した。「明日になったら、ここにスルーギ号の竈を持ってきたらどうかな？」

「竈だって？　食べたり眠ったりするのと同じところに竈かよ」ドニファンは嫌そうな態度を露骨にあらわした。

「お気に召さないなら、気付け薬でもお吸いになったらいかがでしょう、ドニファン卿殿」サーヴィスはそう言うと、屈託のない笑い声をあげた。

「場合によってはもちろんそうさせてもらうさ、見習料理人のサーヴィスくん」

「まあまあ」ゴードンが慌てて口を挟んだ。「居心地がよくてもそうでなくても、まず決めておく必要があるね。竈がここにあれば、料理だけじゃなくて、洞穴のなかを暖めるのにも使えるよ。もっと広々と暮らすために岩壁を掘ってほかの部屋を作るのは、冬のあいだにやればいい。でもはじめのうちはフレンチ・デンはこのままで、できるだけ快適な住まいにしよう」

夕食の前に寝台が運び込まれ、砂の床にきちんと並べられた。隙間なくぴったりと置かれたが、少年たちはスクーナー船の狭い船室に慣れていたので、それほど気にならなかった。

寝台を並べ終えるのに、夕方までかかった。船の大テーブルは洞穴の中央に据えられた。小さい子たちが食器類を運び、ガーネットが食卓の準備をした。

モコはサーヴィスに手伝ってもらいながら、存分に腕をふるっていた。崖裾のふたつの大きな石のあいだに炉をしつらえ、ウェッブとウィルコックスが川岸で拾い集めた枯れ枝をくべた。六時頃にはポトフ――といっても、肉入り乾パンを数分煮込むだけだが――が湯気を上げ、あたりにいい匂いをただよわせていた。もちろんそれだけではない。きれいに羽をむしって鉄串に刺した一ダースばかりのシギダチョウが、炎で炙られぱちぱち音を立てている。下の受け皿にはこんがり焼けた肉から脂がしたたり、コスターはそこに乾パンを浸してみたくて仕方なかった。ドールとアイヴァーソンが一所懸命に焼き串を回しているのを、ファンはいかにももの欲しそうに眺めていた。

七時前、全員がフレンチ・デンの唯一の部屋——食堂と寝室を兼ねた部屋に集まった。スルーギ号にあった腰掛けや、折り畳み椅子や、柳編みの椅子が、船員室の長椅子とともに運び込まれていた。少年たちは、モコに給仕してもらったり、自分たちで給仕したりしながら、滋味豊かな食事をとった。熱々のスープ、塩漬け肉、シギダチョウの丸焼き、パン代わりの乾パン、ブランデーを少量垂らした冷たい水、チェシャーチーズ、そしてデザートにはシェリー酒を少々。この晩餐は、数日来のお粗末な食事を充分に埋め合わせてくれた。深刻な状況に変わりはなかったが、年少組は子どもらしい無邪気さですっかり陽気になっていた。ブリアンも、小さい子たちがはしゃぐのを抑えたり、笑い声を上げるのを止めさせたりはしなかった。

その日は誰もが疲れ切っていた。空腹が満たされると、あとは寝ることしか考えられなかった。しかし寝る前にゴードンは、宗教の教えを大切にする気持ちから、この洞穴の前の住人フランソワ・ボードワンの墓参をしようと提案した。

夜の闇が湖を浸し、水の面には夕日の残照も映っていなかった。少年たちは突き出た断崖をまわると、地面がわずかに盛り上がり、小さな木の十字架が立てられた場所で足を止めた。その墓の前で、年少組はひざまずき、年長組は頭を垂れ、この漂着者の魂のために祈りを捧げた。

九時には寝台に入った。みんな毛布にもぐりこむとたちまち深い眠りに落ちた。ただ、その夜の不寝番に当たっているウィルコックスとドニファンだけは、洞穴の入口で一晩中さかんに火を燃やしつづけた。こうしておけば、危険な動物を遠ざけるとともに、洞穴のなかを暖めることもできる。

翌五月九日から三日間は、全員で手分けして筏の荷降ろしをおこなった。西風とともに、はやくも霧が立ちこめている。雨や雪の季節が近いということだ。寒暖計の目盛りは零度を超えることはない。高緯度地帯では、気温はかなり下がるはずだ。そのため弾薬、食糧、飲料など、凍ると駄目になってしまうものをフレンチ・デンに運び入れなければならなかった。

数日のあいだはこの作業にかかりきりで、狩猟組も遠出はできなかった。けれども、獲物の水鳥は湖にも左岸の湿地にもたくさんいたため、モコは食材に困ることはなかった。タシギ、マガモ、オナガガモ、コガモなど、ドニファンには射撃の腕前を披露する機会がいくらでもあった。

だがゴードンとしては、狩猟が豊かな恵みをもたらしてくれるにしても、散弾や火薬が減ってしまうのを見過ごせなかった。弾薬はできるだけ大事に使おうと考え、その正確な量をつねに手帳に記していた。そこでゴードンはドニファンに、銃を撃つ回数を減らしてくれるよう頼んだ。

「今後のこともあるからね」

「わかった」とドニファンは答えた。「だけど弾薬だけじゃなく、缶詰の方もけちらないとな。いざ島から出るってときに缶詰がなかったら、後悔することになるぞ」

「島から出る？」とゴードンが言った。「ぼくたちに海を渡るような船が造れるって言うのかい？」

「そうさ。大陸までそれほど離れてなければだけどな。とにかくおれは、こんなところで死にたくない。ブリアンと同じフランス人のあの男みたいになるのはごめんさ」

「そうだね。でも、出ていくことを考える前に、ここで何年も暮らすことになるかもしれないって覚悟しておいた方がいいんじゃないかな？」

「おいおい、さすがはゴードンだ。言うことが違うね」ドニファンは声をあげた。

「植民地建設ってやつはさぞ楽しいだろうよ」

「ほかにどうしようもないじゃないか」

「ゴードン、きみの思い込みに付き合うやつがいるとは思えないね。仲良しのブリアンだってそうさ」

「この話はまた今度にしよう」とゴードンは言った。「ところでブリアンのことだけどね、ドニファン。言わせてもらうと、きみのブリアンに対する態度は感心しないな。ブリアンはいいやつだよ。みんなのために何度も尽くしてくれたじゃないか」

「なんだって？」ドニファンはいつもの馬鹿にした調子で答えた。「あいつが立派な人間だっていうのか？　英雄かなにかだっていうのか？」

「違うよ、ドニファン。ブリアンにだって、もちろん欠点はあるさ。ただ、きみとブリアンがこじれると、仲間割れが起こってしまうかもしれない。そうなったら、いま以上に困った事態になるよ。ブリアンはみんなから一目置かれているし……」

「へえ、みんなからね！」

「少なくとも大多数からはね。ぼくにはわからないんだ、どうしてウィルコックス、クロス、ウェッブ、そしてきみの四人が、ブリアンの言うことにまったく耳を貸そうとしないのかが。ドニファン、ちょうどいい機会だから話したけど、きみがきちんと考えてくれると信じてるよ」

「これ以上考えることなんてないね」

高慢なドニファンが自分の忠告を受け入れる余地はほとんどないとわかって、ゴードンは心を痛めた。このままだと、いずれ深刻な事態になるに違いないと思われたのだ。

すでに述べたように、筏の荷降ろしを終えるのに三日間かかった。あとは筏を解体するだけだ。角材や板材はフレンチ・デンの改修に使えるはずだ。

ただ困ったことに、洞穴にはすべての物資を入れるだけの場所はなかった。洞穴を広げられない場合には、倉庫を作って荷物が雨に濡れないようにしなければならない。

それまではとりあえずゴードンの指示に従って、荷物を断崖の蔭に積み重ね、防水布で覆うことにした。この防水布は、船の明かり窓と昇降口を保護していたものだ。

一三日の日中は、バクスター、ブリアン、モコの三人が、炊事用の竈の設置に取りかかった。竈は並べた丸太の上を転がしてフレンチ・デンに運び入れ、入口近くの右手の壁につけて置かれた。ここなら通風は申し分ない。排煙用の煙突を取りつけるのは一苦労だった。だが、岩壁は石灰岩質でそれほど固くないので、バクスターがどうにか穴を開け、そこに煙突を通して、煙を外に出せるようにした。午後になって竈に火を入れてみるときちんと燃えたので、モコは大喜びだった。これで天気が悪くても火を使った料理ができる。

次の週は、ドニファン、ウェッブ、ウィルコックス、クロスの四人に、ガーネットとサーヴィスも加わって、狩りを思う存分楽しんだ。ある日のこと、六人は湖の近く、

バクスターが岩壁にどうにか穴を開けた。

フレンチ・デンから一キロも離れていないところにある、カバとブナの森に分け入った。ところどころに、明らかに人の手になるものが見つかった。地面に掘った穴に、木の枝で編んだ覆いがかぶせられていたのだ。穴はかなり深く、そこに落ちた動物はまず出られない。だが穴の状態からすると、もう何年も前に作られたものらしい。穴のひとつには動物の骨が残されていたが、どのような動物なのかはわからなかった。

「とにかく、この骨は大きな動物のものだね」ウィルコックスは身軽に穴の底に下りると、白くなった骨を拾ってきた。

「こいつは四足獣だな。ほら、あそこに足の骨が四つ見える」ウェッブが言った。

「もちろん四足獣さ、この島にまさか五本足の動物はいないだろうからね！」とサーヴィスが茶化した。「いたとしたら前代未聞、珍奇面妖な羊か子牛ってやつだね」

「いつも冗談ばっかり言うんだから、サーヴィスは」とクロス。

「笑っちゃいけない、なんて決まりはないさ」ガーネットが言い返した。

「確実なのは」とドニファンが口を開いた。「ものすごく強い動物だってことだ。見ろよ、頭は大きいし、顎には牙が生えてるだろ。サーヴィスは、見世物の子牛か縁日の羊だと思って、勝手にふざけてればいいさ。だが、こいつが生き返ったりしたら、とても笑ってなんかいられないぞ」

「さすがドニファン！」とクロスが声をあげた。従兄が機転の利いた返しをすると、いつでも感嘆するのだ。

「てことは、こいつは肉食獣だっていうのかい？」ウェッブはドニファンにたずねた。

「ああ、間違いない」

「ライオンかな？　トラかな？」不安そうにクロスが聞いた。

「トラとかライオンじゃないにしても、ジャガーかピューマだろうな」

「用心しないといけないね」とウェッブが言った。

「それに、あまり遠くへ行かない方がいいね」クロスも言った。

「いいかい、ファン」サーヴィスは犬を振り返って言った。「このあたりには大きな獣がいるからね」

ファンは不安げな様子もなく、うれしそうに吠えて答えた。

少年たちはフレンチ・デンに戻る準備をはじめた。

「いいこと考えたよ」とウィルコックスが言った。「枝を取り替えて、この穴を隠したらどうかな。なにか動物がかかるかもしれないよ」

「やってみろよ、ウィルコックス」ドニファンが応じた。「おれとしては、穴に落ちた獲物を殺すより、動き回る獲物を銃で仕留める方がずっといいけどな」

いかにも狩猟家らしい言葉だった。しかし、罠を仕掛けるのを好むウィルコックスの方が、ドニファンよりずっと現実的だった。

ウィルコックスはさっそく実行に移した。仲間に手伝ってもらって手近な木の枝を切ると、長い枝を穴の上に渡し、木の葉をかぶせて隠した。ごく初歩的な罠だが、南米大陸の大草原地帯(パンパス)では、毛皮を傷つけずに獲物を捕るためによく使われる仕掛けである。

落し穴の場所がわかるよう、ウィルコックスは森を出るまでに目印として何箇所か枝を折りながらフレンチ・デンに戻った。

狩りに出るたびに獲物には事欠かなかった。たくさんの猟鳥がいた。ノガンやシギダチョウはもちろん、羽にホロホロチョウに似た白い斑点のあるアマツバメ、群れをなして飛ぶモリバト、焼いて脂を落とすと美味しく食べられる南極ガンなどである。

猟獣としては、齧歯類でジブロット[1]にするとウサギよりも美味しい「ツコツコ」[2]、尾に三日月形の黒い模様があり、アグーチと同じく食用になる赤灰色の野兎「マーラ」、

1　ウサギの白ワイン煮込み。
2　南米などに生息するウサギ大の齧歯類。

体が鎧のような甲羅で覆われたアルマジロの仲間で、肉がとても美味しい「ピチ」、小型の猪といった「ペッカリー」、鹿のように敏捷な「グアシュティ」などがいた。

ドニファンはこういった動物を何匹か仕留めることができたが、そばまで近づくのは難しかったので、火薬と散弾を消耗するわりには成果は上がらず、大いに不満だった。そのうえゴードンには小言を言われる始末だった。ただ狩猟組のほかの仲間は、ドニファンほど小言を受けてはいなかった。

また、こうした遠出は、ブリアンが湖までの最初の遠征の際に見つけた二種類の貴重な植物を豊富に蓄える機会でもあった。湿地帯に群生する野生のセロリと、芽吹いたばかりの新芽が壊血病予防になるクレソンだ。これらの植物は、健康のために毎回食卓にのぼった。

それに、寒いとはいってもまだ湖面や川面が氷結するほどではなかったので、マスを釣ることもできた。カワカマスの仲間も釣れた。これはとても美味しいのだが小骨が多く、喉に刺さらないよう気をつけなければならない。ある日、アイヴァーソンが大きなサケを抱えて、得意げに戻ってきた。糸を切られそうになりながらも、長い格闘の末にようやく釣り上げたのだ。サケが川を遡ってきたときにたくさん獲ることができれば、冬に備えて貴重な食糧の蓄えを確保できるだろう。

そのあいだにも、ウィルコックスが仕掛けた落し穴を何度も見て回った。肉食獣をおびき寄せようと大きな肉の塊を入れておいたのに、穴にはどんな動物もかかっていなかった。

ところが五月一七日になって、ちょっとした出来事が起こった。

その日、ブリアンは仲間とともに断崖のそばの森の一角へ向かった。フレンチ・デンに入りきらない物資を収められるような自然の洞穴が近くにないか探すためだ。仕掛けた落し穴に近づいたときだった。穴のなかからしゃがれた鳴き声が聞こえてきた。

ブリアンが穴に向かうと、遅れを取るまいとドニファンも駆けつけた。ほかの少年たちは銃を構えながらふたりを追い、ファンも耳を立てて尾をぴんと伸ばしたまま後につづく。

二〇歩ほどのところまで近づくと、鳴き声が大きくなった。穴にかぶせた枝の中央がぽっかりと空いている。なにか獲物がかかったに違いない。どんな動物なのかはわからない。とにかく襲いかかられても大丈夫なよう備えておいた方がいい。

「ファン、行け！」ドニファンが叫ぶ。

ファンが吠えながら突進する。怯えている様子はない。

ブリアンとドニファンは落し穴に駆け寄り、なかをのぞき込んだ。

「みんな！　きてごらんよ！」

「ジャガーじゃないよね？」ウェッブがたずねる。

「ピューマでもないよね？」クロスもたずねる。

「いや」とドニファンが答える。「二本足のやつだ。ダチョウだな」

たしかにダチョウだった。この手の鳥が森を走り回っているというのは嬉しいかぎりだ。なにしろダチョウの肉は――特に脂ののった胸のあたりは――とびきり美味しいのだ。

しかしダチョウはダチョウでも、体長がそれほど大きくなく、頭はガチョウに似ていて、全身が白っぽい灰色の羽毛で覆われているところをみると、南米大陸の大草原（パンパス）地帯に数多く生息する「ナンドゥ」[3]の一種だろう。アフリカにおけるダチョウほどではないが、ナンドゥも南アメリカの動物のなかでは重要な存在である。

「生け捕りにしようよ」ウィルコックスが言った。

「それがいい！」サーヴィスが叫んだ。

「簡単にはいかないよ」とクロス。

「やってみよう！」ブリアンが言った。

これほど元気な鳥が落し穴から出られなかったのは、羽があっても地上まで飛び上がれず、壁が垂直で足をかけることもできなかったからだ。そこでウィルコックスが穴の底まで下りていくことになった。くちばしに突かれてひどい怪我をするおそれもあったが、頭部をねらって上着を投げ、うまく目隠しをしてしまうと、すっかりおとなしくなった。こうなれば、二、三枚のハンカチを端と端で結んで脚を縛るのも容易だった。少年たちは穴の上と下で力を合わせて、なんとか穴から引き上げた。

「やっと捕まえたぞ！」ウェッブが叫んだ。

「こいつをどうする？」クロスがたずねた。

「きまってるさ！」怖い物知らずのサーヴィスが言った。「フレンチ・デンに連れて帰って、飼い馴らすんだよ。そうすれば馬の代わりに乗れるだろ。ぼくがやるよ、『スイスのロビンソン』のジャック少年みたいにね」

サーヴィスは先例まで引き合いに出しているが、はたしてダチョウを乗用にできる

3　南米に生息するダチョウに似た大型の走鳥類で、アメリカダチョウあるいはレアともいう。ダチョウと異なり、頭頸部や腿は羽毛におおわれ、皮膚が裸出していない。

「やっと捕まえたぞ！」ウェッブが叫んだ。

のかどうか、少々疑わしい。それでも、フレンチ・デンに連れて行っても特に不都合はないので、そうすることにした。

ダチョウがやってきたのを見たゴードンは、養わなければならない口が増えたと、少し心配になった。けれども、餌は草や葉で充分だろうと考え、こころよく迎え入れた。小さい子たちは大喜びで、この新入りを感嘆の目で眺めた。長いロープでつながれてからは、おずおずと近寄ったりもした。そして、サーヴィスがナンドゥを飼い馴らして乗り回すつもりなのを知ると、うまくいったら自分たちも後ろに乗せてもらうという約束を取りつけた。

「しょうがないなあ。お利口にしてたら乗せてあげるよ」とサーヴィスは答えた。小さい子たちにとって、サーヴィスは早くも英雄だった。

「うん、お利口にする！」コスターが大声で言った。

「おやおや、コスターも乗るのかい？」とサーヴィス。

「サーヴィスのうしろに乗る。しっかりつかまってるよ」

「へえ、カメに乗ったとき、あんなに怖がってたじゃないか。忘れちゃったのかい？」

「カメとはちがうよ。こいつは水にもぐったりしないもの」

「水にもぐらなくても、空を飛ぶかもしれないよ」とドールが言った。

そんな話をしながら、ドールとコスターはあれこれ想像をめぐらせるのだった。

フレンチ・デンに住むようになってから、少年たちは毎日の生活を規則正しく送ることにしていた。暮らしがすっかり落ち着いたら、各自の仕事をできるだけきちんと決めよう、特に年少組を放っておかないようにしよう、とゴードンは考えていた。もちろん年少組も、それぞれの力に応じて共同の仕事を任せれば、喜んでやってくれるだろう。しかしそれと同時に、チェアマン寄宿学校ではじめた学科もつづけるべきではないだろうか。

「本はあるから、勉強はつづけられるね」とゴードンは言った。「そして、ぼくたちがすでに学んだことや、これから学ぶことを、小さい子たちに教えてあげればいい」

「そうだね」とブリアンが応じた。「いつかこの島を離れて家族のもとに帰るんだから、それまでの時間をあまり無駄にしてはいけないね」

こうして日課表を作ることが決まった。みんなの賛同が得られたらすぐにでも、それをきちんと守るようにしよう。

たしかに冬になれば、天気が悪くて外に出られない日も多くなるだろう。そういった日をいかに有意義に過ごすかが大切だった。だが、フレンチ・デンの住人にとって当面の悩みの種は、ひとつしかない狭い部屋に全員が押し込められていることだった。どうすれば洞穴を充分に広くできるか、急いで考えなければならなかった。

12

フレンチ・デンの拡張――怪しい物音――ファンの失踪――ファンの帰還――広間(ホール)の整備と改修――悪天候――命名――チェアマン島――植民地のリーダー

狩猟組は遠出をするたびに、ほかに洞穴がないかと断崖を調べた。もし見つけられれば、いままで外に置いていた物資を収める倉庫として使えるだろう。だがいくら探しても見つからないので、当初の計画に立ち戻り、フランソワ・ボードワンが暮らしていた洞穴からつづく部屋をひとつかふたつ掘って、いまの住まいを広げることを考えなければならなくなった。

もし岩盤が花崗岩だったら、とてもではないが実現不可能だっただろう。しかしこの石灰岩ならつるはしでも容易に掘り崩せるから、難しくはなさそうだ。時間はかかるかもしれないが、大した問題ではない。長い冬を作業に充てればいい。春がふたたびめぐってくるまでには終わらせられるはずだ。ただ、途中で落盤が起きたり、浸水したりしないかが心配だった。

火薬を使うまでもないだろう。手持ちの道具だけで充分だ。炊事用の竈の煙突を通すときも、それで間に合ったのだから。すでにバクスターは、多少は苦労したものの、フレンチ・デンの開口部を広げてスルーギ号の扉のひとつを金具で取りつけていた。また、入口の左右の壁にふたつの窓、というよりはふたつの銃眼のようなものをくりぬき、洞穴に明かりや空気をふんだんに取り込めるようにもしていた。

しかし一週間前から天候があやしくなり、激しい風が島に襲いかかってきた。ただ、フレンチ・デンは南東に面しているので、風が直接吹き込むことはなかった。雨や雪の混じった突風が、恐ろしい音を立てながら、断崖の尾根をかすめて吹き荒ぶ。こうなっては、獲物を追うのも湖のそばに限られた。獲物はカモ、タシギ、タゲリ、クイナ、オオバン、そして南太平洋一帯ではシロバトの名で知られているサヤハシチドリなどだ。湖水も川面もまだ凍ってはいなかったが、強風がやんで乾いた寒気が流れ込んできたら、一晩のうちにたちまち凍りついてしまうだろう。

洞穴に閉じ込められる日が多くなったこともあり、少年たちはフレンチ・デン拡張の計画を練ることができた。そして五月二七日、いよいよ作業が開始された。

まずは右側の壁につるはしが打ち込まれた。

「斜めに掘っていくと、湖の方に出られるはずだよ」とブリアンは話していた。「フレンチ・デンに出入口がもうひとつできるんだ。あたりをもっとよく見張れるようになるし、天気が悪くて片方の出入口が使えないときでも、別のを使えるよ」

たしかに、そうなればだいぶ暮らしやすくなるだろう。うまくいく見込みは充分にある。

なにせ洞穴内部から東の崖までは、せいぜい一五メートルといったところなのだ。コンパスで方角を確かめたうえで、東へと掘り進んでいけばいい。作業にあたってなによりも重要なのは、落盤を引き起こさないよう細心の注意を払うことだ。バクスターが提案した方法は、新しく作る洞穴の幅と高さを最初から決めてしまうのではなく、まずは細い坑道を掘っていき、適当なところまで進んでから穴を広げる、というものだった。こうすることによって、フレンチ・デンはふたつの部屋が一本の通路で結ばれる形になる。通路の両端を扉で閉めることもできるし、通路脇に物置代わりの場所を掘ってもいい。この案は誰の目からも最良のものだった。これなら慎重に調べながら掘ることができる。不意に浸水するようなことがあったら、すぐに掘削をやめればいいのだ。

五月二七日から三〇日までの三日間、作業は順調に進んだ。石灰質の砂岩はナイフでも事足りるほど掘りやすかったのだ。もっとも、そのため坑木で補強する必要があり、これには相当苦労した。掘り出した土石は邪魔にならないよう、すぐに外へ運び出された。狭い場所での作業なので全員一緒に掘削にあたることはできなかったが、残った者も遊んでいたわけではない。雨や雪がやむと、ゴードンはほかの少年たちを連れて、筏の解体に精を出した。骨組や床材を洞穴の改修に用立てるためだ。断崖の蔭に積み上げた荷物に気を配ることも忘れなかった。吹きつける突風から守るには、防水布だけでは心許ないからだ。

暗中模索の掘削は大変だったが、作業は少しずつ進み、三〇日の午後には坑道の長さは一メートル半ほどに達した。思いがけない出来事が起きたのはそのときだった。

ブリアンは鉱山を掘る坑夫のように、坑道の先で身をかがめて作業をしていた。と、岩盤の向こうからかすかな物音が聞こえるような気がした。

手を止めて耳を澄ませてみる。たしかになにか音がする。

ブリアンは大急ぎで坑道から這い出し、ゴードンとバクスターのところまで引き返すと、ふたりに知らせた。

「気のせいだろうね」とゴードン。「ただの空耳だよ」

「ぼくがいた場所に行ってごらんよ、ゴードン」ブリアンが言う。

「壁に耳を当てて聞いてみてくれよ」

ゴードンは狭い坑道にもぐりこむと、すぐに戻ってきた。

「本当だ。遠くでなにかが唸ってるみたいな音がする」

つづいて入ったバクスターも、出てくると言った。

「いったいなんだろう?」

「見当もつかないな」ゴードンが答える。「ドニファンたちにも知らせないと」

「小さい子たちには言わないでおこう」とブリアン。「きっと怖がるからね」

けれども、ちょうど全員が夕食に戻ってきたところだったので、年少組もこの出来事を知ってしまった。やはり幼い子たちは怯えの色を見せた。

ドニファン、ウィルコックス、ウェッブ、ガーネットと、順々に坑道に入っていった。しかし物音はもうやんでいた。なにも聞こえない以上、四人はブリアンたちの勘違いだと考えるしかなかった。

とにかく作業をつづけることとし、夕食をすませるとすぐに再開した。

それからしばらくはなんの物音もしなかった。ところが九時頃になって、壁の向こうから唸るような音がまたはっきりと聞こえてきた。

と、ファンが坑道の奥に飛び込んだ。戻ってきたファンは毛を逆立てて牙を剝き出し、まるで壁のなかから聞こえてくる唸りに対抗しているかのようだった。

それまでは半信半疑といった様子だった年少組も、こうなると本当に怖くなった。イギリスの子どもというのは、小さい頃から頭のなかに北方の国々でお馴染みの伝説を詰め込んでいる。地の精ノーム、いたずら好きの妖精、ワルキューレ[1]、風の精シルフ、水の精ウンディーネ、ありとあらゆる精霊たちが、揺りかごのまわりをうろついているのだ。そのため、幼いドールとコスターはもちろん、もう少し年上のジェンキンズとアイヴァーソンまで、恐怖に震えあがっていた。いくら安心させようとしても駄目なので、ブリアンは年少組を寝かせるしかなかったが、子どもたちは寝台に入ってもなかなか眠ることができなかった。ようやく眠りについても、夢のなかには、岩の奥にひそむ幽霊や亡霊や怪物が次々とあらわれ、悪夢にうなされていた。

ゴードンたちは、この不思議な現象について小声で話し合いをつづけた。そのあい

1　北欧神話に登場する武装した乙女たちで、戦場に倒れた勇士たちを天上の宮殿バルハラに導く。

だにも物音が何度か聞こえてきた。そのたびにファンは異様な興奮を示した。

しかし少年たちも疲労には勝てず、やがてブリアンとモコ以外はみんな寝台にもぐりこんだ。フレンチ・デンは深い静寂に包まれたまま、次の朝を迎えた。

翌日は誰もが早く起き出してきた。バクスターとドニファンは坑道の奥まで這っていった。なにも聞こえない。ファンは行ったり来たりしているが、すっかり落ち着いていて、昨晩のように壁に向かって飛びかかろうとする様子はなかった。

「仕事に取りかかろうよ」とブリアンが声をかけた。

「そうだね」とバクスターが応じる。「怪しい音がしたら、すぐ中止すればいいんだから」

「昨日のあの音、ただたんに岩の奥を湧き水が流れてるだけってことはないのか?」

そう言ったのはドニファンだ。

「それだったら、ずっと音がしてるんじゃない?」とウィルコックス。「でもいまはもう聞こえてないし」

「そうだね」とゴードンが言う。「むしろ、崖の上に割れ目かなにかがあって、そこから風が吹き込んでるんじゃないかな」

「上に行ってみようよ」とサーヴィス。「なにか見つかるかもしれないよ」

その提案にみんな賛成した。

洞穴の前の土手を五〇歩ほど川下に歩くと、断崖の尾根まで登れそうな曲がりくねった細い道があった。バクスターと二、三人がすぐによじ登っていき、フレンチ・デンの真上まで進んだ。だがそれも骨折り損だった。崖の上は丈の低い草が生い茂るばかりで、風が吹き込んだり、溜まり水が染みこんだりしそうな割れ目はどこにも見当たらない。降りてきた一行も、あの不思議な現象を説明できない点においては、考えなしに怪異の仕業だと信じ込んでいる年少組と大差なかった。

ともかく掘削作業は再開され、日暮れまでつづいた。昨日の物音はもう聞こえてこなかった。ただバクスターによると、つるはしで掘っているときの音が変わったという。それまでは鈍くこもった音だったのが、深く響くようになっているのだ。ということは、掘り進める先には自然にできた空洞があって、もうすぐ坑道はそこにつながるのだろうか？　あの怪しい物音は、そこから聞こえていたのかもしれない。フレンチ・デンの隣にもうひとつの洞穴が広がっているというのは、ありえない話ではない。むしろそうであってほしいくらいだ。そうなれば坑道を広げる手間が省けるのだから。

少年たちは一心不乱に働いた。くたくたになる日はこれまでも何度かあったが、これほどまで疲れ切った日はそうそうなかった。それでも特に大きな問題もなく終わっ

フレンチ・デンの真上まで進んだ。

た。ただ、夕方になってゴードンは、愛犬の姿が見えないことに気づいた。いつもなら食事の時間になると、ファンは必ずご主人の腰掛けのそばにちょこんと座っていた。それなのにその晩はいないのだ。

みんなでファンを呼んだ。返事はない。

ゴードンは戸口から外に向かってふたたび呼んでみた。あたりはしんと静まりかえったままだ。

ドニファンとウィルコックスは二手に分かれて、川沿いの土手の方と、湖の方を捜し回る。犬の足跡はどこにも見当たらない。

フレンチ・デンから数百歩離れたところまで捜索を広げたが、徒労に終わった。ファンは見つからない。

声の届く範囲にいないのは確かだ。ファンはゴードンの声には必ず返事をするのだから。となると道に迷ってしまったのだろうか？　いや、まずありえない。では野獣の牙にかかってしまったのだろうか？　そうかもしれない。ファンがいなくなった理由は、それ以外に説明できない。

時刻は夜の九時だった。断崖も湖も、深い闇に包まれていた。捜索を打ち切って、フレンチ・デンに引き返さなければならなかった。

戻ったものの、少年たちは心配で仕方なかった。心配なだけでなく、もしかするとあの賢いファンが永遠にいなくなってしまったのかもしれないと思うと、悲しくてたまらなかった。

それぞれ寝台に横になったり、机のまわりに腰を下ろしたりしながら、誰ひとりとして眠る気にはなれなかった。孤独感が、寄る辺なさが、故郷からも家族からも引き離されているという思いが、これまでになくひしひしと迫ってきた。

と、静けさを不意に破って、あの奇妙な音がまた響いた。今度のは長く唸るような音だ。そして苦しげに叫ぶような音も。それが一分間ほどつづいた。

「あそこからだ……、音はあそこからだぞ！」ブリアンはそう叫ぶと、坑道に飛び込んだ。

音が聞こえたときから、少年たちは幽霊でもあらわれるのではとでもいうように、立ち上がって身構えていた。幼い子たちは恐怖のあまり毛布の下にもぐりこんでしまった。

ブリアンが坑道から出てきた。

「間違いない。この先には空洞があるんだ。断崖の下に入口があるはずだよ」

「なにかの動物がそこをねぐらにしてるのかもしれない」とゴードンが言った。

「そうだろうな」とドニファンが応じた。「明日調べることにしよう」

そのとき突然、激しく吠える声と、長い唸り声が聞こえた。岩のなかからだ。

「ファンかもしれない！」ウィルコックスが叫ぶ。「なにかと闘っているんじゃ……」

ブリアンはふたたび坑道に入ると、奥の岩壁に耳を押し当てた。音はやんでいる。だが、ファンがいるかいないかは別として、この先にもうひとつの洞穴があることは確実だ。おそらくは断崖のふもと、絡まり合った藪のなかに、そこにつながる穴が隠れているのだろう。

その夜はもう、唸り声も吠え声も聞こえてくることはなかった。

明るくなるとすぐに捜索をはじめた。しかし、湖の方も川の方も捜したものの、前の日に断崖の尾根を調べたときと同じく、なんの成果もなかった。

フレンチ・デンの付近を声を嗄らしながらどれほど捜し回っても、ファンは一向に姿を見せようとはしなかった。

ブリアンとバクスターはふたたび交代で坑道を掘りはじめた。ひたすらつるはしを振るいつづけ、午前中だけで六〇センチ近く掘り進めた。ときどき手を止めて耳を澄ませてみたが、もうなにも聞こえてはこなかった。

昼食休憩の一時間をはさんで、作業が再開された。つるはしが岩壁を突き破ったとたんに獣が飛び出してくるかもしれない。それに備えて、万全の対策を取っていた。年少組は土手の方まで連れていかれた。ドニファン、ウィルコックス、ウェッブの三人は、猟銃や拳銃を手にして、いざというときのために身構えていた。

二時頃だった。ブリアンが歓声をあげた。振り下ろしたつるはしが石灰岩の壁を打ち抜き、目の前に大きな穴がぽっかりと開いたのだ。

ブリアンは急いで仲間たちのもとへ戻った。みんなはまだなにが起きたのかわかっていない。

ブリアンが口を開こうとしたそのとき、一匹の獣がものすごい勢いで坑道を走り、洞穴に飛び込んできた。

ファンだ！

そう、まさにファンだった。ファンはなみなみと水の入った桶に一目散に駆け寄ると、むさぼるように飲んだ。そしてうれしそうに尾を振りながら、いつもと変わらない様子で、ゴードンのまわりを跳ね回った。このぶんだと、恐ろしい獣が飛び出してくる心配はなさそうだ。

ブリアンはランプを掲げて坑道へ入っていった。ゴードン、ドニファン、ウィルコックス、バクスター、モコも後につづいた。穴を抜けると、がらんとした洞穴が広がっていた。真っ暗だった。外からの光は一筋も入ってこない。

こちらの洞穴は、高さと幅はフレンチ・デンと同じくらいだが、奥行きはずっと深い。広さはおよそ四〇平方メートル、地面は細かい砂で覆われている。

外とまったくつながっていないようだが、ここの空気は呼吸に適しているのだろうか。そんな不安もよぎったが、ランプの灯が明るく燃えているところをみると、どこかに隙間があって、新鮮な空気が流れ込んでいるに違いない。そもそも外とつながってなかったら、ファンはいったいどうやってここに入れたというのか。

そのときウィルコックスがなにかに躓いた。手で触れてみると、冷たくなった獣の死骸だった。

ブリアンは明かりを近づけた。

「ジャッカルが死んでる！」バクスターが叫んだ。

「本当だ！　きっとファンがこいつをやっつけてくれたんだな」とブリアン。

「これでやっと謎が解けたよ」ゴードンが言った。

それにしても、ここがジャッカルのねぐらだとしたら、いったいどこから入ってきているのだろう？　それをなんとしても突きとめる必要があった。

ブリアンはフレンチ・デンを出ると、断崖に沿って湖の方へ歩いていった。大声で

「ジャッカルが死んでる！」

呼びかけながら歩いているうちに、ついに岩の奥から声が返ってきた。藪に隠れた地面すれすれのところに、ジャッカルが出入りする狭い隙間があったのだ。ジャッカルを追ってファンが入ったときに、土が崩れて穴がふさがってしまったのだと一目見てわかった。

これでなにもかも説明がつく。あの怪しい物音は、ジャッカルが唸る声と、ファンが吠える声だったのだ。そして、ファンは戻りたくても昨日からずっと閉じ込められていて、外に出られなかったのだ。

みんな大喜びだった。ファンが戻ってきただけでなく、作業を大幅に短縮できることになったからだ。ドールの言葉を借りれば「完成品」の洞穴があるのだ。壁の向こうにこのような空洞があるとは、フランソワ・ボードワンは夢にも思っていなかっただろう。見つけた隙間を広げれば、湖の方に出る第二の出入口ができる。そうなれば、暮らしていくうえでなにかと便利になるはずだ。新しい洞穴に集まった少年たちは口々に歓声をあげた。ファンもそれに合わせてうれしそうに吠えた。

細い坑道をきちんとした廊下に作り替える工事が熱心に進められた。第二の洞穴は、その大きさにふさわしく「広間（ホール）」と呼ぶことになった。廊下脇に倉庫が作られるまでのあいだ、荷物はすべてここに運び込まれた。広間（ホール）は寝室や勉強部屋としても使うこ

工事が熱心に進められた。

ととし、もとの洞穴は炊事場、調理場、食堂にする予定だった。ただ、そこはさまざまなものの保管にも使うので、ゴードンの提案によって「貯蔵室（ストア・ルーム）」と呼ぶことに決まった。

まずは寝台の移動だ。充分な広さがあるので、きちんと並べて置くことができた。つづいて運び込んだのは、スルーギ号の家具類だ。長椅子、肘掛椅子、机、戸棚、そしてなによりも船室と共同寝室にあったストーブ。広い部屋を暖めるには、これを設置しなければならない。それと並行して、湖側に出入口をくりぬいて船の扉を取りつけた。なかなか厄介な作業だったが、器用なバクスターのおかげでうまくできた。その扉の左右には、新たに窓も開けられた。これによって、広間（ホール）には充分な光が入るようになった。夜になると、天井から吊したランプが部屋を明るく照らした。

こうした模様替えに二週間近く費やした。だが、そろそろそれも終わらせなければならない。しばらく穏やかだった天候がふたたび崩れはじめていたのだ。厳しい寒さはまだ訪れていなかったが、風が激しく吹き荒ぶようになったため、遠出は禁じられた。

風の勢いは凄まじく、断崖の蔭になっていても湖面はまるで海原のように沸き立ち、打ち寄せる波が轟音とともに砕けていた。釣舟や丸木舟といった小舟はひとたまりもないだろう。波にさらわれてしまわないよう、ボートは陸に引き上げておかなければならなかった。ときには逆流した川の水が土手を乗り越え、断崖すれすれまで迫ることもあった。ただ幸いなことに、風が吹きつけるのは西からなので、貯蔵室（ストア・ルーム）も広間（ホール）も突風をまともに受けずにすんだ。そのためストーブも炊事場の竈も、ふんだんに蓄えた薪をくべて、問題なく使うことができた。

それにしても、スルーギ号から持ってきた荷物をすべて安全に置いておける場所が見つかったのは、実に好都合だった。厳しい季節を乗り切るだけの備蓄はあるので、少年たちは外に出られない代わりに、住まいをより快適に整えることで日々を過ごした。廊下を広げ、深い横穴をふたつ掘った。片方は弾薬庫とし、万一爆発しても危険がないよう扉で仕切った。狩猟組は足を延ばして獲物を狩りにいくことはできなかったが、普段の食事はすぐそばで獲れる水鳥だけでまかなえた。もっとも、モコがどれほど工夫しても水鳥の泥臭い匂いが残ってしまうこともあり、そんなときには不満が出たり、微妙な顔をされたりした。そしてもちろん、捕まえたあのナンドゥの場所も貯蔵室（ストア・ルーム）の片隅に用意された。外に囲いができるまでは、そこで飼うことにしたのだ。

ゴードンが日課表を作ろうと考えたのはその頃だった。みんなの賛同が得られたら、各々がそれに従って毎日を送るようにしよう。生活の物質的側面の次は、精神的な面に目を向けなければ。この島での暮らしがいつまでつづくのかはわからない。しかし、いざここから脱出できるとなったときのことを考えると、それまでの時間を実のあることに使った方がいいだろう。スルーギ号の書棚から持ってきた本があるから、上級生はそれで知識を増やしながら、下級生に教えてあげられるに違いない。すばらしい仕事ではないか、長い冬ごもりの時間を有効に、そして楽しく過ごせるのだから。

しかし、この日課表ができあがる前に、以下のような次第で、別の重要なことが決められた。

六月一〇日の夜のことだった。夕食後に広間（ホール）で全員が赤々と燃えるストーブを囲んでいるとき、島の主だった場所に名前をつけたらどうかという話になった。

「そうすれば、なにかと便利で助かるはずさ」ブリアンが言った。

「よし、名前をつけよう！」アイヴァーソンが叫んだ。「どうせなら、すてきな名前にしようよ」

「本物のロビンソンとか、物語のロビンソンとかがしたみたいにね！」とウェッブ。

「実際のところ、ぼくらはみんなロビンソンみたいなものだからね」とゴードンは言った。

「ロビンソンの寄宿学校だね！」とサーヴィスが茶々を入れた。

「それに」ゴードンが言葉をつづけた。「名前をつければ、入江でも、川でも、森でも、湖でも、崖でも、沼でも、岬でも、どこのことを言ってるかすぐわかるようになるね」

話は決まった。あとは頭を振り絞って、ふさわしい名前を考えるだけだ。

「おれたちの船が座礁したところは、前から〈スルーギ湾〉って呼んでるから、そのままでいいんじゃないか？　もう慣れてるし」とドニファンが言った。

「そうだね」とクロスが応じた。

「ここの〈フレンチ・デン〉っていう名前も残しておこうよ」そう言ったのはブリアンだ。「ぼくらの前に住んでいたあのフランス人を偲んで」

これについても異論はなかった。ドニファンも、このブリアンの意見には反対しなかった。

「じゃあ」今度はウィルコックスが口を開いた。「スルーギ湾に注ぐあの川はなんて呼ぶ？」

「〈ジーランド川〉っていうのはどう？」とバクスター。「ぼくたちの故郷、ニュージーランドを思い出すようにって」

「異議なし！　異議なし！」

これも満場一致だった。

「湖はどうする？」ガーネットがたずねた。

「川には故郷の名前をつけたから」とドニファンが言った。「湖は家族を思い出す名前にしないか。〈ファミリー湖〉ってのはどうだ？」

これも拍手喝采で受け入れられた。

見ての通り、どれも全員一致で決まった。この勢いに乗って、断崖には「オークランド丘陵」の名前がつけられた。断崖の先に突き出た岬は、ブリアンの提案で「偽海岬」と呼ぶことにした。ブリアンがそこに登ったとき、東に見える湖を海だと思い込んだからだ。

ほかの地名も次々に決まっていった。

落し穴を見つけたあたりの森は「落穴森」。スルーギ湾と断崖のあいだの森は「泥沼森」。島の南に広がる湿地は「南沼」。「飛石川」というのは規則正しく並んだ小石が堰のようになっていた小川で、「難破海岸」はスルーギ号が打ち上げられた岸辺だ。そして広間の前、川のほとりから湖にかけてのちょっとした草地は「スポーツ広場」という名前になった。日課の運動をおこなう場所として使われる予定だからだ。

そのほかのところについては、見つけ次第その場所にちなんだ名前をつけることにした。

とはいうものの、フランソワ・ボードワンの地図に記されている主な岬に関しても、あらかじめ名前をつけておいた方がよさそうだ。そこで島の北端を「北岬」、南端を「南岬」とした。さらに、太平洋に向かって西に突き出た三つの岬については、自分たちはこの小さな植民地におけるそれぞれの祖国を代表しているのだから、ということで、北から順に「フランス岬」「イギリス岬」「アメリカ岬」と名づけることに決めた。

植民地？　そう、植民地だ。ここでの暮らしはもはや一時的な仮住まいなどではないとはっきり意識するためにも、これからはこの言葉を使うことが提案された。発議したのはもちろんゴードンだ。ゴードンはずっと、島を離れることよりも、この新しい領土での生活を整えることに心を砕いていた。少年たちはもうスルーギ号の難船者ではない。島の入植者なのだ。

だが、なんという島に入植したのだろうか？　肝心の島には、まだ名前をつけていなかった。

「ねえねえ、ぼく、いい名前思いついたよ！」最年少のコスターが元気な声を張り上げた。

「思いついたって？　お前が？」とドニファン。

「いいぞ、コスター坊や！」ガーネットが囃した。

「〈ちびっ子島〉とでもつけるんじゃないの？」サーヴィスがからかった。

「おいおい、茶化すのはやめなよ」そう言ったのはブリアンだ。「話を聞いてあげようじゃないか」

コスターはどうしたらいいかわからず、黙り込んでしまった。

「言ってごらん、コスター。きっといい名前だと思うよ」ブリアンが励ますように言うと、コスターは口を開いた。

「あのね、ぼくたちチェアマン寄宿学校の生徒でしょ。だから〈チェアマン島〉！」

たしかにこれ以上ふさわしいものはない。みんなの拍手喝采のなか、この名前に決まった。コスターは得意満面だった。

チェアマン島！　いかにも本当にありそうな地名ではないか。これならいつか世界地図に記されることになっても、しっくり収まることだろう。

こうして命名式は一同満足のうちに終わった。そろそろ休む時間だった。しかし、そのときブリアンが口を開いた。

「ねえみんな、島に名前がついたんだから、その島を治めるリーダーを選ぶのがいいんじゃないかな？」

「リーダーだって？」ドニファンが強い口調で応じた。

「そう。誰かひとり指揮する人がいた方が、うまくいくと思うんだ。どこの国でもそうしてるだろ。チェアマン島でも同じようにするのがよくないかい？」

「そうだよ！　リーダーだ、リーダーを決めよう！」年長組も年少組も一斉に声をあげた。

「よし、リーダーを決めよう」とドニファンは言った。「ただし条件がある。任期制にするってことだ。たとえば一年とか」

「わかった。それに再選もできることにしよう」とブリアンが言った。

「それでいい。で、誰にするんだ？」そうたずねるドニファンの声には不安が滲んでいた。

仲間たちは自分ではなくブリアンを選ぶのではないか。負けず嫌いのドニファンには、それだけが心配だった。だがそのような心配をする必要はなかった。ブリアンがすぐにこう答えたからだ。

「誰にするかって？　そんなの決まってるじゃないか。ぼくたちのなかでいちばん賢い者さ。ゴードンだよ」

「賛成！　賛成！　ゴードン万歳！」

ゴードンははじめ、この名誉を辞退しようと思った。自分は上に立って指揮するよりも、裏方でいろいろ計画を立てる方が向いているから、というのがその理由だった。けれども思い直したのは、仲間のなかには大人と同じようにさまざまな感情に翻弄される者もいるから、近いうちに揉め事が起こるに違いない、そのときにはリーダーとして自分がなにかできるだろう、と考えたからだ。

こうしてゴードンがチェアマン島の初代リーダーに任命された。

「賛成！　賛成！　ゴードン万歳！」

13

日課表――安息日の遵守――雪合戦――ドニファンとブリアン――大寒波――薪の問題――落穴森への遠征――スルーギ湾への遠征――アザラシとペンギン――一罰百戒

五月以来、チェアマン島の海域は冬の季節に入っていた。いつまでつづくのだろうか？　島がニュージーランドより高緯度に位置しているとすれば、少なくとも五ヶ月はつづくだろう。ゴードンは長い冬になにが起きても大丈夫なように、いろいろと準備することにした。

ゴードンは以前から手帳に気象観測記録をつけていた。冬のはじまりは五月、すなわち二ヶ月後の七月が南半球の厳冬期だ。これは北半球の一月に相当する。冬が終わるのはそのさらに二ヶ月後、九月半ばになる。だが、春分の時期には暴風雨が頻繁に襲来することも考えなければならない。そうなると、一〇月初めまではフレンチ・デンに閉じ込められることになりそうだ。そのあいだは島内の遠征調査はできない。

巣ごもり生活を万全の環境のもとで送れるようにと、ゴードンは日々やるべきことを定めた日課表の作成に取りかかった。

チェアマン寄宿学校では「雑用（ファギズム）」が課せられていたことはすでに述べたが、チェアマン島では当然このしきたりは撤廃された。ゴードンが力を注いだのは、自分たちは大人と変わらないのだという自覚を持ってもらい、ひとりひとりが一人前の大人として行動するようになることだった。したがってフレンチ・デンには「雑用係（ファグ）」はいない。下級生が上級生に奉仕する義務はないのだ。しかしそれ以外については、しきたりを守ることにした。『英国における学校生活』[1]の著者が指摘したように、しきたりこそが「イギリスの学校が存在する大きな理由」なのだ。

日課表では、年長組と年少組でやるべきことは当然大きく異なっていた。フレンチ・デンの書棚には、旅行記を除くと、知識を広げるのに使えそうな本は多くないので、年長組が勉強を進めようにも限度というものがある。むしろ、生活上の苦労を重ねたり、日々の糧を得るために奮闘したり、状況に応じて否応なく判断力や想像力を働かせたりするなかで、いろいろなことを真剣に学んでいくに違いない。教えられるだけの知識も自然に身につくだろうから、今後上級生が果たさなければならないのは、下級生を教育するという役目だ。

とはいっても、幼い子どもたちに年不相応の過重な負担を押しつけようというのではない。あらゆる機会を利用しながら、下級生の頭も身体も鍛えてあげるのだ。天候が許せば、充分に厚着をしたうえで外を走らせたり、各自の力に応じた作業をさせたりしよう。

要するにこの日課表は、イギリス式教育の根底にある次のような方針に基づいて作成されたのだ。

「怖れに屈せず、まずは為すべし」

「努力の機会を逃すべからず」

「労苦を厭うなかれ。益なき労苦はあらず」

これらの教えを実践すれば、肉体も、そして精神も堅固なものとなるのだ。

こうして全員の賛同のもと、以下のことが決まった。

1　アンドレ・ローリーによる各国の学校生活を描いたシリーズの一冊。一八八一年に『十五少年漂流記』と同じ出版社であるエッツェル書店から刊行された。

午前中に二時間と午後に二時間、広間（ホール）に集まってみんなで勉強をする。下級生の授業は、第五学年のブリアン、ドニファン、クロス、バクスターと、第四学年のウィルコックス、ウェッブの六人が交代で担当し、教科は算数、地理、歴史。これまでに学んだ知識と書棚の本を活用して教える。年長組にとってはいい復習にもなるだろう。また、週に二回、日曜と木曜には討論会を開く。科学や歴史、あるいは日々の出来事に関するテーマを設定したうえで、上級生が賛成と反対に分かれて議論するのだ。この討論会は教育に役立つし、みんなの娯楽にもなるはずだ。

ゴードンは植民地のリーダーとして、この日課表がきちんと守られているか、特段の理由もないのに勝手に変えられたりしていないか、見守ることになる。

日課表を実行するにあたって、まずは時間の管理について決めた。スルーギ号から暦を持ってきていたが、その日付を毎日ひとつずつ消していく必要がある。時計も運んできたが、忘れずきちんとねじを巻かなければ正確な時間はわからない。

この仕事は年長組のふたりが引き受けた。ウィルコックスが時計、バクスターが暦だ。このふたりなら安心して任せられる。気圧計と寒暖計については、ウェッブが毎日測定することになった。

もうひとつ決めたのは、チェアマン島にきてからの出来事をすべて日誌につけるということだった。バクスターが自ら この役を買って出た。これで『フレンチ・デン日誌』は詳細かつ正確なものになるだろう。

こういった仕事に劣らず重要で差し迫っているのが、洗濯についてだった。幸い石鹸は豊富にあるものの、年少組はいくらゴードンが言い聞かせても、スポーツ広場で遊んだり、川岸で魚を捕まえたりするたびに、すぐ服を汚してしまう。いくら叱っても、お仕置きするぞと脅しても、一向に効き目がないのだ。おかげで洗濯は一仕事だった。モコは洗濯も得意とはいえ、ひとりではどうしても手が足りない。つねに清潔なものを身につけているためには、年長組が渋々ながらも手伝うしかなかった。

日課表が定められた翌日は、ちょうど日曜日にあたっていた。ご存じのように、イギリスやアメリカでは日曜の安息日がきわめて厳格に守られている。町でも村でも集落でも、生活はいわば休止状態になってしまう。あるいはこう言ってもいいだろう。「日曜日には、どのような気晴らしや娯楽も、慣習により禁じられている。退屈している必要があるにとどまらず、退屈しているという様子を人に見せる必要がある。このことは、大人はもちろん子どもであっても厳守しなければならない」と。[2] ここでも

2　『英国における学校生活』（前註）からの引用。

またしきたりだ。いつだって例のしきたりというやつなのだ。

しかしチェアマン島ではこの厳格さを多少ゆるめることにした。そこで、日曜日ではあるけれど、その日はファミリー湖のほとりまで遠足に出かけた。二時間ほど散策してから、スポーツ広場の草地で年少組も交じって駆けっこに興じたが、外はあまりに寒かったので、暖かい広間（ホール）に戻ってくると、誰もがほっとした。貯蔵室（ストア・ルーム）には、フレンチ・デンの料理長が腕によりをかけて作ってくれた熱々の夕食が湯気を立てて並んでいた。

その晩をしめくくるのは音楽会だった。ガーネットが弾くアコーディオンをオーケストラ代わりに、少年たちはいかにもイギリス人らしい真面目さで歌ったが、お世辞にもうまいとは言えなかった。このなかで唯一上手に歌えるのはジャックだった。けれどもなにを考えているのか、やはり仲間が楽しんでいる輪に入ろうとはしない。みんなにどれほど頼まれても、童謡ひとつ歌うことさえ頑なに拒むのだ。寄宿学校にいた頃はいつでも喜んで歌ってくれたというのに。

サーヴィスがふざけて呼ぶ「ゴードン牧師」のちょっとした談話ではじまったこの日曜日は、全員のお祈りで幕を下ろし、一〇時頃にはひとり残らずぐっすりと眠り込んでいた。ファンが見張ってくれているので、なにか怪しいものが近づいてきても安心だった。

六月に入ると、日を追って寒さがきびしくなった。ウェッブの観測によると、気圧計の数字は信じられないくらい低く、気温は零下一〇度から零下一二度あたりまで下がっていた。南からの風が西寄りに変わると、寒さは多少和らぎ、フレンチ・デンのまわりは深い雪に覆われた。そうなると少年たちは大はしゃぎで雪合戦に夢中になった。これはイギリスでは人気の遊びなのだ。雪合戦では、雪玉を受けて頭に軽い怪我をする者もいた。ある日などは、遊びに加わらず見ていただけのジャックがひどい目にあった。クロスが思い切り投げた雪玉がそれて、ジャックに直撃したのだ。痛さのあまりジャックは悲鳴を上げた。

「わざとやったんじゃないよ」とクロス。ミスをした者はきまってこう弁解する。

「そうかもしれないけど」弟の悲鳴を聞いて駆けつけたブリアンが言った。「そんなに強く投げちゃ駄目じゃないか！」

「だいたいジャックがなんでこんなところにいるんだよ。一緒に遊びもしないのに」とクロスが言い返す。

「まったく大げさだな」ドニファンも声を上げる。「ちょっとかすっただけだろ」

「ああ、大した怪我じゃない」そう応じたブリアンには、ドニファンがこの言い争いに割り込もうとしているのがよくわかっていた。「ぼくはただ、次からは気をつけてくれってクロスに頼んでるだけさ」

「頼むもなにも」ドニファンは嘲るような口調でやり返す。「わざとやったわけじゃないだろ」

「余計な口出しはやめてくれないか、ドニファン」ブリアンも負けずにやり返す。

「これはぼくとクロスの問題だ」

「いや、おれだって黙ってられないね。お前がそんな偉そうな口のきき方をするんだったらな」

「好きにすればいいさ。いつでも相手になってやる」ブリアンはぐっと腕を組む。

「やるか！」ドニファンが叫ぶ。

そのときゴードンが駆けつけ、あわや殴り合いかと思われたこの喧嘩を止めた。話を聞いたゴードンは、ドニファンの方をとがめた。ドニファンもリーダーのゴードンには従うほかはなく、文句を言いながらフレンチ・デンに戻っていった。その場はどうにか収まったが、別のなにかがきっかけで、仲の悪いこのふたりがまた諍いを起こすのではないか、それが心配だった。

雪は丸二日降りつづいた。幼い子たちを喜ばせようと、サーヴィスとガーネットが大きな雪だるまを作った。巨大な頭、桁外れの鼻、口は大きく裂けている。まるで、子どもを食べるという鬼のようだ。ドールとコスターは、昼のうちこそ平気そうに雪玉をぶつけたりもしていたが、日が落ちて雪だるまが闇のなかに途方もない大きさで浮かび上がると、恐怖のあまりろくに見ることもできない。

「やーい、弱虫！」ひとつ年上のアイヴァーソンとジェンキンズはここぞとばかりはやし立てたが、ただ強がっているだけで、本当は年下のふたりと同じように、怖くて仕方なかった。

　六月も終わりに近づくと、こうした遊びもできなくなった。雪が一メートル以上も積もって、ほとんど歩けなくなってしまったのだ。フレンチ・デンからたかだか数百歩離れるだけで、もう戻れなくなるおそれがあった。

　少年たちはそれから二週間、七月九日になるまでずっと、洞穴に閉じ込められた。その代わり勉強の方は順調に進んだ。日課が厳格に守られたからだ。欠かさず開かれる討論会がみんなの楽しみだった。討論会ではやはり、弁舌さわやかで知識も豊富なドニファンが群を抜いていた。ただ、どうしてそれを鼻にかけるのだろう？　せっかくのすばらしい長所も、この高慢な態度がすべて台無しにしていた。

外に出られないので、休み時間を過ごすのも広間（ホール）に限られていたが、廊下があるの

サーヴィスとガーネットが大きな雪だるまを作った。

で空気の通りもよく、少年たちの健康に影響はなかった。保健衛生の問題はつねに重要だった。誰かが病気になっても、手当てのほどこしようがないからだ。幸いにもいまのところは軽い風邪や喉の痛みだけですんでいるので、安静にして温かい飲み物を飲めば、すぐによくなった。

その頃になると、さらに別の問題も解決を迫られた。フレンチ・デンでの生活に必要な水はいつも、塩水が混じらないよう干潮時を見計らって川から汲んでいる。けれども川面が完全に凍りついてしまったら、それもできなくなってしまう。そこでゴードンは、「お抱え技師」のバクスターにどうすればいいか相談した。しばらく考えてからバクスターが出した案は、土手の下の深さ一メートルほどのところに管を通す、というものだった。そうすれば凍結することなく、川の水を貯蔵室（ストア・ルーム）まで引くことができるだろう。これは困難な作業だった。さすがのバクスターも、スルーギ号の洗面所の給水用鉛管がなければとても無理だったに違いない。こうして試行錯誤の末、ようやく貯蔵室（ストア・ルーム）に水道が通った。照明については、灯火用の油がまだ充分に残っているから、とりあえず心配はない。ただしこれも、冬が終わり次第補充しなければならないだろう。少なくとも、モコがためている油脂でろうそくを作る必要はありそうだ。

雪に閉ざされているあいだの気がかりとしては、食糧をどうするのかという問題もあった。これまでのように狩りや釣りで獲物を手に入れることはできないのだ。たしかに、ときには動物が餌を求めてスポーツ広場をうろつくこともあった。しかしジャッカルばかりなので、ドニファンとクロスは銃を撃って追い払うだけだった。ある日などはジャッカルが二〇頭ほどの群れでやってきたため、広間（ホール）と貯蔵室（ストア・ルーム）の扉を厳重に閉めなければならなかった。飢えて凶暴になった獣の群れが入ってきたら、どのような惨劇になったことか。しかしファンが危険を知らせてくれたおかげで、フレンチ・デンに入られずにすんだ。

こうした厳しい状況のなかではモコも、これまでできるだけ節約してきた船の貯蔵食糧に少しばかり手をつけないわけにはいかなかった。ゴードンもやむをえずそれを認めたが、手帳の収入の項目にはなにも加わらないのに、支出の項目だけが増えていくのを見るたびに胸が痛んだ。もっとも冬がくる前にはかなりの量の保存食を蓄えていた。カモやノガンは半分火を通して樽に密封し、サケは塩漬けにしてあった。もちろんモコはそういったものも使った。だがフレンチ・デンでは一五人もの少年を、それも八歳から一四歳までの食欲旺盛な少年を食べさせる必要があるのだ。

ただこの冬の時期にも、新鮮な肉がまったく手に入らないわけではなかった。猟具の扱いに長けたウィルコックスが、川沿いの土手に罠を仕掛けておいたのだ。ごく簡単な罠で、数字の「4」の形に板を組んだだけだったが、ときどき小さな獲物がかかった。

また、仲間に手伝ってもらいながら、川のほとりにかすみ網[3]も張った。スルーギ号の漁網を長い竿のあいだに渡して立てたのだ。蜘蛛の巣のように張ったその網に、南沼から川を越えて飛んでくる鳥が数え切れないほどぶつかった。搦め捕るには網目が細かすぎるので、大部分はそのまま逃げてしまったが、日によってはみんなの二回分の食事に充分なほどかかることもあった。

厄介なのはナンドゥの餌だった。実をいえば、世話係を買って出たサーヴィスの努力の甲斐もなく、気難しいこの動物を飼い馴らす試みは一向に進展がなかった。「こいつを馬代わりにしたら、すごく速く走るよ！」とサーヴィスは事あるごとに言っていたが、どうすれば背に乗れるかもよくわかっていなかった。

ナンドゥは肉食ではないので、毎日サーヴィスは深く積もった雪の下から、草や木の根を探さなければならなかった。けれども、かわいがっている動物においしい餌をあげるためなら、そのような苦労がなんだろう？　この長い冬のあいだに少しばかり

3　張り網の一種。空中に網を渡し、そこに飛んできた野鳥を捕らえる。

痩せてしまったのは事実だが、それはけっして世話係のせいではない。春になれば、また元に戻ってくれるはずだ。

七月九日の早朝、ブリアンはフレンチ・デンの外に出てみた。風が一変して南から吹きつけるようになっている。

これまでにない強烈な寒気だ。ブリアンは慌てて広間(ホール)に戻ると、ゴードンに気温の急変を知らせた。

「心配してた通りだ」ゴードンは言った。「まだあと数ヶ月は厳しい冬を覚悟しないといけないね」

「つまりスルーギ号は、ぼくたちが思ってた以上に南へ流されてたってことか」とブリアン。

「たぶんね。でも地図を見る限り、南極海付近にはひとつの島もないんだけどな」

「わけがわからないね。こうなると、いざチェアマン島を離れられることになっても、どの方角に向かえばいいのか……」

「島を離れるだって？」ゴードンが大きな声で言った。「相変わらずそんなことを考えているのかい？」

「あたりまえじゃないか。海に出ても壊れないような船さえ作れれば、すぐにだって出発するさ」

「まあ、焦ってもしょうがない。まずはぼくらの植民地を軌道に乗せるのが先決だよ」

「おいおい、ゴードン。向こうでは家族が待ってるんだ。まさか忘れたわけじゃないだろ」

「そうだね、たしかにそうだ。でも、ぼくらはここで不幸のどん底にいるってわけでもない。なんとか暮らせてるし。いったいなにが足りないっていうんだい？」

「足りないものだらけさ」ブリアンはこの話題を切り上げ、別の問題を話そうと考えた。「ほら、薪だって残りわずかだ」

「島にはまだいくらだって森があるよ」

「それはそうさ。でも一刻も早く薪を集めないと。もうなくなりかけてるんだから」

「今日にでもってことかい？　わかった。寒暖計を見てみよう」

貯蔵室（ストア・ルーム）の寒暖計は、竈が燃えさかっているにもかかわらず、五度までしか上がっていなかった。戸外に出してみると、たちまち零下一七度まで下がった。

　ひどい寒さだ。まったく降水のない晴天がこのままつづいたら、寒気はいっそう強まるに違いない。いまでさえ、炊事用の竈と広間（ホール）にある二台のストーブをがんがん燃やしているというのに、フレンチ・デン内部の温度はかなり低い。

朝食後の九時頃、薪集めに落穴森まで行くことに決まった。

いくら気温が低くても、天気さえ穏やかならそれなりにしのげるものだ。凍てつく風がなによりも辛い。手や顔を突き刺すような寒風から身を守るのは至難のわざだ。幸いにもその日は、大気が凍結したかのように風もそよがず、空は澄み切っていた。

そのため、昨日までは腰まで沈み込むほど柔らかかった雪も、今日はうって変わって金属のように固くなっていた。足元に気をつけさえすれば、ファミリー湖やジーランド川の凍った表面を歩くように、雪の上も歩いていけそうだ。厳寒の極地に暮らす人たちが使う雪上歩行具か、犬やトナカイをつないだ橇（そり）でもあったら、広大な湖の南から北まで横断するのもわずか数時間ですむだろう。

しかし、さしあたってはそれほど遠くまで足を延ばす必要はない。近場の森で薪を集めること、それが喫緊の課題だった。

とはいうものの、必要なだけの薪をフレンチ・デンまで運ぶのは重労働だ。いまのところ、腕に抱えるか背負うかしか手段がないからだ。するとモコが名案を思いついたので、いずれ船板を使って運搬用の荷車を作るまでの代用として、まずはそれを実行することにした。貯蔵室（ストア・ルーム）のテーブルは、長さ三メートル半、幅一メートル半もある大きなもので、造りもしっかりしている。これをひっくり返して、凍った雪の上を滑らせようというのだ。さっそく年長組の四人がこの橇らしきものに綱をつけて引き、全員で落穴森へと出発した。

年少組は、頬も鼻も寒さで真っ赤になりながら、先に立って子犬のようにはしゃいでいた。もちろんファンも一緒だ。ときにはじゃれ合いながらテーブルによじ登っては、落ちそうになったりもしていた。たとえ本当に落ちたとしても大した怪我にもなるまい。乾いた寒空に、子どもたちの歓声が驚くほどよく響いた。この小さな入植者の一団が元気いっぱい楽しそうにしているのを見るのは、実に気持ちがよかった。

オークランド丘陵からファミリー湖まで、見渡す限り一面の銀世界だった。霧氷をまとい、きらめく結晶を枝いっぱいに広げた木立が、遠くに浮かび上がっている。まるでおとぎの国の景色のようだ。群れなす鳥が、湖を越えて断崖の向こうへ飛んでいく。ドニファンとクロスが銃を忘れず持ってきていたのは賢明な判断だった。雪の上にはジャッカルやピューマやジャガーの足跡のほかにも、怪しい足跡が点々と残されていたからだ。

「これはきっと野生のネコだね。〈パジェロ〉って呼ばれてるやつさ」ゴードンが言った。「獰猛だから気をつけないと」

「なんだい、ただのネコじゃないか」コスターは馬鹿にしたように肩をすくめる。

「トラだってネコの仲間だよ」とジェンキンズ。

「ほんとなの、サーヴィス？」とコスターはたずねる。「そのネコ、ほんとに怖いの？」

「本当さ。人間の子どもなんて、がりがり食べちゃうんだぞ、ネズミみたいに」

それを聞いてコスターは震えあがった。

フレンチ・デンから落穴森がはじまるところまでは一キロ弱、あっという間にたどり着いた。少年たちはすぐに仕事に取りかかった。ある程度の太さの木だけ斧で切り倒し、小枝を払う。必要なのはすぐに燃えつきてしまう細い薪ではなく、竈やストーブで使う太い薪なのだ。橇代わりのテーブルに薪を積み込むとかなりの重さになったが、下が凍っているのでよく滑るうえ、みんな我先に引っ張るので、昼前に二往復もすることができた。

昼食後も作業をつづけたが、四時には切り上げた。まだ日は残っていたが、かなり疲れていたし、無理して進めるまでもないので、ゴードンは翌日に持ち越すことにしたのだ。リーダーのゴードンの指示には従うほかはない。

フレンチ・デンに戻ってからは、薪をのこぎりで切ったり、斧で割ったり、積み重

少年たちは薪集めに取りかかった。

ねたりする作業を、就寝時間になるまでつづけた。

薪集めは六日間にわたって休みなくおこなわれた。これで数週間分の燃料は確保できた。もちろん貯蔵室(ストア・ルーム)には全部は入りきらないので、残りは崖のふもとに積んだ。薪ならば野ざらしにしたところで問題はない。

七月一五日になった。暦によれば聖スウィジン[4]の日だ。イギリスの聖スウィジンの日は、フランスにおける聖メダール[5]の日と同じで、「その日が雨なら四〇日間雨つづき」と言われている。

「ということは、もし今日雨が降れば、これから四〇日間はずっと雨になるってことか」とブリアン。

「そうだね」とサーヴィスが応じた。「でも、考えるだけ無駄さ。冬に雨が降るわけないもの。ああ、これが夏だったらなあ」

南半球に暮らす人たちが聖メダールだとか聖スウィジンだとかの影響を気にしたところで、実際はほとんど意味がない。そもそも地球の裏側では、どちらも冬の聖人ということになるのだから。

結局、雨つづきになることはなく、ふたたび南東の風が強まり、強烈な寒波が戻ってきた。ゴードンは年少組が戸外へ出るのを禁じた。

八月第一週の半ばには、寒暖計の数字は零下二七度まで下がった。外気に少しでもさらされると、たちまち息が白く凍った。手で金属をつかもうものなら、火傷に似た激しい痛みが走った。洞穴の温度を暖かく保つために、細心の注意を払わなければならなかった。

それからの二週間はつらく苦しい日々だった。誰もが運動不足のため多少なりとも調子を崩していた。ブリアンは、幼い子たちの顔色が血の気を失い蒼ざめているのを見て、心配せずにはいられなかった。しかし、いつでも温かい飲み物を口にできたおかげもあり、ちょっとした風邪や気管支炎にかかることはあったものの、大した病気もなくこの危険な時期を乗り切った。

八月一六日頃になると、風向きが西に変わるとともに、大気の状態も和らぎはじめた。寒暖計の数字は零下一二度まで上がった。風さえ吹かなければ耐えられる気温だ。そこで、ドニファン、ブリアン、サーヴィス、ウィルコックス、バクスターの五人

4　聖スウィジン（生年不詳―八六二）はウィンチェスターの司教。

5　聖メダール（四五六―五四五）はノワイヨンの司教。フランスでは六月八日が聖メダールの日とされる。

は、スルーギ湾まで行ってみようと考えた。朝早くに出発すれば、その日の夕方には戻ってこられるはずだった。

以前、座礁してすぐの頃に、何頭かのアザラシを見かけたことがあった。南極地方でお馴染みのこの海棲哺乳類が海岸にたくさんきているかもしれないのでそれを確かめよう、というのがこの遠征の目的だった。それと同時に、前に掲げておいた旗も冬の強風にさらされてぼろぼろになっているだろうから、新しい旗に取り替えてくるつもりだった。さらにはブリアンの意見で、旗を掲げるマストの下に、フレンチ・デンの位置を記した板を打ちつけておくことにした。どこかの船員が旗を見て上陸してきてくれた場合に備えようというのだ。

ゴードンは、暗くなる前には戻ってくるようにと念を押したうえで、この計画を承認した。五人は八月一九日の早朝、まだ夜も明けないうちに出発した。澄み渡った空に下弦の月が冴え冴えと光っていた。スルーギ湾までは一〇キロ弱、充分に休んだ少年たちの脚にはなんでもない距離だ。

道のりはまたたくまに踏破された。泥沼森の沼地が凍りついていたので、迂回せず最短距離を取ることができたのだ。こうして一行は九時前には海岸にたどり着いた。

「鳥がたくさんいる！」ウィルコックスが叫んだ。

指さす先には、岩礁に並んだ何千羽もの鳥が見える。大きなカモに似た鳥で、くちばしはムール貝のように細長く、耳障りな甲高い声で鳴いている。

「小人の兵隊の閲兵式みたいだね」そう言ったのはサーヴィスだ。

「なんだ、ペンギンじゃないか」とバクスター。「撃ったってしょうがないよ」

この鳥はほかの鳥と異なり脚がかなり後ろについているので、胴体をほぼ垂直に立てた姿勢を取っている。逃げようともしない間抜けな鳥なので、棒で叩き殺すこともできそうだった。おそらくドニファンは手当たり次第に屠(ほふ)りたくてうずうずしていたに違いない。しかし、ドニファンをかえって焚きつけたりしないようにと、ブリアンはあえてなにも言わないようにしていたので、ペンギンたちの平穏は乱されずにすんだ。

ペンギンなどは獲ったところでなんの役にも立たないが、海岸にはほかにもたくさんの動物がいる。そちらの方は、脂肪を取って翌冬のフレンチ・デンの明かりとして利用できそうだった。

ゾウアザラシの仲間のアザラシが、厚い氷に覆われた岩場にひしめいているのだ。ただ、これを仕留めるには、あらかじめ岩礁側の逃げ道を断っておかなければならなかった。一行はそれをせずに近づいていったため、アザラシの群れはおそろしい勢いで跳ね回って逃げ、たちまち海中に潜ってしまった。この海棲哺乳類を捕獲するには、いずれ特別遠征隊を組織する必要があるだろう。

持ってきた食糧で簡単な昼食をすませると、一行はあたりをくまなく調査した。

ジーランド川の河口から偽海岬(にせうみ)まで、染みひとつない白い広がりがつづいていた。目に入るものといえばペンギンか、ウミツバメやカモメなどの海鳥だけ、ほかの鳥は海岸を離れ、餌を求めて内陸部へ移動したのだろう。海岸には雪が一メートル近く積もっていた。厚い雪に埋もれて、スルーギ号の残骸は見えない。潮に運ばれた海草や藻が岩場にひっかかっているということは、秋分の大潮もスルーギ湾までは押し寄せてこなかったらしい。

三ヶ月ぶりに眺める海には、水平線の果てまでやはりなにひとつ見えなかった。けれども、はるか何百キロの彼方には、故郷ニュージーランドがあるのだ。ブリアンはいつの日かそこへ帰るという希望を失ってはいなかった。

バクスターは新しい旗を掲げ、河口から一〇キロ上流に位置するフレンチ・デンの場所を示した板を打ちつけた。そして一行は午後一時頃帰路についた。

帰る途中でドニファンは、川面を渡るオオガモのつがいと、タゲリのつがいを撃ち落とした。フレンチ・デンに戻ったのは、日が陰りはじめる四時頃だった。自分たち

バクスターは新しい旗を掲げた。

が見たものをゴードンに報告すると、スルーギ湾にそれほどたくさんのアザラシがやってくるのなら、気候が良くなったらすぐにでも狩りに行こう、ということになった。

たしかに、冬はまもなく終わろうとしていた。八月の最終週から九月の第一週にかけて、風が海から吹くようになってきた。突風が吹きつけるたびに、気温がぐんぐんと上昇した。まもなく雪が溶けはじめ、凍りついた湖面が激しい音をたてて割れていった。溶け残った氷は折り重なるように川に押し寄せ流れを阻んだ。その浮氷も、九月一〇日頃には完全に姿を消した。

その年の冬はこうして過ぎ去った。用心を重ねていたおかげで、少年たちはそれほど大きな苦労をせずにすんだ。みんな健康だった。勉強にも熱心に打ち込んでいたので、ゴードンが聞き分けのない者に罰を与える必要もほとんどなかった。

それでもゴードンはある日、ドールがあまりに言うことを聞かないので、一罰百戒の意味も込めて厳しい処罰を下さなければならなくなった。

ドールはそれまでも何度となく「義務を果たす」のを怠り、そのたびにゴードンから叱られていたが、一向に聞き入れようとしなかったのだ。食事はパンと水だけ、という罰は受けなかったものの——イギリスの学校制度にはこのような罰は取り入れられていないのだ——その代わりに鞭で打たれることになった。

すでに述べたように、イギリス人の少年たちというのは、この種の体罰をそれほど嫌がりはしない。フランス人の少年ならば、間違いなく嫌がるだろう。このときもブリアンはこの手の罰には反対の声を上げたかったが、リーダーの決定は尊重するしかなかった。それに、フランス人の生徒は体罰を受けることを恥だと考えるだろうが、イギリス人の生徒にとっては体罰を怖がっていると思われることこそが恥なのだ。ドールはこうして何回か鞭で打たれた。鞭を振るう役は、くじ引きでウィルコックスになった。これがよい見せしめになり、同じ事は二度と繰り返されなかった。

九月一〇日、スルーギ号がチェアマン島に漂着してからすでに六ヶ月が過ぎていた。

14

冬のぶり返し――荷車――春の再来――サーヴィスとナンドゥ――北部探検の準備――ウサギの巣穴――休息川――動物相と植物相――ファミリー湖の北端――北砂漠

春が近づいてきたので、植民地の少年たちは、長い冬のあいだ温めていた計画をいよいよ実行に移すことにした。

島から西の海には陸地はない。これは明らかだ。では北や南や東の方にも陸地がないのだろうか？　それともこの島は太平洋に浮かぶ列島や群島の一部なのだろうか？　フランソワ・ボードワンの地図を見る限りは、その可能性は低そうだ。けれども近くに陸地がないと決まったわけではない。ボードワンが見つけられなかったのは、望遠鏡も双眼鏡も持っておらず、オークランド丘陵の頂から眺めても、せいぜい数キロ先の水平線までしか目に入らなかったためではないのか？　自分たちには望遠鏡があって、ずっと沖の方まで見渡すことができるのだから、あのフランス人漂着者には見つけられなかったものも見つけられるだろう。

地図によると、チェアマン島の中央部のあたりでは、フレンチ・デンから東の海岸までの距離は二〇キロもなかった。スルーギ湾の反対側にあたる東の海岸は大きくえぐれた湾になっているので、こちらの方角から調査を進めるのがいいだろう。しかし島内のいろいろな地域を調べる前に、フレンチ・デンにほど近い、オークランド丘陵、ファミリー湖、落穴森を含む一帯を踏査する必要がある。どのような資源があるのだろうか？　役に立ちそうな樹木や灌木は豊富だろうか？　それを知るために、一一月初めに探検隊を送ることになった。

時期としてはもう春になってもいいはずなのに、高緯度帯に位置するチェアマン島ではまだその気配も感じられなかった。九月から一〇月にかけては荒天がつづいた。厳しい寒さがぶり返すこともあったが、長く居座ることはなかった。風向きが頻繁に変わったからだ。春分の時期になると、これまでになく凄まじい風が吹き荒れた。スルーギ号を太平洋上で翻弄した暴風を思わせる激しさだった。荒れ狂う風が休みなく叩きつけ、オークランド丘陵の岩山全体が揺さぶられるようだった。南からの突風がさえぎるもののない南沼一帯を吹き抜け、南極海の凍てつく空気を運んできた。風が入らないようフレンチ・デンの入口を閉ざしておくのは、並大抵の苦労ではなかった。突風は何度となく貯蔵室（ストア・ルーム）の扉をこじ開け、廊下を抜けて広間（ホール）まで吹き込んできた。そのようなときの辛さは、冬の寒波で気温が零下三〇度まで下がった時期以上だった。しかも襲いかかってきたのは強烈な風だけではなかった。雨や雹ともたたかわなければならなかった。

なによりも困ったのは、鳥や獣が姿を消してしまったことだ。どこか強風にさらされずにすむ場所に逃げ込んだらしい。魚もいない。湖岸に砕ける激しい波を怖れて身をひそめているのだろう。

しかし、そのあいだも少年たちはフレンチ・デンでの時間を無駄に過ごしはしなかった。固く凍っていた雪が溶けてしまい、もはやテーブルは橇代わりにならないので、バクスターは重いものを運ぶ道具をどうやって作るか知恵を絞った。

思いついたのは、揚錨機（ウィンドラス）についている同じ大きさの歯車ふたつを車輪として利用することだった。歯車を外すには試行錯誤が繰り返された。きっと慣れた大人がひとりでもいれば、この作業も苦もなくできただろう。バクスターは、この歯車の歯を折ろうとしたがうまくいかないので、結局歯と歯のあいだを堅い木片で埋めてから金属製のベルトで巻くことにした。こうしてできたふたつの車輪を鉄の棒でつなげ、この車軸の上に頑丈な板の台を取りつけた。なんとも簡単な荷車には違いないが、これでも充分に使えるだろうし、実際とても役立った。もちろん馬もラバもロバもいないので、この荷車を引くのは力持ちの少年たちの仕事になる。

それにしても、もしおとなしそうな動物を捕まえて、この荷車を引くように仕込めたら、どれほど楽になることか。どうしてチェアマン島に生息している動物は、死骸や足跡を見つけた肉食獣を除いては鳥類ばかりで、反芻動物が少ないのだろう。サーヴィスのダチョウの例から判断しても、鳥類が家畜の代わりになるかどうかは怪しいものだ。

ナンドゥは相変わらず人にまったく馴れようとしなかった。誰かが近づくたびに、くちばしと脚で威嚇してくる。繋いでいるロープを隙あらばちぎろうとする。ちぎったら最後、一目散に落穴森へ逃げ去ってしまうだろう。

しかしサーヴィスはあきらめていなかった。ナンドゥを「疾風（ブラウゼヴィント）」と名づけていたが、これはもちろん『スイスのロビンソン』に登場するジャック少年がダチョウにつけたのと同じ名前だ。自分ならこの強情な生き物を手なずけられると自信満々だったが、脅してもすかしてもどうにもならなかった。

ある日サーヴィスは、何度となく読み返している『スイスのロビンソン』を引き合いに出しながら言った。

「けど、ジャック少年はダチョウを飼い馴らして乗ったんだ」

「そうさ」とゴードンが応じた。「でも小説のジャックときみは同じじゃないし、ジャックのダチョウときみのダチョウも同じじゃない」

「なにが違うっていうんだい?」

「簡単なことさ。空想と現実の違いだよ」

「構うもんか」とサーヴィスは言い返した。「飼い馴らしてみせるよ、ぜったいにね!」

「あのダチョウがきみの言うことを聞くようになったら、それこそ驚きだよ。ダチョウが口をきいてきみに返事するよりずっと驚きさ」そう言ってゴードンは笑った。

仲間たちのからかいにも耳を貸さず、サーヴィスは天候がよくなり次第ナンドゥに乗ろうと決めていた。そこで、やはり例の小説の登場人物に倣って、帆布で馬具のようなものと、可動式の遮眼帯がついたフードを作った。小説のなかでジャック少年は、左右の遮眼帯を上げたり下げたりしてダチョウを自在に操っているではないか。ジャック少年にうまくできたのだから、自分もその通りにやればうまくいくはずだ。

サーヴィスは麻綱で首輪まで作って、ナンドゥの首にしっかりとつけた。ナンドゥにしてみれば、そのような飾り物などいらなかっただろうが。ただフードの方は、どうやってもかぶせることができなかった。

こうして日々は住まいの整備作業に追われるうちに過ぎていった。おかげでフレンチ・デンの暮らしはいっそう快適になった。勉強にあてる時間を減らすことなく外に出られない時間を過ごすやり方としては、これ以上に有益なものはなかった。

春分の荒れた季節は終わりに近づいていた。日の光が強まり、空は晴れてきた。日差しに暖められた大地のぬくもりが草木に伝わり、樹木は一斉に芽を吹きはじめた。ようやくフレンチ・デンの外で一日中過ごせるようになった。厚手のズボン、ウールのセーターや上着といった冬の衣服はほこりを払い、繕ってからきれいにたたみ、ゴードンが札をつけた後できちんと箱にしまった。身軽になった少年たちは、うれしそうに春の訪れを迎えた。誰もが希望を、自分たちの状況を変えてくれるようななにかが見つかるのではないかという希望を、胸に抱いていた。どこかの船がこの海域を航行するかもしれない。その船がチェアマン島のそばを通ったら、オークランド丘陵の頂にひるがえる旗を目にし、上陸してきてくれるのではないか？

一〇月の後半には、フレンチ・デンの周囲三キロほどの範囲に何度も足を延ばした。

出かけたのは狩猟組だった。ゴードンに釘をさされていたこともあり、火薬や散弾は必要最小限しか使えなかったが、それでも毎日の食卓は狩りの恩恵を存分に受けた。ウィルコックスが仕掛けた輪差には、シギダチョウやガンのつがいがかかった。ときにはアグーチに似た野兎のマーラがかかることもあった。日中は足繁くその輪差を見回った。そうしないとジャッカルやパジェロに先を越されて、せっかくの獲物を奪われてしまうのだ。実に腹立たしいので、これらの肉食獣に出くわしたら容赦なく仕留めることにしていた。こういった害獣を、以前修復した古い落し穴や、森のはずれに新しく仕掛けた落し穴で仕留めることもあった。猛獣については足跡こそ目にしたが、襲撃に備えていつでも警戒していたこともあり、実際に襲われて撃退するようなことはなかった。

ドニファンは、小型の猪といったペッカリーや、鹿のようなグアシュティも何頭か仕留めた。どちらの肉も美味しかった。ナンドゥは捕まえられなかったが、誰も残念がったりはしなかった。サーヴィスがいくら飼い馴らそうとしてもうまくいっていないのを知っているので、捕まえる気にはならなかったのだ。

サーヴィスの失敗が誰の目にも明らかになったのは、一二六日の朝だった。その日、サーヴィスはダチョウに乗ると言い張り、苦労しながらなんとか装具一式を取りつけた。

面白そうなこの実験を見ようと、みんなはスポーツ広場にやってきた。年少組はどこかうらやましそうにサーヴィスを見つめていたが、やはり少し心配そうだ。あれほど乗りたがっていたのに、いよいよ始まるというときになっても、後ろに乗せてほしいと頼もうとはしなかった。年長組の方は、できるものかというように肩をすくめていた。ゴードンは危険だと考えてやめさせようとさえした。けれどもサーヴィスがどうしてもやるといって聞かないので、好きなようにさせることにした。

ナンドゥをガーネットとバクスターにおさえてもらっているあいだに遮眼帯付きフードをかぶせて目を覆うと、サーヴィスは何度か失敗した挙げ句、ようやく背中に飛び乗り、ほっとしたような声で叫んだ。

「離していいよ！」

ナンドゥは視界を奪われたうえ、サーヴィスの両脚できつく締められているので、はじめはじっと動かなかった。しかし手綱代わりのロープを引いて遮眼帯が外されると、猛烈な勢いで飛び跳ね、森を目指して一散に走り出した。

放たれた矢のように走る暴れダチョウを、サーヴィスはどうすることもできなかった。もう一度目を覆っておとなしくさせようとしたが、ナンドゥが頭を大きく振ると

サーヴィスは暴れダチョウをどうすることもできなかった。

フードが外れ、首までずり落ちてしまった。サーヴィスはなんとか両腕で首にしがみついていたものの、激しい揺れにもはやまたがっていることはできず、ナンドゥが落穴森に逃げ込もうとするまさにその瞬間、振り落とされてしまった。

仲間たちがサーヴィスのもとへ駆けつけたときには、ナンドゥの姿はすでに見えなかった。

落ちたのが深い草むらで怪我ひとつなかったのは不幸中の幸いだった。

「ばか野郎！　ナンドゥのばか野郎！」サーヴィスは悔しそうに叫んだ。「おぼえてろよ、今度捕まえたら……」

「捕まえられるもんか！」とドニファンがからかった。

「やっぱり、お友達のジャック少年の方が一枚うわてだね」とウェッブ。

「あいつがまだ充分になついてなかっただけのことさ」とサーヴィスが言い返した。

「なつかせるなんて無理だったのさ」とゴードンが言った。「気にするなよ、サーヴィス。あのダチョウ相手じゃどうしようもなかったんだ。これでわかっただろ。ウィース[1]の小説のなかには、真似できることと、そうでないことがあるんだよ」

1　『スイスのロビンソン』の作者。

「おぼえてろよ、今度捕まえたら……」

この一件はこうして幕を下ろした。年少組はダチョウに乗れずじまいでも、がっかりしてはいなかった。

一一月初めになると陽気もよく、何日かにわたる探検にも出られるようになった。探検の目的は、ファミリー湖の西岸を北端まで調査することだった。空は晴れ渡り、気温もまだ暑いというほどではない。幾晩か野宿しても心配はなさそうだ。少年たちはさっそく準備に取りかかった。

この探検には狩りのできる者が加わる必要があった。ゴードンは、今回は自分も一緒に行った方がいいと判断した。フレンチ・デンに残る仲間の世話は、ブリアンとガーネットに任せることにした。ブリアンは、もう少しして春の終わりが近づく頃に、自分も別の探検を企てるつもりだった。湖の南を調査しようというのだ。ボートで湖岸沿いに行ってもいいし、あるいは湖を横切って行ってもいい。なにしろ地図によれば、フレンチ・デンから対岸までは七、八キロしかないのだから。

このように話はまとまり、一一月五日の朝、ゴードン、ドニファン、バクスター、ウィルコックス、ウェッブ、クロス、サーヴィスの七人は、仲間に見送られて出発した。

フレンチ・デンではいつもと変わらない日々が送られるはずだ。勉強以外の時間には、アイヴァーソン、ジェンキンズ、ドール、コスターの年少組四人は、普段と同じように湖や川で釣りをする。それがお気に入りの過ごし方なのだ。モコは探検には同行していなかったが、だからといって探検隊の一行が食事に困るだろうと考えるのは早計だ。サーヴィスがいるではないか。モコが料理するのをいつも手伝っていたサーヴィスは、自分は料理ができるからといって探検隊に加わったのだ。もしかすると、あの逃げたダチョウを見つけたいという気持ちもあったのかもしれない。

ゴードン、ドニファン、ウィルコックスの三人は銃を携えていた。それに加えて、全員が腰に拳銃を差している。さらには狩猟用ナイフと二丁の手斧もある。火薬や散弾はできるだけ使わないようにした。使うのは、野獣に襲われ身を守るときか、ほかに獲物を捕らえる手段がないときだけだ。銃なしで獲物を捕らえるため、バクスターは投げ縄（ラゾ）と投げ玉（ボーラ）を修理して持ってきていた。しばらく前から使い方を練習していたのだ。バクスターは口数こそ少なかったがとても器用で、すぐにそれらの道具を巧みに使いこなすようになった。ただ、これまでは動かないもの相手に練習してきただけなので、全速力で逃げる動物相手にどこまで通用するかは未知数だった。実際の腕前については、やがてわかるだろう。

ゴードンはゴムボートも持ってきていた。これは、折り畳むと旅行鞄ほどの大きさになって、重さも五キロ程度しかなく、簡単に持ち運びできるのだ。地図を見ると、湖からは二本の川が出ている。浅瀬を歩いて渡れない場合には、このゴムボートが役に立つはずだ。

ボードワンの地図では――ゴードンは必要に応じて確認することができるよう写しを携えていた――ファミリー湖の西岸は、湾曲していることを考慮すると、距離にして三〇キロほどあった。となると今回の探検は、順調にいっても往復で少なくとも三日はかかるだろう。

一行はファンを先頭に立て、落穴森を左手に見ながら、湖岸の砂地を足早に歩いた。三キロほど進むと、そこから先は、フレンチ・デンに身を落ち着けて以来はじめて足を踏み入れる場所となった。

そのあたりには「コルタデリア」[2]と呼ばれる叢生性（そうせい）の丈の高い草が生えていた。その茂みに入ると、長身の少年でも頭まで隠れてしまうほどだった。

足取りは多少遅くなった。だが、かえってそれがよかった。ファンが突然立ち止

2　南米大陸の大草原地帯（パンパス）に分布する、高さ二、三メートルにもなるイネ科シロガネヨシ属の常緑多年草。パンパスグラスとも呼ばれる。

まったので見てみると、ウサギの巣穴のようなものが六つほどあったからだ。

間違いない。ファンは格好の獲物が巣穴にひそんでいるのを嗅ぎつけたのだ。ドニファンは銃を構えようとする。しかしゴードンがそれを押しとどめた。

「節約だよ、ドニファン。頼むから無駄に撃たないでくれ」

「でも、おれたちの昼飯がいるかもしれないんだぜ」とドニファンが言い返す。

「晩ご飯だっているかもしれないしね」穴をのぞき込んでいたサーヴィスも言う。

「もしそこにひそんでるなら、一発も撃たなくても追い出せるよ」そう言ったのはウィルコックスだ。

「どうやって？」とウェッブ。

「煙でいぶすのさ。イタチとかキツネとかの巣穴にやるみたいにね」

コルタデリアが茂る地面は枯れ草で覆われていた。ウィルコックスは巣穴のそばの枯れ草に素早く火をつける。一分もすると、煙にいぶされて一二匹ばかりの齧歯類が飛び出してきた。ウサギの仲間のツコツコだ。逃げようとするところをサーヴィスとウェッブが手斧で打ち殺し、ファンも喉元に食らいついてたちまち三匹仕留めた。

「こいつを焼いて食べたらおいしいよ」とゴードン。

「ぼくに任せてよ！」サーヴィスが勢い込んで言った。料理長として腕をふるいたくて仕方ないのだ。「なんなら、いますぐでもいいよ」

「今度休憩するときにしよう」とゴードンが応じた。

ちょっとした森といった趣のコルタデリアの茂みを抜けるのに半時間かかった。その先はふたたび砂地だ。砂丘が連なり、ゆるやかな起伏を描いている。砂はとても細かく、わずかな風にも舞い上がる。

このあたりまでくると、オークランド丘陵の岩壁はすでに、湖岸から西に三キロ以上も遠ざかっている。つまり、断崖はフレンチ・デンからスルーギ湾まで斜めに走っているということだ。島のこの一帯には鬱蒼とした森が広がっている。ブリアンたちが以前、湖に向かう最初の探検の際に横切った森だ。森には飛石川と名づけた小川が流れている。

地図にあるように、その小川は湖に注いでいた。少年たちが午前一一時頃にたどり着いたのは、まさにその河口だった。出発からすでに一〇キロ近く歩いたことになる。

一行はそこに生えている見事なカサマツの根元で休憩をとることにした。ふたつの大きな石を並べ、そのあいだで枯れ木を燃やす。まもなくサーヴィスは二匹のツコツコの毛をむしって内臓を抜き、ぱちぱちはぜる炎で焼いた。ファンが火の前に陣取って肉の香ばしい匂いを嗅いでいるそばで、サーヴィスはちょうどよい焼き加減になる

2匹のツコツコを焼いた。

ようつきっきりで、何度も肉をひっくり返していた。

みんな旺盛な食欲で食べた。サーヴィスの料理は、初めてにしてはなかなかのものだった。ツコツコだけで空腹は満たされたので、持ってきた食糧に手をつけるまでもなかった。パン代わりの乾パンだけは食べたが、それも少量ですんだ。肉がふんだんにあったからだ。香りのいい草を餌にして大きくなったツコツコの肉は実に風味がよかった。

食事をすませると小川を渡った。浅瀬を歩いて対岸までいけたので、ゴムボートの出番はなかった。ゴムボートを使ったら、かえって時間がかかっただろう。

先にいくにつれて湖岸が少しずつ湿地になってきたため、いったん湖から離れて森に沿って進むしかなくなった。歩きやすい地面になったら、ふたたび湖岸沿いを進むことにしよう。森の木々はやはり見事に育っていたが、種類は一向に代わり映えしなかった。ブナ、カバ、トキワガシ、そしてさまざまなマツといったものだ。たくさんのきれいな鳥が枝から枝へ飛び回っている。真紅の冠羽のクマゲラ、純白の冠羽のヒタキ、黄色い冠羽のキクイタダキ。キバシリの群れが葉蔭でせせら笑うかと思えば、アトリやヒバリやツグミが美しい声音で歌いさえずる。遠くの空を滑空するのは、コンドル、クロコンドル、それに南米でよく見かける貪婪（どんらん）な猛禽類のカラカラだ。

おそらくサーヴィスはロビンソン・クルーソーを思い出して、この島に生息する鳥類のなかにオウムの類(たぐ)いがいないのが残念だったに違いない。[3] ダチョウは飼い馴らすことができなかったけれど、あのおしゃべりな鳥ならもっと聞き分けがいいのではないだろうか。しかし一羽のオウムも見当たらなかった。

狩りの獲物は豊富だった。野兎の仲間のマーラ、アルマジロの仲間のピチ、そしてオオライチョウによく似たライチョウも多かった。ドニファンは中くらいの大きさのペッカリーを撃とうとしたが、今度はゴードンもその楽しみを止めなかった。今晩の食事には使わなくても、翌日の昼食には使えるだろう。

歩きにくい森のなかにわざわざ分け入ったりはせず、森のはずれに沿って進んだ。こうして夕方五時まで歩いたところで、幅が一二メートルほどもある第二の川に行く手を阻まれた。

これは湖から流れ出している川だ。オークランド丘陵の北を迂回してからスルーギ湾に注ぎ、その先の太平洋まで流れていくのだ。

ゴードンは、その日はここで休むことに決めた。二〇キロ近く歩いた計算になる。一日の距離としては充分だろう。さしあたりこの川に名前をつけなければならなかった。そこで、ほとりで休息を取ったことにちなみ「休息川」と名づけることにした。

野営をするのは土手に近い木立の下だ。ペッカリーは翌日の食事に取っておき、ツコッコがその日の主菜になった。サーヴィスは今回もまたなかなかの腕前を披露した。しかしみんな食欲よりも眠気が上回っていたらしい。食べようとして口は動いているのに、まぶたの方は眠たさのあまりともすると閉じてしまうのだ。少年たちは勢いよく火を燃やすと、焚き火を囲んで毛布にくるまり、横になった。ウィルコックスとドニファンが交代で火の番にあたった。赤々と燃えさかる火があれば、野獣も近づいてはこないだろう。

結局、何事もなく夜が明けた。一行はさっそく出発の準備を整えた。

川に名前をつけたからといって、それですむものではない。その川を越えなければならないのだ。歩いては渡れそうにないのでゴムボートの出番となった。ただこの簡易ボートでは一度にひとりしか運べない。そのため休息川の両岸を七回も往復しなければならず、一時間以上もかかってしまった。けれどもこのボートのおかげで食糧も弾薬も濡れずにすんだと思えば、多少の遅れはなんでもなかった。

3　デフォーの『ロビンソン・クルーソー』では、主人公は捕まえたオウムにポルと名前を付け、言葉を教え込む。

ファンの方は濡れるのもお構いなしに水に飛び込むと、元気よく泳いでたちまち向こう岸に渡った。

川を越えると、もう湿地ではなかった。ゴードンは湖を目指して斜めに進むことにし、一〇時前には湖岸にたどり着いた。ペッカリーの肉を焼いて昼食をすますと、一行は湖に沿って北へと歩いた。

湖の北端が近づく気配はまだなかった。東に目を凝らしても、果てしなく広がる湖面には空と水が見えるばかりだった。だが正午近くになって、望遠鏡をのぞいていたドニファンが声を上げた。

「向こう岸が見えるぞ！」

みんなはその方向に目をやった。湖水の果てに木立の黒い影がわずかに見える。

「先を急ごう」とゴードンが言った。「暗くなる前に着くようにしないと」

北の方には、荒涼とした砂原が見渡す限り広がっていた。どこまでも延々と連なる砂丘に、イグサやアシの茂みが点々とするばかり。チェアマン島の北部は、広大な砂地で覆われているだけのようだ。島中央部の緑あふれる森林地帯とはまったく様相が異なっている。ゴードンはその砂地に「北砂漠」という実に的確な名前をつけた。

三時頃になると、対岸は北東三キロ弱のところまで近づき、はっきりと見えてきた。

そのあたりには生き物がいる気配はまったくなさそうだ。ときおり海鳥が飛んでいくだけだ。ウ、ウミツバメ、カイツブリ。海辺の岩場に戻ろうとしているのだろう。

もしスルーギ号が漂着したのが島の北部だったら、これほどまでに不毛な土地を前にして、どうしていいかわからなかっただろう。この砂漠をいくら探し回っても、フレンチ・デンに匹敵する快適な住処などあるはずもない。スクーナー船に住めなくなってしまったら、どこに逃げ場を求めればいいか途方に暮れてしまったに違いない。

はたしてこれ以上さらに北へ進む必要があるだろうか。とても住めそうにないこの一帯をくまなく調査する必要があるだろうか。それよりも、あらためて第二次探検隊を派遣して、湖の東岸の調査を任せた方がいいのではないか。東岸には別の森が広がり、新たな資源をもたらしてくれるかもしれない。それに、チェアマン島の近くにアメリカ大陸があるとしたら、それは東の海域に位置しているはずだ。

それでも、ドニファンの提案で、とりあえず湖の北端までは行ってみることにした。二本の湖岸線がますますくっきりと浮かび上がってきたところを見ると、目的地はそれほど遠くないはずだった。

ついにファミリー湖の北端にたどり着いた。日没が迫っていたので、小さな入江で野営することにした。

そこには一本の木どころか、草の茂みも、干からびた苔や地衣類もなかった。火を燃やすことができないので、夕食は鞄に詰めてきた食糧だけで我慢した。木蔭もないので、砂の上に毛布を広げて眠るしかなかった。

北砂漠の夜はしんと静まりかえったまま更けていった。

15

帰路――西方の探検――トルルカとアルガローバ――お茶の木――飛石川の急流――ビクーニャ――騒がしい夜――グアナコ――バクスターの投げ縄（ラソ）――フレンチ・デンへの帰還

入江から二〇〇歩ほどのところに、高さ一五メートルあまりの砂丘があった。あたり一帯を広く見渡すのにうってつけの場所だ。

夜が明けるのを待って、一行は砂丘の頂まで急いでよじ登った。

さっそく望遠鏡を北の方角へ向ける。

地図が示すように、広大な砂原が海岸までつづいているとしたら、砂漠の終わりまでは見えないだろう。なにしろ海が広がっているのははるか彼方、北の方なら二〇キロ弱、東の方でも一〇キロ以上も先なのだ。

そうなると、これ以上さらに島の北部へ進んでも意味はなさそうだ。

「これからどうする？」クロスがたずねる。

「引き返すまでさ」ゴードンは答える。

「その前にまず朝食にしないとね」サーヴィスが慌てて言う。

「すぐに支度してよ」とウェッブ。

「引き返すなら、別の道を通ってフレンチ・デンまで戻れないか？」ドニファンが口を挟む。

「やってみよう」とゴードン。

「どうせなら、ファミリー湖の東岸をまわっていかないか」ドニファンはつづける。

「そうすれば、この探検で湖周辺をすっかり調査できる」

「ちょっと遠すぎるね」とゴードンが応じる。「地図で見ると五、六〇キロは歩くことになる。途中でなにもなかったとしても、四、五日はかかるだろうね。フレンチ・デンのみんなが心配するよ。余計な心配はかけない方がいいんじゃないかな」

「けど、いずれ湖の東側も調べるんだろ」ドニファンがさらに言う。

「もちろん。そのための探検隊を別に準備するつもりさ」

「でも、ドニファンの言う通りだよ」とクロス。「同じ道を戻るなんて意味ないよ」

「わかった」ゴードンが応じる。「とりあえず休息川までは湖岸沿いに引き返すとして、そこからは森を通って崖のふもとまで一直線に歩く。あとは崖伝いに進むことにしよう」

「どうして湖に沿って引き返すんだい、もう歩いた道じゃないか」そうたずねたのはウィルコックスだ。

「そうさ」ドニファンが後をつづける。「なにも回り道なんかしないで、ここからまっすぐ南西に砂地を突っ切って落穴森に向かえばいいだろ。せいぜい五、六キロなんだから」

「休息川を渡らなきゃいけないんだよ」ゴードンが答える。「いいかい、昨日渡った浅瀬なら確実に渡れる。でも下流に行ったときもし流れが急だったりしたら、渡るのにきっと苦労するよ。だから森のなかに踏み込むのは、川を渡ってからにした方が賢明だと思うんだ」

「やれやれ、相変わらず慎重なんだな、ゴードンは」ドニファンの口調には皮肉がこもっている。

「慎重にこしたことはないからね」とゴードン。

一行は砂丘を滑りおりると、野営した場所に戻り、乾パンと冷肉で簡単に朝食をすませた。それから毛布を丸めて武器を取り、昨日通った道を足早にたどった。

空は晴れ渡っていた。風がそよぎ、湖面にはさざ波が浮かんでいた。今日は一日いい天気になりそうだ。晴天がこのままあと一日半つづいてくれれば。ゴードンはそれだけを願っていた。明日の夕刻までにはフレンチ・デンに戻るつもりだったのだ。

朝六時から一一時にかけて、湖の北端から休息川までの一四キロあまりを楽々と進んだ。道中は特になにも起きなかった。出来事らしい出来事といえば、川の近くにさしかかったときドニファンが鳥を二羽撃ち落としたことくらいだ。冠羽のあるすばらしいノガンで、黒い羽毛の背には赤褐色が、腹には白が混じっている。これでドニファンはすっかり上機嫌になった。サーヴィスも大喜びだった。鳥さえ手に入れば、羽をむしり、内臓を抜き、こんがり焼いてやろうとずっと待ち構えていたのだ。

ただ、実際にそれをするのは一時間後、全員がゴムボートで川を渡ってからだった。

「さあ、森に着いたぞ」ゴードンが言った。「バクスターが投げ縄（ラゾ）か投げ玉（ボーラ）を使うところを見られそうだね」

「その道具、これまでなんの役にも立ってないしな」ドニファンは、銃以外の道具はすべて取るに足らないと見なしているのだ。

「鳥が相手じゃ、投げ縄（ラゾ）も投げ玉（ボーラ）も使えるわけないよ」とバクスターが言い返した。

「相手が鳥だろうが、獣だろうが、そんな道具、おれは信用しないね」

「ぼくも信用しないね」とクロスも後につづけた。いつでも従兄の肩を持つのだ。

「あれこれ言う前に、まずはバクスターの腕前を見せてもらうのを待とうじゃないか」ゴードンが取りなした。「バクスターならきっとうまくやってくれるって、ぼくは信じてるんだ。弾薬はいつか底をつくけど、投げ縄（ラゾ）も投げ玉（ボーラ）もなくなることはないんだからね」

「でも、獲物は獲れないさ」ドニファンは強情に言い張った。

「まあ、いまにわかるさ」とゴードン。「とにかくお昼にしよう」

しかし昼食の支度には少し時間がかかった。ノガンがいい焼き加減になるまで、サーヴィスがじっくり焼いていたからだ。ノガンは実に見事な大きさだった。空腹を抱えた少年たちでも、この一羽で充分すぎるほどだ。この手のノガンは、体長一メートル近く、重さ一三キロ以上もあり、キジ目のなかでももっとも大きい。それでもみんなの胃袋にすっかりおさまり、肉の一欠片どころか、骨の一本さえ残らなかった。ご主人たちに負けじと、ファンも骨をきれいに平らげてしまったからだ。

食事をすませると、森に分け入った。ここから先は未知の地帯だ。この落穴森には休息川が流れ、太平洋に注いでいる。地図によれば、その流れはやがて北西に向きを変え、断崖を迂回した後、偽海岬の先に位置する河口へいたる。ということは、このまま流れに沿って進みつづけると、フレンチ・デンとは正反対の方角へ向かうことになる。ゴードンは川岸を離れることにした。最短距離でオークランド丘陵のふもとにたどり着き、そこから崖に沿って南下しようと考えたのだ。

コンパスで方角を確かめると、ゴードンは思い切って西に進路をとった。同じ落穴森でも、南の方とは違ってこのあたりは木々がそれほど密生していない。草や藪に足を取られることも少なく、ずっと歩きやすい。

カバやブナの木立のあいだに、小さな空地が開けることもある。燦々と降り注ぐ太陽を浴びて、野花の鮮やかな色彩が、草と灌木の緑のなかに点々と映える。あちこちでゆらゆら揺れているのはノボロギクだ。一メートル近くある高い茎の先端に見事な花を咲かせている。サーヴィスとウィルコックスとウェッブは、その花を何輪か摘んで上着の飾りにした。

ゴードンは植物についての知識が豊富で、これまでも何度となく仲間の役に立っていた。そのときもゴードンが貴重な発見をもたらした。目を留めたのは、小さな葉を茂らせた一本の灌木だった。棘のある枝には、エンドウ豆ほどの小粒な実がついている。

「こいつはたぶんトルルカだ」とゴードン。「インディオがよく使う実だよ」

「食べられるっていうなら、食べてみようよ。どうせただなんだし」サーヴィスはそう言うと、ゴードンが止める間もなく、実を二、三粒口に入れた。

サーヴィスはたちまち顔をしかめた。その様子がおかしくて、ほかの仲間は吹き出した。サーヴィスはあまりの酸っぱさに唾をしきりに吐いていた。

「食べられるって言ったじゃないか、ゴードン！」

「食べられるなんてひとことも言ってないよ。インディオがこの実を使うのは、発酵させてお酒をつくるためさ。いまあるブランデーが底をついたら、トルルカのお酒が代わりになるんじゃないかな。ただ度数が高いから、飲み過ぎには注意しないと。この実を少し持って帰って、試しにつくってみよう」

　実を摘むのは容易ではなかった。枝には無数の棘が生えているのだ。しかし、バクスターとウェッブが軽く枝を揺すると、たくさんの実が地面に落ちた。それをひとつの鞄がいっぱいになるまで拾って、ふたたび歩きはじめた。

　先に進むと、南米特有の別の灌木を見つけたので、その莢（さや）も摘み取った。アルガローバの莢だ。なかの実を発酵させると、やはり強い酒になる。今度はサーヴィスも口に入れるのはひかえた。よい判断だった。アルガローバの実は、最初は甘く感じても、すぐに口のなかが猛烈に渇いてくる。うっかり口にしようものなら、ひどい目にあうのだ。

午後になると、もうひとつ重要な発見があった。オークランド丘陵のふもとまであと四〇〇メートルほどの地点でのことだ。そのあたりまでくると森の様子もだいぶ変わってきた。木立のあいだに空地があるおかげで、新鮮な空気と暖かい日差しをふんだんに受け取っているためか、どの植物もすばらしい生育ぶりだった。樹木は二〇メートルから二五メートルの高さで枝を大きく広げ、そこに群がる無数の鳥がうるさいほどにさえずっている。立派な木々のなかでも特に目を引くのは、四季を通して淡緑の葉をまとうナンキョクブナだ。それよりはやや丈が低いが、やはり見事な「ウィンターズ」も群生している。樹皮はシナモンの代わりになるから、モコならこれで風味豊かなソースを作ってくれるだろう。

ゴードンはこういった植物のあいだに「ペルネッティア」を見つけたのだ。スノキ属の木で高緯度帯でも生育し、芳香のあるその葉を煎じて飲むと健康にもとてもよい。「これはお茶の代わりになるよ」とゴードンは言った。「葉っぱを少し摘んで帰ろう。冬のあいだに使う分は、またあとで採りにくればいい」

四時頃にはオークランド丘陵のほぼ北端に到着した。このあたりの崖はフレンチ・

デン周辺よりも低いようだが、垂直に切り立っていてとても登れそうにない。だがそれでも問題はなかった。あとは崖伝いに歩いてジーランド川の方へ戻るだけでいいのだ。

三キロほど進むと、水音が聞こえてきた。断崖の峡谷を急流が飛沫をあげながら流れている。少し川下にいくと浅瀬があり、簡単に渡ることができた。

「これはきっと、おれたちが最初に湖まで探検したとき見つけた川だな」とドニファンが言った。

「石が並んで堰みたいになってたっていう川のことかい？」ゴードンがたずねる。

「ああ、そうだ。飛石川って名づけた川さ」

「じゃあ今日はこの川のほとりで休むとしよう」とゴードン。「もう五時だし、どうせ野宿しなきゃならないんだったら、せせらぎを聞きながら大きな木の木蔭で過ごす方がいいからね。順調にいけば、明日の晩は広間(ホール)のベッドで眠れると思うよ」

サーヴィスはさっそく食事の支度に取りかかった。夕食は残っていたもう一羽のノガンだ。それを丸焼きにする。相も変わらず丸焼きだ。だからといってサーヴィスを責めるのは酷というものだ。献立に変化をつけるだけの腕はないのだから。

できあがるのを待つあいだ、ゴードンとバクスターは森に引き返した。ゴードンは新しい灌木や植物を探すつもりだった。バクスターの方は投げ縄（ラゾ）と投げ玉（ボーラ）を使ってみようと思っていた。ドニファンがからかってくるのをやめさせたかったのだ。

樹林を一〇〇歩ほど進んだときだ。ゴードンはバクスターを手招きすると、草の上で遊ぶ動物の群れを指さした。

「ヤギ？」バクスターがささやく。

「ヤギに似てるね」とゴードン。「捕まえてみよう」

「生け捕り？」

「そう、生け捕り。ドニファンが一緒じゃなくてよかったよ。見つけたとたんに撃ってただろうからね。それだと一匹は仕留められても、残りはみんな逃げてしまう。気づかれないよう、そっと近づいてみよう」

そのかわいらしい動物は六頭ほどいる。警戒している様子はまったくない。と、なにかの気配を察したのか、そのうちの一頭――おそらく母ヤギだろう――がしきりに匂いを嗅ぎながらあたりをうかがい、いつでも群れを連れて逃げ出せるよう身構える。

突然、風を切る鋭い音がした。バクスターの手から投げ玉（ボーラ）が放たれたのだ。二〇歩ほどの距離からうまく放たれた投げ玉（ボーラ）が勢いよく飛んでいき、一頭に巻きついた。ほかのヤギは森の奥深くに姿を消した。

突然、風を切る鋭い音がした。

急いで駆け寄る。ヤギは投げ玉（ボーラ）を外そうともがいている。ふたりは逃げられなくなったヤギを捕らえた。この母ヤギのそばを離れようとしない二頭の仔ヤギも捕獲できた。

「やった！」普段は物静かなバクスターも、このときばかりは喜びのあまり叫んだ。「やったぞ！　でもこれ、ヤギなのかな？」

「違うみたいだね」ゴードンが答えた。「むしろビクーニャじゃないかな」

「ビクーニャって乳を出すのかい？」

「ヤギじゃないけど出すよ」

「だったらビクーニャでもいいや」

ゴードンは間違っていなかった。実際、ビクーニャというのはヤギに似ている。けれども脚は長く、毛は短くて絹のように細い。頭は小さくて角はない。主に南米大陸の大草原（パンパス）地帯に生息しているが、マゼラン海峡付近でも見ることができる。

ゴードンとバクスターが野営地に戻ったとき、皆がどれほど驚きそして喜んだか、容易に想像つくだろう。ひとりは投げ玉（ボーラ）の縄でビクーニャを引き、もうひとりは両脇に一頭ずつビクーニャの仔を抱えてきたのだ。母親がまだ乳を与えているので、二頭の仔を育てるのもそれほど苦労しないはずだ。これから増やしていけば、のちのちは群れになるかもしれない。この小さな植民地にも大いに役立つだろう。もちろんドニファンは、銃で獲物を仕留めるいい機会だったのにと悔しがった。けれども獲物を生け捕りにする場合には、銃より投げ玉（ボーラ）に分があることを認めないわけにはいかなかった。

一行は遅い夕食を楽しくとった。ビクーニャは木につながれたままおとなしく草を食み、そのそばを二頭の仔が跳ね回っていた。

だがその夜は、北砂漠で過ごした前夜ほど穏やかではなかった。このあたりの森には、ジャッカルよりも恐ろしい獣が出没するのだ。ジャッカルなら遠吠えや吠え声でそれとわかる。けれども午前三時頃、まぎれもない猛獣の咆哮があたりに響いた。危険が迫っていた。

火のそばで見張りをしていたドニファンは、手元に銃もあったので、はじめは仲間を起こすまでもないと考えていた。ところが唸り声はますます激しくなり、ゴードンたちも目を覚ました。

「なんだろう?」ウィルコックスがたずねる。

「野獣の群れだな。このあたりをうろついてるんだ」とドニファン。

「たぶんジャガーかピューマだね」ゴードンが応じる。

「どっちも似たようなものだ」

「そうでもないよ、ドニファン。ピューマはジャガーほど危険じゃない。ただ群れになると、とても怖いけどね」

「来るなら来い！」

そう言ってドニファンが銃を構えると、ほかの仲間も拳銃を握りしめる。

「外さないでくれよ！」ゴードンが声をかける。「まあ焚き火があるから、それほど近寄ってこないと思うけど……」

「けっこう近いぞ！」クロスが叫ぶ。

たしかに群れはそばをうろついているに違いない。ファンはいきり立ち、いまにも飛びかかっていきそうな勢いだ。ゴードンがそれを必死に押さえつけている。だが森は深い闇に閉ざされ、なにも見分けることができない。

おそらく野獣は夜になるといつも、この川辺に水を飲みにくるのだろう。その場所を奪われたために怒って、恐ろしい唸りをあげているのだ。このまま近づかないでいてくれるだろうか。撃退せずにやり過ごせるだろうか。もし襲いかかってこられたら、きっと無事ではいられまい。

と、二〇歩も離れていない闇のなかに、動き回るいくつもの光の点が浮かび上がった。ほとんど同時に銃声が轟く。

ドニファンが撃ったのだ。咆哮がさらに大きくなる。少年たちは拳銃を突き出し、野獣が襲いかかってきたらすぐに撃てるよう身構える。

するとバクスターが燃えさかる木切れをつかみ、爛々と光るいくつもの目があらわれたあたりへと力一杯投げつけた。

たちまち野獣の群れは落穴森の奥深くへ姿を消した。一頭はドニファンに撃たれて傷を負ったはずだ。

「追い払ったぞ！」クロスが歓声をあげる。

「気をつけて帰れよ！」サーヴィスも叫ぶ。

「戻ってきたりしないよね？」クロスがたずねる。

「たぶん大丈夫だろう」とゴードンが答える。「でも念のため朝まで見張ってよう」

少年たちは焚き火に薪をくべ、火を赤々と燃やしつづけた。ようやく夜が明けると、野営をたたんで樹林に分け入り、撃たれた野獣が倒れていないか見にいった。

二〇歩ほど離れた地面に大きな血の痕があった。獣は手負いのまま逃げていったのだ。ファンを放てば跡を追って見つけ出すのも難しくないが、ゴードンはこれ以上森の奥に踏み込んでも意味がないと判断した。

あれがジャガーだったのか、ピューマだったのか、それとも同じくらい危険な別の肉食獣だったのか、結局わからずに終わった。いずれにしても、怪我ひとつなく切り抜けられたのがなによりだった。

一行は朝六時に出発した。一刻も無駄にできなかった。なにしろその日のうちにフレンチ・デンまでの一五キロほどを歩かなければならないのだ。

サーヴィスとウェッブがビクーニャの仔を一頭ずつ抱えると、母ビクーニャはバクスターに引かれておとなしくついてきた。

オークランド丘陵沿いの景色は単調だった。左側は森。密生していたりまばらだったりするものの、どこまでもひたすら木立がつづく。右側は切り立った崖。石灰岩のなかに砂利の層が入り込み、縞模様を描いている。崖は南にいくにつれて高さを増していく。

一一時に最初の休憩をとって昼食にした。時間を無駄にしないよう持参の食糧だけですませ、またすぐに歩きはじめた。

一行は順調に進んでいた。この分なら手間取ることもないかと思われた。ところが午後三時頃、一発の銃声が森に響いた。

ドニファン、ウェッブ、クロスの三人はファンを連れて一〇〇歩ほど先を歩いていたため、後ろの仲間たちからはその姿が見えていなかった。すると叫び声が聞こえてきた。

「そっちだ！　そっちへ行ったぞ！」

後ろにいるゴードンたちに注意を促しているようだ。

不意に茂みのなかから大きな動物が飛び出してきた。バクスターは投げ縄（ラゾ）を素早くのばして頭の上で回し、その動物に向かって放つ。

見事な腕前だった。縄の先の輪がその首に巻きつく。動物は激しくもがいているが、輪は外れない。ただものすごい力だ。バクスターが引きずられてしまわないよう、ゴードン、ウィルコックス、サーヴィスの三人で必死に縄の端をつかみ、木の幹に結びつける。

すぐにウェッブとクロスが姿をあらわした。それからドニファン。

「ちくしょう、しくじった！」ドニファンが不機嫌そうに叫ぶ。

「バクスターの方はしくじらなかったけどね」とサーヴィス。「生け捕りにしたんだ、生け捕りにね！」

「だからどうした。いずれ殺すだけなのに」ドニファンが言い返す。

「殺す？」ゴードンはとがめる。「これを殺すっていうのかい？　せっかく荷車の引

縄の端をつかみ、木の幹に結びつける。

き手がきてくれたのに」

「これがかい?」サーヴィスは驚いて声をあげる。

「こいつはグアナコだよ」[1]とゴードン。「南米では大々的にグアナコが飼育されてるんだ」

グアナコがどれほど役に立つ動物だろうが、ドニファンとしては自分の手で仕留められなかったのが悔しかった。しかしそのことは口には出さず、チェアマン島に生息する動物の代表ともいえるグアナコに近づいて、しげしげと眺めた。

博物学上はラクダ科に分類されているが、グアナコは北アフリカのラクダとは少しも似ていない。ほっそりとした首で、頭は小さい。脚はすらりと長く、とても敏捷な動物であることがわかる。毛並みは黄褐色で白い斑点が入っている。アメリカ産ののんな馬と比べても引けを取らないだろう。よく飼い馴らしてから仕込めば、足の速い乗用獣として使えるのは確実だ。アルゼンチンの大草原地帯(パンパス)の大農園でもそのようにしているらしい。

1　ラクダ科の動物で、南米のペルーからアルゼンチンのパタゴニアまで分布する。背中にこぶはなく、四肢は細長い。インカ時代以前から荷運びに用いられていた。

そのうえこの動物はとても臆病で、暴れて逃げようとすることもなかった。バクスターが首に巻きついた輪をゆるめてからは、投げ縄（ラゾ）を手綱代わりにたやすく引くことができた。

今回のファミリー湖北部への探検は、この植民地にとって実に有益なものとなるはずだ。グアナコ、ビクーニャの親仔、お茶の木やトルルカやアルガローバといった植物の発見。これらはゴードンと、そしてなによりもバクスターのお手柄だった。けれどもバクスターはドニファンのような自慢屋ではないので、それを鼻にかけることはなかった。

ともかくゴードンは、投げ玉（ボーラ）と投げ縄（ラゾ）が実際に役立つことがわかり、とても喜んでいた。たしかにドニファンは銃の名手で、いざというときには頼りになる。しかしそのたびに、どうしても火薬や散弾を消費してしまう。そこでゴードンは仲間たちに、インディオが使いこなしているこういった狩猟道具を活用するよう勧めるつもりでいたのだ。

地図によると、フレンチ・デンまではまだ六キロ以上も歩かなければならない。一行は日没までに到着できるよう道を急いだ。

もちろんサーヴィスにはグアナコに乗り、「堂々たる駿馬」にまたがって帰還、と洒落（しゃれ）こみたい気持ちがないわけではなかった。けれどもゴードンがそれを止めた。まずはきちんと仕込んで、おとなしく背中に人を乗せられるようにするのが先決だ。「それほど手こずらないとは思うけど」とゴードンは言った。「それでももし人が乗るのをどうしても嫌がるようなら、せめて荷車を引くようにはしないとね。だから我慢するんだ、サーヴィス。ダチョウの一件で懲りただろ」

六時頃、一行はフレンチ・デンが見えるところまで戻ってきた。スポーツ広場で遊んでいたコスターが、帰還を知らせた。ブリアンたちは急いで駆けつけ、口々に歓声をあげながら、大喜びで探検隊を迎えた。じつに三日ぶりの再会だった。

16

ブリアンの心配――飼育場と家禽小屋の建造――カエデ糖――キツネの駆除――スルーギ湾への新たな遠征――グアナコの荷車――アザラシ狩り――降誕祭――ブリアンへの歓呼

リーダーの自分が不在でもフレンチ・デンでは万事うまくいっていたことを知り、ゴードンはブリアンに留守を任せてよかったと思った。幼い子どもたちはブリアンにとてもよくなついていた。もしドニファンが高慢で妬み深い性格でなかったら、やはりブリアンの長所を正当に評価したはずである。しかし、そうはならなかった。ウィルコックス、ウェッブ、クロスはドニファン側についているので、ドニファンがブリアンと対立するようなことがあると、すぐにその肩を持つ。ブリアンはフランス人で、態度も性格もアングロ・サクソン系の仲間とはだいぶ違っていたからだ。

もっともブリアンの方はそれを気にしていなかった。人からどう思われるかなど考えず、自分がすべきことをやるだけだ。ブリアンにとっての一番の気がかりは、弟の様子がどうにも不可解なことだった。

つい最近も、ブリアンはジャックにいろいろとたずねてみた。しかし返ってきたのは、いつもと同じ答えだった。

「ううん、兄さん、なんでもない。……なんでもないよ」

「話したくないのかい、ジャック？」とブリアンは言った。「それは違うよ。話してしまえばすっきりするんだから、お前だけじゃなく、ぼくだってね。近頃のお前ときたら、ますます落ち込んで、暗くなってる。なあ、水くさいじゃないか。なにに悩んでるのか、話してごらん。どうしてそんなに自分を責めてるんだい？」

「兄さん……」ジャックは、人には言えない後悔を抑えきれないように、やっと口を開いた。「ぼく、なんてことしちゃったんだろう……。兄さんは……、兄さんは許してくれるかもしれない……。でもみんなは……」

「みんな？　みんなってなんだい？」ブリアンは声を荒らげた。「なにが言いたいんだ、ジャック？」

ジャックの目から涙があふれた。だがブリアンがいくらたずねても、それ以上のことはもう話そうとしなかった。

「いつかわかるよ、兄さん……。いつか……」

弟の返事を聞いて、どれほどブリアンが不安に駆られたことか。ジャックはなにか取り返しのつかないことをしてしまったのだろうか？　それをどうしても知りたかった。そこで、ゴードンが戻ってくるとすぐにこの曖昧な告白のことを打ち明け、意見を求めた。

「たしかに心配だろうけど」ゴードンはよく考えてから答えた。「いまはこちらからなにを言ってもどうにもならないよ。ジャックがなにをしたのかわからないけど、ちょっとした間違いを大げさに考えてるだけじゃないかな。自分から話してくれるまで待とうよ」

探検隊が戻ってきた翌日の一一月九日から、少年たちはまた仕事に取りかかった。やるべきことは山積みだ。まず、モコの頼みをなんとかしなければならない。食糧の蓄えが心許なくなっているのだ。フレンチ・デン付近に仕掛けた輪差に小さな獲物は何回かかかったが、それでは大きな獲物は捕らえられない。そこで、散弾も火薬も使わずにビクーニャやペッカリーやグアナコを捕獲できるような頑丈な罠を作る必要があった。

年長組は一一月いっぱい、その作業にあたった。一一月というのは北半球でいえば初夏の五月ということになる。

連れ帰ったグアナコと親仔のビクーニャは、さしあたりフレンチ・デンのすぐそばの木立に繋がれた。綱が長いので、ある程度は自由に動き回ることができる。昼が長い季節はこれで充分だろうが、冬になる前にはもっときちんとした住処を用意してやらなければならない。そこでゴードンは、高い柵で囲った小屋と飼育場を作ることにした。場所はオークランド丘陵の湖側、広間（ホール）の出入口の少し先がいいだろう。

さっそく仕事が開始され、バクスターの指揮のもとに本格的な作業場が設けられた。のこぎり、鉈（なた）、手斧、スクーナー船にあった木工道具をなかなか器用に扱いながら、少年たちが熱心に立ち働く姿を見るのは楽しいものである。ときには失敗もあったが、気落ちするようなことはなかった。手頃な太さの木を根元から切り倒し、枝を払って杭にする。一二頭ほどの動物がゆったりと暮らせる広さを囲うには、数多くの杭が必要なのだ。その杭を地面にしっかりと打ち込んでから、横木を渡してしっかり結びつける。こうすれば、獲物を狙う野獣も柵を倒したり乗り越えたりできないはずだ。小屋については、スルーギ号の外板を流用することにした。木を挽いて板にするのは、いまの少年たちにはとてもできそうにない作業だったからだ。小屋の屋根は厚い防水

本格的な作業場が設けられた。

布で覆う。これで嵐も心配ない。あとは寝藁をふんだんに敷きこまめに替えてやったり、草や苔や葉といった新鮮な餌をたっぷり用意してやったりすれば、家畜は元気に暮らせるだろう。この飼育場の管理はサーヴィスとガーネットに任された。世話は大変だったが、グアナコとビクーニャが日に日になついてくるのを見ると、その苦労も報われた。

　飼育場はまもなく、新しい住人を迎え入れることになった。まずは森の落し穴にかかった二頭目のグアナコ。その次にはビクーニャのつがい。このつがいは、バクスターがウィルコックスと協力して捕まえたものだ。ウィルコックスも投げ玉（ボーラ）をかなり上手に扱えるようになっていたのだ。また、ファンが追い詰めたナンドゥ一匹も仲間入りした。しかし最初のナンドゥと同じ羽目になるのはわかりきっていた。サーヴィスは飼い馴らしてみせると相変わらず意気込んでいたが、いくら頑張ってもどうにもならなかった。

　言うまでもないことだが、小屋の完成を待つあいだは、日が落ちるとグアナコとビクーニャを貯蔵室（ストア・ルーム）に入れていた。夜にはジャッカルの吠え声、キツネの鳴き声、野獣の唸り声がフレンチ・デンのすぐそばまで迫ってくるので、用心して外に出しておかないようにしたのだ。

サーヴィスは飼い馴らしてみせると意気込んでいた。

ガーネットとサーヴィスが飼育に専念しているあいだ、ウィルコックスたちは次々と罠や輪差を仕掛けては、毎日見回っていた。年少組のふたり、アイヴァーソンとジェンキンズにも仕事が与えられた。ノガン、雌のキジ、ホロホロチョウ、シギダチョウといった家禽類のための鳥小屋がゴードンの指示で飼育場の片隅に置かれたが、その世話を任されることになったのだ。ふたりの働きぶりは実に熱心なものだった。

こうしてモコはビクーニャの乳に加えて、鳥の卵も料理に使えるようになった。モコとしてはデザートにも存分に腕を振るいたいところだったが、砂糖を節約するようゴードンに言い含められていたので、甘い特別料理が食卓をにぎわすのは日曜日やなにかの祝日に限られた。そのような日には、ドールとコスターは嬉々としてお菓子を頬張るのだった。

だが、砂糖は作れないにしても、代わりになるようなものを見つけられないだろうか。サーヴィスは例の二冊のロビンソン物語を手に、ぜひとも探してみようと言い張った。そこでゴードンが探し回った結果、ようやく落穴森の繁みに一群の木を発見した。あと三ヶ月もして秋が訪れると、この上なく美しい真紅の葉をまとうはずの木だった。

「カエデだ」とゴードンは言った。「これは砂糖の木だよ」

「お砂糖でできてるの?」そう言ったのはコスターだ。

「違うよ、食いしん坊だなあ」ゴードンが答える。「この木から砂糖が採れるんだよ。舐めても甘くないからね」

フレンチ・デン到着以来、一、二を争う大発見だった。ゴードンは幹に切り込みを入れると、滲み出す濃い液体を集めた。この樹液を固めると、甘い物質が手に入るのだ。糖度ではサトウキビやサトウダイコンの汁には及ばないものの、調理用としてはやはり貴重だった。いずれにせよ、春にカバの木から採れるこの手のものよりはずっとましだ。

砂糖の次は酒だ。モコはゴードンの指導のもと、トルルカとアルガローバの実を発酵させてみた。桶に入れた実を重い杵で潰して寝かせておくと、やがてアルコール分を含んだ液体ができる。温かい飲み物に甘味をつけるくらいなら、カエデ糖でなくこの液体で充分だろう。お茶の木から摘んだ葉は、香り高い中国茶とほとんど変わらなかった。そこで少年たちは、森に出かけるときは必ずその葉をたっぷり摘んで帰ることにした。

要するにチェアマン島では、余分なものはないけれど、少なくとも生活に必要なものは手に入れることができた。ただ、新鮮な野菜がないのは残念だった。缶詰の野菜で我慢するほかない。しかしそれも一〇〇個ほどしかないため、ゴードンはできるだけ手を付けないようにしていた。崖のふもとにはフランソワ・ボードワンの畑が荒れ果てたまま残されていた。そこでブリアンは、野生に返ってしまったそのヤマイモをもう一度育ててみようと頑張ってみたのだが、どうしてもうまくいかなかった。ただし前にも述べたように、幸い野生のセロリがファミリー湖の岸辺に豊富に生えていた。これはいくらでも採取できるので、新鮮な野菜の代わりとしてかなり役に立った。

冬のあいだ川の左岸に張っていたかすみ網は、春になると狩猟用の網として使われた。その網では、小型のヤマウズラや海の向こうから渡ってきたコクガンなど、さまざまな鳥を捕らえることができた。

ドニファンは、ジーランド川の先に広がる南沼一帯を探検したがっていた。しかしそこは増水期になると湖水と海水で水浸しになってしまう。足を踏み入れるのはあまりに危険だろう。

ウィルコックスとウェッブは、野兎ほどの大きさのアグーチを何匹も捕まえた。その肉は白っぽく、少しぱさついていて、ウサギの肉とブタの肉の中間といったところだった。アグーチはすばしこく、さすがのファンでも追い詰めるのは難しい。けれども巣穴にひそんでいるときに軽く口笛を吹くと出てくるので、簡単に捕まえることができるのだ。ふたりはほかにもスカンク、グリソン、ゾリラなども何度か捕らえた。ゾリラはテンに似ていて、白い縞の入った黒く美しい毛並みをしているが、お尻から強烈な悪臭を放つ。

「こいつ、どうしてこんな臭いの我慢できるんだろう?」ある日アイヴァーソンがたずねた。

「なあに、慣れの問題さ!」とサーヴィスが答えた。

川では小さな淡水魚が獲れたが、ファミリー湖にはもっと大きな魚が生息していた。いろいろな魚がいたが、なかでもよく獲れたのが立派なマスだ。マスの身は、火を通した後でも、ほのかな塩味が残っている。また、その気になればいつでもスルーギ湾まで足を延ばして、海草やヒバマタのなかに隠れているメルルーサを釣ることができた。サケがジーランド川を遡る時期になれば、モコはそれを大量に仕入れて塩漬けにしてくれるだろう。これが冬のあいだのご馳走になるのだ。

ゴードンに頼まれてバクスターが弓作りに取り組んでいたのもその頃のことだ。完成したのは、トネリコのよくしなる枝で作った弓に、アシの先端に釘を取りつけた矢だった。ドニファンに次いで狩りが得意なウィルコックスとクロスは、この弓矢でときどき小さな獲物を仕留めることができた。

ゴードンは弾薬の使用にはいつも厳しく目を光らせていた。しかし節約一辺倒ではいられない事態が訪れた。

ある日、一二月七日のことだが、ドニファンはゴードンを呼んで言ったのだ。

「ジャッカルやキツネに好き勝手やられてるんだ。夜になると群れでうろついて、輪差を壊しやがる。獲物も盗られ放題だ。このへんできっちり片をつけないと」

「罠を仕掛けられないか？」そう応じながらもゴードンは、相手が話をどこへ持っていこうとしているのかわかっていた。

「罠だって？」ドニファンは相変わらず、そのようなつまらない狩猟道具を軽蔑していた。「ジャッカル相手なら罠でもいいだろう。あいつらは馬鹿だから、何回かはかかってくれるさ。だがキツネはそうはいかない。やつらは抜け目ないんだ。ウィルコックスがどんなに念入りに仕掛けても、用心して近づきもしない。そのうち飼育場が荒らされて、鳥小屋の鳥は一羽残らずやられてしまうぞ」

「そういうことなら仕方ない。弾薬を何ダースか使うのを許可するよ。ただし、ぜったいに無駄に撃たないでくれよ」

「よし、任せてくれ！　今夜、やつらを待ち伏せして、徹底的に殺しまくってやる。怖じ気づいてしばらく姿を見せなくなるようにな」

キツネの駆除は急を要した。この地域のキツネ、特に南米大陸のキツネは、ヨーロッパのものとは比べものにならないほどずる賢く、南アメリカの大農場などでは被害が絶えないという。馬や家畜を牧場につないでいても、その革紐を嚙み切ってしまうほどの知恵を持ち合わせているのだ。

夜になった。ドニファン、ブリアン、ウィルコックス、バクスター、ウェッブ、クロス、サーヴィスの七人は「カヴァート」のはずれに向かった。カヴァートというのは、イギリスで茂みや藪が点々とする広い土地を指す言葉である。七人が待ち伏せるのは落穴森の近く、湖の方のカヴァートだった。

ファンは連れてこなかった。犬がいるとキツネが警戒してしまい、かえって妨げになる。それに、キツネの跡を探そうとしても無駄だ。やつらは走って体温が上がっても匂いを残さないし、たとえ残してもごくかすかなので、どんなに鼻が利く犬でも嗅ぎ分けられないのだ。

一一時頃、ドニファンたちは野生のヒースの茂みのあいだに身をひそめた。

夜はどこまでも暗い。あたりは静まりかえり、風のそよぎひとつない。これならキツネが枯れ草を踏むかすかな足音も聞こえるだろう。

真夜中を少し過ぎた頃、ドニファンが注意を促した。キツネの群れが近づいてくる。カヴァートを横切り、湖の水を飲みに行こうというのだ。

少年たちはじりじりじりしながら、キツネが二〇匹ほどになるのを待った。なかなか集まってこない。不穏な気配を感じ取ったのか、キツネは用心深い足取りで歩いている。と、ドニファンが合図した。銃が一斉に火を吹く。命中だ。五、六匹が地面に倒れる。残りは怯えて右へ左へと跳ね回るが、その大部分は銃火の餌食となった。

夜が明けてみると、一〇匹ばかりのキツネが草のあいだに転がっていた。こうしたキツネ狩りを三晩つづけたおかげで、飼育場の家畜を狙う危険な来訪者はいなくなった。そのうえ、銀灰色の美しい毛皮も五〇枚ほど手に入った。毛皮は敷物や衣服となってフレンチ・デンの暮らしをさらに快適にしてくれた。

一二月一五日には、スルーギ湾への大がかりな遠征がおこなわれた。天気も申し分ないので、ゴードンは全員を参加させることに決めた。年少組は大喜びだった。

朝早く出発すれば、日没までには戻れるはずだ。万が一遅れるようなことがあっても、木立の下で野営すればいいだけのことだ。

探検の最大の目的は、この時期に難破海岸にやってくるアザラシを狩ることだ。冬のあいだにだいぶ使ってしまったため、明かりが尽きかけているのだ。ボードワンが

少年たちはキツネが集まるのを待った。

作ったろうそくは、あと二、三ダースしか残っていない。スルーギ号の樽に入っている油も、広間(ホール)のランプを灯すのに使われてほとんどなくなっている。ゴードンは先を見越して、それを真剣に心配していた。

もちろんモコは、動物から取れる油脂をかなり蓄えてきた。反芻類であれ、齧歯類であれ、鳥類であれ、獲物には事欠かないのだから。しかし毎日使えば、たちまちなくなってしまうのはあまりに明白だ。では、油脂の代わりとして自然のなかにあるものをそのまま、あるいは少し手を加えるだけで使えないだろうか？　植物油は難しいにしても、動物油ならいくらでも手に入れられるのではないだろうか？

もちろん可能である。アザラシやオットセイを倒せばいい。夏のあいだスルーギ湾の暗礁で跳ね回っているではないか。ただ、それには急ぐ必要がある。これらの海棲哺乳類はまもなく、南極海をさらに南へ移動してしまうからだ。

このような理由で、今回の遠征はとても重要なものだった。満足のいく成果をあげられるよう、入念な準備がなされた。

サーヴィスとガーネットがしばらく前から仕込んでいた甲斐があり、二頭のグアナコはおとなしく荷を引けるようになっていた。バクスターは、厚い帆布を巻いて細長い筒状にし、そこに草を詰めて丈夫な引き具を作った。まだ背中に乗ることはできないが、これがあれば荷車につなぐことはできる。自分たちで荷車を引くよりずっと楽だ。

遠征の日、荷車には弾薬や食糧のほかに、さまざまな道具が積み込まれた。大きな鍋や六本の空樽などだ。戻ってくるときには、この空樽がアザラシの油でいっぱいになっているだろう。やはりアザラシの解体はその場でやった方がいい。フレンチ・デンまで運んでから作業をすると、ひどい悪臭が残ってしまう。

一行は日の出とともに出発した。最初の二時間は苦もなく歩くことができた。ただ、荷車の進みはそれほど速くはなかった。ジーランド川右岸は地面がでこぼこしていて、グアナコに引かせるには向いていなかったからだ。道が歩きにくくなってきたのは、泥沼森の沼地を迂回して、木立のなかを通り抜けるあたりからだ。幼いドールとコスターは遅れがちになった。ゴードンはブリアンの頼みを聞き入れ、ふたりを荷車に乗せて休ませることにした。

八時頃、沼地ぎりぎりのところを苦労して進んでいると、少し前を歩いていたクロスとウェッブの叫び声が聞こえた。すぐさまドニファンを先頭に何人かが駆けつけた。一〇〇歩ほど離れた泥のなかに巨大な動物が寝そべっている。ドニファンにはその正体がすぐわかった。カバだ。カバはそのバラ色の巨体をすぐに深い泥の底に沈めたので、幸いにも撃たれずにすんだ。そもそもカバなど撃ったところで意味はない。弾を無駄にするだけだ。

「あの大きい動物、なんだったの？」ドールがたずねた。ちらっと見ただけで怖くなったのだ。

「あれはカバだよ」ゴードンが答えた。

「カバ？　変な名前！」

「河の馬っていう意味だよ」とブリアンが言った。

「でも、ぜんぜん馬に似てないよ」とコスター。

「ちっとも似てない！」サーヴィスは声を張り上げた。「むしろ〈河のブタ〉って感じだね！」

まさに言い得て妙だった。幼い子どもたちは面白がって笑い転げた。

スルーギ湾の砂浜にたどり着いたのは、一〇時を少し過ぎた頃だった。一行は川のそばで休むことにした。以前スルーギ号を解体したときにテントを張った場所だ。

一〇〇頭ほどのアザラシが岩のあいだを跳ね回ったり、じっと日光浴をしたりしていた。岩礁帯の手前に広がる砂浜で遊ぶアザラシもいる。

このアザラシたちは、人間というものにあまり馴染みがないのだろう。もしかすると一度も見たことがないのかもしれない。なにしろあのフランス人漂着者が死んでから、すでに二〇年以上も経っているのだ。そのためだろうか、北極海や南極海周辺で人間に捕獲されるアザラシならば、ふつうは用心のために群れのなかの最年長が見張りをしているのだが、ここにいるアザラシにはそのような様子はまったくない。けれども、早まらないよう気をつける必要がある。不用意に怖がらせたりしたら、あっという間にいなくなってしまう。

スルーギ湾に到着した少年たちはまず、アメリカ岬から偽海岬にかけて広々と延びる水平線に目を向けた。

海は茫洋としてなにひとつ見えない。やはりこのあたりの海域は航路から外れているらしいと、あらためて認めるしかなかった。

それでも、この島が見える沖合をどこかの船が通りかかることがあるかもしれない。その場合に備えて、見張所をオークランド丘陵の頂か偽海岬の上に置いて、可能ならスルーギ号の大砲も一門運び上げたらどうだろう。その方が、マストに旗を掲げてただ気づいてもらうのを待つだけ、という現在のやり方よりもいいはずだ。しかしそうなると、誰かが昼も夜もその見張所に詰めていなければならなくなる。フレンチ・デンからあまりに遠すぎる。やはりこの方法は実現できそうにない、とゴードンは判断した。故郷に戻ることを第一に考えているブリアンでさえ、これには同意するしかなかった。それにしても残念なのは、フレンチ・デンがオークランド丘陵の向こう側に位置していて、スルーギ湾を見渡すことができないことだった。

一行は大急ぎで昼食をすませた。真昼の日差しに誘われて、アザラシの群れが日光浴をしに砂浜にあがってきていた。ゴードン、ブリアン、ドニファン、クロス、バクスター、ウェッブ、ウィルコックス、ガーネット、サーヴィスの年長組九人は、狩りの準備をした。年少組のアイヴァーソン、ジェンキンズ、ジャック、ドール、コスターは、監督役のモコと残ることになった。ファンも一緒に残る。アザラシの群れのなかに飛び込んでいかないようにするためだ。狩りに行かない者たちには、グアナコの番を任せた。二頭のグアナコは、森の手前でのんびりと草を食べはじめたところだ。植民地にあるすべての銃と拳銃が、充分な量の弾薬とともに運ばれていた。今度ばかりはゴードンも出し惜しみをしなかった。なにしろみんなの生活にかかわることなのだ。

まず考えるべきは、海へ逃げられないようアザラシの退路を断つことだ。指揮を任されたドニファンは、土手に身を隠しながら川沿いを進み、河口まで行くように指示した。そこまでたどり着けば、あとは岩礁を伝って砂浜を取り囲むだけだ。

作戦はきわめて慎重に実行された。ほどなくして少年たちは、互いに三〇歩から四〇歩の間隔を置いて、砂浜と海のあいだに半円形を描くようにして並んだ。と、ドニファンが合図した。みんな一斉に立ち上がる。すべての銃口が同時に火を吹く。弾は狙いを誤ることなく獲物をとらえる。

撃たれなかったアザラシはひれと尾をばたつかせて起き上がると、突然の銃声に怯え惑い、大きな体を波打たせて岩礁の方へ逃げていく。

それを少年たちが拳銃を撃ちながら追いかける。ドニファンは狩猟の才能を十二分に発揮し、めざましい活躍ぶりだ。仲間たちもそれに倣って力を尽くす。

この一方的な虐殺はほんの数分で終わった。たちまち岩礁の縁まで追い詰められたアザラシは、次々と海に飛び込んで姿を消した。砂浜には死んだり傷ついたりしたアザラシが二〇頭ほど残された。

大成功だった。少年たちは待っている仲間のもとに戻ると、木立の下を整えた。あと一日半はそこで過ごすことになるからだ。

午後には、胸が悪くなる嫌な仕事が待っていた。リーダーのゴードンも自ら進んで加わった。ぞっとするとはいえ、どうしても必要なことなので、誰もが意を決して仕事にはげんだ。まずは、岩礁に横たわるアザラシの死骸を砂の上に引き上げなければ

作戦はきわめて慎重に実行された。

ならない。どれも中程度の大きさだったが、かなり骨の折れる作業だ。そのあいだにモコは大きな石をふたつ並べてかまどをつくり、大鍋を据えた。大鍋には引き潮のときに川から汲んだ真水がなみなみと張ってある。そこに、二、三キロの塊に切り分けたアザラシの肉を放り込んだ。やがて沸騰すると、透明な油が表面に浮いてくる。それを次々と樽に移していった。

あたりには耐えがたい悪臭が立ちこめた。誰もが鼻をつまんでいた。しかし耳はふさいでいないので、この不快きわまりない作業を種に言い合う軽口を聞いてまぎらわすことができた。気難しい「ドニファン卿」でさえも嫌がらずに働いていた。この作業は翌日もつづいた。

こうして二日目が終わる頃には数百ガロンの油がとれた。これだけあれば充分だろう。フレンチ・デンの明かりは、次の冬のあいだも不足することはあるまい。それに、あれ以来アザラシは岩礁にも砂浜にも姿を見せなくなっていた。おそらく恐怖が薄れるまでは、スルーギ湾沿岸にはやってこないだろう。

翌朝、夜が明けるとすぐに野営を片づけた。誰もが満足だった。すでに晩のうちに、荷車には樽やさまざまな道具類が積み込まれていた。来たときよりもはるかに重くなっているから、グアナコはそれほど速くは引けないだろう。それにファミリー湖までの道はほぼ上り坂だ。

出発の頃には、空はおびただしい猛禽類で埋めつくされ、騒がしい鳴き声があたり一帯に響いていた。島の内陸から飛来したチュウヒやハヤブサが、アザラシの死骸に群がる。跡形もなく食らい尽くされるのも時間の問題だろう。

一行はオークランド丘陵の頂にひるがえるイギリス国旗に別れの敬礼をし、最後にもう一度太平洋の彼方を一瞥してから、ジーランド川の右岸を歩きはじめた。

帰路はなにも起きなかった。道は歩きにくかったが、グアナコはしっかりと役目を果たしてくれた。進むのが難しいところでは年長組がグアナコを助けたりしながら、夕方六時前にはフレンチ・デンに帰り着いた。

翌日からは、ふたたびいつもの仕事に明け暮れた。アザラシの油でランプを試してみると、それほど明るいというほどでもなかったが、広間（ホール）と貯蔵室（ストア・ルーム）を照らすには充分だった。これでもう、長い冬を暗闇に閉ざされて過ごす心配はしなくてすみそうだ。

そのうちにクリスマスが近づいてきた。イギリスやアメリカの家庭では、降誕祭を楽しく祝うのだ。ゴードンはこの日を盛大に祝いたいと考えていたが、それには理由があった。クリスマスを祝うのは、遠く離れた故郷を偲ぶようなものだった。別れた家族に変わらぬ思いを伝えるようなものだった。もし自分たちの声が届くとしたら、ここにいる誰もがこう叫んだことだろう。「ぼくらはここにいるよ。みんな元気に生きてるよ。また会えるからね。神さまがいつかぼくらを帰してくれるから」。そう、少年たちはまだ希望を抱きつづけていた。故郷にいる両親たちがすでに失ってしまった希望――いつの日か必ず再会できるという希望を。

ゴードンは仲間に、一二月二五日と二六日は休日にする、と告げた。その二日間は仕事をしなくていい。チェアマン島での最初のクリスマスは、ヨーロッパのいくつかの国でそうしているように、一年のはじまりとして祝うことにしよう。

この提案がいかに歓迎されたか、容易に想像つくだろう。当然、一二月二五日には豪華な饗宴を開くことになり、モコがすばらしいご馳走をふるまうと約束した。それからというもの、サーヴィスとモコがこの件についての密談を重ねる一方で、ドールとコスターは早くもご馳走のことで頭がいっぱいになり、ふたりのひそひそ話をなんとかして盗み聞きしようとしていた。調理場には豪華料理のための食材がふんだんに取りそろえられた。

待ちに待った日がやってきた。バクスターとウィルコックスが広間（ホール）の扉の上にスルーギ号の信号旗や三角旗や国旗をきれいに飾りつけ、フレンチ・デンはお祝い気分に包まれていた。

朝、一発の砲声が轟き、オークランド丘陵に楽しげにこだました。二門ある大砲の一門、広間（ホール）の窓を砲眼として据え付けたものを、ドニファンがクリスマスを祝して撃ったのだ。

年少組はさっそく年長組のところへ行って新年の挨拶をした。年長組も父親のようなやさしさでそれに応えた。チェアマン島のリーダーにあてた祝辞も披露され、大役を任されたコスターがなかなか立派にやってのけた。

この日のために誰もが盛装していた。晴れ渡った空のもと、午前も午後も湖のほとりを散策し、スポーツ広場でみんな一緒にいろいろな遊びに興じた。スルーギ号には、イギリスで遊びよく使われる道具が揃っていた。さまざまな種類の球やボール、クラブ、ラケットなどだ。これらを使ってするのが、ゴム製の球を遠くの穴に入れる「ゴルフ」や、革のボールを足で蹴る「フットボール」、曲がりやすい楕円形の球をうまく転がして目標を狙う「ボウルズ」、そして壁に当ててはね返った球を打つ「ファイブズ」だ。

充実した一日だった。特に年少組はすっかり夢中になって楽しんでいた。すべてがうまくいき、言い争いも喧嘩も起きなかった。ただ、ブリアンが年少組のドール、コスター、アイヴァーソン、ジェンキンズを相手に遊んでいても、ジャックだけは加わろうとしなかった。また、ドニファンとその取り巻きのウェッブ、クロス、ウィルコックスは、ゴードンがいくら注意しても、まわりから離れ四人だけで固まっていた。それでも砲声がふたたび轟き晩餐が知らされると、少年たちは大喜びで貯蔵室（ストア・ルーム）に馳せ参じ、祝宴の席についた。

大テーブルには純白のテーブルクロス。中央では、大きな鉢に植えられたクリスマスツリーが、草花に囲まれている。枝に吊されているのは、イギリス、アメリカ、フランスの色鮮やかな小国旗だ。

その晩の料理では、モコは一世一代の見事な腕を振るった。自分と助手のサーヴィスにみんなから惜しみない賛辞が贈られると、とても得意げな顔をした。アグーチの蒸し煮、シギダチョウのサルミ[1]、野兎の香草詰めロースト、美しいキジのように翼を広げくちばしを上に向けたノガン、野菜の缶詰三個。そしてきわめつきはプディング[2]だ。このプディングというのが、しきたり通りのコリント産レーズンだけでなくアルガローバの実も加えてピラミッド形に作り、一週間以上もブランデーに漬け込んだ逸品なのだ。さらにデザートには、ボルドー産赤ワイン、シェリー酒、リキュール、紅茶、コーヒーもついていた。チェアマン島でのクリスマスを祝うのにどれほどすばらしいご馳走が並んだか、これで納得してもらえるだろう。

食事の最後には、ブリアンが心を込めてゴードンのために乾杯した。ゴードンもまた、植民地のみんなの健康と、遠く離れた家族のために乾杯した。

そのあとで、とても心を打つ一幕があった。コスターが立ち上がり、年少組の代表としてブリアンに、いつも自分たちのためによく尽くしてくれたことへの感謝を述べたのだ。

ブリアンは深い感動を抑えられなかった。つづいてブリアンを讃えて歓呼の声があがった。しかしその歓声も、ドニファンの心に響くことはなかった。

1　ローストした肉をソースで煮込んだ料理。

2　「プディング」はイギリスの家庭料理のなかで、米・小麦粉・肉などに牛乳・卵・果物や調味料を加えて煮たり蒸したりして固めた軟らかい食品の総称であるが、ここでは特にクリスマスの伝統的菓子であるクリスマス・プディングのことを指す。ドライフルーツをふんだんに使った蒸し菓子のようなもの。

モコは見事な腕を振るった。

17

次の冬の準備――ブリアンの提案――ブリアン、ジャック、モコの出発――ファミリー湖の横断――東川――河口の小港――東の海――ジャックとブリアン――フレンチ・デンへの帰還

クリスマスの一週間後には一八六一年がはじまった。ここ南半球では、夏の盛りに新年を迎えるのだ。

スルーギ号の少年たちがニュージーランドから七〇〇〇キロも離れたこの島に漂着して、すでに一〇ヶ月近く経っていた。

この一〇ヶ月のあいだに、少年たちの境遇は少しずつ改善されてきた。生活に必要な物資については、これからも困らなくてすみそうだ。しかし、未知の土地に見捨てられたままであることに変わりはない。島の外からの救いが唯一の希望ではあるが、

はたしてそれはやってくるのだろうか。夏が終わるまでに救いの手は差し伸べられるのだろうか。それとも苛酷な南極地方の冬をまた耐え忍ばなければならないのだろうか。たしかに、これまで病人はひとりも出ていなかった。年少組も年長組も元気に過ごしてきた。みんなが病気にかからないようゴードンがきっちり監督していたおかげで――ときには厳しすぎると文句を言われることもあったが――不養生も不節制もなくここまでやってきたのだ。しかし、家族の愛情というものも、この年齢の子どもたち、特に幼い子どもたちには欠かせない。それについても考えるべきではないのか。結局のところ、現在はそれなりにうまくいっているとしても、未来は依然として不安に満ちたままだ。だからこそブリアンは、なんとかしてこの島を脱出したい、という思いが片時も頭から離れないのだ。だが、たった一隻の頼りないボートだけで航海に出るのは、あまりに無謀というものだろう。この島が太平洋にぽつんと浮かぶ孤島で、もっとも近い陸地でも何百キロも彼方にあるとしたら、航海がどれほど長くなるかわからないのだから。たとえ勇敢な二、三人が陸地を探して東の海域に乗り出すことを引き受けたとしても、たどり着く可能性は限りなく低い。では大きな船を建造して、太平洋を横断するのはどうだろうか？　いや、まず無理だ。到底自分たちの手に負えるわけがない。ブリアンには、どうすれば全員が救われるのか、まったく思いつかなかった。

となると、待つしかない。ひたすら待ちつつ、フレンチ・デンでの暮らしをより快適にするために働く。いまできるのはそれだけだ。そして、この夏は冬に備える仕事で手一杯なので難しいかもしれないが、少なくとも来年の夏には島全体の探索を終えることにしよう。

誰もが覚悟を決めて仕事に取り組んだ。この地の冬がいかに厳しいかは、すでに骨身に染みていた。何週間も、いや、何ヶ月も広間（ホール）に閉じ込められてしまうのだ。なによりも恐ろしいのは寒さと飢えだ。それに対して万全の備えをしておく必要がある。

寒さを防ぐというのは、燃料の問題にほかならない。ゴードンは短い秋のあいだに、ストーブを昼も夜も燃やしつづけられるだけの薪を蓄えておくつもりだった。それに、飼育場や鳥小屋にいる家畜のことも考えなければ。貯蔵室（ストア・ルーム）に入れるのはあまりに窮屈すぎるし、衛生の点からいっても好ましくない。だとすると、飼育場の小屋を住みやすくしてやるしかないだろう。気温が下がっても大丈夫なよう暖炉で暖め、なかの空気をつねに一定以上の温度に保てるようにするのだ。年明け最初の一ヶ月は、バクスター、ブリアン、サーヴィス、モコがその仕事に専念した。

寒さ対策に劣らず重要なのが、冬のあいだの食糧だ。この問題の解決にはドニファンたち狩猟組があたり、仕掛けた落し穴や罠や輪差を毎日見て回った。日々の食卓にのぼらなかった獲物は、モコが丁寧に塩漬けや燻製にして保存していた。冬がどれほど長く厳しくても、これで食糧も安心だろう。

とはいうものの、この夏のあいだにどうしてもやっておかなければならない探検があった。それは、チェアマン島の未知の地域全体ではなく、ファミリー湖の東に広がる一帯だけを調べる探検だった。そこに待っているのは森だろうか、沼地だろうか、それとも砂丘だろうか。なにか使えそうな資源があるだろうか。

ある日ブリアンはこの件についてゴードンと話した。ブリアンにとっては、この探検にはまた別の目的もあった。

「ボードワンの地図がかなり正確だってことは確かめられたけど、島の東側の太平洋も調べた方がいいんじゃないかな。あの人とは違って、ぼくたちにはいい望遠鏡があるだろ。もしかしたらボードワンには見えなかった陸地も見つけられるかもしれない。地図ではチェアマン島がぽつんと浮かぶ孤島みたいに描かれているけれど、そうじゃない可能性だって捨てきれないよ」

「きみはいつも同じことを考えているんだな」ゴードンが言った。「すぐにでもここから脱出したいんだね」

「もちろんさ。きみだって同じだろ？　できるだけ早く故郷へ帰れるよう、あらゆる手をつくすべきなんじゃないかな」

「わかった。きみがそこまで言うのなら、探検隊を出すことにしよう」

「全員で行くのかい？」ブリアンがたずねた。

「いや、六、七人でいいんじゃないかな」

「それでも多すぎるよ。人数が多いと湖の北か南をぐるっと回っていくしかない。それだと疲れるし、時間もかかると思わないか？」

「じゃあ、どうするつもりだい？」

「ボートで湖を横断するんだ。フレンチ・デンから対岸へ渡るのさ。そのためには二、三人でいくしかないけど」

「で、誰がボートを操るんだい？」

「モコだよ」とブリアンは答えた。「モコは船の操縦ができる。ぼくも少しはできる。追い風なら帆を張ればいいし、向かい風ならオールで漕げばいい。そうやって、まずは湖の東から流れ出してる川を目指す。八、九キロってところだから簡単にいけるはずだよ。地図によれば、川は東の森を横切っているから、あとはその流れに乗って河口まで下るだけさ」

「なるほど、いい考えだね。でも誰がモコと一緒に行く？」

「ぼくが行く。湖の北の探検には参加しなかったからね。今度はぼくがみんなのためになにかしないと。それに……」

「なにかしないと、だって？」ゴードンは大声で言った。「おいおい、いままで何度みんなを助けてくれたと思ってるんだい。誰よりも尽くしてくれてるじゃないか。みんなきみに感謝してるんだよ」

「よしてくれ、ゴードン。それぞれやるべきことをやってきたってことだよ。……じゃあ、ぼくでいいね？」

「わかったよ、ブリアン。それで三人目は誰にする？ ドニファンはやめておいた方がいいだろう。きみたちふたりはあまりうまくいってないから」

「ぼくはドニファンでもいいんだよ。あいつは悪いやつじゃない。勇敢だし、器用だし、あんなに負けん気が強くなければ、きっとすばらしい仲間になるはずさ。それに、ぼくにはみんなより目立ったり、上に立ったりする気なんかまったくないってわかってもらえれば、ドニファンの態度も少しずつ変わるんじゃないかな。そうしたら一番の親友になれると思うよ。でも、今度の探検には別の者を考えてるんだ」

「誰なんだい？」

「弟のジャックさ。このところ、ますます心配なんだ。なにか後ろめたいことがあるみたいだけど、どうしても打ち明けてくれない。この探検でふたりきりになれば、もしかすると……」

「そうだね。ジャックを連れていきなよ。そうと決まれば、さっそく準備に取りかからないと」

「大した準備はいらないよ。二、三日出かけるだけだから」

その日のうちにゴードンは探検の計画をみんなに伝えた。ドニファンは自分が探検隊に入っていないことを悔しがり、ゴードンに文句をつけた。するとゴードンは、この探検は三人で充分だし、計画したブリアンが探検に出るべきだ、と言い含めた。

「つまり、ブリアン以外のやつはお呼びじゃないってことなんだな、ゴードン」

「ドニファン、そんな言い方はないだろ。ブリアンに対しても、ぼくに対しても、ひどい言いがかりってものだよ」

ドニファンはそれ以上なにも言い返さなかったが、仲間のウィルコックス、クロス、ウェッブのもとで思い切り不満を吐き出した。

見習水夫のモコは、しばらく料理長の持ち場を離れてボートの船長を任されると知り、喜びを隠さなかった。ブリアンと一緒に出かけられるとなると、なおさらうれしかった。留守のあいだ代わりに貯蔵室（ストア・ルーム）の竈を仕切るのは当然サーヴィスということになる。サーヴィスの方も、誰の手も借りず思うままに料理の腕を振るえるので大喜びだった。またジャックも、兄と一緒にフレンチ・デンを数日間離れることをうれしがっている様子だった。

ボートの準備はすぐに整えられた。取りつけられた三角帆は、モコが帆桁に結んでマストに巻いた。銃二丁、拳銃三丁、充分な量の弾薬、旅行用毛布三枚、飲み物と食糧、雨天用のフード付き防水コート、予備も含めて四本のオール。数日の探検に必要なのはこれくらいだ。もちろんボードワンの地図の写しも忘れてはいない。新たな発見があるたびに、ここに地名が書き加えられることになっている。

二月四日の朝八時頃、ブリアン、ジャック、モコの三人は、仲間に出発の挨拶をすると、ジーランド川の土手からボートに乗り込んだ。気持ちのいい天気だ。南西の微風が吹いている。帆を張ると、モコは船尾で舵を取り、帆脚綱[1]の操作はブリアンに任せた。風はときおりそよぐだけで、湖面にはほとんどさざ波も立っていない。だが少し沖に進むと帆が大きく風を孕むようになり、ボートは速度をあげた。三〇分もすると、湖畔のスポーツ広場で見送るゴードンたちの目には黒い点にしか見えなくなり、やがてそれも消えた。

ブリアン、ジャック、モコの３人はボートに乗り込んだ。

船尾にモコ、真ん中にブリアン、そしてジャックは船首のマストの下にいた。一時間ほどはオークランド丘陵の高い尾根が見えていたが、そのうち水平線の下に隠れてしまった。対岸はそれほど遠くないはずなのに、まだあらわれてこない。残念なことに、日が高くなるにつれて、いつものように風が弱まってきた。昼頃になると、ときどき思い出したように吹くだけになってしまった。

「困ったな。風がぱったりやんでしまうなんて」とブリアン。

「でもブリアンさん、向かい風になったら、もっと困っちまうよ」モコが言う。

「きみは哲学者だねえ、モコ」

「テツガクシャって？　おいら、どんなときでもいらいらしないようにしてるだけだよ」

「それがまさに哲学ってことさ」

「テツガクでもなんでもいいけど、とにかく漕がなきゃ。夜までには向こう岸に着いちまわないと。まあ着かなきゃ着かないでしょうがないけどね」

「そうだね、モコ。ぼくも漕ぐから、きみも漕いでくれ。ジャックは舵を頼む」

「わかった」とモコ。「うまく舵を取ってくれれば、すいすい進むよ」

「モコ、どうやったらいいか、教えてね」とジャックが言う。「がんばって言われた通りにやるから」

風はそよとも吹かなくなった。モコはだらりと垂れた帆を下ろした。軽い昼食を手早くすませると、今度はモコが船首に、ジャックが船尾に座った。ブリアンは真ん中のままだ。オールで漕ぐとボートは勢いよく滑り出し、コンパスによればやや北東へと斜めに進んでいった。

どこまでも広がる一面の水。まるで大海原のただなかにいるようだ。どちらを向いても、湖水と大空を区切る水平線しか見えない。ジャックは、フレンチ・デンの対岸が見えてこないかと、東の方角にじっと目を凝らしていた。

三時頃、望遠鏡をのぞいていたモコが、陸地らしいものが見えると告げた。しばらくしてブリアンも、それがモコの見間違いではなかったことを確かめた。四時頃になると、木々の先端が、かなり低い岸の上にあらわれてきた。これで説明がつく。湖の東は地面が低いから、ブリアンが偽海岬から眺めたときに対岸が見えなかったのだ。つまりチェアマン島における高地は、スルーギ湾とファミリー湖のあいだに横たわるオークランド丘陵だけということになる。

1　帆の下端を張るための綱。

あと四、五キロで湖の東岸に着く。暑いので疲れていたが、ブリアンとモコは懸命にオールを漕いだ。湖面は鏡のようになめらかだった。澄み切った水の底、三、四メートルの深さに水草がゆらめき、そのあいだを無数の魚が泳いでいるのが見えた。

夕方六時近くになって、ボートはようやく東岸にたどり着いた。岸の上にはトキワガシやカイガンマツが枝を茂らせている。このあたりの岸辺は土手のように盛り上がっていて上陸できそうにないので、北へさらに一キロ弱ばかり進まなければならなかった。

「あれが地図に載っている川だね」

ブリアンは岸が途切れているあたりを指さした。湖水はそこから流れ出して川になるのだ。

「じゃあ、名前をつけなきゃ」

「モコの言う通りだ。〈東川〉はどうかな。島の東へ流れる川だから」

「そいつはいいね。あとは東川の流れに乗って、河口までひたすら下っていくだけ」

「それは明日にしよう。今晩はここで過ごした方がいい。夜が明けてからボートを出そう。そうすれば川の両岸の様子もわかるからね」

「ボートを降りるの？」ジャックがたずねる。

ボートはようやく岸にたどり着いた。

「もちろんさ」とブリアン。「木の下で野営するんだよ」

三人は小さな入江の奥にある土手に飛び移った。ボートを木の株にしっかり繋ぎとめ、武器と食糧を下ろした。枯れ枝を集め、大きなトキワガシの下で焚き火をする。乾パンと冷肉で夕食をとり、地面に毛布を広げると、あとはぐっすり眠るだけだ。万一のために銃には弾が込めてあったが、夜更けになにかの吠え声が聞こえただけで、何事もなく夜が明けた。

「さあ、出発だ！」朝六時、真っ先に目を覚ましたブリアンが大声で言った。

数分後、三人はボートに乗り込み、川を下りはじめた。

流れはかなり速い。半時間前からすでに引き潮になっていたのだ。オールで漕ぐ必要はなかった。そこでブリアンとジャックは船首側に座ったまま、船尾のモコがオール一本を櫓（ろ）のように操って、軽いボートが川の流れから逸れないようにしていた。

「東川の長さが八キロか九キロぐらいなら、一回の引き潮でそのまま海まで出られるかも。この流れ、ジーランド川よりずっと速いから」

「そうだといいね」とブリアン。「でも戻ってくるときは、二回か三回の上げ潮が必要になるだろうな」

「うん。だからブリアンさん、なるだけ早く引き返さないと」

「わかったよ、モコ。東の海に陸地があるかないか確かめたらすぐに戻ろう」

そのあいだにもボートは順調に進んでいた。モコによれば、一時間に二キロ弱といったところだ。そのうえ、東川はほとんどまっすぐに流れている。コンパスでは東北東の方角だ。両岸はジーランド川よりも切り立ち、川幅も一〇メートルほどと狭い。だから流れが速いのだ。ブリアンが心配していたのは、途中で急流になったり渦を巻いたりして、海までたどり着けなくなることだった。いずれにせよ、もしなにか障害があらわれたら、そのときに考えるまでだ。

両岸は鬱蒼とした森だった。生えている樹木は落穴森と似たような種類だが、違うのはトキワガシやコルクガシ、マツ、モミといった木が多いところだ。

ブリアンはゴードンほど植物に詳しくはなかったが、それでもニュージーランドでよく見かける木が生えているのに気づいた。地上二〇メートル近くの高さで枝を傘のように広げている木だ。実は一〇センチほどの円錐形、先が尖り、光沢のある鱗片で覆われている。

「あれはきっとカサマツだ！」ブリアンは叫んだ。

「だったらちょっと岸に上がってみようよ、ブリアンさん」とモコが言った。「調べといたほうがいいさ」

モコは櫓を操ってボートを左岸に寄せた。ブリアンとジャックが土手に飛び移る。

数分後、ふたりはカサマツの実をたくさん採って戻ってきた。実には楕円形の種子が入っている。薄皮に包まれ、ハシバミのような香りのする種子だ。フレンチ・デンの食いしん坊たちには貴重な発見だった。それに、帰還後にゴードンから教えてもらったのだが、この実からは良質の油がとれるのだ。

もうひとつ大事なのは、この森にも湖の西に広がる森のように獲物が豊富にいるか確かめることだった。どうやら獲物には困らなさそうだ。というのも、茂みのあいだを怯えたナンドゥやビクーニャの群れが走り抜けたり、グアナコのつがいが見事な速さで逃げ去ったりするのを目にしたからだ。鳥についても同じで、ドニファンがいたら次々と仕留めていたところだ。けれどもボートには充分な量の食糧があるので、ブリアンは無駄に弾薬を使ったりはしなかった。

一時頃になると、密生した木々が少しずつまばらになり、梢の下には風通しのよい空地も見えはじめた。そよ風に潮の香りが混じるようになってきた。海が近いのだ。

さらに数分経つと、トキワガシの木立の向こうに突然、青みを帯びた水平線があらわれた。

ボートは相変わらず流れに運ばれていたが、その速さはだいぶ遅くなっている。いまでは川幅一五メートルほど、まもなく波のうねりが感じられるようになるはずだ。

海岸に立ち並ぶ岩の近くに着くと、モコはボートを左岸に寄せた。それから四爪錨を陸に下ろし、砂にしっかりと埋め込んだ。つづいてブリアンとジャックもボートを降りた。

チェアマン島の西海岸の眺めとは、なんという違いだろう。ここもやはり奥まった大きな湾で、緯度もスルーギ湾と同じだ。けれども、スルーギ湾の海岸には広い砂浜が岩礁帯と断崖のあいだに横たわっているのに対して、ここでは巨大な岩が延々と積み重なっている。その岩のひとつひとつに、いくつもの洞穴があいていそうだ。ブリアンが確かめてみたところ、実際その通りだった。

つまりこの海岸は、人が住むのに適しているということだ。もしあのときスクーナー船が座礁したのがこの場所で、その後うまく離礁できたとしたら、東川の河口に避難することも可能だっただろう。この河口は自然にできた小さな港のようなもので、干潮時でも充分な水深があるのだ。

ブリアンはまずはるか沖合に目を向けた。湾は約二五キロにわたって大きく開け、両端には砂地の岬が突き出している。まさに湾と呼ぶにふさわしい広大な内海だった。湾はひっそりとしている。おそらくいつでもこうなのだろう。一隻の船も見えない。

くっきりと浮かび上がる水平線にも船影ひとつない。陸地や島のかすかな影さえ見当たらない。モコは遠い沖合にかすむぼんやりとした島影を見分けられるほど目がよかったが、そのモコが望遠鏡で眺めても、なにひとつ見つからない。チェアマン島の東側も、西側と同じようにほかの陸地からは遠く離れているようだ。だからボードワンの地図には、東の海域になんの陸地も記されていなかったのだ。

ブリアンは失意に打ちひしがれていただろうか。いや、そこまでではなかった。こうなることは想定の範囲内だった。したがってこの湾に名前をつけるときも、ごくあっさりと「失望湾」とした。

「やれやれ」とブリアンは言った。「こちら側にも故郷に帰る道はないんだな」

「ブリアンさん、きっと帰れるって。どっかに道はあるもんだよ」とモコが言った。

「とりあえず、お昼にしたらいいと思うんだ」

「わかった。手早くすませよう」とブリアンは答えた。「何時になったらボートで東川を遡れるかな？」

「上げ潮に乗るっていうなら、いますぐ出なきゃ」

「それは無理だよ。もっとよく水平線を見たいんだ。この海岸を見渡せるような岩の上からね」

「じゃあ、次の上げ潮を待たなきゃ。夜の一〇時にならないと、東川まで潮が流れてこないから」

「夜中にボートで進んで大丈夫かな？」

「大丈夫。おいらに任せて」とモコ。「今夜は満月だし。引き潮になったらオールで漕いで川をのぼる。それがきつけりゃ、朝まで休むまでさ」

「よし、モコ、それでいこう。となると、まだ一二時間もあるね。そのあいだに探検してしまおう」

昼食をすませてから夕食までの時間は、海岸付近を調べてまわった。このあたりは、岩のすぐ近くまで森が迫っている。獲物はフレンチ・デン周辺と同じくらい豊富そうだ。ブリアンは夕食用にシギダチョウを何羽か仕留めた。

この海岸の特徴は、積み重なった花崗岩だった。巨大な岩石が累々と堆積している様は、まさに壮大な無秩序とでもいった眺めで、人の手になるとは到底思えないカルナック[2]の巨石群を彷彿とさせた。そこには、ケルト系の地域では「煙突（チムニー）」と呼ばれる深い洞穴がいくつもあった。こういった洞穴のなかに住むのは容易だっただろう。暮

2　ブルターニュ地方の村。巨石群の遺跡で有名。

まさに壮大な無秩序とでもいった眺めだった。

らしに必要な広間(ホール)や貯蔵室(ストア・ルーム)をいくらでも作れたに違いない。ブリアンはほんの一キロ弱歩くあいだだけでも、住み心地のよさそうな洞穴を一二個あまり見つけた。

そうなると不思議なのは、なぜあのフランス人漂着者はこのあたりに住まなかったのか、ということだ。ボードワンがここに来たことがあるのは間違いない。地図にはこの海岸線が正確に描かれている。それなのにここで暮らしていた形跡がまったくないのは、きっとフレンチ・デンを住処に定めた後で、島の東まで探索の範囲を広げたからだ。沖からの突風にさらされるこの場所よりも、フレンチ・デンにとどまる方がいいと判断したのだろう。そう考えると、ボードワンの痕跡がないのも納得がいった。

二時頃、太陽が天頂を過ぎた。島の沖合の海を正確に観察するのに丁度いい頃合いだ。三人は大きなクマに似た岩をよじ登った。小さな港のそばにそびえるこの巨岩は、高さが三〇メートルほどもあり、頂までたどり着くのは一苦労だった。

頂から後ろを振り返ると、西には森がファミリー湖までつづいている。鬱蒼とした緑に隠れて湖面は見えない。南の方では、黄色がかった砂丘が縞模様を広げ、黒いモミ林がそれをところどころ断ち切っている。北方の国々の荒涼と乾いた土地を思わせる眺めだ。北に目をやると、湾の海岸線は低い岬で終わり、そこから先は広大な砂原がどこまでも広がっている。つまり、チェアマン島で肥沃なのは中央部だけということだ。湖からあふれ出た淡水が、いくつもの川となって東と西に流れ、島に生命を注いでいるのだ。

ブリアンは望遠鏡を東の沖合に向けた。水平線はくっきりと浮かび上がっている。一二、三キロの範囲に陸地があれば、レンズを通して見えるはずだ。

東にはなにもない。茫洋と広がる海、果てしない水平線。それだけだ。

一時間かけて、三人は注意深く観察をつづけた。あきらめて浜に下りようとしたそのとき、モコがブリアンを引き止めた。

「あれ、なに？」モコは北東を指さす。

ブリアンはその方に望遠鏡を向ける。

たしかに、水平線の少し上のところに、白っぽい染みのようなものがきらめいている。いまは空が澄み渡っているから、あれは雲ではないはずだ。長いこと望遠鏡で見つめていたブリアンは、その染みが動かないばかりか、形もまったく変えないことを確かめた。

「よくわからないな」とブリアン。「山なのか？　でも山だったら、あんな風には見えないし」

やがて日が西に傾いていくと、白っぽい染みは消えてしまった。あそこに高い山でもあるのだろうか。それとも、海が反射して白く光っていただけなのだろうか。ジャックとモコは反射だろうと言ったが、ブリアンにはそう断言することはできなかった。

探検を終え、三人は東川の河口の小さな港に戻った。ボートはその奥につないであった。ジャックが木立の下から枯れ木を集めて火を燃やすと、モコがシギダチョウの丸焼きを作った。

七時頃、夕食を存分に食べると、ジャックとブリアンは上げ潮を待つあいだ、浜辺の散歩に出かけた。

モコの方は、川の左岸をたどって、そこに生えているカサマツの実を集めることにした。

モコが河口に引き返したのは、夜が迫りはじめる頃だった。日は暮れ落ち、沖は最後の残照にきらめいていたが、海岸はすでに薄闇に沈んでいた。

モコはボートに戻ってきたが、ブリアンとジャックはまだ帰っていなかった。遠くまで行っているはずはないので、心配には及ばないだろう。

しかしそのとき、モコの耳にむせび泣く声が聞こえた。さらには怒鳴るような声も。間違いない。ブリアンの声だ。

兄弟がなにか危険な目にあっているのだろうか。モコは迷うことなく小さな港を飛び出すと、岩の向こうへ回って浜辺へと急いだ。

突然その足が止まった。

ジャックがブリアンの前にひざまずいているのが目に入ったのだ。なにかを兄に訴えて、許しを求めているようだ。先ほど耳にしたむせび泣きはこれだった。

モコはそっと引き返そうとした。しかし遅すぎた。すべて聞いてしまった。すべて知ってしまった。ブリアンは大声で叫んでいた。ジャックがどんな過ちを犯したのかも、兄になにを告白していたのかも。ブリアンは大声で叫んでいた。

「なんてやつだ！　お前か、お前だったのか！　お前のせいなのか！」

「ごめんなさい、兄さん……。ごめんなさい……」

「だからみんなから離れていたんだな！　みんなを怖がってたんだな！　ぜったいに知られたら駄目だぞ！　いいか、なにも言うな。なにも言うんじゃないぞ、誰にもだ！」

この秘密を知らないでいられたら、どんなによかっただろう。しかしいまとなっては、ブリアンの前で素知らぬ顔をするのは無理というものだ。少しして、ブリアンがボートのそばにひとりでいるとき、モコは言った。

「ごめんなさい、兄さん……。ごめんなさい……」

「ブリアンさん、おいら聞いちまった……」

「なんだって！　ジャックのことか？」

「そうなんだ、ブリアンさん。でも、ジャックさんのこと、許してあげてよ」

「ほかのみんなが許してくれるかどうか……」

「たぶん大丈夫」モコは答えた。「でも、みんなには知られない方がいいね。おいらはなにも言わないから安心して」

「すまない、モコ」ブリアンは呟き、モコの手を握りしめた。

それからボートに乗るまでの二時間、ブリアンはジャックにひとことも言葉をかけなかった。ジャックは岩の蔭に座り込んでじっとしていた。兄に問い詰められてすべてを告白してからは、いっそう落ち込んでいるようだった。

一〇時頃に潮が満ちはじめ、三人はボートに乗り込んだ。とも綱を解くと、たちまち流れに運ばれた。日没後に姿をあらわした月が川面を明るく照らしていたので、真夜中過ぎまで進むことができた。一二時半頃に引き潮に変わると、オールで漕がなければならなくなった。そうなると一時間かけて一キロばかり進むのがやっとだった。

ブリアンの提案で、夜明けまで錨を下ろし、上げ潮になるのを待つことにした。朝六時にふたたび出発し、九時にはファミリー湖に入った。

モコは帆を上げると、横からの心地よい微風を受けながら、舳先をフレンチ・デンに向けた。

ボートが順調に湖面を進むあいだ、ブリアンもジャックも押し黙ったままだった。

夕方六時頃、湖畔で釣りをしていたガーネットが戻ってくるボートを見つけ、みんなに知らせた。ほどなくしてボートは土手に接岸した。ゴードンは帰ってきた三人を大喜びで迎えた。

18

塩田――竹馬――南沼への遠征――冬支度――さまざまな遊び――ドニファンとブリアン――ゴードンの仲裁――将来への不安――六月一〇日の選挙

弟との一件はモコには知られてしまったが、誰にも言わない方がいいと判断して、ブリアンはゴードンにも話さなかった。探検の結果については広間(ホール)に集まった仲間たちに語り聞かせた。チェアマン島東海岸と失望湾のこと、東川の流れや湖の向こうに広がる森、そこに生い茂るさまざまな樹木のこと。東の海岸の方が西の海岸よりも住みやすいこと、だからといってフレンチ・デンを離れる必要はないこと。東の海には陸地はまったく見えなかったこと。ただ、沖合に白っぽい染みのようなものが見えた。それがなにかはよくわからない。おそらくは水蒸気が渦を巻いていただけだろう。次に失望湾を訪れるときに確かめた方がいい。いずれにしろはっきりしているのは、チェアマン島のそばには陸地はなく、もっとも近い大陸や群島でも、おそらくは数百キロは離れているに違いないということだ。

つまり決意を新たにして、生き延びるための努力をつづけるしかないのだ。そうしながら島の外から救いの手が差し伸べられるのを待つ。自らの力で島を離れることはまず不可能なのだから。少年たちはふたたび仕事に取りかかった。まもなく到来する厳しい冬のために、できるだけの備えをした。ブリアンはこれまで以上の熱心さで仕事に打ち込んだ。しかし、以前よりどこか口数が少なくなり、弟と同じく仲間から距離を取ろうとしているようなところがあった。ゴードンが気づいたのは、こういった性格の変化ばかりではない。勇気を発揮したり、危険を冒したりしなければならない場面になるたびに、ブリアンはジャックに率先してそれをやらせ、ジャックの方も進んでそれに応えようとしていた。けれどもブリアンが一切語らない以上は聞きようもなく、ゴードンは兄弟のあいだでなにか話し合ったのだろうと思ったものの、自分からはあえて口を出さないようにした。

二月は諸々の仕事に明け暮れるうちに過ぎていった。ウィルコックスの知らせでサケがファミリー湖まで遡上してきたことがわかると、ジーランド川の両岸に網を渡して張り、かなりの数を獲った。サケを保存するには大量の塩が必要だ。そこでバクスターとブリアンはスルーギ湾に何度も足を運んで塩田を作った。砂浜を簡単な四角い枠で囲って海水を入れ、天日で水分を蒸発させると、塩が手に入るのだ。

三月前半には、ジーランド川左岸に広がる南沼の湿地帯の一部を、三、四人で何回か調べることができた。ドニファンの発案によるこの調査を踏まえて、バクスターは細い円材からいくつかの竹馬を製作した。湿地帯にはあちこちに浅い水たまりがあるが、この竹馬を使えば足を濡らさずに乾いた地面まで進むことができるだろう。

四月一七日の朝、ドニファン、ウェッブ、ウィルコックスはボートで川を渡り、左岸に上陸した。三人は銃を肩から斜めにかけていた。なかでもドニファンが携えていたのは、フレンチ・デンの武器庫にあった銃身の長い鴨撃ち銃だ。これを使う絶好の機会だと考えたのだ。

土手に上がると三人はさっそく竹馬をつけ、上げ潮でも水に浸かっていないところを目指して歩き出した。

ファンも一緒だった。もちろんファンは竹馬など必要とせず、濡れるのもお構いなしに水たまりを跳ね回っていた。

一キロ半ほど南西に進むと、一行は湿地のなかの乾いた地面にたどり着いた。竹馬

ファンは濡れるのもお構いなしに跳ね回っていた。

を外し、獲物を追いやすいよう準備をする。

南沼はどこまでも果てしなく広がっている。ただ西の方には海の青い水平線が弧を描いているのが見える。

湿地帯は獲物の宝庫だった。タシギ、オナガガモ、カモ、クイナ、チドリ、コガモ、特にクロガモは何千羽も群れていた。このクロガモという鳥は肉よりも羽毛が珍重されているが、きちんと調理すれば充分美味しく食べられる。これだけの数の水鳥がいれば、弾丸を一発も外すことなく何百羽でも好きなだけ撃ち落とすことができただろう。しかし三人は自制して数十羽にとどめた。撃ち落とした獲物は、ファンが湿地を走り回っては、くわえて戻ってきた。

しかしドニファンが仕留めたくてたまらなかったのは、モコの腕前をもってしても食卓にのせられる料理には到底ならないような獲物――渉禽類(しょうきんるい)[1]のヒバリチドリと、白い冠羽が美しいサギだった。だがドニファンはぐっとこらえた。撃ったところで弾薬が無駄になるだけだからだ。それでも、燃えるように赤い翼をしたフラミンゴの群れを目にすると、ついに我慢できなくなった。フラミンゴは塩分を含んだ水を好み、その肉はヤマウズラに負けないほど美味しい。群れは整然と隊列を組み、何羽かの見張り役に守られていた。見張り役は危険を感じるとトランペットのような声で鳴いた。

この美しい鳥たちを見て、ドニファンの狩猟家の本能に火がついた。ウィルコックスとウェッブもまた、居ても立ってもいられなかった。三人はフラミンゴめがけて突進した。しかしこれがいけなかった。三人が知らなかったことだが、もし姿を見られないよう近づいていたら思いのまま仕留められたはずだ。そばで不意に銃声が響けば、フラミンゴは驚いて立ちすくみ、逃げられなくなってしまうのだから。

そのようなわけでドニファンたちは、くちばしの先から尾まで一メートル以上もある美しい水鳥をものにはできなかった。群れは気配を察して一斉に飛び立ち、南の空へ消えてしまった。三人には銃を構えるどころか、射程の長い鴨撃ち銃で狙う暇さえなかった。

フラミンゴは逃したとはいえ猟果は上々だったので、三人は南沼への遠征に満足していた。帰りも水たまりのところで竹馬をつけて、川岸まで戻った。寒さがはじまる頃にはもっと獲物が多くなるはずだからまた来ようと三人は心に決めていた。

ゴードンは、冬になる前にフレンチ・デンを厳寒でも耐えられるよう準備しなけれ

1　比較的長いくちばし、首、脚を持ち、浅い水辺で採食する鳥の総称。ツル、コウノトリ、サギ、シギ、チドリなど。

ばと考えていた。家畜小屋と鳥小屋も暖める必要があるので、燃料は充分に備蓄しておかなければならない。そのため、泥沼森のはずれを何度となく訪れることになった。荷車を二頭のグアナコに引かせ、半月のあいだ一日に何往復もした。こうして大量の薪を積み上げたうえ、アザラシの油もふんだんに貯蔵してあったので、たとえ冬が六ヶ月以上つづいても、フレンチ・デンは寒さも暗闇も心配せずにいられそうだ。

こうした仕事をしているあいだも、日課表に沿って勉強がおこなわれていた。年長組は交代で年少組に授業をした。週に二回の討論会では、相変わらずドニファンが知識をひけらかしていた。これではとても人を惹きつけることはできない。いつもの味方を除いては、ドニファンは皆からあまりよく思われていなかった。それでもゴードンの任期が終わる二ヶ月も前から、自分が植民地の次のリーダーになるつもりでいた。リーダーの地位にふさわしいのは自分をおいてほかにはいない、とうぬぼれていたのだ。そもそも最初の選挙で自分が選ばれなかったのは不当ではないのか？　ウィルコックス、クロス、ウェッブもそれに同調して、次の選挙の動向を探りつつ、ドニファンの当選は確実だと思い込んでいるようだった。

しかしドニファンは、多くの支持を集めてはいなかった。とりわけ年少組はドニファンを支持しそうにない。かといってゴードンを支持することもなさそうだった。

ゴードンはこうした動きをすべて見抜いていた。だから、再選される資格はあっても、リーダーの地位にとどまるつもりはなかった。在任中に示した厳格さのために、自分には票が集まらないだろうとわかっていたのだ。ゴードンの強引なやり方や、あまりに現実的すぎる考え方は、みんなから煙たがられることも多かった。そのようなゴードンへの不満が自分に有利に働くだろうと、ドニファンは見込んでいた。

ゴードンに不満を抱いているのは主に年少組だった。節約一辺倒で、甘いお菓子をあまりにけちけちしすぎる。それに、服を少しでも粗末に扱うと、がみがみと口うるさい。フレンチ・デンに帰ってきたとき、服が汚れていたり破けていたりしたら大変なことになる。ましてや靴に穴が開いていたりしたら、修理が難しいので、それこそ大問題だ。それに、ボタンをなくそうものなら大目玉だし、ときには罰をくらうこともある。実際、上着やズボンのボタンはしょっちゅうなくなるので、ゴードンは毎晩ひとりひとりにボタンが全部揃っているか報告させていた。揃っていない場合は、デザート抜きか外出禁止。そのようなときにブリアンは、ジェンキンズのため、あるいはドールのために取りなしたので、すっかり人気を集めていた。しかも年少組は、料理場を取り仕切るモコとサーヴィスのふたりがブリアンを慕っていることをよく知っていた。だから、もしブリアンがチェアマン島のリーダーになったら、お菓子が食べ放題の甘い未来がやってくるだろうと思い浮かべていたのだ。世の中というのは、さまざまな要素が複雑に絡み合って動いている。この少年たちの植民地は、まさにわれわれの社会の姿そのものではないだろうか。子どもというのは、ごく幼いうちからすでに、大人として振る舞おうとするものなのだ。

ブリアンは選挙をめぐるこうした問題にまったく関心を持っていなかった。休みなく働き、弟にも次から次に仕事を与えた。兄弟はどんな仕事でもいちばん早く取りかかり、いちばん遅くまで働いていた。まるで、ふたりともなにか特別に義務を果たそうとしているかのようだった。

少年たちは毎日勉強ばかりしていたわけではない。日課表には息抜きの時間も組み込まれていた。健康のためには、身体を動かして体力を養うことが欠かせないのだ。運動には全員が参加した。木の幹に綱を巻きつけ、最初の枝までよじ登る。長い棒を使って広い溝を跳び越える。湖で泳いだりもする。はじめは泳げなかった者も、すぐに泳げるようになった。徒競走では、勝つと褒美がもらえる。投げ玉（ボーラ）や投げ縄（ラソ）の練習をすることもある。

また、英国の子どもたちに人気の遊びをすることもあった。すでに述べたもののほかに、お馴染みのクリケットや、ボールを棒で打って五角形のフィールドの各頂点に

健康のためには、身体を動かして体力を養うことが欠かせない。

置かれた塁を回る「ラウンダーズ」、そして腕の力と正確な目測が求められる「クオイツ」などだ。このクオイツについては、少々詳しく語る必要がある。というのもこれがきっかけで、ブリアンとドニファンのあいだに残念ないざこざが起きてしまったからだ。

四月二五日の午後のことだ。スポーツ広場では、八人の少年がふたつの組に分かれてクオイツの勝負をしていた。一方はドニファン、ウェッブ、ウィルコックス、クロス、もう一方はブリアン、バクスター、ガーネット、サーヴィスだ。

平らな地面に「的棒（ホブ）」と呼ばれる鉄製の棒が二本、一五メートルほどの間隔で立てられた。各自二個のクオイツを手にしている。これは真ん中に穴が開いた金属製の円盤で、中央部から外縁に向かって薄くなっている。

この遊びでは、それぞれがふたつの輪を投げる。第一投は一番目の的棒（ホブ）に、第二投は二番目の的棒（ホブ）に入るよう、うまく狙わなければならない。輪が的棒（ホブ）に入ればひとつにつき二点。両方とも入れば四点だ。的棒（ホブ）に入らず近くに落ちた場合は、ひとつだけ近ければ一点、ふたつなら二点となる。

その日の勝負は白熱していた。ドニファンとブリアンが別々の組に分かれたため、お互いどうしても負けるわけにはいかないと意気込んでいたからだ。

すでに二試合が終わっていた。第一試合はブリアン組が七点を獲得して勝利。第二試合はドニファン組が六点で勝った。

そしていまは決勝戦の最中だ。両陣営とも五点ずつ獲得し、残すはそれぞれ一投となった。

「ドニファンの番だよ」ウェッブが言う。「うまく狙ってくれよ！　最後の輪に勝負がかかってるんだから！」

「心配するな！」

ドニファンはそう答えると身構えた。片足を前に出し、右手で輪を持つ。少し前かがみで身体を左にひねりながら、投げる姿勢をとる。

負けん気の強いドニファンは、この一投にまさに全霊を込めていた。歯を食いしばり、頰はいくぶん蒼ざめている。眉間をきつく寄せ、眼光は鋭い。

輪を前後に振りながら慎重に狙いを定めると、一五メートル以上先に立つ的棒(ホブ)めがけ、力を込めて水平に投げる。

輪の外縁が的棒(ホブ)にあたる。輪は入らずに地面に落ちた。合計で六点だ。

ドニファンは地団駄を踏んで悔しがった。

「惜しかったなあ」とクロス。「でも、まだ負けたわけじゃないよ」

「負けっこないさ」ウィルコックスも言う。「ドニファンの輪は的棒（ホブ）のすぐそばに落ちたじゃないか。ブリアンが入れない限り、こっちの勝ちだ」

たしかに、次に投げるブリアンの輪が的棒（ホブ）に入らなければ、ブリアン組の負けになるだろう。ドニファンが投げた輪よりも近くに落とすことはまず不可能だからだ。

「よく狙って！　よく狙ってね！」サーヴィスが声をかける。

ブリアンは答えない。ドニファンのことは頭になかった。考えていたのはただひとつ、勝負に勝つこと。自分のためというよりも、仲間のために勝たなければ。

ブリアンは位置につき、狙いを定めて投げる。輪は見事に的棒（ホブ）をとらえた。

「七点だ！」サーヴィスが勝ち誇って叫ぶ。「勝った！　ぼくたちの勝ちだ！」

するとドニファンが憤然と進み出た。

「いや、違う。お前たちの勝ちじゃない」

「どうして？」バクスターがたずねる。

「ブリアンがズルをしたからだ」

「ズルだって？」ブリアンは卑怯者呼ばわりされた怒りで顔が蒼ざめている。

「そうさ、ズルしたじゃないか」とドニファンが言い返す。「ブリアンの足は、線よりも前に出てた。二歩も近くから投げたんだ！」

「そんなことあるもんか！」とサーヴィスが叫ぶ。

「そうだ、ありえない」とブリアン。「もしも線を越えてたとしても、それは知らないうちに間違えただけだ。わざとズルした、なんて言われたら許すわけにはいかない」

「へえ、そうかい、許せないっていうのかい」ドニファンは肩をすくめる。

「ああ、許せないね」ブリアンはそろそろ我慢の限界だった。「いいか、ぼくの足がきちんと線の上にあったたって証明してやる」

「そうだ！　そうだ！」バクスターとサーヴィスが叫ぶ。

「そんなことできるもんか！」ウェッブとクロスが言い返す。

「見てくれ、ぼくの靴の跡が砂の上にあるだろ」とブリアン。「ドニファンだってこれを見間違うはずはない。ドニファンが嘘をついたんだ」

「おれが嘘つきだっていうのか？」ドニファンは大声で言うと、ブリアンにゆっくりと近づいていく。

ウェッブとクロスがドニファンの後ろにつく。サーヴィスとバクスターは、いざとなったらブリアンに加勢するつもりだ。

ドニファンは上着を脱ぎ捨て、シャツの袖をまくり上げると、ハンカチを手首に巻き、ボクサーのように身構える。

ブリアンの方は冷静さを取り戻し、じっと動かない。仲間のひとりと争って、みんなに悪い手本を示すようなことはしたくないのだろう。

「ドニファン、きみの第一の間違いはぼくを侮辱したことだ」とブリアン。「そして今度は、ぼくに喧嘩を売るという間違いをしてる」

「まったくだ」ドニファンは軽蔑しきった口調で言う。「買えもしないやつに喧嘩を売ったところで無駄ってものだな」

「ぼくが売られた喧嘩を買わないのは、買ったところでなんにもならないからさ」

「お前が売られた喧嘩を買わないのは、怖じ気づいてるからだね」

「怖じ気づく？　ぼくが？」

「腰抜けの臆病者さ、お前は」

ブリアンは袖をまくり上げ、覚悟を決めてドニファンの前に立つ。ふたりはいまや真正面からにらみ合っている。

イギリス人のあいだでは――そしてイギリスの寄宿学校においても――ボクシングは教育の一部と言ってもいい。そして、ボクシングに長けた少年の方が温和で忍耐強く、争いごとを好まないとされている。

ドニファンはボクサーのように身構える。

フランス人のブリアンは、お互いの顔めがけ拳を固めて殴り合うのは好きではなかった。したがって、ボクシングの得意なドニファンが相手では、たとえ年齢も背丈も同じで、筋力もほぼ互角だとしても、ブリアンは明らかに不利だった。まさに一触即発というとき、ゴードンがドールからの知らせを聞いて駆けつけ、ふたりのあいだに割って入った。

「ブリアン！　ドニファン！」

「こいつがおれのことを嘘つき呼ばわりしやがったんだ！」とドニファン。

「その前にドニファンは、ぼくがズルしたとか腰抜けだとか言ったんだ！」とブリアン。

みんながゴードンを取り巻いていた。当のふたりは、お互い数歩下がって距離を取っていた。ブリアンは腕を組み、ドニファンはボクシングの構えのままだ。

「ドニファン」ゴードンは厳しい声で言う。「ぼくはブリアンをよく知っている。ブリアンから喧嘩を売るはずがない。最初に仕掛けたのはきみの方だろう」

「やっぱりだな、ゴードン」ドニファンが言い返す。「お前はいつだってそうだ。ブリアンの肩を持って、おれを悪者にするんだ」

「そうだよ、きみが間違ってるときはね」

「ああ、そうかい。けど、間違ってるのがブリアンだろうとおれだろうと、殴り合いたくないっていうならブリアンは臆病者ってことさ」

「じゃあドニファン、きみは厄介者だ。みんなに悪い手本を示してるんだからね。いったいどういうことなんだ。ぼくらがどんな深刻な状況に置かれてるかわかってるのに、いつも仲間割れを引き起こそうとするなんて。いちばん模範的なブリアンに言いがかりをつけてばかりじゃないか」

「ブリアン、きちんとゴードンに礼を言っとけよ」とドニファン。「さあ、構えろ！」

「いいかげんにしないか！」ゴードンが声を荒らげる。「みんなのリーダーとして、ぼくは仲間同士の暴力行為に反対する。ブリアンはフレンチ・デンに戻れ。ドニファン、きみはどこかで頭を冷やしてくるんだ。ぼくがきみを非難したのはリーダーの務めとして当然だ、と理解できるまでは戻ってくるな」

「そうだ！　そうだ！」とウェッブ、ウィルコックス、クロス以外の全員が声をあげた。「ゴードン万歳！　ブリアン万歳！」

ほぼ全員一致となっては、従うほかはない。ブリアンは広間（ホール）に戻った。ドニファンは夜、就寝時刻には戻ってきたが、昼間の一件を蒸し返すそぶりは見せなかった。しかし、ドニファンのなかに恨みがくすぶっているのは誰の目にも明らかだった。それに、ブリアンに対する敵意がさらに強まり、ゴードンから手厳しくやられたことを深く根に持っていることも。ドニファンは、ゴードンが和解させようとしても、それを拒んだ。

実に残念だが、こうした厄介な対立が植民地の平和をかき乱そうとしていた。ドニファンの味方はウィルコックス、ウェッブ、クロスの三人。ドニファンに心酔し、その言うことならなんでも正しいと思い込んでいる。これでは将来分裂してしまうのでは、と心配になるのも無理もないことだった。

だが、その日以降なにも問題は起こらなかった。ブリアンとドニファンの一件については誰も触れようとせず、冬に備えるいつもの作業が連日つづいた。

冬の訪れはもうすぐだった。五月の第一週にはだいぶ寒くなってきたので、ゴードンは広間のストーブを昼も夜も焚くよう指示した。まもなく家畜小屋と鳥小屋も暖めなければならなくなりそうだ。これはサーヴィスとガーネットが担当することになっていた。

この季節になると、群れで島を離れる鳥がいる。どこへ飛んでいくのだろうか。太平洋かアメリカ大陸のもっと北の方、チェアマン島より温暖な気候の土地へ向かうに違いない。

こうした鳥の筆頭にあげられるのがツバメだ。この驚異的な渡り鳥は、途方もない距離をすばらしい速さで飛ぶことができる。故郷に戻る手立てをいつも考えているブリアンは、ツバメが旅立つのを利用して、スルーギ号で遭難した自分たちの消息を伝えることを思いついた。数十羽のツバメを捕まえるのは造作ない。なにしろ貯蔵室(ストア・ルーム)に巣を作っているのだから。ツバメの首に小さな布袋を結び、なかに手紙を入れた。その手紙には、太平洋のどのあたりにチェアマン島があるかを記すとともに、これを読んだ人はニュージーランドの首都オークランドに知らせてほしい、と書き添えた。ツバメを放つときには少年たちの胸はいっぱいになり、北東の空に飛び去る鳥たちを、あふれる思いで「さよなら」と声をかけて見送った。

このようなことをしたからといって、救いの手が差し伸べられる望みはきわめて薄い。しかし、手紙が届く可能性がどれほどわずかでも、一縷(いちる)の望みにかけたブリアンは間違っていなかった。

五月二五日に雪が降った。前年より数日早い初雪だ。冬の訪れが早いのは、寒さが厳しくなるということだろうか。それが気がかりだった。幸いフレンチ・デンには、長い冬でも大丈夫なように暖房も照明も食糧も備えてある。それに、南沼の鳥がジーランド川のほとりに舞い降りてくるので、獲物にも困らない。

数週間前から暖かい服が支給されていた。また、ゴードンは風邪予防対策がきちんと守られているか気を配っていた。

この頃、フレンチ・デンは目に見えない興奮状態にあり、少年たちはどこか落ち着かない気分だった。ゴードンがチェアマン島のリーダーに就任してまもなく一年、六月一〇日に任期が終わるのだ。

そのため、根回しや内緒話、さらには策謀まで加わって、この小さな世界をひどく揺さぶっていた。ゴードンは当然こういったことには無関心を貫いている。ブリアンは、フランス人の自分がイギリス人ばかりのこの植民地のリーダーになるとは思ってもいない。

表には出さなかったが、次の選挙の行方を誰よりも気にしていたのはドニファンだ。もちろん、抜きんでて頭が良く、文句のつけようのない勇気を持ち合わせているドニファンは、リーダーに選ばれてもおかしくはなかったが、傲慢ですぐに人を見下す普段の態度や、妬み深い性格という欠点が足を引っ張っていた。

けれども、自分がゴードンの後を継ぐのは確実だと思っているためか、虚栄心から人に頭を下げたくないためか、ドニファンは選挙には関心のないふりをしていた。ただ、自分では動かなくても、味方の三人が代わりにやってくれた。ウィルコックス、ウェッブ、クロスが、ドニファンに投票するよう仲間たちに――とりわけ選挙の鍵を握る年少組に――働きかけていたのだ。しかも、ほかの名前は候補に挙がっていなかったので、ドニファンが自分の当選は確実だと考えていたのも無理はなかった。

六月一〇日がやってきた。

投票は午後だ。各自が投票用紙にリーダーとしてふさわしい人の名前を書く。過半数を得たら当選だ。植民地の選挙人は一四名――モコは黒人なので選挙権がなかったし、モコ自身も選挙に加わりたいとは思っていなかった――半数である七票より一票でも多く同じ名前に入れれば、その人が新しいリーダーとなる。

投票は二時におこなわれた。立会人をつとめたゴードンは、アングロ・サクソン系の人たちがこの種の仕事をするときの厳粛さで執りおこなった。

開票結果は次の通り。

ブリアン………八票
ドニファン………三票
ゴードン………一票

ゴードンとドニファンは投票を棄権した。ブリアンはゴードンに投票した。

結果が発表されると、ドニファンは落胆と怒りをあらわにした。

ブリアンの方は、自分が過半数を獲得したことにとても驚き、はじめはこの栄誉を辞退しようとした。しかし、なにか考えが浮かんだのだろう、弟のジャックを見てから言った。

「みんな、ありがとう。引き受けるよ」

これから一年間は、ブリアンがチェアマン島の少年たちのリーダーとなるのだ。

19

マストの先の目印――厳しい寒さ――フラミンゴ――湖上のスケート――ジャックの美技――ドニファンとクロスの反抗――濃霧――ジャック、霧のなかへ――フレンチ・デンの砲声――小さな影――ドニファンの態度

ブリアンは誰に対しても親切で、重大な局面ではいつでも勇気を示し、皆のために献身的に働いてくれる。仲間たちがブリアンをリーダーに選んだのは、それを正当に評価したからだ。ニュージーランドからチェアマン島まで、スクーナー船の指揮をとる形になったあの日から、どんな危険や苦難を前にしてもけっしてひるまなかった。たとえ国籍は違っていても、年長組も年少組もブリアンが好きだった。特に、いつもなにかと面倒を見てもらっている年少組は心酔していて、そろってブリアンに投票し

ていた。頑なにブリアンの長所を認めようとしないのは、ドニファン、クロス、ウィルコックス、ウェッブだけだった。もっともその四人にしても心の底では、誰よりもリーダーにふさわしいこの仲間に対して、自分たちが不当な態度をとっていることはよくわかっていた。

この選挙結果によって、以前からその兆しのあった仲間内の分断がさらに大きくなるだろう。ドニファン一派がなにか取り返しのつかないことをしでかすのではないか。ゴードンは心配だったが、そのような思いは表には出さず、ブリアンに惜しみなく祝福の言葉をかけた。公正を尊ぶ以上、選挙で一度決まったことに異を唱えることなどありえないからだ。それにゴードンは、これからはフレンチ・デンの会計の仕事だけに専念したいと考えていたのだ。

だがこの日を境にドニファンとその取り巻きは、ブリアンが四人をできるだけ刺激しないようにしてきたにもかかわらず、目に見えて不満そうな態度を取るようになった。

ジャックは、兄が選挙の結果を受け入れたのを見て、驚かずにはいられなかった。

「兄さんが引き受けたのは……」ジャックは言いかけて言葉に詰まった。ブリアンはその後を継いで小声で答えた。

「そうだ。これまで以上にいろいろなことをやれるようになりたいんだ。お前の過ちをつぐなうためにも」

「ありがとう、兄さん。ぼく、なんでもするからね」

翌日からふたたび冬の長い日々の単調な生活がはじまった。

ブリアンがまず考えたのは、寒波がきてスルーギ湾まで遠征できなくなる前に、必要な手を打っておくことだった。

以前オークランド丘陵の頂のひとつにマストを立て、旗を掲げたことを覚えているだろう。その旗は海風に何週間もさらされて、いまではぼろぼろになっている。そのため、冬の突風にも耐えられるものに付け替える必要があったのだ。ブリアンの意見を取り入れ、バクスターは沼地沿いに生えるしなやかなイグサを編んで、大きな丸い玉のようなものを作った。この玉であれば風が吹き抜けるので、突風を受けても壊れることはないだろう。できあがると、六月一七日にスルーギ湾への遠征がおこなわれ、英国旗の代わりにこの新しい目印を取りつけた。これなら数キロ先からでも見えるはずだ。

ブリアンとその仲間たちがフレンチ・デンに閉じ込められる時期は刻一刻と迫っていた。寒暖計の目盛りがゆっくりと、しかし確実に下がっていく。これは、長く厳しい寒さがまもなくやってくることを示していた。

ブリアンはボートを陸に引き上げ、崖の蔭に運ばせると、厚い防水布ですっぽりと覆った。板の継ぎ目が乾燥で開いてしまわないようにするためだ。つづいてバクスターとウィルコックスが飼育場の周囲に輪差を仕掛け、落穴森のはずれに落し穴をいくつも掘った。それからジーランド川の左岸にかすみ網を張った。こうしておけば、南から吹きつける烈風に乗って島の内陸へ運ばれてくる水鳥がかかるだろう。

一方ドニファンは二、三人の仲間を引き連れ、竹馬に乗って南沼で狩りをつづけていた。ゴードンと同じくブリアンも弾薬の無駄遣いを戒めていたため、銃を撃つのは極力ひかえていたが、手ぶらで戻ってくることは一度もなかった。

七月初めには川が凍りはじめた。ファミリー湖に氷が張ると、流れてきた氷塊がフレンチ・デンの少し下流で堰のように積み重なって、やがて川面は厚い氷に覆われた。このまま零下一二度ほどの寒さがつづけば、すぐに湖も一面凍りついてしまうだろう。一度は激しい突風が吹き荒れて湖面の氷結を遅らせたものの、その後は南東の風に変わって澄んだ寒空となり、気温は零下二〇度近くまで下がった。

冬のあいだは前年と同じ日課が繰り返された。ブリアンは日課がきちんと守られているか気を配っていたが、上から押さえつけるようなことはしなかった。みんな喜んで言うことを聞いてくれたし、ゴードンはブリアンが務めを果たしやすくなるようにと、率先して従って手本になってくれた。それにドニファン一派も表立っては反抗的な態度を見せなかった。自分たちに割り当てられた日々の仕事、落し穴、罠、かすみ網、輪差といったものにかかりきりになっていたのだ。だが相変わらず仲間内だけでいつも固まって小声でこそこそ話し合い、食事中や夜の集いのあいだも、めったにみんなの会話に加わろうとしなかった。なにかを企んでいるのだろうか？　それはわからない。とにかく現時点では取り立てて非難するところはないので、ブリアンも口出しはしなかった。ブリアンは誰に対しても公平であろうと心がけ、骨の折れる仕事や困難な仕事はたいてい自分で引き受けるか、弟のジャックにやらせた。ジャックも兄に負けじと熱心に仕事に取り組んだ。ゴードンはジャックの性格が変わってきたことに気づいていた。ブリアンに打ち明けてからというもの、ジャックが以前よりも仲間と打ち解け、会話や遊びに加わるようになったのを見て、モコも喜んでいた。

寒さのために広間(ホール)で過ごすしかないので、その長い時間はもっぱら勉強に充てられた。ジェンキンズ、アイヴァーソン、ドール、コスターは、めきめきと力をつけていた。そんな年少組に教えるためには、年長組も自分の勉強をおろそかにはできなかった。夕食後も時間がたっぷりあったので、さまざまな旅行記が朗読された。もっともサーヴィスとしては、そんなものよりも例のロビンソン物語[1]を朗読してもらいたかったのだが。ガーネットがアコーディオンを鳴らしてげんなりする音をまき散らすこともあった。この厄介な音楽狂がさも得意げに弾きまくるのに合わせて、ほかの少年たちは幼い頃に歌った歌を合唱した。そしてこの音楽会が終わると、それぞれ寝台にもぐりこむのだった。

このように日々を過ごしながらも、ブリアンはニュージーランドに戻ることをつねに考えていた。ブリアンにとってはこれこそが最大の関心事だった。そこが、チェアマン島に自分たちの植民地をしっかり打ち立てることだけを考えていたゴードンとの違いだ。ブリアンがリーダーになってからは、故国へ帰るためにあらゆる努力を傾けることになるだろう。ブリアンは失望湾の沖合に見えた白っぽい染みのことが忘れられなかった。あれはどこか近くの陸地の一部ではないのか。そうだとしたら、あそこまでたどり着くための船を建造できないだろうか。しかしこのことをバクスターに話しても、バクスターは首を振るだけだった。そのような作業は到底自分たちの手に負えないとわかっているからだ。

「どうしてぼくたちは子どもなんだろう」とブリアンは繰り返すのだった。「そう、ただの子どもなんだ。大人でなければいけないのに」

残念でならないのは、まさにそのことだった。

こうした冬の夜のあいだフレンチ・デンの安全は保たれていたとはいえ、それでも警戒が必要になることがあった。何度かファンが長々と吠えて危険を知らせてくれたが、それは肉食獣の群れ――たいていはジャッカルだった――が飼育場の周囲をうろついていたからだ。そんなときにはドニファンたちが広間（ホール）の外に飛び出して燃えさかる薪を投げつけ、この忌々しい獣を追い払う。

ジャガーやピューマがあらわれたことも二、三度あった。ただ、ジャッカルほどは近づいてこなかった。こういった獰猛な獣には、たとえ距離が離れていて致命傷を与えられなくても、銃で出迎えてやらなければならない。飼育場を守るのは、たやすいことではなかった。

七月二四日、モコは料理人として新たな才能を発揮する機会に恵まれた。これまでにない獲物を相手に腕を振るうことになったのだ。その料理は少年たち全員を――舌の肥えた美食家も、お腹を空かせた食いしん坊も――存分に堪能させた。

少し前からウィルコックスと、その手伝いを買って出たバクスターは、いままでの

1　デフォーの『ロビンソン・クルーソー』とウィースの『スイスのロビンソン』のこと。

猟具では飽き足らなくなっていた。鳥類であれ齧歯類であれ、小さな動物しか捕らえることができないからだ。そこでふたりは、落穴森の木立に生えている若木をたわめて、大型の獲物向きの本格的な括り罠[2]を仕掛けた。この手の罠はふつうノロ鹿[3]の通り道に設置され、往々にして良い成果を上げる。

落穴森で捕らえたのはノロ鹿ではなく、見事なフラミンゴだった。七月二三日の夜に括り罠にかかり、どうもがいても抜け出せなくなったのだ。翌日ウィルコックスが罠を調べに行くと、フラミンゴはすでに息絶えていた。若木が跳ね上がって、輪差が喉を締め潰したからだ。モコがこのフラミンゴの羽を丁寧にむしって内臓をきれいに取り除き、香草を詰めてこんがりと焼くと、誰もが口々にその美味しさを絶賛した。手羽肉もモモ肉もふんだんにあって全員のお腹を満たしたうえ、とびきり美味とされるその舌もみんなが少しずつ味わうことができた。

八月に入ると、寒さが特に厳しい日が四日ほどつづいた。寒暖計が零下三〇度を指しているのを見て、ブリアンは不安にならずにはいられなかった。空気はこれ以上ないほど澄み渡っていた。気温が極端に下がるとよくあることだが、風はそよとも吹かなかった。

このようなときにフレンチ・デンの外に出ようものなら、たちまち骨の髄まで凍り

括り罠にかかり、フラミンゴはすでに息絶えていた。

ついてしまう。年少組は、ほんの一瞬であっても外出は禁じられた。年長組も、外に出るのはどうしても必要な場合、原則として家畜小屋と鳥小屋の暖炉に薪をくべにいく場合に限られた。

幸いなことに、この寒さは長くはつづかなかった。八月六日頃からふたたび西風が吹きつけた。凄まじい突風がスルーギ湾と難破海岸を襲い、激しい勢いでオークランド丘陵に叩きつけると、丘陵を越えて猛威をふるった。だがフレンチ・デンは少しも被害を受けなかった。大地震でも起きない限り、フレンチ・デンの堅固な岩壁が崩れることはないだろう。たとえ大型船を転覆させたり、石造りの家屋を倒壊させたりするような途方もない強風でも、断崖はびくともしないのだ。もちろん木々は数多くなぎ倒されたが、そのおかげで木を切る手間がだいぶ省け、薪をたっぷり補給することができた。

結局この突風によって大気の状態が一変し、厳しい寒さの終わりをもたらした。この時期を境に気温は徐々に上がりだし、悪天候が過ぎてからは、平均で氷点下七、八度の日々がつづいた。

八月後半になると、だいぶ過ごしやすくなった。ブリアンは屋外での作業を再開した。ただ、川も湖もまだ厚い氷が張っているので、釣りはできなかった。落し穴や輪差やかすみ網を見回るたびに、湿地の獲物がたくさんかかっていた。おかげで調理場はいつも新鮮な肉に事欠かなかった。

そのうえ飼育場には新顔が増えた。ノガンやホロホロチョウの雛が孵ったのに加え、ビクーニャが五匹の仔を産んだのだ。その世話をするのはもちろんサーヴィスとガーネットだった。

外出もできるようになったし、氷もまだ充分に厚いので、ブリアンは仲間たちのためにスケート大会を開こうと考えた。木の板に鉄の刃をつけたスケート靴をバクスターが何足も作ってくれた。ニュージーランドでは真冬になると誰もがスケートに興じる。少年たちも多少なりとも経験者だったので、自分の腕前をファミリー湖の氷上で発揮できるとみんな大喜びだった。

こうして八月二五日の午前一一時頃、幼いアイヴァーソン、ドール、コスターの世話をモコとファンに任せて、それ以外の一一人の少年たちはフレンチ・デンを後にし、氷が一面に広がる、スケートに適した場所を探しに出た。

2　動物が仕掛けに脚を踏み入れると縄が締まり、体の一部を拘束して捕獲する罠。
3　体長一メートルほどの小型の鹿。

ブリアンは船の霧笛用ラッパを持ってきていた。湖上で誰かが遠く離れてしまったときには、これで呼び戻すのだ。少年たちは出発前に昼食をすませ、夕食には戻ることにしていた。

フレンチ・デン付近の湖面は氷塊がごろごろしているので、適当な場所を見つけるまでに、四キロ以上も湖岸を北上しなければならなかった。落穴森が左手に見えるあたりまできて、少年たちはようやく足を止めた。目の前の湖は一面に氷が張り、東まで見渡す限り平らに広がっている。スケートをするのにうってつけの場所だった。

ドニファンとクロスはもちろん銃を携えてきていた。機会があれば獲物を仕留めようというのだ。ブリアンとゴードンはスケートにはまったく関心がなかったが、それでも一緒にやってきたのは、ドニファンたちに軽はずみな行動をさせないためだった。みんなのなかでもっともスケートが上手いのは文句なしにドニファンとクロスだ。そしてジャックも、滑る速さと複雑なターンを正確に描く技術では群を抜いていた。

開始の合図の前に、ブリアンは全員を集めた。

「言うまでもないことだけど、無茶をしたり、調子に乗ったりしないように。氷が割れる危険はないけれど、腕とか脚とかを折る危険があるからね。ここから目の届かないところまでは行かないこと。もし知らないうちに遠くまで行きすぎた場合でも、ゴードンとぼくがここで待ってるってことを忘れないでほしい。それから、ぼくがこのラッパで合図をしたら、全員すぐにここへ戻ってくるように」

注意が終わると、スケート靴を履いた少年たちは湖上に散っていった。ブリアンはみんなが上手に滑るのを見て安心した。初めのうちは転んだりする者もいたが、なにも心配するようなことはなく、笑い声が上がるだけだった。

たしかにジャックの滑りは見事だった。前へ後ろへと、片足でも両足でも、背筋を伸ばした姿勢でもしゃがんだ姿勢でも、完璧な正確さで円や楕円を氷上に描く。弟がみんなと一緒に遊んでいる姿を見て、ブリアンは心の底から嬉しかった。

ただ、スポーツが得意でどんな運動にも情熱を燃やすドニファンとしては、みんなの拍手喝采を浴びるジャックの美技を目の当たりにして面白くなかったのだろう、ブリアンがあれほど注意したにもかかわらず、どんどん岸辺から遠ざかっていった。そのうえ、一緒にくるようクロスに合図までしていた。

「おい、クロス！　カモの群れが見えるぞ、ほら、あそこ、東の方だ。見えるか？」

「見えるよ！」

「銃は持ってるな。おれも持ってる。狩りに行こうぜ」

「でも、ブリアンが駄目だって……」

「カモの群れが見えるぞ、ほら、あそこ、東の方だ」

「あいつの言うことなんか放っておけ。ほら、行くぞ！　早く！」

ドニファンとクロスは、上空を舞う鳥の群れを追って、あっという間に一キロ近く先まで滑っていった。

「あのふたり、いったいどこへ行くんだろう？」とブリアン。

「向こうに獲物でも見つけたんじゃないか」ゴードンが答える。「狩猟本能ってやつだよ」

「むしろ反抗本能だろうね」ブリアンが言う。「ドニファンのやつ、やっぱりまた……」

「あのふたりになにか心配なことが起きると思ってるのかい？」

「ありえないことじゃないよ、ゴードン。みんなから離れるなんて、無謀じゃないか。……ほら、もうあんなに遠くなってしまった」

その言葉通り、かなりの速さで滑っていくドニファンとクロスは、いまではもう湖面のはるか先に動くふたつの点でしかなかった。

日暮れまではまだ時間があるから充分戻ってこられるとはいえ、やはり無謀なことに変わりはない。この季節は大気の状態が不安定で、天候が急変するおそれがあるのだ。風向きが変わるだけで、突風や霧になりかねない。

だからこそ二時頃、厚い帯のような霧が遠くに突然わいて水平線が見えなくなったとき、ブリアンがどれほど不安に駆られたか想像できるだろう。

そのときになっても、クロスとドニファンは一向に姿をあらわさなかった。いまでは霧がうっすらと湖面を覆い、西の湖岸もかすんでいる。

「心配してた通りだ！」とブリアンが叫んだ。「あのふたり、帰り道がわからなくなるぞ」

「ラッパだ！　霧笛用のラッパを吹くんだ！」すかさずゴードンが応じた。

ラッパが三回鳴り響き、鋭い音が長い尾を引いてあたりに広がっていく。この音を耳にしたら、銃を撃って返事をしてくれるのではないか？　ドニファンとクロスには、それだけが自分の場所を知らせる方法だ。

ブリアンとゴードンは耳を澄ませた。しかし一発の銃声も聞こえてこない。

そのあいだにも濃い霧が渦を巻きながら広がってきて、すでに岸から四〇〇メートル足らずのところまで迫っている。霧は上空にも広がっているので、あと数分もしないうちに湖はすっかり見えなくなってしまうだろう。

ブリアンは目の届くところにいる仲間を呼び寄せた。みんなすぐに湖岸へ戻ってきた。

「どうする？」ゴードンがたずねる。

「なんとしてもクロスとドニファンを見つけるんだ。急がないとあのふたり、霧のなかで完全に迷ってしまう。誰かがふたりの消えた方へ行って、ラッパで呼び戻してやらないと……」

「ぼくが行ってくるよ！」とバクスター。

「ぼくも行くよ！」二、三人が後につづく。

「いや、ここはぼくが行こう」ブリアンが言う。

「兄さん、ぼくに行かせて！」そう声を上げたのはジャックだ。「ぼくならすぐドニファンたちに追いつけるから……」

「わかった。ジャック、お前に任せる。銃声が聞こえないか、よく気をつけるんだぞ。ほら、このラッパを持っていけ。これでお前の場所を知らせるんだ」

「はい、兄さん」

ジャックの姿はすぐに霧のなかに消えた。立ちこめる霧はますます濃くなっていく。

ブリアン、ゴードン、そしてほかの仲間たちも、ジャックが吹くラッパの音に耳を澄ませた。その音は次第に遠ざかり、やがて聞こえなくなった。

三〇分が過ぎた。なんの知らせもない。湖上で方角を見失ったクロスとドニファンも、そのふたりを捜しに出たジャックも、依然として行方がわからないままだ。

三人が戻ってくる前に日が暮れてしまったら、いったいどうなるのだろうか。

「ぼくたちにも銃があれば……」声を上げたのはサーヴィスだ。「そうすればきっと……」

「銃だって?」とブリアン。「それならフレンチ・デンにあるじゃないか! ぐずぐずしてられない、行こう!」

それが最善の策だった。なによりもまず、湖岸がどの方角にあるのか三人に知らせなければならない。そのためには大急ぎでフレンチ・デンに戻ることだ。そこからならば、銃をつづけざまに撃って合図を送ることができる。

ブリアンたちはスポーツ広場までの四キロ以上の道のりを、半時間足らずで駆け戻った。

弾薬を惜しんでいる場合ではない。ウィルコックスとバクスターは二丁の銃に弾をこめ、東に向けて撃った。

返事はない。銃声もラッパの音も聞こえない。

時刻はすでに三時半。太陽がオークランド丘陵の背後に沈んでいくにつれて、霧がますます深くなる。湖面は重くけぶり、なにも見えない。

「大砲だ！」ブリアンが叫んだ。

スルーギ号にあった二門の小型大砲のひとつ、広間（ホール）の戸口近くに開けた砲眼に据えられていたものがスポーツ広場の真ん中に引き出され、北東の方角へ向けられた。

信号用の装薬を装塡し、火管の紐をバクスターが引こうとしたとき、油を染みこませた草を装薬押さえとして詰めることをモコが思いついた。こうした方が砲声が大きくなるとどこかで聞いたことがあるらしい。やってみると、実際その通りだった。

砲声が轟く。ドールとコスターは耳をふさいでいた。

あたりがこれだけ静まりかえっていれば、数キロ先にいてもこの轟音が聞こえないはずはない。

耳を澄ませる……。なんの応答もない。

それから一時間のあいだ、一〇分おきに大砲が鳴り響いた。ドニファンもクロスもジャックも、フレンチ・デンの位置を知らせるこの砲声の意味を取り違えるわけがない。それに、砲声はファミリー湖のすみずみまで届いているはずだ。霧のときは音が伝わりやすく、霧が濃いほど遠くまで聞こえるのだから。

まもなく五時になろうという頃、二、三発の銃声が聞こえた。まだだいぶ遠いが、北東の方からはっきりと響いてくる。

砲声が轟く。

「ドニファンたちだ！」サーヴィスが叫んだ。

すぐにバクスターが、ドニファンの合図に砲声で応じた。

ほどなくしてふたつの影が霧の向こうにあらわれた。霧は岸に近づくほど薄くなっている。やがてふたりの張り上げる声が、スポーツ広場からわき上がる歓呼の声とひとつになった。

ドニファンとクロスだ。

ジャックの姿はない。

ブリアンの胸はどれほど不安に締めつけられていたことか。弟はふたりを見つけられなかったのだ。ドニファンたちはラッパの音も耳にしていなかった。ジャックがふたりを捜して東へ進んでいるあいだ、ふたりの方は自分たちの位置を確かめようとして、すでに湖の南へ向かっていたのだった。そのふたりにしても、フレンチ・デンからの砲声がなければ、けっして戻ってこられなかっただろう。

ブリアンは霧のなかで迷っている弟のことで頭がいっぱいだった。もしかすると取り返しのつかない事態になるかもしれない。元はといえばドニファンが注意を守らなかったせいだが、いまはそれを責めるどころではなかった。万が一ジャックが湖上で一晩を過ごすようなことになったら、零下一五度まで下がる強烈な寒さのなかでどうやって持ちこたえられるだろう？

「ぼくが代わりに行くべきだったんだ……、ぼくが……」

そう繰り返すブリアンを、ゴードンとバクスターが元気づけようとしたが、その努力もむなしかった。

大砲がさらに何発か撃たれた。ジャックがフレンチ・デンに近づいていれば、この音が聞こえているはずだ。そしてラッパで自分の場所を知らせてくるだろう。

だが大砲の最後の轟きは遠くに消え去り、返事はないままだった。すでに夜が迫っていた。まもなく闇が島全体を包んでしまうだろう。

その一方で、良い兆しもないわけではなかった。霧が薄くなりそうなのだ。日中に風がないと、夕方にはたいてい風が出る。やはりその日も日没とともに風が吹きはじめ、湖面に立ちこめる霧を東の方へ押し流していた。まもなく霧は晴れ、夜闇さえなければフレンチ・デンまで見通せるようになるだろう。

そうなると、やるべきことはひとつしかない。湖岸で赤々と火を燃やし、フレンチ・デンの場所がわかるようにするのだ。ウィルコックス、バクスター、サーヴィスはスポーツ広場の中央に早くも枯れ木を積み上げている。と、そのときゴードンが言った。

「待ってくれ！」

ゴードンは望遠鏡を目に当てて、北東の方角をじっと見つめている。

「なにか点みたいなものが見える……、動いてるぞ……」

ブリアンは望遠鏡を受け取り、自分でも見てみた。

「よかった、ジャックだ！」ブリアンは大声を上げた。「ジャックが見える！」

ジャックはまだゆうに一キロ半以上も離れているが、そこまで届けとばかりに、少年たちはみんな声を限りに叫んだ。

ジャックとの距離はみるみるうちに小さくなってきた。矢のような速さで凍った湖面を滑走してくる。あと数分でこちらに着くだろう。

「ひとりじゃないみたいだぞ！」バクスターが驚いて叫んだ。

よく見ると確かに、ジャックの三〇メートルほど後ろからふたつの影がついてきている。

「なんだろう？」とゴードン。

「人間かな？」とバクスター。

「いや、動物みたいだぞ」とウィルコックス。

「きっと野獣だ！」ドニファンが叫ぶ。

その目に間違いはなかった。ドニファンは銃をつかむと、ためらうことなく湖に飛び出してジャックの方へ向かった。

たちまちジャックのもとまで行くと、ドニファンは獣めがけて二発の弾を撃った。獣は後ずさりし、すぐに姿を消した。

それは二頭のクマだった。まさかチェアマン島にクマが生息しているとは思ってもみなかった。このような恐ろしい獣が島をうろついているというのに、どうしていままで一度も足跡ひとつ目にしなかったのだろうか？　この島に住み着いているのではなく、冬のあいだに凍った海を渡るか流氷に乗るかして、たまたまこのあたりに姿をあらわしたのだろうか？　そうだとすれば、チェアマン島の近くに陸地があることを示しているのではないだろうか？　このことについては、また後で考えてみる必要がある。

なにはともあれ、ジャックは無事だった。ブリアンは弟を抱きしめた。

幼いながらも勇敢なジャックは、仲間たちの温かい言葉や抱擁、握手で迎えられた。ジャックによれば、ラッパを吹いてドニファンたちを呼んだものの返事はなく、そのうちに自分自身も濃い霧のなかで迷ってしまったという。方角を見失って途方に暮れていると、大砲の音が聞こえた。

ドニファンは銃をつかむと、ジャックの方へ向かった。

「フレンチ・デンの大砲に違いない」そう思ったジャックは、どの方角から聞こえてくるのか耳を澄ませた。

湖の北東、岸から数キロ離れたところにいることがわかると、ジャックは砲声が聞こえた方へ全速力で滑り出した。

霧が薄れはじめると、突然目の前に二頭のクマがあらわれた。クマはこちらに突進してくる。しかし危険が迫ってもジャックは冷静さを失わなかった。得意のスケートのおかげで野獣に追いつかれずに逃げることができたのだ。とはいうものの、転んだら最後、ジャックの命はなかっただろう。

みんなでフレンチ・デンに引き上げる途中、ジャックはブリアンにだけ聞こえるよう小声で言った。

「ありがとう、兄さん。兄さんが行かせてくれたおかげで……」

ブリアンはなにも言わず、弟の手を握りしめた。

フレンチ・デンに着くと、ブリアンは広間(ホール)に入ろうとするドニファンを呼び止めた。

「遠くへ行かないようにって言ったはずだよ。それを守らなかったばかりに、大変なことになるところだったんだ。ドニファン、きみのしたことは間違ってる。でも、弟を助けにいってくれたことは感謝している」

「やるべきことをやったまでさ」ドニファンは冷たく答えた。
ブリアンが心を込めて差し出した手を、握ろうともしなかった。

20

湖南端での休息——ドニファン、クロス、ウェッブ、ウィルコックス——別離——砂丘地帯——東川——左岸を下って——河口到着

この出来事から六週間後のことである。時刻は夕方の五時頃、四人の少年がファミリー湖の南端で足を止めていた。

一〇月一〇日になっていた。うららかな季節の気配がすでに感じられる。木々には新緑が芽吹き、大地も春の装いに彩られている。気持ちの良いそよ風が吹き抜け、湖面にさざ波が浮かぶ。湖は夕日に照り映えている。入り日の最後の光が、狭い砂地に縁取られた南沼の広大な湿原をかすめるようにして、湖に差しているのだ。群れなす鳥が甲高い声で鳴きながら飛んでいく。森の木蔭か岩壁の窪みにあるねぐらへと帰るのだろう。チェアマン島のこの一帯は、荒涼とした単調な風景が広がっている。目に

つくのはマツやトキワガシの木立か、ちょっとしたモミ林といった常緑樹だけだ。湖周辺で見かける植物群も、このあたりまでは生えていない。深い森をふたたび見出すには、東か西の湖岸を四、五キロ北上する必要があるだろう。

カイガンマツの根元では焚き火が赤々と燃え、美味しそうな匂いの煙が風に乗って湿原の方へ運ばれていく。二羽のカモがふたつの石のあいだで燃えさかる炎に炙られているのだ。この夕食をすませてしまうと、四人の少年がすることといえば、もはや毛布にくるまって横になるだけだった。ひとりを見張りに残して、あとの三人は朝までぐっすりと眠りについた。

ドニファン、クロス、ウェッブ、ウィルコックスだ。この四人がほかの仲間と袂を分かつ決心をしたのは、次のような事情があったからだ。

フレンチ・デンでの二度目の冬もあと数週間で終わろうとする頃には、ブリアンとドニファンの関係はどうしようもないほど険悪になっていた。選挙で負けたドニファンがどれほど悔しがっていたか、覚えていることだろう。あれからというもの、ドニファンは以前にも増して妬み深く、そして苛立ちやすくなり、チェアマン島の新リーダーの指示に従いながらも不満を募らせていた。真っ向からブリアンに楯突くことがなかったのは、仲間の大多数は自分を支持してくれないとわかっていたからだ。それでもなにかにつけて非協力的な態度を取るので、当然ブリアンとしても注意しないわけにはいかなかった。あのスケートの一件では、狩猟本能とやらに突き動かされたのか、それとも自分の我を通したかったのか、公然とブリアンに背いたが、あのとき以来ドニファンの反抗的態度はひどくなる一方で、ついにブリアンも厳しく叱責せざるをえなくなった。

こうした事態を憂慮していたゴードンは、そのときまでずっとブリアンに辛抱するよう言い聞かせていた。しかしブリアンは我慢の限界だった。全体の利益を考え、規律を維持するためにも、きつく戒めなければならない。ゴードンはなんとかしてドニファンの態度を改めさせようとしたが、無駄だった。以前であればドニファンもゴードンの言うことを聞き入れたかもしれないが、もうまったく耳を貸そうとしない。ゴードンがこれまでなにかとブリアンの肩を持ってきたことを根に持っていたのだ。仲裁の努力はうまくいかなかった。この分だと近いうちに厄介な揉め事が起きるだろうと考え、ゴードンは深く胸を痛めた。

フレンチ・デンでの平穏な生活には協調の精神が欠かせないはずなのに、それが崩れてしまった。誰もが気詰まりを覚え、共同生活を送るのが苦痛になっていた。

実際、ドニファン一派は、食事の時間以外はみんなから離れて暮らしていた。クロス、ウェッブ、ウィルコックスは、ますますドニファンに感化されていった。悪天候で狩猟に出られないときは、広間（ホール）の片隅に固まってひそひそ話をしていた。

「あの四人、ぜったいになにか企んでるよ」ある日ブリアンはゴードンに言った。

「まさか、きみに対してじゃないだろう？　リーダーの座を奪おうだなんて、ドニファンでもそこまではしないさ。わかってるだろ、みんなきみの味方なんだ。ドニファンだってそれを知らないわけじゃない」

「たぶんドニファンは、クロスとウェッブとウィルコックスを連れてここを出ようとしてるんじゃないかな」

「ありえないことじゃない。ぼくらにはそれを引き止める権利はないからね」

「連中はどこか遠くで暮らすつもりなんだ……」

「まさかそこまでは考えてないんじゃないか？」

「いや、考えてるよ。ウィルコックスがボードワンの地図を写してるのを見たんだ。もちろん持っていくためさ」

「ウィルコックスがそんなことを？」

「そうだよ、ゴードン。本当のところ、こんなごたごたにけりをつけられるなら、ぼくがリーダーを辞めて、誰かほかの人に任せた方がいいのかもしれないって迷ってるんだ。たとえばゴードン、きみとか、あるいはいっそドニファンでも……。そうすれば対立だってなくなるだろうしね」

「なに言ってるんだ、ブリアン！」ゴードンは声を荒らげた。「そんなことしたら、選んでくれたみんなへの義務を果たさないことになる。きみ自身への義務もだ！」

冬の季節は、こうした深刻な確執を引きずったまま終わりを迎えた。一〇月に入ると寒さは目に見えて和らぎ、湖や川の氷もすっかり溶けた。そのような時期に——一〇月九日の夕べのことだったが——ドニファンはウェッブ、ウィルコックス、クロスと一緒にフレンチ・デンを離れると告げたのだ。

「ぼくたちを見捨てるっていうのかい」とゴードン。

「見捨てる？　そんなわけないだろ」ドニファンは応じた。「四人で島の別のところに住むことにしたってだけさ」

「でも、なぜなんだい？」バクスターがたずねた。

「おれたちのやり方で暮らしたいからさ。はっきり言って、ブリアンに指図されたくないんでね」

「ぼくのなにが気に食わないのか教えてくれないか、ドニファン」ブリアンが言った。

「別に……。お前がリーダーだってこと以外はな」とドニファン。「前のリーダーはアメリカ人だった。そして今度はフランス人。となると次はモコってことになるかもな」

「まさか本気でそんなことを言ってるんじゃないだろうね」ゴードンが言った。

「本気さ」ドニファンは見下したような口調で答えた。「どうやらここにいる連中ときたら、イギリス人以外をリーダーにするのがたいそうお気に召してるようだけど、おれたちはそんなのまっぴらごめんだね」

「わかった」ブリアンは言った。「ウィルコックス、ウェッブ、クロス、そしてドニファン、出ていくのは自由だ。きみたちの分の物資は好きに持っていって構わない」

「当然だろ。おれたちは明日ここを出る」

「あとになって後悔する羽目にならないことを祈るよ」ゴードンはそう声をかけるだけにした。これ以上なにを言っても無駄だとわかっていたからだ。

ドニファンの計画はこうだった。

だいぶ前にブリアンがチェアマン島の東部に遠征した。そのときの報告では、そこでも充分快適に住むことができるだろうと言っていた。海岸に積み重なる岩石には洞穴がいくつもあり、ファミリー湖の東に広がる森が砂浜のすぐそばまでつづいている。東川のおかげで飲み水にも困らないし、その両岸には獲物の鳥獣類も豊富だ。つまり、いというかフレンチ・デンと同じくらい、そしてスルーギ湾とは比較にならないほど暮らしやすいということだ。そのうえフレンチ・デンから東の海岸までは、最短で二〇キロ足らず。湖の横断に一〇キロ、東川を下るのにもほぼ同じ距離だ。だから必要があれば、フレンチ・デンとも容易に連絡がとれるだろう。

ドニファンはこうした利点を真剣に考え合わせてから、取り巻きの三人を説得して、一緒に島の東側の沿岸地帯で暮らすことにしたのだ。

ドニファンは水路を使わずに失望湾までたどり着こうと考えていた。まずは西岸に沿って湖を南下した後、南端をまわって東岸を北上し、東川を目指す。このようにして未踏の一帯を探検してから、東川の流れをたどって森のなかを進み、河口へ出る。これがドニファンの計画だった。二五、六キロにおよぶ長い道のりになるだろうが、狩りをしながら進めばいい。ボートを使うとなれば、操船に熟練した者の助けをどうしても借りなければならないが、この行き方であればボートに乗らずにすむ。折り畳みのゴムボートさえ持っていけば、東川を渡るには充分だ。もし島の東側に別の川があっても。これで間に合うだろう。

それにまずはじめは、失望湾沿岸地帯を調査して住処をどこにするか選ぶだけにするつもりだった。最初の遠征では荷物がかさばらないよう、持っていくのは銃二丁、拳銃四丁、斧二本、弾薬、底釣り用の仕掛け、旅行用毛布、小型コンパス、軽量ゴムボート、それに缶詰数個にとどめることにした。狩りと釣りで食糧はまかなえると判断したからだ。この遠征はせいぜい六、七日程度だろうと四人は考えていた。住む場所が決まったら一度フレンチ・デンに戻り、スルーギ号の物資のうち自分たちの取り分を荷車に積んで運ぼう。ゴードンなりほかの誰かなりが訪ねてきたいというなら歓迎するつもりだ。しかし、いまの状態で共同生活をつづけるのは断固として拒否する。このことについては決断を曲げるつもりはなかった。

翌日、夜が明けると、ドニファンたちはみんなに別れを告げた。残された仲間はこの別離に悲しみを隠さなかった。出ていく方も、平静を装ってはいても内心では寂しさを感じていただろう。それでもほとんど意地になって自分たちの計画をやり遂げようとしていた。四人はモコが漕ぐボートでジーランド川の対岸に渡してもらうと、南端に向かって次第に狭まっていくファミリー湖を左に、南と西に果てしなく広がる南沼の湿原を右に見ながら、ゆっくりと進んでいった。

途中、湿原の縁で鳥を何羽か仕留めた。弾薬を節約しなければならないとわかっていたので、ドニファンもその日の食糧に必要な獲物を撃つだけにとどめた。

曇り空だったが、雨のおそれはない。そよ風は北東から吹いていて、風向きが変わることはなさそうだ。この日、四人が進んだのは一〇キロにも満たなかったが、夕方五時頃に湖の南端に到着すると、そこで足を止め、夜を明かすことにした。

以上が八月末から一〇月一〇日までのあいだにフレンチ・デンで起きた出来事である。

こうしていま、ドニファンたちは仲間から——どんな理由があってもけっして別れてはならないはずの仲間から——遠く離れた場所にいた。四人はすでに心細さを感じていただろうか？　おそらくそうだろう。しかし計画を最後までやり遂げようと心に決めていたので、チェアマン島のどこか別の場所で新たな生活を築くことしか考えていなかった。

夜はかなり冷えこみ、明け方まで焚き火を燃やしつづけてなんとか寒さをしのいだ。日が昇ると出発の支度に取りかかった。ファミリー湖の南端は岸が深く切れ込んで鋭角を描き、東側の岸は北に向かってほぼ垂直に延びている。湖の東の地域もやはり湿地だが、湖面よりは多少高くなっていて、水には浸かっていない。ところどころで地面が隆起して草が茂り、まばらな木立が木蔭をつくっている。このあたりの土地は主に砂丘でできているようなので、ドニファンは「砂丘地帯」と名づけた。よく知らない地帯を横断するのは得策でないと考えたドニファンは、ひきつづき湖岸沿いを進んで東川まで行ってから、以前ブリアンが調べた海岸を目指すことにした。砂丘地帯から沿岸までの一帯は別の機会に調査すればいい。

出発する前に、ドニファンはこの行程について話し合った。

「地図が正確なら、湖南端から東川までせいぜい一一キロといったところだ。それほど無理しなくても、夕方までには到着できる」とドニファンが言った。

「どうしてまっすぐ北東に向かって河口を目指さないの?」ウィルコックスが口を挟む。

「そうだよ。その方がずっと近道だよ」ウェッブも言う。

「そうかもしれない」とドニファン。「だが、この湿地帯がどうなってるかわからないだろ。そこを進んだ挙げ句、万が一引き返すような羽目になったら元も子もないじゃないか。その点、湖に沿って行けば、足止めをくらう心配はないからな」

「それに、東川の探検もできるしね」クロスも言う。

「その通り」とドニファンが応じる。「あの川は海岸と湖を直接つなぐ重要な水路だ。それに川沿いを歩けば、まわりの森も調べることができる」

話がまとまり、一行は意気揚々と歩きはじめた。左手に湖面を、右手にはどこまでも広がる砂丘を見ながら、一メートルほど盛り上がった狭い土手を進む。地面はかなり上り勾配になっているので、あと数キロも歩けば土地の眺めはすっかり変わるだろう。

事実、一行が一一時頃に昼食のため足を止めたのは大きなブナの木立が影を落とす小湾だったが、そこから東に目をやると、鬱蒼とした森が見渡す限りどこまでも広がっていた。

昼食はウィルコックスが朝方仕留めたアグーチだった。それを、モコの代わりに料理長を任されたクロスがどうにか調理した。炭火で炙った肉をむさぼり、飢えと渇きをいやすと、四人は湖岸を歩きつづけた。

湖岸沿いの森には、西岸の落穴森と同じ種類の木が生えていた。ただ、こちらの方が常緑樹がはるかに多い。落葉樹のカバやブナよりも、カイガンマツ、モミ、トキワガシが目につく。どれも見事な大樹ばかりだ。

このあたりも動物の種類は多い。それを確かめることができて、ドニファンは大満足だった。グアナコやビクーニャの姿を何度も見かけた。水を飲んでいたナンドゥの群れが逃げていくのも目にした。茂みには野兎のマーラ、ツコツコ、ペッカリー、それに獲物になる野鳥が数え切れないほどいた。

夕方六時頃、一行は休むことにした。岸が途切れ、湖水が流れ出して川になっている地点だった。これが東川に違いない。いや、まさに東川だ。小さな入江の奥の木立の下に、誰かが最近野営したことを示す焚き火の跡がある。

それはブリアンとジャックとモコが失望湾に遠征したときにボートを接岸し、最初の夜を過ごした場所だった。

同じ場所で野営し、燃えさしに火をつけ、夕食後には同じ木の下で眠る。それが最善の策だったので、ドニファンたちはそのようにした。

八ヶ月前、ブリアンがこの場所で夜を過ごしたとき、やがて四人の仲間がみんなと別れて暮らすためにここを再訪することになろうとは、夢にも思っていなかった。

そしていま、フレンチ・デンの快適な住まいにとどまっていることもできたはずなのに、そこから離れたこんな遠いところにきてしまい、クロスとウィルコックスとウェッブはいくらか後悔していたかもしれない。しかし、三人の運命はもはやドニファンとともにあった。ドニファンは自分の過ちを認めるには高慢すぎ、計画をあきらめるには強情すぎ、相手に屈するのを受け入れるには妬みが強すぎた。

夜が明けると、ドニファンはすぐにでも東川を渡ろうと提案した。

「その方がいい。渡ってしまえば今日中には河口に着けるさ。一〇キロもないんだから」

「それに」とクロス。「モコがカサマツの実を集めたのも向こう岸だしね。ぼくらも集めながら行けばいい」

ゴムボートを広げて水に浮かべると、ドニファンは船尾に綱をつけて対岸へ向かった。このあたりの川幅は一〇メートルから一二メートルほど、オールで何度か漕ぐだけでたちまち対岸に着いた。それから残った三人がゴムボートに結んだ綱を引いてたぐり寄せ、次々に川を渡った。

全員が渡り終えると、ウィルコックスがゴムボートの空気を抜き、旅行鞄のようにたたんで背負った。四人は歩きはじめた。おそらくブリアンたちがしたように、ボートに乗って流れを下る方が楽だっただろう。しかしこのゴムボートにはひとりしか乗れないので、あきらめなければならなかった。

その日の移動はとても苦労した。森は鬱然と繁り、草深い地面にはこの前の暴風で折れた枝が散らばっている。そのうえあちこちにぬかるみがあって大きく迂回しなければならず、なかなか海岸までたどり着けなかった。森を進みながらドニファンは、落穴森とは異なりこのあたりにはボードワンがいた痕跡が残されていないことを確かめた。それでもあのフランス人漂着者がこの一帯を探索したのは間違いない。地図には失望湾までの東川の流れが正確に記されているのだから。

ドニファンは対岸へ向かった。

正午少し前、カサマツが繁る場所で休んで昼食にした。クロスが実をたくさん集めてきたので、みんなでそれを食べた。その後の三キロほどは、川の流れから遠ざからないよう藪をかき分けたり、手斧で道を切り開いたりしながら進んだ。

こうして手間取ったため、ようやく森を抜けた頃には七時近くになっていた。すでに暗く、海岸の様子はわからなかった。かろうじて白く泡立つ海岸線が見えるほかは、押し寄せる波の長く重々しい唸りが聞こえるばかりだった。

それ以上進むことはやめ、星空の下で寝ることにした。明日の夜は、河口にほど近い洞穴のひとつでもっとよい寝床にありつけるはずだ。

野営を張ってから夕食にしたが、時間からするとむしろ夜食といった方がいいだろう。木立で集めた枯れ枝や松かさを燃やして、ライチョウを何羽か焼いた。

用心のため朝まで焚き火を絶やさないことにして、最初はドニファンがその番にあたった。

ほかの三人は大きく広がったカサマツの枝の下に横になると、一日歩きづめの疲労から、すぐに眠りに落ちた。

ドニファンは必死に眠気とたたかい、なんとか持ちこたえていた。ようやく交代時間になったが、三人ともあまりにぐっすり眠り込んでいたので、誰も起こさないでおこうと決めた。

野営地付近の森は静まりかえっている。これならフレンチ・デンに劣らず安全だろう。

そこでドニファンは枯れ枝の束をまとめて焚き火に投げ込むと、自分も木の根元に横になった。まぶたはすぐに閉じた。ふたたび目を開いたときには、くっきりと浮かび上がる水平線に朝日が昇るところだった。

21

失望湾の探索――熊岩港――フレンチ・デンへの帰還計画――島の北部の調査――北小川(クリーク)――ブナ森――凄まじい突風――幻覚の夜――夜明け

ドニファンたちが最初にしたのは、流れに沿って川岸を下ることだった。河口に着くと、はじめて目にする東の海を熱心に見渡した。やはり西の海と同じように、なにも見えない。

「でも、おれたちが考えてるように、チェアマン島がアメリカ大陸からそれほど離れてないなら、マゼラン海峡を出てチリかペルーに向かう船は、島の東を通るはずだ。それもあるから、このあたりに住む方がいいんだ。ブリアンのやつは失望湾なんて名前をつけたけど、そんな縁起悪い名前は見当外れってものさ」

ドニファンはこのように言うことで、フレンチ・デンの仲間たちと袂(たもと)を分かったことを弁解、あるいは正当化しようとしていたのだろう。ただ、南米の港を目指す船が姿をあらわすとすれば、島の東側の海域であるのは確かだった。

望遠鏡で水平線を観察した後は、東川の河口を調べることにした。ブリアンと同じくドニファンもまた、そこが自然にできた小さな港になっていて、風からも波からも守られていることを確認した。もしスクーナー船がこのあたりに流れ着いていたら、座礁せずにすみ、無傷のまま帰国の途につくこともできたかもしれない。

港になっている岩場の後ろには、森の木立が迫っていた。森は西のファミリー湖までつづいているのはもちろん、北の方へも見渡す限りどこまでも広がっている。海岸の花崗岩には無数の洞穴があるとブリアンは言っていたが、それはけっして誇張ではなかった。本当にいくつもあって、ドニファンはどれを選べばいいか迷うほどだった。だが、住むのは東川の近くがいいだろう。ドニファンはまもなく、細かい砂が敷きつめられた「煙突(チムニー)」を見つけた。この洞穴はフレンチ・デンに劣らず住み心地がよさそうだった。それどころか、全員で移ってきても充分に住めそうだ。フレンチ・デンには広間(ホール)と貯蔵室(ストア・ルーム)しかないが、ここには横穴がいくつもあり、それぞれ別の部屋として使えるからだ。

その日は海岸周辺二、三キロの範囲を調べることに費やされた。そのあいだにドニファンとクロスはシギダチョウを何羽か仕留め、ウィルコックスとウェッブは河口から一〇〇歩ばかり上流で底釣りをした。釣れたのは六匹ほど、ジーランド川を遡ってくる魚と同じ種類だ。そのうち二匹はかなりの大きさのパーチ[1]だった。港の北東で波をさえぎっている岩礁では、無数に空いた穴のなかに、たくさんの貝を見つけることができた。ムール貝やカサ貝が豊富で、しかも質もいい。こうした貝類がすぐ近くで手に入るというわけだ。海水魚も同じで、岩礁の下にゆらめく大きなヒバマタのあいだにひそんでいるので、フレンチ・デンにいるときのようにわざわざ七、八キロもかけて海岸まで獲りに行く必要はない。

以前ブリアンが東川の河口を探索しているとき、巨大なクマの形の岩に登ったと言っていた。ドニファンもやはりその岩の奇妙な形に驚いた。そこで、この岩から見える例の小さな港を「熊岩港」と名づけた。いまではチェアマン島の地図にもその地名が記されている。

午後、ドニファンとウィルコックスは湾を一望しようと熊岩に登った。しかし、島の東の海域には船も陸地も見えない。ブリアンが気になったという、北東の小さな白い染みすら見当たらない。太陽が西にもうだいぶ傾いているからなのか、あるいはそのような染みははじめから存在せず、ブリアンたちの目の錯覚にすぎなかったのかもしれない。

夕方になると一行は、川面に垂れるほど枝を広げた大きなエノキの木蔭で夕食をとった。夕食後に話し合ったのは、すぐにフレンチ・デンに戻って熊岩の洞穴で暮らすのに必要な物資を取ってくるべきかどうか、という問題だった。

「ぼくはすぐ戻った方がいいと思う」とウェッブが言った。「帰りも湖の南端をまわるんだったら、二、三日はかかるからね」

「でも」ウィルコックスが口を挟んだ。「もう一度ここに戻ってくるときは、ボートで湖を渡って東川を下った方がいいんじゃないかな。前にブリアンがやっただろ。ぼくらもそうしようよ」

「その方が時間がかからないし、それほど疲れないですむね」ウェッブも言った。

「ドニファンはどう思う?」クロスがたずねた。

ドニファンはこの提案をよく考えてみた。たしかに利点が多そうだ。

「ウィルコックスの言う通りだ。ボートに乗ってモコに漕いでもらえば……」

1　スズキの仲間の淡水魚。

「モコが引き受けてくれれば、だけどね」ウェッブは疑わしそうな様子だった。

「どうして引き受けないなんてことがあるんだ?」とドニファン。「おれにはブリアンみたいに命令する権利がないっていうのか? だいたい湖を突っ切るだけじゃないか」

「なんとしてもモコにはやってもらわないと!」クロスが声を張り上げた。「陸伝いに全部の物資を運ぶことになったら、いつまでたっても終わらないよ。第一、荷車じゃ森を通れないだろうし。だからボートを使おうよ」

「でも、もしボートを渡さないって言ったら?」ウェッブはなおも心配そうに言った。

「渡さない、だって?」ドニファンが声を荒らげた。「誰がそんなこと言うんだ?」

「ブリアンさ。だってリーダーじゃないか」

「ブリアンのやつが、渡さないって?」ドニファンは繰り返した。「あのボートはいつのものなのか? おれたちは使えないっていうのか? ブリアンのやつが渡さないなんて言いやがったら……」

ドニファンは最後まで言わなかった。しかし、威張りきったこの少年にはブリアンの指示に従う気がまったくない、ということは充分に伝わった。

それにウィルコックスが指摘するように、この問題をいくら議論しても意味がなかった。ウィルコックスの考えでは、ブリアンは仲間が熊岩に落ち着けるようあらゆる便宜をはかってくれるだろうから、ここで腹を立てることはない。決めなければならないのは、すぐにフレンチ・デンへ戻るかどうかだ。

「ぜったいそうするべきだよ」クロスが言った。

「じゃあ、明日出発？」とウェッブ。

「いや」とドニファンが口を開いた。「フレンチ・デンに出発する前に、湾の先まで足を延ばして、島の北側を調べようと思うんだ。二日もあれば、北部の海岸まで行って熊岩に戻ってこれる。あっちの方には陸地があるかもしれないだろ、ボードワンには見えなかったから地図に載ってないだけで。あたりがどうなってるか知らないままここに住もうっていうのは、賢明とは言えないんじゃないか」

もっともな意見だった。そこで、戻るのが二、三日延びることにはなるが、この計画を実行することに決めた。

翌一〇月一四日、ドニファンたちは夜明けとともに出発し、海岸沿いに北を目指した。

はじめの五キロほどは大きな岩の塊が森と海のあいだにごろごろしていて、砂浜は広いところでも幅が三〇メートル程度しかなかった。

昼頃に最後の岩を越えると、少年たちは昼食のために足を止めた。

その場所では一筋の流れが湾に注いでいた。北西から流れてきているところをみると、湖から出たものではないだろう。島の北部の水が集まって、狭い入江に流れ込んでいるに違いない。ドニファンはこれを北小川(クリーク)と名づけた。「川」と呼べるほどの流れではなかったのだ。

ゴムボートに乗って数回漕げば、もう対岸だった。あとは左岸すれすれに迫る森に沿って進むだけだ。

途中、ドニファンとクロスが二発の銃声を響かせたが、それは次のような状況になったからである。

三時頃のことだ。北小川(クリーク)をたどっているうちに、いつのまにかドニファンは予定より北西にそれてしまっていた。目指しているのは北の海岸なので、右に進路を変えようとしたときだった。不意にクロスがドニファンを引き止めた。

「見て、ドニファン！　ほら、あそこ！」

指し示す先には赤茶けた大きな塊。木立の下、丈の高い草と小川のアシのあいだで動いている。

ドニファンは、ウェッブとウィルコックスに動くなと合図をした。それからクロスと一緒に、銃を構えたまま近づいていった。

それはずんぐりとした図体の動物だった。サイに似ているが、額に角はない。下唇もサイよりだいぶ短い。

と、銃声が響いた。立てつづけにもう一発。ドニファンとクロスがほぼ同時に引き金を引いたのだ。

距離は五〇メートル近くあったので、厚い皮膚に弾が当たってもなんともないのだろう。アシの茂みから飛び出すと、素早く岸を越えて森の奥へと姿を消した。

その短い時間でも、ドニファンには動物の正体がわかった。人畜無害のおとなしい水陸両棲動物、褐色の毛並みをした「アンタ」とも呼ばれるバクで、南アメリカでは川のほとりでよく出くわす巨大な動物だ。仕留めたところで役に立たないので、取り逃がしても惜しくはなかった。もっとも狩猟家としての自尊心は傷ついたかもしれないが。

このあたりもやはり、鬱蒼とした緑が見渡す限り広がっていた。植物が密生し、とりわけブナが無数に生えていたので、ドニファンは「ブナ森」と名づけて地図に書き入れ、前につけた地名の「熊岩」と「北小川(クリーク)」に加えた。

夕方までに約一五キロ歩いた。ちょうど半分といったところだ。明日にはたどり着

それはずんぐりとした図体の動物だった。

けるだろう。

翌日は夜明けとともに出発した。急ぐのには理由があった。天候が変わりそうだったのだ。西からの風が明らかに強まっている。はやくも沖合からは雲が流れてくる。ただ、依然として空の高いところにあるので、雨にはならないとみてよさそうだ。風だけならばどれほど強く吹き荒れようが、立ち向かうのは別に恐ろしくない。けれどもそこに激しい雨が加わったら、進むのはまず無理だ。探検を中止して、熊岩の洞穴に引き返す羽目になるだろう。

横なぐりの突風とたたかいながら、少年たちは足を速めた。この上なく辛い一日で、夜もかなり荒れそうだった。事実、まさしく嵐が島を襲ってきた。夕方五時には空に稲妻が閃き、雷鳴の轟音があたりを長々と震わせた。

ドニファンたちはひるまなかった。目的地が近いと思うと勇気が湧いてきた。それにブナ森は行く手にどこまでもつづいているから、いざというときは木立の下にうずくまってやり過ごすこともできるだろう。風が凄まじい勢いで吹き荒れているので、かえって雨になるおそれはなかった。しかも海岸はもうそれほど遠くないはずだ。

八時頃、波の砕け散る音が聞こえてきた。島の沖に岩礁帯があるに違いない。すでに濃い霧がかかっていた空が、徐々に暗くなっていく。あたりがすっかり暗くなる前に海を遠くまで眺めるには急がなくてはならない。森を抜けると、その先には幅四〇〇メートルほどの砂浜が広がっていた。北の岩礁を越えて打ち寄せる波が、砂浜で白く砕けている。

四人は疲れ切っていたが、まだ走る力は残っていた。薄明が消え残っているうちに、このあたりの太平洋をせめて一目でも見ておきたい。果てしない海なのか、それとも近くの大陸か島とこちらを隔てる海峡にすぎないのか。

そのとき突然、少し前を進むウィルコックスが立ち止まった。砂浜に浮かび上がる黒い塊を指さしている。クジラかなにか大きな海獣が打ち上げられたのだろうか？いや、むしろ、岩礁を越えて砂浜に乗り上げた船ではないのか？

間違いない、小さな船だ。右舷を下にして座礁している。その数歩手前、上げ潮で打ち寄せられた海藻のあたり、ウィルコックスの指の先には、ふたりの人間が倒れているのが見えた。

ドニファン、ウェッブ、クロスはいったん足を止めたが、次の瞬間には考えるより先に走り出し、砂浜を突っ切ってふたりに駆け寄った。動かないところをみると、すでに亡骸になっているようだ。

少年たちは恐怖に駆られ、慌てて森の木蔭に逃げ戻った。まだ息があり、すぐに応

ふたりの人間が倒れている。

急手当てをする必要があるのかもしれないという考えは、少しも頭に浮かばなかった。

夜はすでにとっぷりと暮れていた。ときおり稲妻が光ったが、まもなくそれもなくなった。漆黒の闇のなかで、猛烈な風が唸りをあげ、荒れ狂う海が轟いている。なんという凄まじい嵐だろう。木々はみしみしと音を立て、いまにも裂けてしまいそうだ。森に身をひそめているのは危険かもしれない。だからといって砂浜で野営することは不可能だ。風にあおられた無数の砂粒が散弾のように叩きつけてくるからだ。ドニファンたちは一晩中その場にとどまったまま、まんじりともできなかった。焚き火で暖を取ることもせず、ただただ寒さに震えていた。この風では火が飛び散って、折れ重なった枯れ木に燃え移ってしまうおそれがあった。

それに、気持ちが昂ぶって眠るどころではなかった。船はどこからきたのだろう？　あのふたりはどこの国の人だろう？　船がこの島に打ち上げられたということは、近くに陸地があるのだろうか？　あるいは暴風のためこの海域で大型船が沈没し、あの船で脱出したのだろうか？

いろいろな仮説が考えられた。たまの嵐の止み間には、ドニファンとウィルコックスは身を寄せ合って小声で意見を交わした。

そうしながらも、少年たちの頭にはさまざまな幻覚がよぎり、風が少し弱まると遠くから人の声が聞こえるような気がした。耳をそばだてながら、別の遭難者が浜辺を彷徨っているのではないかと思ったりもした。だがそれは錯覚だった。吹き荒れる嵐のさなかに、死に物狂いで助けを求める叫びは響いていない。少年たちはそのときになってようやく、恐怖に駆られて真っ先に逃げ出したのは間違いだった、と考えた。強風になぎ倒される危険を冒してでも、波が砕ける浜辺まで急いで駆け戻りたかった。しかしこの闇夜のなか、高潮の波しぶきが降り注ぐ吹きさらしの砂浜で、どうすれば船が横倒しに座礁していた場所や、亡骸が横たわっていた場所を見つけられるというのだろう？

それに、気力も体力もなくなりかけていた。少年たちは長いあいだ誰にも頼らず生活し、自分たちを大人と同じだと思い込んでいた。だが、スルーギ号の遭難以来はじめてほかの人間を、しかもこの島に死体となって打ち上げられた人間を目の前にして、ふたたび子どもに戻ったような気持ちになっていたのだ。

ようやく落ち着きを取り戻すと、四人は自分たちのなすべきことがなにかわかってきた。

明日、夜が明けたらすぐ砂浜へ引き返そう。そこに穴を掘ったら、ふたりの魂が安らかに眠りにつくよう祈りを捧げて、丁重に埋葬するのだ。

その夜はどれほど長く感じられたことか。恐怖を一掃してくれる夜明けは、もはや永遠に訪れないような気がした。

せめて懐中時計で、どれだけの時間が経過したのか確かめることができれば。そう思っても、風が強くてマッチに火を点けることもできない。毛布をかぶってやってみても無理だ。クロスはなんとかして火を点けようとしたが、あきらめるしかなかった。

そのときウィルコックスが、おおよその時間を知る方法を思いついた。ウィルコックスの懐中時計は、二四時間ごとに竜頭を一二回巻くことになっていた。つまり二時間で一巻きだ。その晩は夕方八時に竜頭を巻いたから、いまの時点で何回巻けるか数えれば、どれだけの時間が経過したのかわかる。やってみると四回巻けた。約八時間経っているということだから、いまは朝四時頃のはずだ。となると、もうすぐ夜が明けるに違いない。

実際、ほどなくして東の空が白んできた。風の勢いは少しも衰えていない。雲が海上に低く垂れ込めてきているので、ドニファンたちが熊岩港に帰り着く前に、雨になってしまいそうだ。

しかし、まずはあのふたりの遭難者を弔わなければならない。沖合に立ちこめる靄を通して曙の光が差してくると、四人は強風に立ち向かいながら、なんとか砂浜へ歩いていった。風になぎ倒されないよう、何度も互いに支え合わなければならなかった。

船は砂が盛り上がったあたりに横たわっていた。砂浜に残された跡からすると、上げ潮の高波が船を乗り越えて打ち寄せたようだ。

ふたりの亡骸はどこにもない。

ドニファンとウィルコックスは砂浜を二〇歩ほど進んだ。なにもない。横たわっていた痕跡すらない。波にかき消されてしまったのだろう。

「あの人たち、生きてたんだよ！」ウィルコックスが叫んだ。「起き上がれたんだからね」

「どこへ行ったんだろう？」とクロス。

「どこへ？」そう言うとドニファンは荒れ狂う海を指さした。「あっちさ。引き潮がさらっていったんだ」

ドニファンは這うようにして岩礁の端まで進み、望遠鏡で海の面を見渡した。なにもない。

ふたりの亡骸ははるか沖合まで流されてしまったのだ。

ドニファンは船のそばに残っていた仲間のもとに戻った。

ほかに生き残った人が船のなかにいるのではないか？

船は空だ。

それは商船搭載用の小型艇だった。前部には甲板があり、竜骨の長さはおよそ一〇メートル。座礁の衝撃で右舷の外板が吃水線のところで突き破られている。もう航行できる状態ではない。残っている装具は、根元で折れたマストの一部、船縁（ふなべり）の索留めにひっかかった帆の切れ端、ちぎれたロープくらいだった。食糧、用具、武器などは、備品箱のなかにも小さな船首楼の下にも見当たらなかった。

船尾には、この小型艇の母船と母港が記されていた。

セヴァーン号 —— サンフランシスコ

サンフランシスコ！　カリフォルニア沿岸の港だ。母船はアメリカの船なのだ。

セヴァーン号の遭難者が嵐で打ち上げられたこの海岸の前には、さえぎるもののない海原が果てしなく広がっていた。

船は空だ。

22

ブリアンの思いつき――年少組の喜び――凧の製作――実験の中断――ケイト――セヴァーン号の生存者――ドニファンたちに迫る危険――ブリアンの献身――全員集合

ドニファン、ウェッブ、クロス、ウィルコックスの四人がフレンチ・デンを去ってから、少年たちの生活はだいぶ寂しいものになっていた。このような事態になってしまったことを、皆どれほど悲しんでいたことか。この別離がのちのち大きな禍根となるかもしれない。もちろんブリアンには自分を責める必要などなかったが、それでも、分裂が起きてしまったのは自分が原因だと、誰よりも胸を痛めているようだった。

ゴードンはそんなブリアンを慰めようとして言った。

「四人は戻ってくるさ。それも自分たちが思ってるよりずっと早くにね。ドニファンがどんなに意地を張っても、いずれどうにもならない状況になるよ。冬になる前にフレンチ・デンに戻ってくる。間違いない」

けれどもブリアンは頭を振るだけで、なにも答えようとしなかった。状況次第で四人が戻ってくるだって？　そうかもしれない。ただそのときは、かなり深刻な状況になってしまっているということだ。

ゴードンは「冬になる前に」と言っていた。すると自分たちはチェアマン島で三度目の冬を迎えることになるのだろうか？　そのときまでになんの救助もやってこないのだろうか？　夏のあいだ、このあたりの海域には一隻の商船も通らないのだろうか？　オークランド丘陵の頂に目印として掲げた、あのイグサで編んだ玉も、結局は気づいてもらえないのだろうか？

あの目印の玉は、海面からわずか六〇メートルほどの高さしかないから、見える範囲がかなり限られている。そこでブリアンは、大洋を渡る船を建造するのは無理だとわかってからは、目印をさらに高いところに掲げる方法がないか探るようになっていた。ブリアンはこの件でもバクスターによく相談していたが、ある日のこと、凧を使うことはできないだろうかと持ちかけた。

「ぼくたちには布もロープもあるだろ」ブリアンはつづけた。「それを使って充分な大きさの凧を作れば、かなり高いところまで揚がるんじゃないかな――たとえば三〇〇メートルくらいまで」

「ただ、風がない日は駄目だけどね」バクスターが言った。

「そんな日はめったにないさ。風がないときは凧を降ろしておけばいいだけだよ。でも、それ以外のときは、ロープの端を地面にしっかり固定しておけば、なにもしなくても凧は風のままに動いてくれる。どの方向に揚がるか、いちいち気にすることはないよ」

「よし、やってみよう」とバクスターが応じた。

「それに」とブリアンがつけ加えた。「もし日中かなり遠く、一〇〇キロくらい先からでも見えるようなら、凧の尾か骨のところにランプをつければ、夜のあいだも同じくらい遠くから見えるよ」

こうしてブリアンの案は実行されることになった。凧となれば少年たちが嫌がるはずはない。これまでニュージーランドの草原で何度となく凧揚げをしてきたのだから。

ブリアンの計画が知らされると、みんな大喜びだった。なかでも幼いジェンキンズ、アイヴァーソン、ドール、コスターは大はしゃぎで、誰も見たことがないくらい大きな凧ができるのだと胸を躍らせた。空のずっと高いところで揺れる凧をぴんと張ったロープで操るなんて、どんなに楽しいことだろう！

「長い尻尾をつけようよ！」

「うんとでっかい耳も！」

「すてきなピエロの絵をかこう！　きっと高い空で手とか足とかパタパタさせるよ！」

「ピエロのところまでうなり紙[1]をのぼらせようよ！」

みんな本当に楽しそうだった。しかし、幼い子たちにはただの遊びとしか思えない凧揚げにも、実際はとても真面目な意図があり、良い成果をあげることが期待されていた。

こうしてバクスターとブリアンは、ドニファンたちがフレンチ・デンを去った翌々日から、凧の製作に取りかかった。

「こんなすごい凧を見たら、ドニファンたち、目をまん丸くするだろうね」サーヴィスが言った。「それにしても、小説のロビンソンたちが凧を高く揚げようって思いつかなかったのは残念だなあ！」

1　紙にあいた穴に凧糸を通し、風の力で上空の凧のところまで昇らせる遊び。

「ピエロのとこまでうなり紙をのぼらせようよ！」

「凧は島のどこからでも見えるの？」そうたずねたのはガーネットだ。
「島だけじゃないよ」とブリアン。「海のずっと遠くからでも見えるさ」
「オークランドからも見える？」とドール。
「さすがに無理だろうね」ブリアンは笑いながら言った。「でもドニファンたちも、この凧を見たら戻ってくる気になるんじゃないかな」

　このようにブリアンは、出ていった四人のことばかり考えていた。ブリアンの望みはただひとつ、この不幸な別離が一日も早く終わることだけだった。

　その日から数日は凧づくりに費やされた。バクスターの提案で、形は八角形にした。軽さと強靭さを備えた骨組には、ファミリー湖のほとりに生える硬いアシを使った。骨組は頑丈で、ふつうの風ならびくともしない。そこにゴム引きの軽い布地を張る。スクーナー船の明かり窓を覆っていた防水布なので、風を通すことはない。引綱には、長さが六〇〇メートル以上ある縒り（よ）の固いロープを用いる。海中で測程儀[2]を引くのに使われるロープで、相当強く引っ張っても切れたりしない。

2　船の速さを測る道具。縄の先につけて船上から海に流し、一定時間に繰り出した縄の長さで測る。

凧にはもちろん立派な尾をつける。風にあおられ傾いても平衡を保つようにするためだ。これだけしっかりとした作りの凧なら、誰かひとりくらい乗せても、それほど危険なく空に揚げられるかもしれない。しかしそれよりもまず、風に耐えられるだけの丈夫さと、高くまで揚げられるだけの翼面積の広さ、そして八〇キロとか一〇〇キロ先からでも見えるだけの大きさがあることが大事なのだ。

これほどの凧になると、さすがに手で揚げるのは無理だ。たとえ全員がかりでも、風を受ければたちまちすごい勢いで引きずられてしまうだろう。だから引綱は、スクーナー船の巻揚機のひとつに巻きつけておかなければならない。小型の水平巻揚機がスポーツ広場の真ん中に運ばれ、〈空の巨人〉――これがみんなで決めた凧の名前だ――に引っ張られても動いたりしないよう、地面にしっかりと固定された。

この作業が完了したのは一四日の夕方だった。ブリアンは翌日の午後、みんなの立ち会いのもとに凧を空に放つことにした。

しかし翌一五日は、実験をおこなうことができなかった。暴風が吹き荒れたのだ。もしこんな日に凧を揚げたりしたら、あっという間にばらばらになってしまう。

それは島の北部にいたドニファンたちを襲ったのと同じ暴風だった。そしてこの暴風はいままさに、あの小型艇とアメリカ人遭難者たちを北の海岸――のちに「セヴァーン海岸」と名づけられる海岸──へ向けて押し流しているところだった。

一〇月一六日、風はやや弱まってきてはいたが、凧を揚げるにはまだ強すぎた。だが午後には天候が変わり、風もだいぶおさまって南東から吹くようになったので、翌日に実験を実施することにした。

そして一〇月一七日。この日付はチェアマン島の年代記のなかで重要な位置を占めることになる。

その日はあいにく金曜日だった。けれどもブリアンは、迷信を気にしてもう一日さらに先延ばしにしてはならないと思った。[3] なにしろ心地よいそよ風が安定して吹きつづける、絶好の凧揚げ日和なのだ。うまく風を受けるよう凧の傾角を調整したので、かなり高くまで揚がるはずだ。暗くなったら一度降ろし、ランプをつけてまた揚げれば、一晩中その光が見えることだろう。

午前中は最後の準備に充てられ、昼食後も一時間以上つづいた。それが終わると、全員がスポーツ広場に集まった。

「さすがブリアンだね、こんなすごい凧を作ろうって思いつくなんて!」アイヴァー

3　金曜日はキリストの磔刑の日として不吉とされる。

ソンとほかの子たちは、口々にそう言って拍手した。

時刻は一時半。凧は地面に横たわったまま、尾を長々と伸ばしている。これがまもなく空に舞い上がるのだ。みんな固唾をのんでブリアンの合図を待っていた。しかしブリアンはなかなか合図を出さない。

そのときブリアンは、ファンに気を取られていた。ファンが突然すごい速さで森の方へ走り出したのだ。しかも、なにかを訴えるような奇妙な吠え声をあげている。このように吠えるのははじめてなので、驚かずにはいられなかった。

「ファンのやつ、どうしたんだ？」ブリアンは訝しんだ。

「なにか動物がいるのを嗅ぎつけたのかな」とゴードン。

「いや、違う。いつもはあんな吠え方じゃない」

「行ってみようよ！」そう言ったのはサーヴィスだ。

「武器を持っていこう」ブリアンが声をかけた。

サーヴィスとジャックはフレンチ・デンに駆け戻り、弾を込めた銃を取ってきた。

「行こう」とブリアン。

ブリアン、サーヴィス、ジャックの三人にゴードンも加わり、落穴森のはずれに向かった。ファンはすでに森のなかへ姿を消していたが、吠え声はずっと聞こえていた。

五〇歩ほど森に踏み込んだところで、一本の木の前にいるファンが見えた。木の根元にはひとつの人影が倒れている。

女の人だ。横たわったまま死んだように動かない。粗末な布地のスカートとブラウス、腰のあたりで結んだ褐色のウールの肩掛け、服はまだそれほど傷んではいないようだ。年の頃は四〇歳から四五歳くらいだろうか。がっしりとした体格をしているが、顔にはひどく苦しんだ跡が見られる。疲労と、そしておそらくは飢えで力尽きたのだろう、意識は失っているが、唇からはかすかに息がもれている。チェアマン島漂着以来はじめて人間に出会い、少年たちはどれほど衝撃を受けたことか。

「息がある！　まだ息があるぞ！」ゴードンが叫んだ。「きっと空腹と喉の渇きで……」

すぐさまジャックがフレンチ・デンまで走り、乾パンとブランデーを持ってきた。

ブリアンは女性の方に身をかがめると、固く結ばれた唇を少し開かせ、気付けのブランデーを数滴注いだ。

女性は身じろぎし、まぶたを開いた。まわりの少年たちを見て、その目に生気が戻ってきた。そして、ジャックが差し出した乾パンを夢中で口に運んだ。

女性は身じろぎし、まぶたを開いた。

このかわいそうな女の人は、疲労よりも空腹のために死にかけていたらしい。

それにしてもどういう人なのだろう？　言葉は通じるのだろうか？

ブリアンの疑問はすぐに氷解した。

女性は身体を起こし、英語でこう言ったのだ。

「ありがとう……、ありがとう……」

半時間後、ブリアンとバクスターは女性を広間（ホール）で休ませた。そしてゴードンたちの手も借りながら、必要な手当てをほどこした。

いくらか元気を取り戻すと、女性はさっそく自分の身になにが起こったか話しはじめた。

以下がその話である。少年たちがその話にどれほど興味を持ったか、きっとわかることだろう。

その女性はアメリカ生まれ、長いあいだ合衆国の西部開拓地域で暮らしていた。名前はキャサリン・レディ。ふつうはただケイトと呼ばれている。二〇年ほど前から、ニューヨーク州の州都オルバニーに住むウィリアム・R・ペンフィールド家に仕え、家政婦として一切を任されていた。

一ヶ月前のこと、ペンフィールド夫妻は、チリに住む親戚のもとを訪ねようと、カリフォルニア州の港サンフランシスコにやってきた。商船のセヴァーン号に乗るためだ。船を指揮するのはジョン・F・ターナー船長。ペンフィールド夫妻はバルパライソ[4]行きのこの船に、いわば家族も同然のケイトを連れて乗船した。セヴァーン号は立派な船だったので、航海はすばらしいものになるはずだった——新たに雇われた八人の乗組員が卑劣な極悪人でさえなければ。出港から九日後、そのうちのひとりウォルストンが、仲間のブラント、ロック、ヘンリー、ブック、フォーブズ、コープ、パイクと共謀して反乱を起こし、ターナー船長と副船長を殺害した。そのときにペンフィールド夫妻も殺されてしまった。

人殺したちは船を奪って、奴隷売買に利用しようとしていた。当時はまだ南米のいくつかの地方では奴隷売買がおこなわれていたのである。

乗船者のうち殺されずにすんだのはふたりだけだった。ひとりはケイト。連中のなかでまだ少しだけ人の心が残っているフォーブズが、殺さないよう取りなしてくれたのだ。もうひとりはセヴァーン号の航海士、エヴァンズという名の三〇歳くらいの男。船を動かすのに必要だったからだ。

この恐ろしい事件が起きたのは一〇月七日から八日にかけての夜、チリ沿岸から約三〇〇キロ離れた海上を航行しているときだった。

言う通りにしないと殺すと脅されたエヴァンズは、アフリカの西海岸に向かうために、ホーン岬を回る航路を取った。

だが数日後、船上で火災が発生した。原因はわからない。火の勢いは激しく、またたくまに燃え広がった。ウォルストンたちが消し止めようとしても、もう手のつけようもなく、セヴァーン号は炎に包まれた。一味のひとりヘンリーは、火から逃れようと海に飛び込み、死んでしまった。こうなっては船を捨てるしかない。小型艇に大急ぎで食糧、弾薬、武器を放り込んで船を離れたそのとき、セヴァーン号は炎とともに海に沈んでいった。

状況は深刻だった。いちばん近い陸地でも三〇〇キロ以上離れているのだ。もっとも、極悪人もろとも小型艇が沈んでしまえば、それこそまさに天の裁きというものだっただろう。しかし、その小型艇にはケイトとエヴァンズ航海士も乗っていた。

翌々日、暴風が吹き荒れ、事態はいっそう厳しくなった。マストは折れ、帆は破れた。しかし風が沖から吹き寄せるので、小型艇はチェアマン島の方へと流されていた。

そして一五日から一六日にかけての夜、岩礁に乗り上げた小型艇は、肋材が破損し外

4　チリ中部の港市。

板が裂けた姿で砂浜に座礁したのだ。

ウォルストンの一味は、嵐との長いたたかいで疲れ果てていた。食糧もだいぶ少なくなっていて、寒さと疲労で衰弱しきっていた。そのため小型艇が暗礁にさしかかった頃には、朦朧としてほとんど意識がなかった。と、襲いかかる荒波が一味のうち五人をさらっていった。小型艇が座礁したのはその直後だった。残りのふたりは砂浜に投げ出された。ケイトの方は小型艇の反対側に転げ落ちた。

ふたりの男もケイトも、かなり長いあいだ気を失っていた。まもなく意識を取り戻したケイトは、ウォルストンの一味はもう生きていないだろうとは思ったが、用心してじっと動かずにいた。朝になるのを待って、この見知らぬ土地で助けを求めるつもりだった。だが午前三時頃、小型艇のそばで砂を踏む足音がした。

ウォルストン、ブラント、ロックだった。座礁する寸前に荒波に呑まれたものの、なんとか無事だったらしい。暗礁を越え、フォーブズとパイクが倒れている砂浜にたどり着いた三人は、急いで仲間の息を吹き返らせた。それから五人で相談をはじめた。エヴァンズ航海士は、コープとブックに監視されて、数百歩離れたところにいた。

ケイトには男たちの会話がはっきりと聞こえた。

「ここはどこなんだ？」ロックがたずねる。

「知らねえよ」ウォルストンが答える。「どこでもいいじゃねえか。いつまでもこんなとこにいねえで、東へ行こうぜ。夜が明けてから、なんとかすりゃいいさ」

「武器は？」その声はフォーブズだ。

「ここにある。弾薬も無事だ」

ウォルストンはそう言うと、小型艇の備品箱から五丁の銃と弾薬の包みを取り出した。

「これで足りるか？」ロックが言う。「このあたりにゃ野蛮人どもがいそうだからな」

「エヴァンズの野郎は？」ブラントがたずねる。

「あそこだ」ウォルストンが答える。「コープとブックが見張ってる。あいつは連れてかなきゃならねえ。絶対にな。つべこべ抜かしやがったら、俺がわからせてやる」

「ケイトはどうした？」ロックがたずねる。「生き延びやがったのか？」

「ケイト？」とウォルストン。「心配いらねえよ。あいつ、船縁から放り出されたぜ、ここに乗り上げる前にな。いまごろ海の底さ」

「厄介払いできたってわけだ」ロックが言う。「あの女、少しばかり知りすぎちまったからな」

「なあに、いつまでも知ったままにさせとくつもりはなかったけどな」とウォルストン。その言葉が意味するところは明らかだった。

すべてを聞いたケイトは、男たちがいなくなったらすぐに逃げようと決めた。

やがてウォルストンたちは、まだ足元がふらつくフォーブズとパイクを支えながら、武器と弾薬、そして残っていた食糧類——塩漬け肉二、三キロ、煙草少々、二、三本のジン——を持って立ち去った。風が猛烈に吹き荒れるなか、男たちは遠ざかっていった。

一味が遠くまで行ってしまうと、ケイトは急いで起き上がった。ぐずぐずしてはいられない。上げ潮はもう砂浜まで迫ってきている。そのままいたら海にさらわれてしまうところだった。

こういったわけで、ドニファンたちが遭難者を弔おうと砂浜に戻ってきたときには誰ひとりいなくなっていたのだ。ウォルストン一味はすでに東へと向かい、それとは反対の方角に歩き出したケイトは、そうとは知らずにファミリー湖の北へと向かっていた。

一六日の午後、ケイトは湖の北端にたどり着いた。飢えと疲労でふらふらだった。わずかな野生の木の実しか口にしていなかったのだ。そこからは湖の西岸をたどり、夜を徹して翌一七日の午前中までひたすら歩きつづけたが、ついに力尽きて倒れてし

ウォルストンたちはフォーブズとパイクを支えた。

まった。そこをブリアンに助け起こされたのだ。

以上がケイトの語った一連の出来事である。それはきわめて深刻な出来事だった。これまで少年たちがすっかり安心して暮らしてきたチェアマン島に、人を殺すことをなんとも思わない七人の男が上陸したのだ。連中がフレンチ・デンを見つけたら、ためらわず襲ってくるに違いない。ここを占領し、食糧や武器、そしてなによりも道具類を奪い取ろうとするに決まっている。道具さえあれば、小型艇を修理してふたたび海に出ることができるのだから。そうなった場合、ブリアンたちにどう抵抗できるというのだろう? いちばん年上の少年でもせいぜい一五歳、年下の子は一〇歳にも満たないのに。恐ろしい事態になるのは目に見えている。ウォルストンが島にとどまっているとすると、いずれなんらかの攻撃を仕掛けてくるのは確実だ。

少年たちがケイトの話にどれほど動揺したか、容易に想像できるであろう。

話を聞いてブリアンが考えたのはただひとつ、危険が迫っているとすれば、ドニファン、ウィルコックス、クロス、ウェッブの四人こそ、その危険にもっとも近いところにいる、ということだった。ドニファンたちはセヴァーン号の生き残りが島に入り込んでいることを、それもまさに自分たちが探索している東部沿岸に入り込んでいることを知らないのだから、警戒しているはずもない。誰かがたった一発銃を撃つだけで、たちまちウォルストンに居場所を悟られてしまうだろう。そうなったら四人とも極悪人の手に落ちて、どんなひどい目に遭わされることか。

「ドニファンたちを助けに行かなきゃ」とブリアンは言った。「今日のうちに知らせないと」

「そしてフレンチ・デンに連れ戻すんだ」ゴードンも言った。「みんなで一致団結しないといけないんだよ、悪者たちの襲撃に備えるには」

「そうさ」とブリアン。「四人には戻ってきてもらわないと。きっと戻ってきてくれる。迎えに行ってくるよ」

「きみがかい？」

「そうだよ、ゴードン。ぼくが行く」

「どうやって？」

「モコとボートで。二、三時間もあれば湖を渡って東川の流れを下れるよ、このあいだみたいにね。河口に出れば、きっとドニファンに会えるさ」

「いつ出発するつもりだい？」

「今夜だ。暗闇のなかで湖を渡れば、見られる心配もないからね」

「兄さん、ぼくも一緒に行っていい？」ジャックがたずねた。

「お前は駄目だ」ブリアンが答えた。「四人をボートに乗せて戻ってこなくちゃならない。ボートは六人がぎりぎりだ」

「じゃあ、これで決まりだね」とゴードン。

「決まりだ」とブリアン。

　実際この決定は、ドニファンたちのためだけでなく、少年たち全員のためにも最良のものだった。四人が、しかも力の強い四人が加わってくれれば、攻撃されたときに頼りになるだろう。ともかく、二四時間以内に全員がフレンチ・デンに揃うようにするには、一刻も無駄にできない。

　当然、もはや凧揚げどころではなかった。空に凧を揚げるなど、あまりに軽率というものだ。沖合を航行する船舶に向かってではなく、ウォルストン一味に向かって、少年たちが島にいると知らせることになってしまう。まさに同じ理由から、オークランド丘陵の頂に立てた目印のマストもすぐに倒した方がいいとブリアンは考えた。

　日が暮れるまでは、みんな広間(ホール)に閉じこもっていた。今度はケイトが少年たちの冒険譚を聞いた。善良なこの女性は、自分のことは忘れて、少年たちのことばかりを案じていた。もしチェアマン島に一緒に残ることになったら、心を込めてみんなの世話をし、母親のような愛情を注いでくれるだろう。すでにケイトは、幼いドールやコスターのことを「坊や（パプース）」の愛称で呼んでいた。これはアメリカ西部開拓地域でイギリスの幼児を指す言葉である。[5]

サーヴィスはさっそくお気に入りの小説を思い返しながら、ロビンソン・クルーソーが相棒を「フライデー」と呼んだのにちなんで、ケイトのことを「フライデー小母（おば）さん」と呼ぼうと提案した。ケイトがフレンチ・デンにやってきた今日がまさに「金曜日（フライデー）」だからだ。

サーヴィスはさらにつづけた。

「あの悪者たちって、ロビンソンに出てくる野蛮人みたいなものだね。いつでも野蛮人ってのが登場するけど、最後にはいつでもやっつけられちゃうんだ」

八時に出発の準備が整った。どんな危険を前にしても変わらず尽くしてくれるモコは、ブリアンと一緒に行けるのを喜んでいた。

ふたりは、いくらかの食糧に加え、それぞれ拳銃とナイフを携えてボートに乗り込むと、仲間に別れを告げた。残された少年たちは胸が締めつけられる思いで遠ざかるふたりを見送っていたが、やがてそれもファミリー湖の闇のなかに見えなくなった。

5　「パプース（papoose）」は、本来は北米のネイティブアメリカンの言葉で赤ん坊を指す語。

日没とともに、北からそよ風が吹きはじめていた。この風がつづいてくれれば、ボートは行きも帰りも楽に進めるだろう。

ともかく、西から東へ進むのに好都合な風が吹きつづけた。誰にも気づかれずに湖を渡ろうとしているブリアンにとって幸いなことに、その夜は深い闇夜だった。コンパスで方角を確かめながらいけば対岸に着く。そこから湖岸沿いに北に上るか南に下るかして川の入口を探せばいい。ブリアンとモコは対岸の様子に注意を凝らしていた。もしなにか火が見えるようなことがあれば、おそらくそれはウォルストンの一味だろう。ドニファンたちは東川の河口付近の海岸にいるはずなのだから。

二時間で一〇キロ近く進んだ。風はやや強まったがボートはそれほど影響を受けず、以前ブリアンたちが最初に接岸したあたりにたどり着いた。湖水が川となって流れ出る狭い入江までは、そこから湖岸沿いをさらに一キロ弱北上しなければならない。それにはかなり時間がかかった。向かい風だったので、オールを漕いで進む必要があったのだ。木々の枝が湖面に覆いかぶさるように垂れ、岸はしんと静まりかえっている。森の奥からは動物の鳴き声ひとつ、遠吠えひとつ聞こえない。黒々とした葉叢の蔭には、怪しい火影ひとつ見えない。

しかし一〇時半頃、船尾側に座っていたブリアンが、オールを漕ぐモコの腕を押さえた。東川まであと数十メートルのところだった。右側の岸の闇の向こうに、なかば消えかかった焚き火の明かりが見える。誰が野営しているのだろう？　ウォルストンか？　それともドニファンか？　川に向かう前にそれを確かめておかなければならない。

「モコ、ぼくを降ろしてくれ」とブリアン。

「おいらもついていこうか？」モコが小声でたずねる。

「いや、ひとりでいい。その方が見つかりにくいから」

ボートが土手に近づくと、モコに待つように言って、ブリアンはナイフを手に岸に飛び移った。腰には拳銃を差してあるが、音を立てたくないので、ぎりぎりまで使うまいと決めていた。

土手を上り、森に分け入る。

突然ブリアンは足を止めた。二〇歩ほど先、消え残った焚き火の薄明かりになにかの影が見えた気がしたのだ。その影もブリアンと同じように茂みを這っている。

その瞬間、恐ろしい咆哮とともに、黒い塊が前方に飛びかかった。

巨大なジャガーだ。たちまち悲鳴があがった。

「助けてくれ！」

ブリアンにはドニファンの声だとわかった。そう、そこにいたのはまさしくドニファンだった。ほかの仲間は川岸近くの野営地で休んでいた。

ドニファンはジャガーに押し倒され、武器も使えずもがいている。

叫びで目を覚ましたウィルコックスが駆けつけてきた。銃を肩に構え、引き金を引こうとする。

「撃つな！　撃っちゃいけない！」

ウィルコックスがその声の主を確かめるより前に、ブリアンは野獣に飛びかかった。野獣がブリアンに襲いかかる。その隙にドニファンは素早く立ち上がった。

ブリアンはジャガーにナイフを突き刺すと同時に脇に飛び退いた。一瞬のことで、ドニファンもウィルコックスも手を出す暇もなかった。

深手を負ったジャガーがばったりと倒れた。ウェッブとクロスがドニファンを助けに駆けつけたのはそのときだった。

野獣を打ち倒しはしたが、ブリアンも傷を負っていた。鋭い爪に引き裂かれ、肩から血が流れている。

「どうしてここに？」ウィルコックスが叫んだ。

「話はあとだ」ブリアンは答えた。「とにかくきてくれ！」

ブリアンは野獣に飛びかかった。

「その前にお礼を言わせてくれ、ブリアン」ドニファンが言った。「きみは命の恩人だ……」

「あたりまえのことをしただけだよ。きみがぼくの立場でも、同じようにしたさ。そんなことはもういいから、ぼくについてきてくれ！」

ブリアンの傷はそれほど深くはなかったが、ハンカチできつく縛っておく必要があった。ウィルコックスに手当てをしてもらっているあいだ、ブリアンは四人にこれまでの経緯を説明した。

ドニファンたちはふたりの男が亡骸となって上げ潮にさらわれてしまったとばかり思っていたが、実は生きていたのだ。そしていま、この島をうろついている。しかもやつらは血で汚れた極悪人なのだ。難破したセヴァーン号の小型艇には、連中のほかに女の人もいて、その人はいまフレンチ・デンにいるというのか。あの連中がいる以上、チェアマン島はもう安全ではない。だからブリアンは、銃声を聞かれることを怖れて、ウィルコックスにジャガーを撃つなと言ったのだ。だから野獣を倒すのにナイフしか使わなかったのだ。

「ああ、ブリアン。おれなんかがきみにかなうわけがない」ドニファンは感極まったように叫んだ。その声には感謝の気持ちがあふれ、いつもの高慢さはどこにもなかった。

「そんなことはないよ、ドニファン。それは違う」ブリアンは言った。「でも、きみが一緒に戻るって言ってくれるまで、ぼくはきみの手を離さないからね」

「そうだな、ブリアン。戻らないとな。……信じてくれ、これからはおれが真っ先にきみの言うことをきくよ。明日、夜が明けたらすぐに出発しよう」

「いや、いますぐだ。やつらに見られないように戻らないと」

「でもどうやって？」クロスがたずねた。

「モコもきてるんだ。ボートで待ってる。東川を下ろうとしたとき、きみたちの焚き火に気づいたんだよ」

「おれを助けるためにきてくれたんだね」ドニファンがまた言った。

「きみをフレンチ・デンに連れて帰るためにきただけさ」

ところで、どうしてドニファンたちは東川の河口ではなくこの場所で野営をしていたのだろうか。説明によると、セヴァーン海岸を離れた四人が熊岩港に戻ったのは一六日、夜が明けると予定通り東川の左岸を歩いて湖まできた。今夜はここで過ごして、明日フレンチ・デンに戻るつもりだったという。

ブリアンはまだ夜が明けないうちにドニファンたちとボートに乗り込んだ。六人も乗るとさすがに窮屈だったので、慎重に操らなければならなかった。しかし風向きは良く、モコも巧みにボートを進めたので、なんの問題もなく湖を渡ることができた。

朝四時頃、一行がジーランド川の土手に降り立ったとき、ゴードンをはじめフレンチ・デンの少年たちは、留守にしていたドニファンたちをどんなに喜んで迎えたことだろう。大きな危険が迫ってはいたが、フレンチ・デンにはふたたび全員が揃ったのだ。

23

現状把握――慎重を期して――生活の変化――雌牛の木――知るべきこと――ケイトの提案――ブリアンの頭を離れない考え――計画――話し合い――明日から

こうして全員が揃い、新しい顔ぶれも加わった。海上で恐ろしい出来事に巻き込まれ、チェアマン島の浜辺に打ち上げられたケイトである。いまやフレンチ・デンでは、皆の心がひとつになっていた。この団結は今後なにがあっても崩れはしないだろう。ドニファンはリーダーになれなかったことをまだ多少は残念に思っているかもしれないが、それでも完全に仲間のもとへ戻ってきた。そう、あの数日間の別離が良い結果をもたらしたのだ。ドニファンはフレンチ・デンを飛び出した後、自尊心が先立って仲間にはなにも言わなかったし、自らの過ちを認めようともしなかったが、強情のせいで自分がいかに愚かな行動に出てしまったか、うすうす気がついていた。ウィルコックス、クロス、ウェッブもやはり同じ気持ちだった。だからこそ、ブリアンがおのれの身もかえりみず助けにきてくれたことで、すっかり心を入れ替えたのだ。もう以前のドニファンに戻ることはないだろう。

それにしても、きわめて深刻な危険がフレンチ・デンに迫っていた。武器を携えた七人の屈強な悪人どもにいつ襲撃されてもおかしくないのだ。おそらくウォルストンは、一刻も早くチェアマン島から出ようとするだろう。しかし、自分たちに不足しているものがすべて揃ったフレンチ・デンの存在を嗅ぎつけでもしたら、迷うことなく攻撃してくるに違いない。そうなったら連中の方が圧倒的に有利だ。だから、ウォルストンの一味が島を去るまでは、用心に用心を重ねる必要があった。これからはジーランド川から遠く離れてはならない。ファミリー湖周辺を不必要に歩き回ってはならない。

まず確かめておくべきは、ドニファンたちがセヴァーン海岸から熊岩に戻るあいだに、連中の気配を感じたかということだった。

「いや」とドニファンが答えた。「実を言うと、熊岩までは、行きとは違う道を取ったんだ」

「でも、連中が東の方角へ向かったのは確実なんだ」とゴードンが言った。

「なるほど」とドニファン。「ただ、やつらは海岸沿いに行ったんだろう。おれたちの方はブナ森をまっすぐ突っ切って戻った。地図を見てくれ。失望湾の北は大きくカーブして張り出しているだろ。この広い一帯のどこかにねぐらを見つけたのさ。このあたりなら、小型艇を置き去りにしたところからも大して離れてないし。――それはそうと、ケイトなら知ってるんじゃないかな、チェアマン島がどのへんの海域にあるのか」

それについては、前にゴードンとブリアンからたずねられたときも、ケイトはなにも答えられなかった。セヴァーン号が火災で沈没した後、エヴァンズ航海士は小型艇の舵を取り、なんとかしてアメリカ大陸へ戻ろうとしていた。だからチェアマン島はアメリカ大陸からそれほど離れていないはずだ。とはいえ、嵐のために流れ着くことになったこの島の名前を、エヴァンズは一度も口にしていなかった。ただ、大陸沿岸の島々は比較的近いはずだから、ウォルストンはそこまでたどり着くつもりで、さしあたり東の海岸にとどまっているのだ。小型艇を修理できれば、南米のどこかの陸地を目指すのもそれほど大変なことではないだろう。

「でも」とブリアンは口を開いた。「ウォルストンが東川の河口までやってきて、ドニファンたちがいた跡を見つけたりしたら話は変わってくるね。もっと遠くまで調べてみようとするだろうから」

「跡って、どんな?」ドニファンが応じた。「焚き火の燃えかすのことかい? それを見たからって、どう考える? 島に誰か住んでるって考えたら、やつらはむしろ、見つからないよう隠れるんじゃないか?」

「そうかもしれない」とブリアン。「もし、島に住んでいるのはわずかな人数の子どもだけ、って知らなければね。だから、ぼくらの正体はぜったいに気づかれてはならないんだ。——ドニファン、ひとつ聞いておきたいんだけど、失望湾に戻る途中で銃を撃ったりしたかい?」

「いや、撃たなかった」ドニファンはそう言うと笑みを浮かべた。「射撃好きのおれにしては珍しいことだけどね。海岸を離れたときには、もう充分獲物を持ってたんだ。だから銃声でやつらに気づかれたってことはない。昨晩はウィルコックスがジャガーに撃ちそうになったけど、ブリアン、ちょうどきみがやってきて止めてくれた。そして自分の命を危険にさらしてまで、おれを助けてくれたんだ」

「言っただろ、ドニファン。あたりまえのことをしただけだよ。きみがぼくの立場でも同じようにしたさ。——これからは一切銃を使ってはいけない。落穴森に行くのもやめだ。蓄えだけで暮らしていこう」

言うまでもなく、ブリアンはフレンチ・デンに戻るとすぐに傷の手当てを受けた。傷口はまもなく完全にふさがった。しばらくのあいだは、少し腕を動かしづらかったが、やがてそれもなくなった。

そうしているうちに一〇月も終わった。ウォルストンは依然としてジーランド川付近に姿を見せていない。となると、小型艇を修理して島を去ったのだろうか？　ありえないことではなかった。ケイトによれば、連中は斧を一丁持っているらしい。水夫なら頑丈なナイフをいつもポケットに入れているから、それを使うこともできる。セヴァーン海岸の近くでは木材もいくらでも手に入る。

しかし一味の動静がわからないうちは、以前と同じような生活は送れなかった。もう遠出することもかなわない。バクスターとドニファンが目印のマストを倒しにオークランド丘陵の頂まで行ったのが唯一の例外だった。

その頂から、ドニファンは東の方へこんもりと広がる森を望遠鏡で見渡してみた。ブナ森にさえぎられて海岸までは見えなかったが、もしどこかで煙が立ちのぼっていたらすぐに気づいたはずだ。煙が立ちのぼっていれば、そこがウォルストンの居場所だ。けれども東にはなにも見えなかった。反対側のスルーギ湾の沖合にもなにひとつ見えず、海は相変わらずただ茫洋と広がっているばかりだった。

遠出が禁じられ、銃も使えなくなってからというもの、狩猟組は大好きな狩りをあきらめざるをえなかった。ただ幸いなことに、フレンチ・デンのまわりに仕掛けた罠や輪差で獲物をいくらでもとることができた。また鳥小屋ではシギダチョウやノガンがあまりに増えすぎてしまい、サーヴィスとガーネットが何羽も絞めなければならなかった。お茶の木の葉も、砂糖代わりのカエデの樹液も大量に集めてあったので、わざわざ飛石川まで取りに行かなくてもよかった。それに、こうして遠出もままならないうちに冬を迎えることになったとしても、ランプ用の油も缶詰も獲物もふんだんにある。補給する必要があるのは薪だけだ。そのためには泥沼森で木を切って、ジーランド川沿いにこっそりと運ばなければならない。

新たな植物がまたひとつ発見されたのはその頃のことだ。これによってフレンチ・デンの暮らしはさらに豊かになった。

植物に詳しいのはゴードンだが、今回の発見はゴードンによるものではなかった。すべてケイトのお手柄だった。

泥沼森のはずれに、高さ一五メートルから二〇メートルの木が何本もあった。切り倒されずに残っていたのは、繊維が多すぎてあまりよく燃えず、広間(ホール)や飼育場の暖房に使えないからだ。葉は細長く、先が針のように尖り、枝の節から互い違いに生えている。

一〇月二五日、はじめてその木を目にしたケイトが叫んだ。

「あら！　雌牛の木」

一緒にいたドールとコスターは屈託なく笑った。

「変なの！　雌牛の木だって！」

「雌牛がこの木を食べるの？」

「そうじゃないの、坊や(パプーセズ)たち。雌牛の木って呼ばれるのは、お乳を出すからなの。ビクーニャのお乳より美味しいのよ」

フレンチ・デンに戻ると、ケイトはこの木のことをゴードンに話した。ゴードンはすぐにサーヴィスを呼び、ケイトと三人で泥沼森のはずれに向かった。木をよく調べたゴードンは、アメリカ北部の森でよく見られる「ガラクトデンドロン[1]」ではないかと考えた。その判断は間違っていなかった。

これは貴重な発見だった。ガラクトデンドロンの幹に切れ込みを入れると、乳白色

1　南米産クワ科の樹木で、乳に似た樹液を出す。学名は *Brosimum galactodendron*。

見るからに美味しそうな白い液体だった。

の樹液が流れ出す。味も栄養分も牛乳そのものだ。凝固させると、とても美味しいチーズのようになるだけでなく、蜜蠟と同じくらい純粋な蠟も取れて、質の良いろうそくを作ることもできる。

「よーし！」サーヴィスが大声で言った。「これが雌牛の木なら、っていうか、この木が雌牛なら、乳搾りをしなきゃね！」

茶目っ気豊富なこの少年は、自分でも気づかないうちに、インディオと同じ表現を口にしていた。インディオたちはよく「木の乳搾りに行こう」と言うのだ。

ゴードンは樹皮に切れ込みを入れた。出てきた樹液を持ってきた壺でケイトが集めると、たっぷり二リットルほどあった。

見るからに美味しそうな白い液体だった。牛乳と似た成分を含んでいるが、牛乳より濃厚で栄養価が高く、風味もよい。フレンチ・デンに持ち帰ると、壺はあっという間に空になり、コスターはまるで子猫のように口のまわりを真っ白にした。モコは、この食材でいろいろなものを作れると思うと、喜びを隠せなかった。それに、けち使う必要もないのだ。ガラクトデンドロンの「群れ」は遠くないから、いつでも乳搾りに行ける。

チェアマン島には、生きていくのに必要なものが充分すぎるほどあった。これについては何度言っても言いすぎることはない。たとえ滞在が長期におよんでも、少年たちの生活は保証されていた。それにケイトも加わった。母親のような愛情で献身的に世話をしてくれるケイトのおかげで、日々の暮らしはずっと快適になっていた。

それなのになぜ、これまでの安全な生活がいまになって脅かされなければならないのか。島の東部の未踏地域を探検できれば多くの発見ができたはずなのに、いまはそれもあきらめなければならないのだ。いつかまた以前のように遠征に出られるようになるだろうか。あの頃は野獣に出くわすことだけを怖れていればよかった。本物の野獣であればそれほど危険ではない。けれども、あの人間の皮をかぶった野獣どもはずっと危険だ。昼も夜も気を緩めずに警戒しなければならない。

しかし一一月に入っても、フレンチ・デンの周辺には怪しい形跡はなにも見つからなかった。セヴァーン号の乗組員たちは本当にまだこの島に残っているのだろうか。ブリアンはそう訝しんだほどだった。だがドニファンは、小型艇がどれほどひどい状態だったかその目で確かめたではないか。マストは折れ、帆は裂け、船体の外板は岩礁に突き破られていた。とはいうものの、もしチエアマン島が大陸か群島の近くに位置しているとすれば――エヴァンズ航海士ならそれを知っているはずだ――、小型艇にとりあえず間に合わせの修理をほどこして、比較的短いその距離だけでも航行できるようにしたのかもしれない。そうなると、ウォルストンの一味がすでに島を去ったということも充分にありえる。そう、まずはその点を確かめた方がいい。それがはっきりすれば、いままでの暮らしに戻れるのだ。

ブリアンは、湖の東に広がる地域へ探検に出ることを何度も考えた。ドニファン、バクスター、ウィルコックスの三人も、一緒に行くと言ってきかなかった。しかし、そんなことをしてウォルストンに捕まった挙げ句、こちらが恐れるに足らない相手だとやつらに知られるようなことにでもなったら、取り返しのつかない事態になりかねない。いつものように意見を求められたゴードンは、ブリアンがブナ森の奥へ踏み込もうとするのを思いとどまらせた。

そんなとき、ケイトがある提案をした。少年たちにはまったく危険が及ぶことのない提案だった。ある晩、みんなが広間（ホール）に集まっているとき、ケイトは言った。

「ねえ、ブリアン。明日、夜が明けたら、ここから出ていっていい？」

「ここから出ていく、って？」

「そう。あなたたち、いつまでもこんなはっきりしない状態のままいられないでしょ。ウォルストンがまだ島にいるかどうか、わたし確かめてこようと思うの。嵐で打ち上げられた海岸まで行ってくる。船があったら、まだ立ち去ってないってこと。もしなければ、もうなにも怖がらなくていいってことよ」

「ケイトがやろうとしてるのは」とドニファンが口を開いた。「まさにブリアン、バクスター、ウィルコックス、そしておれの四人がやろうとしてたことだよ」

「そうね、ドニファン。でもあなたたちには危険でも、わたしにとっては違うかもしれない」

「でも、ケイト」ゴードンが言った。「また連中に捕まってしまったら？」

「そうなったら、逃げ出す前の状況に戻るだけのこと」

「口封じのためあなたを片づけようとしたら？　やつらならやりかねないよ」とブリアン。

「一度は逃げ出せたのよ、きっと二度目もうまくいく。今度はフレンチ・デンまでの道も知ってるんですもの。それに、エヴァンズと一緒に逃げてこられたら……。エヴァンズにはみんなのこと話すつもり。あの人がいれば、どれだけ心強くて頼りになるでしょう」

「でも、もしエヴァンズ航海士に逃げ出す機会があったら、もうとっくに逃げ出してるんじゃないかな？　その方が身のためなんだから」とドニファンが言った。

「ドニファンの言う通りだよ」とゴードン。「エヴァンズは連中の秘密を握ってるんだ。やつら、アメリカ大陸まで船を操縦させて用済みになったら、容赦なく殺すだろうね。一味のもとからまだ逃げ出してないとすれば、見張られてるからだ」

「あるいは逃げるのに失敗して、もう殺されてしまったのかも」ドニファンが言った。

「だからケイトももう一度捕まるようなことになったら……」

「大丈夫、捕まらないようにするから」

「そうだとしても」とブリアンが言った。「そんな危険な目に遭わせるわけにはいかない。ウォルストンが島にいるか確かめるにしても、もっと危険の少ない方法を考えよう」

　ケイトの提案が退けられてからは、ひたすら軽率な行動は避けて警戒を怠らないようにするしかなかった。もし島を離れられるようになったら、連中は冬が訪れる前には海に乗り出して陸地を目指すだろう。どこの土地にたどり着いても、ウォルストンの一味は迎え入れられるはずだ。難船者というのは、どこから流れ着いた者であっても、いつでも迎え入れてもらえるからだ。

　また、ウォルストンたちがまだこの島にいるとしても、内陸部まで探索しようとしている様子はなかった。ブリアン、ドニファン、モコの三人は、夜闇にまぎれて何度かボートで湖に漕ぎ出してみた。しかし対岸にも、東川近くの木立の下にも、怪しい

ブリアンたちはボートで湖に漕ぎ出してみた。

火は一度も見えなかった。

それにしても、このような状態で暮らすのはあまりに辛かった。なにしろ、ジーランド川、ファミリー湖、泥沼森、オークランド丘陵に囲まれた狭い一画から出ることができないのだ。そこでブリアンは、ウォルストンたちが島にいるか確かめ、どのあたりで野営しているか見つけ出す方法はないか、たえず考えていた。それを調べるには、夜のあいだにどこか高いところから見下ろせばいいのではないか。

ブリアンはこの考えに取りつかれた。残念なことに、オークランド丘陵はもっとも高い頂でもせいぜい六〇メートルほどだ。チェアマン島にはほかにこれといって高い場所はない。ドニファンと何人かは、オークランド丘陵の頂まで何度か足を延ばした。しかし、そこからはファミリー湖の対岸すら見えない。当然のことながら、東のずっと先に煙や火があったとしても目に入るはずもない。さらに一〇〇メートル近く高くなければ、失望湾の岩場までは視界に入れることはできないだろう。

ブリアンに大胆な考えが浮かんだのはそんなときだった。あまりに無謀すぎて、はじめはその考えを振り払おうとした。けれども、どんなに払っても執拗につきまとい、ついには頭に染みついて消えなくなった。

以前凧揚げが中止になったことを覚えているだろう。ケイトがやってきて、セヴァーン号の生き残りが東海岸のあたりをうろついていると知ってからは、空に凧を揚げる計画は断念するしかなかった。凧は島のどこからでも見えてしまうからだ。だが、凧を目印として使うことはできなくても、植民地の安全に必要な偵察のために使うことはできないだろうか？

そう、これがブリアンの頭を離れなくなっていた考えだ。ブリアンは前にイギリスの新聞である記事を読んだことがあった。それによると、一八世紀末にある女性が凧にぶら下がって果敢にも大空に舞い上がったという。その凧は、人間を空に上げるため特別に作られたものらしい。[2]女性にできたというのに、少年にはそれをやる勇気がないというのか？ 多少の危険はあるかもしれないが、それがどうしたというのだ。得られるだろう成果に比べれば、危険をかえりみてなどいられない。慎重に準備して用心に用心を重ねれば、うまくいく可能性は充分にあるのではないか。ブリアンには、人間をぶら下げて凧を揚げるのに必要な揚力を数学的に計算することはできなかったが、すでに凧はできあがっているのだから、あとはそれをもっと大きく頑丈にすればいいのだ、と考えていた。それを使って真夜中に二、三〇〇メートルの高さまで上がれば、湖と失望湾のあいだに焚き火の明かりを見つけられるはずだ。

誠実で勇敢なこの少年の思いつきを、どうか肩をすくめて一笑に付したりしないでほしい。この考えの虜になっているうちに、ブリアンは自分の計画が実現可能であるばかりか――この点については疑っていなかった――はじめに思っていたよりも危険ではない、と信じ込むようになっていた。

あとは仲間の賛同を得るだけだった。ブリアンは一一月四日の夜、ゴードン、ドニファン、ウィルコックス、ウェッブ、バクスター、サーヴィスを呼んで、凧を使う案を打ち明けた。

「凧を使う？」ウィルコックスがたずねた。「どういうことだい？　空に揚げるってこと？」

「もちろんさ」とブリアン。「凧はそのためにあるんだからね」

「昼間にかい？」今度はバクスターがたずねた。

「いや、そんなことをしたら、ウォルストンに見つかっちゃうよ。でも夜なら……」

「けどランプを吊したら気づかれるんじゃないか？」とドニファン。

2　〔原註〕ブリアンの着想は、後にフランスで実行された。横が約七メートル、縦が約八メートルの八角形の凧――重さは骨組で六八キロ、布地とロープで四五キロ、全体で一一三キロあった――が、七〇キロもある土嚢を軽々と空に揚げたのだ。

「ランプは吊さないんだ」

「じゃあ、なんのために揚げるんだい?」ゴードンがたずねた。

「セヴァーン号の連中がまだ島にいるか確かめるんだ」

そしてブリアンは、無謀すぎて取り合ってもらえないのではと不安になりながらも、自分の計画を簡単に説明した。

仲間たちは笑い飛ばしたりせず、真剣に耳を傾けた。ゴードンだけはブリアンが本気で言っているのか疑っているふしもあったが、ほかの少年たちは賛成したがっている様子だった。みんな危険には慣れっこになっていたので、夜中に凧で空に上がるというこの試みも充分に実現可能だと思えたのだ。それに、以前の平穏な生活を取り戻すためなら、どんなことでもする気になっていた。

「とはいっても」ドニファンが口を開いた。「前に作った凧だと、誰が乗っても重すぎて揚がらないんじゃないか?」

「その通りだよ」ブリアンが答えた。「だから凧をもっと大きく、もっと頑丈にしなきゃいけないんだ」

「でも、人間の重さに耐えられるかわからないよね」とウィルコックス。

「それは大丈夫さ!」バクスターは言い切った。

「それに、成功例だってあるんだ」そう言うとブリアンは、一〇〇年ほど前に凧で空を飛んだ女性のことを話した。「つまり凧の大きさと、揚げるときの風の強さの問題なんだ」

「ブリアン、どれくらい高く揚がればいいと考えてるんだい？」バクスターがたずねた。

「二〇〇メートルくらい高ければ、島のどこで焚き火をしてても見えるんじゃないかな」

「よし、やってみよう！」サーヴィスが声を上げた。「これ以上待ってられないよ。もううんざりさ。好きにあちこち歩き回れないなんて！」

「罠の見回りにも行けないしね」ウィルコックスも言った。

「銃も撃てないしな」とドニファン。

「じゃあ、明日から取りかかろう」ブリアンが言った。

その後ブリアンとふたりきりになったとき、ゴードンがたずねた。

「本気なのかい、あんな無謀なことをやるなんて」

「とにかくやってみるつもりさ」

「危険だぞ」

「思ってるほどじゃないよ」

「でも、こんな命がけの試み、誰がやってくれるっていうんだい？」

「きみかもしれないよ、ゴードン。そう、くじで選ばれたらね！」

「くじ任せで決めるつもりなのかい？」

「いや、冗談だよ。犠牲になる覚悟のある者が自分の意志でやるようにしないとね」

「誰がやるか、もう決めてるんじゃないか、ブリアン？」

「まあね」

そう言うとブリアンはゴードンの手を握った。

「誰がやるか、もう決めてるんじゃないか、ブリアン？」

24

最初の実験――凧の改造――二回目の実験――決行前夜――ブリアンの提案――ジャックの提案――告白――ブリアンの考え――真夜中の空へ――見えたもの――強まる風――凧の最後

一一月五日の朝から、ブリアンとバクスターは作業に取りかかった。凧を改造して大きくする前に、まずは現時点でどれだけの重量を持ち上げられるのか調べることにした。そうすれば、複雑な数式を使わなくても、凧の面積をどのくらいにすればいいのか、試行錯誤しながら探り当てられるだろう。凧は、それ自体の重さとは別に、六〇キロから六五キロの重量を持ち上げられるようにしなければならないのだ。

この最初の実験には、夜を待つ必要はなかった。ちょうど南西からそよ風が吹いている。この凧を利用して、湖の東岸からは見えない程度の高さに凧を揚げればいいだろう。

実験は申し分なかった。以前作った凧は、ふつうの風のときで、一〇キロの重さの袋を持ち上げられることが確かめられた。スルーギ号から持ってきた重量計で、袋の重さを正確に量ったのだ。

凧は地上に降ろされ、スポーツ広場に横たえられた。

まずは骨組全体をしっかり補強するために、バクスターはそれぞれの骨からロープを張って、中心でひとつに結んだ。ちょうど、雨傘の長い親骨を、柄からのびる短い受け骨で支えるのと同じ格好だ。次は凧の面積を広げる作業。骨組をさらに継ぎ足し、新たな布地を張っていく。これにはケイトが大活躍した。フレンチ・デンには針も糸も揃っていて、家事上手のケイトは針仕事も得意だったのだ。

もしブリアンとバクスターがもっと力学に強かったら、凧の製作における重要な要素、つまり重量、面積、重心、風圧の中心点――これは凧の中心点と一致する――、それに引綱をつける位置といったものを検討しただろう。それらを算出したうえで、凧の揚力や上昇可能高度を導き出したはずだ。同じように、凧の張力に対して必要な引綱の強度も計算によって割り出せたに違いない。まさにこの点が、偵察者の安全を確保するために重要なのだ。

幸いなことに、測程儀用のロープは丈夫で長さが六〇〇メートル以上あり、引綱に最適だった。それに、たとえ風が強くても、引綱を結ぶ位置が適切であれば、凧が引っ張る力もそれほど強くはならない。だからこそ、その結び目の位置を慎重に調整する必要がある。それによって風に対する凧の角度が決まり、安定性が左右されるのだ。

人を乗せて揚げることになったので、凧には尾をつけなくてもよくなった。コスターとドールはそれをしきりに残念がったが、もう尾は必要ない。かなりの重量を吊り下げるため、凧は頭から落ちたりしないからだ。

試行錯誤の末、ものを持ち上げるには骨組の下三分の一のところにつければいいとわかった。布地を張っている横木のひとつにロープを二本結びつけ、凧の五、六メートル下に吊り下げるのだ。

引綱は四〇〇メートルほど用意した。これだけあれば、たるみを差し引いても、地上二〇〇メートルから二五〇メートルの高さまで揚げられるはずだ。

引綱が切れたり、骨組が壊れたりしたときに備えて、凧は湖の上空に揚げることになった。万が一墜落しても、湖岸からはそれほど離れていないから、泳ぎが得意な者なら西岸までたどり着けるだろう。

完成した凧は面積七〇平方メートルほどの八角形で、中心から外辺までは約五メートル、各辺は一メートル半近くあった。頑丈な骨組と、風を通さない布地でできたこの凧は、五〇キロから六〇キロの重量を軽々と持ち上げるはずだ。

偵察者が乗り込む吊り籠は、柳の枝でできたただの籠だった。これは船上でさまざまな用途に使われているものである。ふつうの背丈の少年なら脇のあたりまで入るほど深く、中で自由に身体を動かせるくらい広い。口は大きく開いていて、いざというときにはすぐ抜け出せる。

当然ながら作業が一日や二日で終わるはずもなく、五日午前からはじめて、七日午後になってようやく完了した。さっそくその夜に予備実験をおこない、凧の揚力と安定性を確かめることにした。

ここ数日間も、少年たちを取り巻く状況に変化はなかった。交代で何度も崖上に登っては、何時間も見張りに立ったが、不審なものはどこにも見当たらなかった。北の落穴森からフレンチ・デンにかけての一帯にも、南のジーランド川対岸にも、西のスルーギ湾にも、そしてファミリー湖周辺――ウォルストンは島を去る前にここまでやってこようとするかもしれない――にも、怪しい影はなにひとつない。近くで銃声が聞こえることも、彼方に一筋の煙が立ちのぼることもない。

あの人殺し連中はすでに島を離れてしまったと考えていいのだろうか。すっかり安心して以前の暮らしに戻ってもいいのだろうか。

それは、この計画の実現によって確かめられるはずだ。

最後にもうひとつ問題が残されていた。吊り籠に乗った者が地上に降りなければならなくなったとき、どのようにしてそれを仲間に知らせるのか？

ドニファンとゴードンがたずねると、ブリアンはこう説明した。

「光で合図することはできない。ウォルストンたちに見つかるからね。で、バクスターとふたりで考えてみたんだ。まず、凧の引綱と同じ長さの紐を用意する。その紐に穴の開いた鉛の玉を通すんだ。紐の片方は吊り籠に結んで、もう片方は地上にいる誰かが握っておく。凧を降ろすときには、その鉛の玉を上から下にすべり落として合図するんだよ」

「うまく考えたもんだ！」とドニファンは言った。

こうしてすべての準備が整い、あとは予備実験に取りかかるだけになった。月は夜中の二時頃にならないと昇らないし、南西からはいい風が吹いている。実験をするのはその日の夜が最適だと思われた。

九時になると、あたりは深い闇に包まれた。厚い雲が切れ切れに流れていき、夜空には星ひとつ見えない。ある程度高く揚がれば、凧はもうフレンチ・デンのあたりからでも見えないだろう。

この実験には年長組も年少組も立ち会うことになっていた。今回は人を乗せずに揚げるだけなので、はらはらするよりも、わくわくしながら一部始終を見守っていられる。

スポーツ広場の中央にはスルーギ号の巻揚機が置かれ、凧の力で動いてしまわないよう地面にしっかりと固定された。長い引綱と合図用の紐は丁寧に巻き上げられ、滞りなく繰り出せるようになっている。吊り籠にはブリアンが重さ六五キロの砂袋を入れた。これはいちばん体重のある少年よりも重い重量だ。

凧は巻揚機から一〇〇歩ほど離れたところに横たえられている。そばに待機しているのはドニファン、バクスター、ウィルコックス、ウェッブ。四人はブリアンの合図とともに横木からのびるロープを引いて、少しずつ凧を起こすことになっている。あらかじめ決めておいた傾斜角度までいき、凧を充分に受けるようになったら、ブリアン、ゴードン、サーヴィス、クロス、ガーネットが巻揚機を操作し、凧の上昇に合わせて綱を繰り出すのだ。

「いいか！」ブリアンが叫ぶ。

「準備完了！」とドニファン。

「始め！」

凧は少しずつ起き上がり、わずかに身を震わせたかと思うと、風を大きく孕んだ。

「繰り出せ！　綱を繰り出せ！」ウィルコックスが叫ぶ。

たちまち巻揚機からぴんと張った引綱が繰り出され、凧は吊り籠とともにゆっくりと夜空に揚がっていく。

〈空の巨人〉が地面を離れると、少年たちはいつもの慎重さを忘れて、思わず大きな歓声を上げた。しかし凧はすぐに闇のなかへ消えてしまった。アイヴァーソン、ジェンキンズ、ドール、コスターにとっては、これほど残念なことはなかった。凧がファミリー湖の上を飛んでいるあいだ、ずっと目を離さないでいようと張り切っていたのだ。気落ちしている四人をケイトが慰めた。

「がっかりしなくていいのよ、坊や（パプーセズ）たち。危険がなくなったら、昼間に凧揚げをしましょう。ちゃんとお利口にしてたら、うなり紙を〈空の巨人〉まで昇らせてもいいって言ってもらえるから」

もう姿は見えないが、凧はずっと一定の力で綱を引いている。上空の風が安定している証拠だ。引く強さも丁度いい。引綱を結んだ位置も適切だということだ。

ブリアンは、状況が許す限りは納得のいくまで実験したいと考えていた。そこで今度は引綱をぎりぎりまで繰り出した。綱の張り具合も問題ない。四〇〇メートルほど繰り出したので、凧はおそらく二〇〇メートルから二五〇メートルの高さに揚がっているはずだ。ここまでの作業にかかった時間は一〇分足らずだった。

実験が完了したので、少年たちは交代で巻揚機のハンドルを回し、綱を巻き戻した。時間がかかったのはこの作業の方だ。四〇〇メートルほどを巻き終えるのに一時間以上もかかったのだ。

気球でもそうだが、凧を降ろす際にもっとも難しいのは、衝撃を与えないよう着地させることだ。しかし風が安定していたので、これも無事に成功した。夜闇のなかに八角形の凧があらわれたかと思うと、最初とほぼ同じ場所にふわりと身を横たえた。

歓声に送られて夜空に舞い上がった凧は、歓声に迎えられて地上に戻ってきた。

あとは風に飛ばされないよう地面に固定しておけばいい。バクスターとウィルコックスが、朝まで凧を見張る役を買って出た。

明日一一月八日の同じ時刻に、いよいよ計画が実行されるのだ。

あとはブリアンの合図を待って、フレンチ・デンに帰るだけだ。

しかしブリアンはひとことも発しない。なにか考えこんでいるようだ。

いったいなにを考えているのだろう？　ふつうならありえないような状況で凧を揚げる際の危険についてだろうか。あの吊り籠に誰かを乗り込ませなければならない責任の重さについてだろうか。

「帰ろう、もう遅いから……」ゴードンが声をかけた。

「ちょっと待ってくれないか」ブリアンが言った。「ゴードン、ドニファン、ひとつ提案があるんだ」

「なんだい？」とドニファン。

「今夜ぼくらは凧を揚げてみた」ブリアンはつづけた。「そして実験はうまくいった。条件がよかったからだ。風は強すぎず弱すぎず、安定していた。でも、明日の天気はどうなるかわからないし、風だって凧を湖の上に揚げられる風向きになるかわからない。そう考えると、明日まで待たない方がいいんじゃないかな？」

計画の実行が決まっている以上、たしかにその意見はもっともだ。

ただ、ブリアンの提案を聞いても、すぐには誰も答えなかった。危険な企てにいざ身を投じるとなれば、たとえどんなに勇敢な者でも、ためらうのも無理はない。

しかしブリアンがつづけて、「誰か乗ろうって人は？」とたずねると、「ぼくが乗る！」とジャックが真っ先に声をあげた。ほとんど同時にドニファン、バクスター、

「ぼくが乗る！」とジャックが真っ先に声をあげた。

ウィルコックス、クロス、サーヴィスも名乗り出た。

沈黙が流れる。ブリアンもじっと黙っている。

最初に口を開いたのはジャックだ。

「兄さん、ぼくがやる！……そう、ぼくが！　お願い、ぼくに行かせて！」

「どうしてきみなんだ？　おれでもなく、ほかの誰かでもなく？」ドニファンがたずねた。

「そうさ、どうしてなんだい？」バクスターもたずねた。

「ぼくがやらなきゃいけないんだ」とジャックが言った。

「やらなきゃいけない？」とゴードン。

「そうなんだ」

ゴードンは、ジャックの言葉の意味をたずねようとするかのように、ブリアンの手を握った。ゴードンには、その手が震えているのがわかった。もしこれほどの闇夜でなかったら、ブリアンの顔が蒼ざめ、閉じた瞳から涙がこぼれているのにも気づいたはずだ。

「いいでしょ、兄さん」ジャックはきっぱりと言った。その年齢の子どもとは思えない決然とした口調だった。

「ブリアン、どういうことなんだ」とドニファン。「ジャックは、自分にはやる権利があるようなことを言ってるけど、権利だったら、おれたちにだってあるんじゃないか？　それなのに自分だけ要求するなんて、いったいどれだけのことをしたっていうんだい？」

「ぼくがなにをしたか……」ジャックが答えた。「なにをしてしまったのか……、みんなに話すよ」

「ジャック！」ブリアンは弟の話をさえぎろうとした。

「いや、兄さん」ジャックはあふれる思いに言葉を詰まらせていた。「打ち明けさせて。つらくてもう耐えられないんだ。……ゴードン、ドニファン、ふたりがここにいるのは……、みんなが家族と離れてこの島にいるのは……、ぼくのせいなんだ。……ぜんぶぼくひとりのせいなんだ！　スルーギ号が海に流されたのは、ぼくの不注意で……、ううん、ぼくがふざけて……いたずらのつもりで……舫い綱をほどいたからなんだ！　そう、ただのいたずらだった。……でも船がオークランドの港から離れていくのを見て、どうしたらいいかわからなくなっちゃって……誰も呼ばなかったんだ、まだ間に合ったのに！……そして一時間たって……真夜中になって……沖に流されて……。ああ！　許して、みんな、ぼくを許して！」

ジャックは泣きじゃくっていた。ケイトが慰めても泣き止むことはなかった。

「わかった、ジャック」ブリアンが口を開いた。「お前は自分の過ちを打ち明けた。そして、命をかけてその過ちを……、その過ちのせめて一部でもつぐないたいというんだね」

「もうつぐないはすんでるじゃないか！」ドニファンは生来の高潔な心から声をあげた。「ジャックはみんなのために、これまで何度も危ないことをしてくれたじゃないか！　ブリアン、やっとわかったよ。危険な状況になると、どうしてきみがジャックにまずやらせようとしたのかも、どうしてジャックがいつでも進んで引き受けていたのかも。……だからクロスとおれを霧の中まで捜しにきてくれたんだ、命がけでね！……そうさ、ジャック、みんな喜んで許すよ。もうこれ以上過ちをつぐなう必要なんてない」

みんなはジャックを囲み、その手を握った。それでもジャックは胸を震わせ泣きじゃくっていた。誰もがこれで理解した。チェアマン寄宿学校でいちばん陽気でいたずら好きのこの少年があんなに沈み込んでいたのはなぜなのか。仲間たちからできるだけ離れようとしていたのはなぜなのか。だから、なにか危険なことが起きるたびに兄に命じられて、そして自ら進んで身を投げ出してきたのだ。それなのにまだ充分ではないと思っているとは！　みんなのために自分をさらに捧げたいと思っているとは！　ジャックはようやく口がきけるようになると言った。

「わかったでしょ、ぼくなんだ……、ぼくがひとりで行くんだ。……そうだよね、兄さん」

「わかった、ジャック、わかったよ」ブリアンはそう繰り返し、弟を抱き寄せた。

ジャックの告白と、自分こそが行くべきなのだというその主張を前に、ほかの少年はもうなにも言うことができなかった。こうなってはジャックを風にゆだねるしかないが、その風も少しずつ強くなりはじめていた。

ジャックは仲間たちと握手した。吊り籠から砂袋が降ろされ、乗り込む準備ができると、ジャックは兄を振り返った。ブリアンは巻揚機の数歩後ろに立ったまま動かない。

「兄さん、お別れのキスをさせて」とジャック。

「いいよ」ブリアンは感情を抑えて答えた。「いや、むしろ、ぼくがお別れのキスをしよう……、乗り込むのはぼくなんだから」

「兄さんが？」ジャックが叫んだ。

「きみが？」ドニファンとサーヴィスも言った。

「そう、ぼくだ。過ちをつぐなうのは、本人でもその兄でも大した違いはないだろ。それに、この計画を思いついたとき、ぼくがほかの誰かにやらせるつもりだったと思うかい？」

「兄さん、お願いだから……」

「駄目だ」

「それなら、おれが行く権利を要求する」とドニファン。

「駄目だ、ドニファン」ブリアンは言い返す余地のない強い口調で言った。「乗るのはぼくだ。ぼくが乗りたいんだ！」

「そんなことだろうと思ってたよ、ブリアン」ゴードンはそう言うと、ブリアンの手を握った。

その言葉で、ブリアンは吊り籠に乗り込んだ。中で身体を落ち着けると、凧を起こすよう合図した。

凧は風を受けてゆっくりと揚がりはじめた。巻揚機のバクスター、ウィルコックス、クロス、サーヴィスが引綱を繰り出すのに合わせて、ガーネットも合図用の紐を指のあいだからするすると送り出していく。

一〇秒も経たないうちに〈空の巨人〉は暗闇に消えた。実験のときのような歓声は

凧は風を受けてゆっくりと揚がりはじめた。

上がらず、深い静寂のなかで凧を見送った。

勇敢で献身的なリーダーのブリアンも、〈空の巨人〉とともに姿を消した。

凧はゆっくりと順調に揚がっていった。そよ風が同じ風向きで吹きつづけるおかげで、申し分なく安定している。多少は左右に揺れ動くこともあるが、身の危険を感じるほどの揺れは感じない。ブリアンは籠を吊っているロープを両手で握りしめたまま、ブランコを思わせるわずかな揺れに身を任せていた。

はじめは奇妙な感覚だった。なにしろ、風を受けて小刻みに揺れるこの大きな傾斜板に吊されて、空に浮かんでいるのだ。まるで、途方もなく大きな猛禽にさらわれているような、あるいは巨大な黒いコウモリの翼にぶら下がっているような気がしていた。しかしブリアンは、持ち前の強靭な性格のおかげで、計画の実行に必要な冷静さを失うことはなかった。

スポーツ広場を離れて一〇分後、かすかな振動が走った。もうこれ以上は上がれないということだ。引綱が最後まで繰り出されたのだ。それでも凧はなおも上昇しようとして何度か揺れた。高さは二〇〇メートルほどに達しているはずだ。

ブリアンは慌てることなく、まずは鉛玉を通した紐をぴんと張った。それが終わると、あたりの観察をはじめた。片手はロープを握りしめたまま、もう一方の手で望遠鏡を持った。

下は深い闇。湖も森も崖も、ただのぼんやりとした塊にすぎず、なにひとつ見分けることができない。

島の輪郭は、周囲の海からくっきりと浮かび上がっている。いまブリアンは、島全体を見渡せる位置にいるのだ。

日中にこの高さまで上がり、明るく晴れた水平線を一望できたら、どれほどよかったことだろう。ほかの島でもあるいはどこかの大陸でも、もし半径七、八〇キロ以内にあれば——そこまでは視界が届くはずだ——きっと目に入ったに違いない。

西と北と南は、濃い霧がかかってなにも見えない。けれども東の方角だけは、雲の切れ間に夜空がのぞき、星がきらめいている。

と、その方向に、かなり強い光が見えた。低く垂れ込めた靄に浮かび上がっている。

ブリアンは目を凝らした。

「あれは火が燃えている光だ。ウォルストンがあそこで野営をしているのか？……いや、違う。あれはもっと遠い。島のずっと先だ。火山の噴火だろうか。とすると、東には陸地があるということか？」

ブリアンの脳裏に蘇ったのは、はじめて失望湾に遠征したときのことだった。あのときは望遠鏡の先に、白っぽい染みのようなものが見えた。

「そうだ、あれも確かに同じ方角だった……。だとすると、あの染みは氷河が反射した光だったのか？……東の方、チェアマン島からそう遠くないところにきっと陸地があるんだ！」

ブリアンは光に望遠鏡を向けた。まわりが暗いのでいっそうはっきりと見える。間違いない。あそこには噴火している火山が、前に見えた氷河の近くにあるのだ。大陸なのか群島なのかはわからないが、五〇キロ以上は離れていない。

そのときブリアンは、光るものがもうひとつあるのに気づいた。今度はずっと近く、一〇キロも離れていない。つまり島のなかだ。ファミリー湖の東の方で、別の明かりが木立を通して輝いている。

「森のなかだな。森のはずれの方、海岸に近いあたりだ」

しかし、その明かりはあらわれたかと思うとすぐに消えてしまったようだ。いくら目を凝らしても、もう見つけられない。

ブリアンの心臓は早鐘のように打っていた。手が震えて、望遠鏡をしっかりと向けることもできない。

野営の火だ。いま見えたのは、東川の河口近くの野営の火だ。まもなくブリアンの目に、森の茂みで輝くその明かりがふたたび見えた。

ウォルストンの一味が、熊岩港に近いあのあたりで野営をしているのだ！　セヴァーン号の人殺しどもは、まだチェアマン島から去ってはいない。少年たちは相変わらずやつらの攻撃の危険にさらされているのだ。フレンチ・デンはもはや安全ではない。

落胆は大きかった。ウォルストンたちは小型艇を修理できず、海を渡って近くの陸地を目指すことをあきらめたのだ。けれどもこの海域には陸地がある！　その点については もう疑いの余地はない。

ブリアンは偵察を終えると、上空にこれ以上とどまっていても無駄だと考え、下に降りる準備をした。凧はかなり強まっていた。揺れが激しくなって吊り籠も大きく揺れ動き、着地は難しくなりそうだった。

合図用の紐がぴんと張っているのを確かめてから、ブリアンは鉛玉をすべり落とした。数秒後にはそれがガーネットの手に届いた。

すぐに巻揚機が引綱を巻き、凧を地上に降ろしはじめた。

降下がはじまってからも、ブリアンは自分が見つけた光の方に目を向けていた。遠くには噴火の光。近くには海岸の野営の光。

想像がつくように、地上にいるゴードンたちは、降下の合図をじりじりしながら待っていた。ブリアンが上空で過ごしたのは二〇分程度だったが、その時間がどれほど長く感じられたことか。

ドニファン、バクスター、ウィルコックス、サーヴィス、ウェッブは、巻揚機のハンドルを懸命に回していた。風が強まり、風向きもだいぶ不安定になっていることにやはり気づいていたのだ。引綱に伝わる振動でそれを感じながら、上空で凧に揉まれているブリアンを考えると、不安で仕方がなかった。

少年たちはハンドルを急いで回し、繰り出した四〇〇メートルの綱を巻き上げた。風はますます強まり、ブリアンの合図が届いてから四五分が経った頃には、かなりの強風になっていた。

凧はまだ湖面から三〇メートルほどの高さに浮かんでいるはずだ。

そのとき突然、激しい衝撃が伝わった。巻揚機を回していた少年たちは、支えを失って地面に投げ出されそうになった。凧の引綱が切れたのだ。

恐怖の叫びが飛び交うなか、ひとつの名前が何度も繰り返された。

「ブリアン！……ブリアン！」

それから数分後、ブリアンが湖岸の砂地に這い上がってきた。ブリアンは大声で仲間を呼んだ。

「兄さん！……兄さん！」ジャックが叫び、真っ先にブリアンを抱きしめた。

「ウォルストンはまだ島にいる！」

ブリアンは、駆け寄る仲間たちに告げた。

引綱が切れたとき、ブリアンは真下に落下するのではなく、ゆっくりと斜めに運ばれていくのを感じた。凧がいわば落下傘代わりになったからだ。籠が湖面につく前に素早く脱出する、ブリアンはそれだけを考えていた。そして、籠が水に沈もうとする瞬間に、頭から湖に飛び込んだのだ。泳ぎの得意なブリアンには、一五〇メートルほど先の岸まで泳ぎ着くのはなんでもないことだった。

そのあいだに、身軽になった凧は、難破船の巨大な残骸が漂うように、風に流されて北東の空へ消えてしまった。

ブリアンは頭から湖に飛び込んだ。

25

セヴァーン号の小型艇――コスターの病気――帰ってきたツバメ――意気消沈――猛禽の群れ――撃ち殺されたグアナコ――折れたパイプ――警戒態勢の強化――激しい嵐――外の銃声――ケイトの叫び

その夜はモコがひとりで見張りをした。翌日、少年たちは前夜の興奮で疲れ切って、だいぶ遅くなってから目を覚ました。起きてくるとゴードン、ドニファン、ブリアン、バクスターは貯蔵室（ストア・ルーム）に集まった。貯蔵室（ストア・ルーム）ではケイトがいつものように働いていた。

四人は不安きわまりない現在の状況について話し合った。

ウォルストンの一味がこの島にきてから、すでに二週間以上経っている――そうゴードンは切り出した。まだ小型艇を修理できていないのは、必要な道具を持っていないからだ。

「きっとそうだ」ドニファンが言った。「あの小型艇はそれほどひどく壊れてたわけじゃないからね。座礁したスルーギ号があの程度の壊れ方ですんでいたら、修理してもう一度海に出ることができたよ」

ただ、ウォルストンたちは島から去っていないとしても、ここに住み着く気はなさそうだ。もしそのつもりなら、すでに内陸部まで探索の足を延ばしているだろうし、フレンチ・デンも当然見つかっていたはずだ。

それに関連してブリアンは、上空から見たところ、東のそう遠くないところに陸地があるに違いない、と話した。

「前に東川の河口を探検したとき、白っぽい染みのようなものが水平線に見えたって話したのを覚えてるよね。それがなんなのかは説明できなかったけど……」

「でも、ウィルコックスもおれも、そんなものは見つけられなかったぞ」とドニファンが言った。「だいぶ探したんだけど」

「モコもぼくと同じようにはっきりと見たんだ」とブリアンが言った。

「そうかもしれないけど」とドニファン。「だからってどうして大陸か島が近くにあるって思うんだい？」

「昨日、偵察してるとき、東の水平線に光が見えたんだ。島の海岸のずっと先にくっきりとね。噴火してる火山じゃなきゃ、あんな光にはならない。だからこの近くに陸地があるって考えたんだ。やつらだってそれを知らないわけがない。どんな手を使ってでも、そこにたどり着こうとするにきまってる」

「間違いないね」とバクスター。「ここに残ったって、なんの得にもならないんだから。相変わらず島にいるってことは、まだ小型艇を修理できてないってことだよ」

ブリアンがもたらした情報は、きわめて重要なものだった。これまで思い込んでいたのと違い、チェアマン島は太平洋にぽつんと浮かぶ孤島などではない、とわかったからだ。しかし事態はいっそう深刻になった。野営の火が見えた以上、ウォルストンたちはいまもなお東川河口付近にいるのだ。連中はセヴァーン海岸を離れてから、二〇キロばかりこちらに近づいたことになる。そこから東川を遡れば湖に着くし、湖の南を回ればフレンチ・デンはもう目と鼻の先だ。いつ見つかってもおかしくない。

そうした事態に備えて、ブリアンはさらに厳しい対策を取らなければならなかった。今後は、どうしても必要な場合を除いては外出しないこと。やむをえず外出する場合も、ジーランド川右岸から泥沼森までの範囲に限る。同時にバクスターは、木の枝や草をかぶせて飼育場の柵や、広間（ホール）と貯蔵室（ストア・ルーム）の出入口を隠した。また、湖からオークランド丘陵にかけての一帯を出歩くことも禁止された。ただでさえ困難な状況に置かれているというのに、そのうえさらに細心の用心を強いられるのは、実にうんざりすることだった。

その頃、ほかにも心配が持ち上がった。コスターが熱を出したのだ。命が危ぶまれるほどの高熱で、ゴードンは船にあった薬に頼るしかなかったが、投薬になにか間違いがあったらと不安だった。幸い、ケイトが母親のようにコスターの世話をしてくれた。女性ならではのこまやかな愛情で、昼も夜もつきっきりで看病にあたってくれたのだ。ケイトの献身的な看病のおかげでようやく熱が下がって峠を越すと、その後は順調に回復していった。コスターが本当に命を失うところだったのかどうか、それは定かではない。しかしケイトの手厚い適切な看護がなければ、この幼い病人は熱のために衰弱しきってしまったに違いない。

そう、ケイトがいてくれなかったら、いったいどうなっていただろう。心優しいこの女性は、幼い子どもたちに母親のような愛情をありったけ注ぎ、惜しみなく世話をした。そのことはいくら強調してもし足りない。

「こういう性分なのよ」とケイトはよく言っていた。「編み物したり、あれこれ世話したり、お料理したり。そういうのが好きなの」

実際、女性とは皆そういうものではないだろうか。

ケイトがなによりも気にかけていたのは、肌着の繕いだった。困ったことに、もう二〇ヶ月近く使っているので、すっかり擦り切れていたのだ。駄目になったら代わりをどうすればいいだろう？　それに靴。できるだけ大切に履いていたし、天気が良ければ裸足で歩き回ることも厭わなかったが、それでもかなり傷んでいた。しっかり者のケイトにとっては、こういったことが気になって仕方がなかった。

一一月前半はにわか雨が多かった。しかし一七日からは気圧計の目盛りは連日晴天を示し、暑い日がつづいた。樹木も灌木も茂みも、あらゆる植物が青々と葉を繁らせ、色とりどりの花をつけた。南沼にはいつもの鳥たちが戻ってきた。それなのに、ドニファンは湿地で狩りをすることもできず、ウィルコックスはかすみ網を張ることもできない。残念でならなかったが、ウォルストンの一味がファミリー湖の南岸にいたら見つかってしまうおそれがあるので、仕方のないことだった。

もっとも、鳥が群がっているのは南沼のあたりだけではない。フレンチ・デンのそばの罠にもかかっていた。

罠にかかった鳥のなかに、ある日ウィルコックスは一羽の渡り鳥を見つけた。冬のあいだはどこか北の国へ行っていたツバメだ。例の小さな袋をまだ翼の下につけている。そこには、スルーギ号で遭難した少年たちへの伝言が入っているだろうか？　いや、入っていない。こちらからの伝言を託して送り出したのに、ツバメはなんの返事も持たずに帰ってきたのだった。

なにもすることができない日々がつづき、広間のなかで時間だけがいたずらに過ぎていった。日誌係のバクスターも、いまはもう書き記すことがなかった。それなのに、あと四ヶ月もすれば、チェアマン島の少年たちにとっての三度目の冬がはじまるのだ。

心配なのは、みんなの元気が目に見えてなくなっていることだった。唯一の例外はゴードンで、日々の細々した管理にひたすら打ち込んでいた。ブリアンもときには気がふさいだりもしたが、それを仲間たちに悟られないよう必死に努力していた。ブリアンは意気消沈した空気をなんとかしようと、みんなを促して勉強に向かわせたり、討論会や朗読会を開いたりした。故郷や家族のことをたえず思い出させては、いつか必ず帰れるからと力づけた。しかし、みんなの気力を奮い立たせようとしても、思うようにはいかない。ブリアンは自分も絶望に打ち負かされてしまうのではないかと不安だった。だが、そうはならずにすんだ。やがてきわめて深刻な出来事が立てつづけに起こり、誰もがそのことで頭がいっぱいになったのだ。

一一月二一日午後二時頃のことだった。ファミリー湖の岸辺で釣りをしていたドニファンは、二〇羽ほどの鳥がジーランド川左岸の上空を耳障りな鳴き声をあげて飛び回っているのに気づいた。見た目は少し似ているが、カラスではない。だが、貪婪で騒がしい鳥の類いであることは間違いなさそうだ。

　鳥たちの様子に奇妙なところがなければ、ドニファンもこの騒々しい一群に気を奪われることはなかっただろう。群れは大きな円を描いて旋回していたが、次第にその円を小さくしながら地上へ近づいていく。そしてついに密集した黒いひとつの塊になったかと思うと、地面めがけて急降下した。

　鳥たちの叫びはさらに激しくなった。その姿は丈の高い草のなかに隠れて、ドニファンからは見えない。

　あそこに動物の死骸かなにかがあるのだろう。そう考えたドニファンは、なにがあるのか確かめたくなり、フレンチ・デンに戻ってモコに頼み、ジーランド川をボートで対岸まで渡してもらうことにした。

　ふたりはボートに乗り、一〇分後には土手の草むらに分け入った。たちまち鳥の群れが飛び立ち、せっかくの食事を邪魔しにきた闖入者に向かって、耳障りな鳴き声で文句をがなり立てた。

　そこにあったのは、若いグアナコの死骸だった。まだ温かい。死後数時間しか経っていないようだ。

ふたりは土手の草むらに分け入った。

さすがに猛禽の食べ残しを調理場に持って帰る気はなかったので、ふたりは死骸をそのままにして立ち去ろうとした。しかし、そのときふと疑問がわいた。普段グアナコは東の森から離れることがないのに、このグアナコはなぜ、そしてどうやって、沼地のはずれで死んだのだろうか。

ドニファンは死骸を調べた。脇腹に傷。まだ血が流れている。ジャガーかなにかの肉食獣に食いちぎられた傷ではない。

「こいつ、銃で撃たれたんだ！」とドニファン。

「これ見て！」ナイフで傷口を探っていたモコは、銃弾をひとつ取り出した。

弾の大きさから見て、猟銃というよりは、船に備え付けの銃のものだった。となると、ウォルストン一味の誰かが撃ったとしか考えられない。

ドニファンとモコは、グアナコの死骸をそこに残してフレンチ・デンに戻ると、仲間に報告した。

ドニファンもほかの少年も、このひと月というもの一発も銃を撃っていないのだから、グアナコがセヴァーン号の水夫に撃たれたのは明白だった。だが重要なのは、あのグアナコがいったいいつ、どこで撃たれたのかということだ。

いろいろな可能性を考え合わせて、撃たれたのはおそらく五、六時間前だろう、ということになった。グアナコが砂丘地帯を横断して川のほとりにたどり着くまで、それくらいの時間はかかる。つまり、今日の午前中にウォルストン一味の誰かがファミリー湖の南端の方に進みながら狩りをした、ということだ。連中は東川を越えて少しずつフレンチ・デンに近づいてきているのだ。

事態はいよいよ深刻になってきた。ただ、危険がすぐそばまで迫っているわけではなさそうだ。島の南部に広がる平原は、幾筋も小川が流れ、沼地が点々とし、そこかしこに砂丘が隆起しているだけだから、連中の日々の食糧をまかなうだけの獲物はとれないだろう。となるとウォルストンたちは、その砂丘地帯をあえて横切ろうとはしないはずだ。それに、一発の銃声も聞こえてはこなかった。あまり遠くないところで撃ったのだとしたら、銃声は風に乗ってスポーツ広場まで届いてきただろう。だから、フレンチ・デンはまだ見つかっていないと考えてもよさそうだ。

とはいっても、いままで以上に厳重な警戒態勢をとる必要がある。広間（ホール）の外にいるときに不意打ちを受けたりしたら、連中の攻撃を撃退できる見込みはまずないからだ。

それから三日後、少年たちの不安をさらに募らせる出来事があった。これによって誰もが、自分たちの安全がこれまでにないほど脅かされていることを認めざるをえなくなったのだ。

二四日の朝九時頃、ブリアンとゴードンはジーランド川の対岸まで足を延ばした。湖と沼地をつなぐ細い小径をふさぐようにして、防塞のようなものを築けないか調べるためだ。ウォルストンたちの襲来を察知した場合に、ドニファンをはじめ射撃の得意な者がいち早く防塞に身をひそめれば、容易に待ち伏せできるだろう。

川から三〇〇歩ほど歩いたあたりで、ブリアンはなにかを踏みつぶしたが、貝殻だろうと気に留めなかった。高潮が南沼まで入り込んでくるときには、無数の貝殻が運ばれてくるのだ。しかし、後ろを歩いていたゴードンが足を止めて声をかけた。

「ブリアン、ちょっと待ってくれないか」

「どうしたんだい？」

ゴードンは身をかがめ、ブリアンが踏みつけたものを拾い上げた。

「ほら、これ」

「貝殻じゃないね」とブリアン。「こいつは……」

「パイプだ」

ゴードンが手にしていたのは、確かに黒ずんだパイプだった。火皿の根元のところで折れている。

「ぼくたちは誰もパイプなんか吸わないから、こいつを落としたのは……」

「ほら、これ」

「やつらだ」ブリアンが言った。「ただし、ぼくたちの前にチェアマン島に住んでたあの人じゃなければだけど」

けれども、折れ口はまだ新しく、二〇年以上前に死んだフランソワ・ボードワンのものではありえない。つい最近ここで落とされたのだ。火皿に残った煙草の滓がなによりの証拠だ。となると数日前、あるいは数時間前にウォルストン自身か一味の誰かがここまでやってきたということだ。

ふたりは急いでフレンチ・デンに戻った。ブリアンが折れたパイプを見せるとケイトは、ウォルストンが持っているのを見たことがある、と断言した。

もはや疑う余地はない。悪党どもは湖の南端を越えてこちらに近づいているのだ。きっと夜のあいだにジーランド川のほとりまで進んできたのだろう。もしフレンチ・デンが見つかって、そこに住んでいるのが誰なのかウォルストンが知ったら、おそらくこう考えるはずだ。――あそこには工具や道具、弾薬、食糧など、自分たちにはないもの、自分たちには不足しているものが全部揃っている。こちらは屈強な男が七人、たかだか一五人の子どもなど恐れるに足りない。不意打ちでもすれば楽勝だ、と。

とにかく連中が着実に近づいているのは疑いようがない。

差し迫る脅威を前に、ブリアンは仲間と相談しながら、警戒態勢をさらに厳重にするためさまざまな手を打った。日中はオークランド丘陵の頂に見張りが常駐し、怪しいものが近づいてきたらすぐに合図するよう、沼地の方にも、落穴森の方にも、湖の方にも、たえず目を光らせる。夜間は年長組のうちのふたりがそれぞれ広間（ホール）と貯蔵室（ストア・ルーム）の出入口を守り、外の物音をうかがう。いずれの出入口も支柱で補強し、いざというときにはすぐにふさぐことができるよう、大きな石をいくつもフレンチ・デンのなかに積み上げた。岩壁にあけた小窓は二門の小型大砲の砲眼とし、一方はジーランド川方面、もう一方はファミリー湖方面の防御とした。さらに、銃と拳銃には弾をこめ、いつでも撃てるようにした。

ケイトももちろんこういった対策に賛成だった。ただ、ケイトは気丈にも自分の不安を表に出さないようにしていたが、セヴァーン号の水夫たちと戦いになったら到底勝ち目はないと思っていた。ウォルストンとその手下がどんな人間かよくわかっていたのだ。連中は充分な武器を持っていないかもしれないが、こちらがどんなに厳重に警戒していても、隙を突いて攻撃してくるのではないか。荒くれ者たちと戦うのは、いちばん年上でも一六歳にもなっていない少年たち。はじめから勝負になどなるわけがない。ああ、どうしてあの勇敢なエヴァンズがここにいないのか。どうしてあのとき自分と一緒に逃げなかったのか。エヴァンズがいてくれたら、守りを万全に固めて、フレンチ・デンをウォルストン一味の襲撃に対抗できるようにしてくれただろうに。

残念なことに、エヴァンズは厳しく監視されているに違いない。いや、もしかすると、小型艇を近くの陸地まで操縦する必要がもはやなくなったために、危険な証人として、すでに始末されてしまったのかもしれない。

このように考えながら、ケイトはいつも自分のことではなく、子どもたちのことを案じていた。そして、昼も夜も子どもの世話に明け暮れていた。それを手伝うモコも、ケイトに劣らず熱心に世話をしていた。

一一月二七日になった。二日前からうだるような暑さだった。いくつもの巨大な雲が島の上を重たげに通り過ぎ、遠い雷鳴が嵐の到来を告げていた。気象管（ストームグラス）もまもなく大荒れになることを示していた。

その夜、ブリアンたちはいつもより早く広間（ホール）に引き上げた。用心のためボートを貯蔵室（ストア・ルーム）に入れることも忘れなかった。それから扉を固く閉ざし、みんなでお祈りを捧げて遠くの家族に思いを送ると、あとは床に就くだけだった。

九時半頃には、嵐が猛威をふるっていた。稲妻の閃光が砲眼を貫き広間（ホール）を照らす。雷鳴がたえまなく轟きあたりを震わせる。オークランド丘陵全体が、耳をつんざく轟音に揺さぶられているかのようだ。雨も風も伴わないこういった天候がもっとも恐ろしい。雲は同じところにとどまったまま、内部に蓄積した電気をその場で次々に放出するのだ。一晩中つづくこともまれではない。

年少組は頭から毛布をかぶって縮こまっていたが、バリバリと切り裂くような音がするたびに飛び上がった。その恐ろしい音は雷が近いときの音なのだ。しかし、この堅固な洞穴にいる限りはなんの心配もない。崖の頂に雷がたとえ一〇〇回落ちても、フレンチ・デンの厚い岩壁はびくともしない。この岩壁は強風をさえぎるだけでなく、電流も通さないのだ。ときどきブリアンかドニファンかバクスターが起き出してきては、出入口の扉を少し開けて外の様子をうかがうが、雷光に目がくらんで、すぐにまた寝床へ戻るのだった。あたりは昼のように明るく、湖は夜空を裂く閃光を映して、一面の火の海にも見える。

一〇時から一一時にかけて、稲妻と雷鳴が途切れることはなかった。ようやくおさまる気配になってきたのは真夜中近くになってからだった。雷の間隔が次第に長くなり、雷鳴は遠ざかるとともに弱まっていった。風が吹いて、重く垂れ込めていた雲が動き、やがて滝のような雨が降り出した。

年少組もやっと安心したのか、毛布の下から小さな頭がふたつ、みっつとあらわれた。だが、就寝時間はもうとっくに過ぎていた。ブリアンたちは、いつものように警戒態勢を整えてから寝床に入ろうとした。と、そのとき、ファンが急に落ち着かない様子を見せた。後ろ脚で立ち上がったかと思うと、広間に突進し、低い唸りをあげている。

「ファンのやつ、なにか嗅ぎつけたのか？」ドニファンはそう言いながら犬をなだめようとした。

「いままでも何度かあったけど」とバクスター。「ファンがこんな様子のときは、きまってなにか嗅ぎつけてたよ」

「寝る前に確かめておいた方がいいね」ゴードンも言った。

「そうだね」とブリアン。「でも、誰も外に出ちゃいけない。いざというときの準備を」

少年たちはそれぞれ銃や拳銃を手にした。ドニファンは広間の戸口に、モコは貯蔵室の戸口に駆け寄る。ふたりとも扉に耳をつけたが、外からはなんの物音も聞こえない。しかしファンは相変わらず落ち着かない様子だ。それどころか激しく吠えはじめ、ゴードンが必死になだめてもやめようとしない。困ったことになった。嵐がおさまり、岸辺を歩く足音さえ聞こえそうなほど静まりかえっているのだ。当然ファンの吠え声も外に聞こえているだろう。

突然、轟音が響いた。雷鳴などではない。銃声だ。フレンチ・デンから二〇〇歩も離れていない。

全員が身構えた。ドニファン、バクスター、ウィルコックス、クロスは銃を構えてふたつの出入口のそばに立ち、誰かが押し入ろうとしてきたらすぐに発砲できるようにした。ほかの者は、こうした場合に備えて用意していた石を戸口に積みはじめた。

そのとき外で叫び声がした。

「助けてくれ！……助けてくれ！」

外に誰かいる。死の危険にさらされているのか、助けを求めている。

「助けてくれ！」もう一度叫びが聞こえた。扉から数歩の距離だ。

ケイトは扉に身を寄せ、耳を澄ませた。

「あの人よ！」ケイトが叫ぶ。

「あの人？」とブリアン。

「開けて！……開けてちょうだい！」とケイト。

扉が開いた。ずぶ濡れになったひとりの男が広間(ホール)に飛び込んできた。

セヴァーン号の航海士、エヴァンズだった。

ずぶ濡れになったひとりの男が飛び込んできた。

26

ケイトと航海士――エヴァンズの話――小型艇の座礁後――熊岩港のウォルストン――凧――フレンチ・デンの発見――エヴァンズの逃亡――川を越えて――計画――ゴードンの提案――東の陸地――チェアマン＝ハノーバー島

不意にあらわれたエヴァンズを前に、ゴードンもブリアンもドニファンも、はじめは茫然と立ちつくしていた。しかし次の瞬間、まるで救い主に出会ったかのように、ごく自然に航海士のもとへ駆け寄った。

エヴァンズは二五歳から三〇歳くらい、広い肩幅、がっしりとした身体つき、目は生き生きとして額が広く、聡明で感じのよい顔立ちだ。落ち着いた物腰で、毅然としている。伸び放題の髭で顔が半ば隠れているのは、セヴァーン号の難破以来、剃る機会がなかったからだろう。

広間（ホール）に入るとすぐ、エヴァンズは振り返って扉を閉め、耳を当てた。外になにも聞こえないのを確かめると、広間（ホール）の中央に進み出た。天井から下がったランプの明かりに、自分を囲む子どもたちが浮かび上がっている。その顔を見回すと、エヴァンズは呟いた。

「そうか、子どもたちか……、子どもたちしかいないのか……」

と、その目が輝き、喜びにあふれた顔で両腕を広げた。

ケイトが近づいてくるのに気づいたのだ。

「ケイト！　生きていたんだね！」

そして、死者の手でないことを確かめるように、ケイトの手を握りしめた。

「ええ」とケイトは答えた。「神さまが助けてくださったの。あなたを助けてくださったように。神さまはこの子たちを救うためにあなたをお遣わしになったのね」

航海士は広間（ホール）のテーブルに集まった少年たちを目で数えた。

「一五人か。戦えるのは五、六人といったところだね。……まあいいさ」

「エヴァンズ航海士、ぼくたち攻撃されるんでしょうか？」ブリアンがたずねた。

「いや、それはない。少なくともいますぐにはね」とエヴァンズが答えた。

誰もが航海士の話を聞きたくてうずうずしていた。特に知りたかったのは、小型艇がセヴァーン海岸に打ち上げられてからなにが起きたか、ということだ。年長組も年少組も、自分たちの運命を左右するこの重要な話を聞き終えるまでは、とても眠る気になれなかった。しかしその前に、エヴァンズは濡れた服を脱ぎ、なにか食べる必要があった。ジーランド川を渡ってきたのでずぶ濡れだったし、朝からいっときも休まず走り、一二時間以上なにも口にしていなかったので、疲労と空腹でへとへとだったのだ。

ブリアンはすぐに貯蔵室（ストア・ルーム）へ案内した。エヴァンズはそこでゴードンが用意した船員服に着替えた後、モコが運んできた冷肉と乾パンを食べ、熱いお茶を何杯かとグラスになみなみのブランデーを飲んだ。

一五分後、エヴァンズは広間（ホール）のテーブルについた。そしてこの島に漂着してからの出来事を語りはじめた。

「小型艇が砂浜に乗り上げる直前に、五人の男と私は手前の岩礁に投げ出された。ただ、ひどい傷を負った者は誰もいない。せいぜい軽い打撲程度だ。とはいっても真っ暗闇のなか、激しい沖風に海は荒れ狂っていて、砕け散る波に巻かれないようにするのは並大抵の苦労ではなかった。

それでも苦労に苦労して、なんとか岸までたどり着いた。それがウォルストン、ブラント、ロック、ブック、コープ、そして私の六人だ。フォーブズとパイクの姿はなかった。ふたりが海に呑み込まれたのか、それとも小型艇が砂浜に乗り上げたときに一緒に助かったのか、そのときはわからなかった。ケイトは波にさらわれてしまったとばかり思っていたから、こうしてまた会えるなんて想像もしてなかったよ」

そう語りながらエヴァンズは、セヴァーン号の虐殺をともにまぬかれたこの勇敢な女性に再会できた感動と喜びを隠さなかった。どちらも一度はあの人殺したちに捕えられたものの、いまはこうしてやつらの手を逃れている——迫り来るやつらの攻撃を逃れているとは言えないにしても。

エヴァンズはつづけた。

「砂浜に這い上がってからは、小型艇を捜すまでだいぶ時間がかかった。小型艇が打ち上げられたのは夜の七時頃のはずだが、砂浜に横倒しになっているのを見つけたのは、もう真夜中近くだったんだ。最初は南に下っていったからね、海岸沿いを……」

「セヴァーン海岸ですね」ブリアンが言った。「ぼくたちの仲間がそう名づけたんです、セヴァーン号の小型艇を見つけたあの海岸に。ケイトから遭難の話を聞く前ですけど」

「話を聞く前？」エヴァンズは驚いて聞き返した。

「ええ」ドニファンが言った。「おれたち、小型艇が打ち上げられたあの晩、あそこにいたんです。ふたりの男が倒れてるのも見ました。……でも、朝になって埋葬しようと戻ったら、ふたりとも消えてました」

「なるほど、そういうわけだったんだな。われわれはフォーブズとパイクが死んだと思っていたんだが――まったくそうだったらどれだけよかったことか。七人のならず者のうちのふたりがいなくなるんだからね――小型艇のそばに投げ出されていただけだった。ウォルストンたちがふたりを見つけ、ジンを飲ませて息を吹き返させたんだ。やつらにしてみれば幸いなことに――こちらにとっては、不幸なことに、だが――備品箱は座礁でも無事で、海水に浸かってもいなかった。弾薬、五丁の銃、セヴァーン号の火災のときに慌てて積み込んだ食糧の残り、すべてを運び出した。次の上げ潮で小型艇が壊れるおそれがあったからね。それからその場を離れて、海岸を東に向けて歩き出したんだ。

　そのとき一味のひとりが――たしかロックだった――ケイトがいないと言い出した。するとウォルストンがこう答えた。〝波にさらわれちまったぜ、厄介払いできたってわけさ〟。それを聞いて思ったんだ。もう用済みになったケイトを厄介払いして喜んでいるということは、自分も必要なくなったら同じようにされるだろう、ってね。——それにしてもケイト、あなたはどこにいたんです？」

「小型艇のそば。打ち上げられた後、わたしは反対側に投げ出されたの。……ウォルストンたちには見つからなかったけど、話してることは全部聞こえた。……連中がいなくなってから起き上がって、捕まらないように反対の方角へ逃げた。そして一日半が経って、お腹が空いて死にそうになってるところをこの子たちに助けられて、フレンチ・デンに連れてきてもらったのよ」

「フレンチ・デン？」エヴァンズは聞き返した。

「この洞穴の名前です」ゴードンが答えた。「ぼくたちがやってくるずっと前に、遭難したフランス人がここに住んでたんです」

「フレンチ・デンにセヴァーン海岸か」とエヴァンズ。「なるほど、きみたちは島のあちこちに名前をつけたんだね。それはいいな」

「そうでしょ、いい名前でしょ」サーヴィスが言った。「ほかにもたくさんあるんですよ。ファミリー湖、砂丘地帯、南沼、ジーランド川、落穴森……」

「なるほどね。また今度教えてもらうよ、明日にでもね。まずは話をつづけよう。外からはなにも聞こえないね？」

「なにも聞こえないよ」モコが広間(ホール)の戸口のそばから答えた。

「よし、じゃあつづけよう」エヴァンズが言った。「歩き出してから一時間ほどすると、森のはずれに着いた。そこを野営地にすることにしたんだ。翌日から数日間は、砂浜に横たわる小型艇のところに引き返して、なんとか修理しようとした。でも、手持ちの道具は斧が一丁だけ。これでは、破れた外板を張り直してもう一度海に出られるようにするなんてとても無理だ。たとえごく短い航海でもね。それにあの場所は、その手の作業には向いていなかった。

そこで別の野営地を探すことにした。もう少し住みやすいところ、狩りで食糧が調達できて、水に困らない川近くの場所がよかった。なにしろ食糧がもう底をついていたんだ。

海岸を二〇キロほど進むと、小さな川にたどり着いた……」

「東川だ！」サーヴィスが言った。

「東川っていうんだね」とエヴァンズ。「そこは広い湾の奥で……」

「失望湾だよ！」ジェンキンズが口を挟んだ。

「失望湾っていうのかい？」エヴァンズは微笑んだ。「その岩場に港があって……」

「熊岩！」今度はコスターが声を張り上げた。

「なるほど、熊岩か」エヴァンズはうなずいた。「そこは住むのに絶好の場所だった。壊れた小型艇をそこまで運んでこられれば、きっと修理もできるだろうってことになったんだ。

そこで小型艇を取りに戻った。できるだけ軽くして水に浮かべると、船縁ぎりぎりまで水に浸かってしまうけれど、海岸沿いに引っ張ってなんとか港まで運ぶことができた。いまはあの港にあるから安全だ」

「小型艇は熊岩港にあるんですね」とブリアン。

「そうだよ。必要な道具さえあれば修理できると思う」

「道具ならここにあります」ドニファンが勢い込んで言った。

「そう、ウォルストンが考えたのもまさにそのことなんだよ。やつは、この島に人が住んでいることを知ってしまった。そして誰が住んでいるかもね」

「どうしてわかったんです？」ゴードンがたずねた。

「一週間前のことだ。ウォルストンとその手下、それに私もだが――なにしろ連中はけっして私をひとりにしなかったからね――は、森のなかを偵察に出かけた。東川の上流に向かって三、四時間ほど歩くと、川が終わって大きな湖のほとりに出た。そこでいったいなにを見つけたと思う？　驚いたよ、見たこともない巨大なものが湖岸に

小型艇を引っ張ってなんとか港まで運んだ。

流れ着いていたんだ。アシの骨組みたいなのに布を張った……」

「おれたちの凧だ！」ドニファンが叫んだ。

「ぼくたちの凧が湖に落ちたんです」ブリアンも言った。「風でそこまで流されたんだ！」

「あれは凧だったのか」とエヴァンズ。「まったくわからなかったよ。ずいぶん頭をひねったんだけどね。いずれにせよ、そんなものが自然にできるわけがない。島で作られたものだ。それは間違いない。となると、この島には誰か住んでいる。でも誰が？ ウォルストンは、ぜひともそれを知らなければと考えた。私の方は、その日、逃げ出そうという決意を固めたんだ。この島に住んでるのが誰であっても――たとえそれが野蛮人であっても――セヴァーン号の人殺しどもよりはましに決まってるからね。しかしそれ以来、私は昼も夜も厳しい監視下に置かれるようになってしまった」

「でも、どうやってフレンチ・デンが見つかったんですか？」バクスターがたずねた。

「これから話すよ」とエヴァンズ。「でもその前に教えてくれ。あんな巨大な凧をなにに使ったんだい？ 合図かなにかかい？」

ゴードンはこれまでのことをエヴァンズに話した。なんの目的で凧を揚げたのか。いかにブリアンが皆のために命をかけたか。どのようにしてウォルストンたちがまだ島にいることを確かめたか。

「きみは勇敢な少年だ！」エヴァンズはブリアンの手を取り、友情を込めて握った。

それからまた話をつづけた。「さて、その日からというもの、ウォルストンの関心はただひとつ、この島にどんな住人がいるのかなんとかして突きとめることだった。もし先住民だったら、友好的な関係を結べるのではないか。もし遭難者だったら、必要な道具を持っているのではないか。そうであれば、小型艇を修理して海に乗り出すための協力を拒んだりはしないだろう。

こうして連中は島の住人を探しはじめた。それもかなり慎重に。湖東岸の森を調べながら少しずつ進み、湖の南端にゆっくりと向かっていったんだ。けれども人影はどこにも見えなかった。銃声だって一発も聞こえなかった」

「それは」とブリアンが言った。「ぼくたちが誰もフレンチ・デンから離れなかったからです。銃を使うのも禁止してました」

「それでもきみたちは見つかってしまった」エヴァンズはつづけた。「仕方がなかったんだよ。一一月二三日から二四日にかけての夜、ウォルストンの仲間のひとりが湖の南岸をまわって、このすぐそばまでやってきた。そのときに運悪く、崖の岩壁からもれる光を見られてしまったんだ。おそらく扉を開けた一瞬、ランプの光が外にもれてしまったんだろうね。翌日、今度はウォルストン自身がやってきて、夜のあいだ、川のほとりで丈の高い草のあいだに身をひそめていたんだ」

「知ってました」とブリアンは言った。

「知ってたのかい？」

「ええ。その場所でゴードンとぼくは折れたパイプを見つけたんです。ケイトに見てもらったら、ウォルストンのパイプで間違いないって」

「その通りだ」とエヴァンズ。「やつがそのとき失くしたんだ。帰ってきたとき、えらく不機嫌だったよ。とにかくフレンチ・デンの存在はそのときに知られてしまったのさ。やつは草むらから、きみたちが川の右岸を行ったり来たりするのを見たんだ……。あそこには子どもしかいないから、大人が七人でかかれば簡単にねじ伏せられる。戻ってきたウォルストンは仲間たちにそう言ってたよ。やつがブラントと話しているのを立ち聞きして、フレンチ・デンの襲撃を企んでることを知ったんだ」

「人でなし！」ケイトが叫んだ。「相手は子どもだっていうのに、情け容赦もないなんて」

「あるものか」とエヴァンズ。「ケイト、やつらがセヴァーン号の船長や乗客にどんな仕打ちをしたか覚えているだろう。血も涙もない、まさに人でなしなんだ。しかも、

ウォルストンは、きみたちが行ったり来たりするのを見たんだ。

なかでもいちばん残忍なあのウォルストンが頭(かしら)ときてる。あいつめ、犯した罪の報いをいつか受けるがいい！」

「でも、とにかくあなたは逃げ出せたのね、エヴァンズ。本当によかった」ケイトが言った。

「そうなんだ。今朝、ウォルストンたちは、私の監視をフォーブズとロックに任せて、どこかへ出かけてしまった。逃げ出すにはまたとない機会だと思ったよ。隙をついて飛び出せば、あとはこのふたりの悪党を撒くか引き離すかすればいいんだからね。

朝の一〇時頃、森に逃げ込んだ。フォーブズとロックはすぐに気づいて追ってきた。やつらは銃を持っている。こちらは船員用のナイフ一本、あとはひたすら走るだけさ。

やつらはどこまでも追ってきた。私は森を斜めに突っ切って、湖の東岸に出た。そこからさらに湖の南端をまわらなければならない。盗み聞きした会話から、きみたちがいるのは西に流れる川のそばだって知ってたからね。

それにしても、あんなに死に物狂いで、しかもあんなに長時間走りつづけたのは生まれて初めてだよ。なにしろ二五キロ近く走ったんだからね。ひどいもんだろ？　悪党どもはこちらと同じような速さでついてくるし、やつらの弾丸ときたらそれよりずっと速い。何度も耳をかすめたよ。考えてもみてごらん。私はやつらの秘密を握ってる。やつらからしてみたら、私に逃げられたら悪事が明るみに出てしまうんだ。だから捕まえようと必死だったのさ。まったく、もしやつらが銃さえ持っていなければ、逃げも隠れもせず、ナイフで迎え撃ってやったんだが。殺すか、殺されるかだ！　そうさ、ケイト、やつらに捕まるくらいなら、死んだ方がましだからね。

それでも、夜になれば忌々しい追跡も終わるだろうと思っていた。……考えが甘かった。すでに湖の南端を越えて、西側の岸を北上していたのに、フォーブズとロックは相変わらずぴったりとついてくるんだ。空模様は数時間前から怪しかったが、いよいよ荒れてきた。そうなると逃げるのがさらに難しくなった。雷が光ると、岸辺のアシのあいだに隠れていても見つかってしまうからね。それでも、川まであと一〇〇歩ほどのところまでようやくたどり着いた。川を渡ってしまえばこっちのものだと考えた。すぐ近くにフレンチ・デンがあることはやつらも知ってるから、わざわざ川を越えてまで追ってくることはないはずだってね。

だから走った。そして、もう少しで川岸にたどり着くというところで稲妻が閃き、あたりがぱっと明るくなった。その瞬間、銃声が響いて……」

「おれたちが聞いた銃声かな？」ドニファンが言った。

「そうだろうね」とエヴァンズ。「弾が肩をかすめた。私は思い切り川に飛び込んだ。

何度か水をかいてこちら岸につくと、草の蔭に身をひそめた。するとロックとフォーブズが話してる声が聞こえてきた。〝当たったか？〟〝間違いねえ、当たった〟〝じゃあ沈んじまったか？〟〝ああ、もうくたばってるさ〟〝せいせいしたぜ〟そう言うとやつらは引き上げていった。

いやはや、せいせいしたのはこっちの方さ、ケイトにとっても、私にとってもね。ならず者どもめ、私が死んだと思ってるがいいさ！……少ししてから、草むらから這い出して、断崖の方へ向かった。犬の吠え声が聞こえてきた。私は声をかけてみた。……するとフレンチ・デンの扉が開いたんだ」

そこまで語ると、エヴァンズは湖の方角を指さしてさらに言った。

「さあ、みんな、あの悪党どもと決着をつけて、この島から追い払おう！」

その力強い言葉に、少年たちはみんなエヴァンズについていく覚悟を決めて立ち上がった。

今度は少年たちがエヴァンズに、これまでの二〇ヶ月のことを話す番だった。スルーギ号がニュージーランドを離れたときの状況。この島にたどり着くまでの長い漂流。フランス人漂着者の亡骸の発見。フレンチ・デンに落ち着くまでの経緯。夏のあいだの探索と冬のあいだの勉強。そして、ウォルストンたちがやってくるまでの、穏

弾が肩をかすめた。

やかで、危険とは無縁だった暮らしのこと。

「では、この二〇ヶ月のあいだ、沖を通る船は一隻もなかったのかい？」エヴァンズがたずねた。

「少なくともぼくたちは見かけませんでした」とブリアン。

「合図になるような目印は作ったのかい？」

「ええ、崖のてっぺんにマストを立てたんです」

「それなのに、誰にも気づいてもらえなかったんだね」

「駄目でした」ドニファンが答えた。「でも、六週間前に倒しました。ウォルストンに見つからないように」

「賢明な判断だったね。だけど、やつらはもうきみたちのことを嗅ぎつけてしまった。昼も夜も警戒を怠らないようにしよう」

「それにしても」とゴードンが口を開いた。「どうしてあんなひどい連中を相手にしなければならないんだろう。島にやってきたのがちゃんとした人たちだったら、喜んで手助けしたのに。ぼくたちの状況だって、ずっとよくなっていたはずじゃないか。それなのに、ぼくたちを待ち受けてるのは戦いだ。自分たちの命を守らないと。やるかやられるかの戦いなんだ」

「神さまはこれまであなたたちを守ってくれたんだもの、これからもお見捨てになったりしない」ケイトが言った。「神さまはエヴァンズを遣わせてくれたじゃない。この人が一緒なら……」

「エヴァンズ！　エヴァンズ万歳！」少年たちは声をひとつにして叫んだ。

「私を頼りにしてくれ」航海士はその声に応えて言った。「私もきみたちを頼りにしている。力を合わせれば、きっと守り抜けるよ。約束する」

「でも」ゴードンが言った。「もし戦いを避けることができたら……、もしウォルストンがおとなしく島を出ていったら……？」

「どういう意味だい、ゴードン？」ブリアンがたずねた。

「小型艇さえ使えてたら、連中はもうとっくに島からいなくなってただろうってことさ。そうですよね、エヴァンズ航海士」

「たしかにそうだ」

「だとしたら、やつらと話し合って、必要な道具を提供したらどうだろう？　たぶん受け入れるんじゃないかな。……もちろん、あんな人殺したちと関わり合いになるなんて、考えただけでもぞっとするよ。だけど、やつらをここから追い払えるなら、攻撃を避けて誰も血を流さないですむのなら……。エヴァンズ航海士、どう思いますか？」

エヴァンズはゴードンの話にじっと耳を傾けていた。その提案には、場の勢いに軽々しく流されない現実的な考え方と、どんな状況にも冷静に向き合う性格とがあらわれていた。この少年がみんなのなかでいちばん真面目な少年に違いない――実際その通りなのだが――とエヴァンズは考えた。そして、この少年の意見をきちんと検討した方がいいと思った。

「ゴードン君」エヴァンズは答えた。「あの悪党どもから解放されるためなら、どんな手段を使うのもありだと思うよ。だから、小型艇を修理できるよう手を貸してやった後で、やつらが本当に島を出ていくというのであれば、勝ち負けのわからない戦いをはじめるよりずっといいだろうね。しかし、あのウォルストンをはたして信用していいものだろうか？　交渉などしようものなら、それを逆手に取ってフレンチ・デンを不意打ちし、きみたちの持ち物すべてを奪おうとするのではないか？　きみたちが難破した船から運び出したお金を持っていると考えるのではないか？　いいかい、あのならず者たちは恩を仇でしか返さないやつらだ。感謝の心なんてものはこれっぽっちも持ち合わせてない。連中と話し合ったところで……」

「駄目だ！　駄目だ！」バクスターとドニファンが叫ぶと、ふたりに合わせてほかの少年たちも大きな声を上げた。その様子を航海士は頼もしく思った。

「駄目だ！」とブリアンも言った。「ウォルストンの一味とは関わらない方がいい！」

「それに」とエヴァンズはつづけた。「やつらが欲しがってるのは道具だけじゃない。弾薬もだ。こちらに攻撃を仕掛けてくるだけの弾薬はまだ充分にある。それは確実だ。けれども、ほかの海を荒らし回るとなると、手持ちのものだけでは足りない。やつらはそれも要求してくるだろう、強引にね。そしたら渡すのかい？」

「ぜったいに渡しません！」とゴードンは答えた。

「そうなると力ずくで奪い取ろうとするだろうね。話し合ったところで、いずれは戦う羽目になるんだよ。それも、さらに不利な条件で」

「おっしゃる通りです、エヴァンズ航海士」とゴードン。「迎え撃つ準備を固めて待ちましょう！」

「それがいい。待とうじゃないか、ゴードン君。それに、待つのにはもうひとつ別の理由があるんだ」

「というと？」

「いいかい、ウォルストンが島を出るには、セヴァーン号の小型艇を使うしかない」

「もちろんです」とブリアン。

「あの小型艇は、修理さえすれば確実に海に出られる。ウォルストンがそれをあきらめたのは、道具がないからだ」

「そうじゃなきゃ、とっくにどこかへ行ってるよ」とバクスター。

「まさにその通り。となると、修理する道具を与えたら――そしてフレンチ・デンを略奪するなんて考えを捨ててくれたら――きみたちに構わず、とっとと島を出ていくかもしれない」

「そうなっちゃえばいいのに！」サーヴィスが叫んだ。

「とんでもない！　そんなことになったら、われわれはどうやって島を出るんだい、小型艇もないのに？」

「なんですって」ゴードンがたずねた。「あの小型艇で島を出ようと考えてるんですか？」

「その通りさ、ゴードン君」

「ニュージーランドまで？　太平洋を横断して？」ドニファンもたずねた。

「太平洋だって？　違うよ」エヴァンズは答えた。「近くの中継港までさ。そこでオークランドに帰る機会を待つんだ」

「本当なんですか、エヴァンズ航海士？」ブリアンは叫んだ。

　ほかの少年たちもエヴァンズを質問攻めにした。

「あの小型艇でどうやって何百キロも航海できるんですか?」バクスターがたずねた。

「何百キロ? とんでもない、たかだか五〇キロ程度だよ」

「この島のまわりにはどこまでも海が広がってるんじゃないんですか?」ドニファンがたずねた。

「西にあるのは海だけだ。けれど南と北と東はただの海峡だよ。六〇時間もあれば簡単に渡れる」

「じゃあ、近くに陸地があるって考えてたのは間違ってなかったんですね」とゴードン。

「もちろん間違ってなんかないさ。しかも東には大きな陸地が広がってる」

「そうか!」ブリアンは叫んだ。「東に見えた白っぽい染み、それにあの光も……」

「白っぽい染み? それは氷河だね。そして光というのは火山のことだろう。地図にも載ってるはずだよ。――いやはや、きみたちはいまどこにいると思っているんだい?」

「太平洋にぽつんと浮かぶ離れ小島じゃないんですか?」ゴードンが答えた。

「島であることは確かだ。でも、ぽつんと浮かぶ離れ小島ではないよ。この島は、南米大陸沿岸にいくつもある群島のひとつなんだ。——きみたちはこの島の湾や川に名前をつけたって言ってたけど、この島のことはなんて呼んでいるんだい？」

「チェアマン島です。おれたちの寄宿学校の名前をつけたんです」ドニファンが答えた。

「チェアマン島か！　ということは、この島にはふたつの名前があるということだ。すでにハノーバー島っていう名前がついてるからね」

このあと、いつものように見張りの手配をしてから、みんな床に就いた。航海士のためには、広間（ホール）に簡易ベッドを用意した。少年たちはその晩、ふたつのことが気になってなかなか寝付けなかった。ひとつは、これから起こるだろう血みどろの戦いへの不安、もうひとつは、故郷へ帰れるかもしれないという期待だった。

エヴァンズ航海士は、明日になったらハノーバー島の正確な位置を地図で教えようと約束していた。モコとゴードンが見張りをつとめるなか、フレンチ・デンの夜は静かに過ぎていった。

27

マゼラン海峡――海峡周辺の陸地と島々――中継港の数々――これからの計画――力か策略か――ロックとフォーブズ――偽りの遭難者――手厚い歓待――一一時から真夜中まで――エヴァンズの発砲――ケイトの取りなし

南アメリカ南端に位置するマゼラン海峡は、大西洋側のビルヘネス岬から太平洋側のピラル岬にかけて、東から西におよそ六〇〇キロの長さで曲線を描いている。沿岸は起伏に富み、海抜一〇〇〇メートル級の山々がそびえ、入り組んだ湾の奥には嵐の際に避難できるような港がいくつもある。水場も多く、水の補給に困ることがない。周囲の深い森では獲物も豊富にとれる。無数にある入江では、流れ落ちる滝がいたるところで水音を響かせている。東からでも西からでも、航行する船舶にとっては、エスタデス島とフエゴ島のあいだのルメール海峡を通るより航路が短く、ホーン岬をまわるよりも嵐に見舞われることが少ない。これが一五二〇年にポルトガルの高名な航海者マゼランによって発見された海峡である。

発見から半世紀のあいだは、スペイン人しかマゼラン海峡周辺の土地を訪れなかった。スペイン人がブルンスウィック半島に築いたのがファミーヌ港だ。次にやってきたのがイギリス人で、ドレーク、キャベンディッシュ、チドリー、ホーキンスなどがいる。[1]つづいてオランダ人のデ・ウェールト、デ・コルデス、ファン・ノールト、そして一六一六年にルメール海峡を発見したルメールとスホーテン。[2]一六九六年から一七一二年には、フランス人のドジェンヌ、ボシェーヌ＝グァン、フレジェなどがやってきた。[3]以降はこの海域を、アンソン、クック、バイロン、ブーガンヴィルをはじめ

1　挙げられているイギリス人航海者は以下の通り。Francis Drake（一五四〇頃―一五九六）、Thomas Cavendish（一五六〇―一五九二）、John Chidley（?―一五八九）、Richard Hawkins（一五六〇頃―一六二二）。

2　挙げられているオランダ人航海者は以下の通り。Sebald de Weert（一五六七―一六〇三）、Simon de Cordes（一五五九頃―一五九九）、Olivier van Noort（一五五八―一六二七）、Jacob Le Maire（一五八五―一六一六）、Willem Schouten（一五六七頃―一六二五）。

一八世紀後半の有名な航海者が航行するようになった。[4]その後マゼラン海峡は、大西洋と太平洋をつなぐ航路として船舶が頻繁に往来するようになる。特に、蒸気船の時代になり、風向きや海流に左右されず悪天候でも航行できるようになってからは、その傾向が著しい。

エヴァンズは、翌一一月二八日、シュティーラーの世界地図を開いて、このようにマゼラン海峡のことを説明した。

海峡の北側には、南米大陸南端の地であるパタゴニアやキング・ウィリアム島、それにブルンスウィック半島がある。海峡の南側には、フエゴ島、デソラシオン島、クラレンセ島、オステ島、ゴルドン島、ナバリノ島、ウォラストン島、ステウアルト島といった大きな島や、無数の小さな島々が浮かぶ。そのはずれに位置するエルミテ諸島の南端にあるのがホーン岬、アンデス山脈の連なりの最果てである。

海峡の東側は、狭くなったところを二箇所ほど抜けると、パタゴニアのビルヘネス岬とフエゴ島のエスピリト・サント岬のあいだで大きく開け、大西洋へとつづく。しかし、エヴァンズが指摘したように、西側はそれほど単純ではない。大小の島々や群島、海峡、海門、瀬戸などが無限に入り組んでいるのだ。太平洋に出るには、ピラル岬とレイナ・アデライダ諸島南端のあいだにある細い水路を抜けなければならない。

その北には、ネルソン海峡からチョノス諸島やチロエ島にいたるまで、数多くの島々がチリ沿岸に寄り集まっている。

「さて」エヴァンズはつづけた。「マゼラン海峡の北にひとつの島がある。水路ひとつで南はケンブリッジ島と、北はマドレ・デ・ディオス島およびチャタム島と隔てられた島だ。いいかい、南緯五一度にあるこの島がハノーバー島だよ。きみたちがチェアマン島と名づけ、これまで二〇ヶ月のあいだ暮らしてきた島だ」

ブリアン、ゴードン、ドニファンは地図の上に身を乗り出し、その島を興味深げに見つめた。どんな陸地からも遠く離れていると思っていた島は、南米大陸沿岸からこれほどまで近かったのだ。

「なんだ」ゴードンは言った。「チリとは狭い海で離れてるだけだったんですね」

3　挙げられているフランス人航海者は以下の通り。Jean-Baptiste de Gennes（一六五六―一七〇五）、Jacques Beauchesne-Gouin（一六五二―一七三〇）、Amédée-François Frézier（一六八二―一七七三）。

4　挙げられている航海者は以下の通り。George Anson（一六九七―一七六二）、James Cook（一七二八―一七七九）、John Byron（一七二三―一七八六）、Louis-Antoine de Bougainville（一七二九―一八一一）。

ブリアンたちは地図の上に身を乗り出した。

「そうだよ」エヴァンズは答えた。「でも、ハノーバー島から南米大陸までのあいだにあるのは、ここと同じ無人島だけだ。たとえ大陸まで渡れたとしても、チリかアルゼンチンのどこかの町にたどり着くには、何百キロも歩かなければならない。並大抵の距離ではないし、第一危険だよ。大草原地帯(パンパス)に住むインディオのプエルチェ族は、よそ者を毛嫌いするんだ。だから、きみたちがこの島を離れられなかったのは、かえってよかったんじゃないかな。ここには生きていくために必要なものは揃っているからね。それにうまくいけば、われわれみんな一緒に島を出られるかもしれないしね」

ハノーバー島を囲む狭い海峡は、場所によっては幅が二五キロから三〇キロ程度しかなかった。モコなら天気の良い日にボートで苦もなく横断できる距離だろう。ブリアンやゴードン、ドニファンたちが島の北部や東部を探検したときに付近の島を見ることができなかったのは、それらの標高がとても低いからだ。例の白っぽい染みは大陸の氷河だった。そして噴火していた山は、マゼラン地方にいくつもある火山のひとつだった。

ブリアンが地図を注意深く眺めていて気づいたことだが、これまで少年たちが探検をおこなったのは、偶然にも、隣接した島からもっとも離れた地点ばかりだった。たしかにセヴァーン海岸からならチャタム島の南端が見えたかもしれないが、ドニファンたちがたどり着いた日は水平線が靄でかすみ、遠くまで見通すことができなかった。失望湾はハノーバー島に深く入り込んでいるので、東川の河口や熊岩の上からでは、東に浮かぶ小島も、三〇キロほど先のエスペランサ島も見えない。近くの島に気づくためには、北岬まで足を延ばしていなければならなかったのだ。そこからなら、チャタム島とマドレ・デ・ディオス島の南端がコンセプシオン海峡の先に見える。あるいは南岬まで行っていたら、レイナ・アデライダ諸島やケンブリッジ島が目に入ったはずだ。砂丘地帯の端までたどり着いていたら、オーエン島の頂や南東の地の氷河が見えただろう。

しかし少年たちは、島の端までは探索を進めなかったのだ。ただ、フランソワ・ボードワンの地図については、どうして近くの島や陸地がまったく描かれていないのか、エヴァンズにはわからなかった。これだけ正確に島の地形を記すことができたのだから、島のすみずみまで足を運んだはずだ。たまたま霧がかかっていて、遠くまで見えなかったのだろうか。そう考えるしかなかった。

ところで、セヴァーン号の小型艇を首尾よく手に入れて修理もできたら、エヴァンズはどの方角へ向かうつもりなのだろうか。

それをたずねたのはゴードンだった。

「諸君」エヴァンズは答えた。「私は北や東にある島へ向かうつもりはない。もっと先まで海を進んだ方がいいと思うんだ。風が安定していれば、小型艇はチリのどこかの港に着くことができる。われわれを温かく迎えてくれるはずだ。沿岸の海はひどく荒れるが、島のあいだの狭い海峡を通っていけば、航海はそう難しくはない」

「そうですね」とブリアンが言った。「でも、このあたりの海域に港が見つかりますか？ そこから故郷に帰る手立てはあるんでしょうか？」

「もちろんさ」エヴァンズは答えた。「ほら、地図を見てごらん。レイナ・アデライダ諸島の水路を抜けたら、スミス海峡を通ってどこに出ると思う？ そう、マゼラン海峡だ。マゼラン海峡の入口の近くには、タマールという小さな港がある。そこまで行けば、もう帰り道についたも同然だ」

「もしそこで船に出会えなかったら？」ブリアンがさらにたずねた。「通りかかるのを待つのですか？」

「そうじゃないよ、ブリアン君。マゼラン海峡をもっと先までたどってみよう。大きなブルンスウィック半島があるだろ。そのフォルテスキュ湾の奥にあるガラント港には、大きな船舶がよく寄港してるんだ。もっと先に行く必要があれば、半島南端のフォワード岬をまわるとセント・ニコラス湾やブーガンヴィル湾がある。ここにはマゼラン海峡を通る船の大部分が停泊する。さらに進めばファミーヌ港、もっと北にはプンタアレナスもある」

航海士の言う通りだった。マゼラン海峡に入ってしまえば、寄港できる場所には事欠かない。オーストラリアかニュージーランドへ向かう船にももちろん出会えるだろうから、まず確実に故郷へ戻れるだろう。タマール港、ガラント港、ファミーヌ港は物資が乏しいが、プンタアレナスなら必要なものはすべて手に入る。チリ政府が建設したこの大きな港は、海岸沿いに町が広がり、美しい教会の尖塔がブルンスウィック半島の見事な木立のあいだにそびえている。この港が繁栄しているのに対して、一六世紀末にまで遡るファミーヌ港は、いまでは寂れた寒村でしかない。

それに、いまでは南の方に、学術探検隊が訪れる入植地もある。ナバリノ島のリウィアや、フエゴ島の南のビーグル海峡に面したウシュアイアだ。とりわけウシュアイアは、イギリス人宣教師たちの努力のおかげで、この地方の調査に大いに役立っている。この一帯にはフランス人も数多くの足跡を残しており、付近の島のなかにはデュマ、クルエ、パスツール、シャンジー、グレヴィといった名がつけられているものもある。

したがってマゼラン海峡まで行けば、少年たちが助かるのはほぼ確実だった。ただ、そこにたどり着くためには、セヴァーン号の小型艇を修理しなくてはならない。修理するためには、その前に小型艇を奪い取らなければならない。そして奪い取るためにはまず、ウォルストンの一味を倒さなければならないのだ。

もしも小型艇がまだ、ドニファンが見つけたときのままセヴァーン海岸にあるのだったら、手に入れることも可能だったかもしれない。ウォルストンはそこから二五キロ近く離れた失望湾の奥に拠点を構えているのだから、こちらの企図に気づくことはないだろう。やつらがやったのと同じことを、エヴァンズもできたはずだ。つまり小型艇を引いて、東川の河口ではなく、ジーランド川の河口まで持ってくるのだ。あとは川を遡って、フレンチ・デンまで運べばいい。ここならば、航海士に指揮してもらいながら、万全の状態で修理できる。修理がすんだら帆を装備し、弾薬や食糧、そして残しておくには惜しい物資を積み込んだ後、悪党どもが攻撃してくる前に島を離れてしまうのだ。

しかし残念なことに、小型艇がやつらのもとにある以上、この計画は実行不可能だった。島を出られるかどうかは、こちらから打って出るにしろ、相手を迎え撃つにしろ、力によって解決するしかない。連中に打ち勝たない限り、なにもはじまらないのだから。

エヴァンズは少年たちから絶大な信頼を寄せられていた。ケイトが以前から折に触れてエヴァンズのことを熱のこもった言葉で語っていたからだ。髪を短く切り、伸び放題だった髭を剃ると、いかにも勇敢で誠実そうなその顔立ちに、少年たちはますます心強くなった。力と勇気を備えているばかりか、善良で強い意志を持ち、いざとなればわが身を惜しまない人物だと誰もが感じていた。

ケイトが言ったように、エヴァンズはまさにフレンチ・デンにあらわれた天からの使い、子どもたちのなかに舞い降りた正真正銘の「大人」だった。

エヴァンズはまず、ウォルストンの一味に立ち向かうためになにが使えるのか確認しようと考えた。

貯蔵室(ストア・ルーム)と広間(ホール)は防御に適した造りだと思われた。一方からはジーランド川と土手がよく見えるし、もう一方はスポーツ広場から湖岸まで見渡せる。明かり取りの窓のおかげで、身を隠したまま銃を撃つことができる。銃は八丁あるから、敵は容易には近づいてこられない。フレンチ・デンに迫ってきたら、二門の小型大砲を浴びせればいい。接近戦になれば、拳銃や斧や船員用ナイフが使えるだろう。

エヴァンズが感心したのは、ブリアンが洞穴内部に石を積み上げて、ふたつの戸口を破られないよう対策していたことだ。迎え撃つ側の少年たちは、洞穴のなかで戦えばかなり強いが、外では弱い。こちらで戦えるのは一三歳から一五歳の少年が六人、それに対して相手は七人の屈強な男たち、それも武器の扱いに慣れ、平気で人を殺すような男たちなのだ。

「エヴァンズ航海士、相手は恐ろしい悪人なんですね」ゴードンがたずねた。

「ああ、血も涙もないやつらだ」

「でも、ひとりはまだ人の心が残ってるんじゃないかしら」とケイトが言った。「フォーブズは私の命を助けてくれたのよ……」

「フォーブズだって?」エヴァンズが答えた。「とんでもない! 仲間にそそのかされたのか脅されたのか知らないが、あいつだってセヴァーン号の虐殺に加担したんだ。それに、ロックと一緒に私を追いまわしたのもあいつだ。まるで獣を狩るみたいに撃ってきた。私が川で溺れ死んだと思い込んで大喜びしたのもあいつじゃないか。いいかい、ケイト。フォーブズもほかの連中と同じだよ。あなたを助けたのだって、まだなにか利用できると考えたからさ。いざフレンチ・デンに攻め込むとなったら、一緒になって襲ってくるにきまってる」

そうしているうちに数日が過ぎた。オークランド丘陵の上から見張っていても、怪しいものはなにも見えなかった。エヴァンズにとってもこれは意外だった。

ウォルストンの狙いはわかっている。それを早くやりたがっていることも知っている。それなのになぜ一一月二七日から三〇日のあいだ、なんの動きもないのだろうか。

と、エヴァンズは思い当たった。ウォルストンは力ずくではなく、策略を使ってフレンチ・デンに入り込もうとしているのかもしれない。そこでさっそく、いつも相談しているブリアン、ゴードン、ドニファン、バクスターに伝えた。

「こちらがフレンチ・デンに立て籠もっている限り、ウォルストンはどちらの扉からも入ってこられない。ただし、誰かが中から開けてやれば別だ。そこで策略を使ってフレンチ・デンのなかに入り込もうとするかもしれない」

「どうやって？」ゴードンがたずねた。

「私が考えるに、たぶんこんな手だろう」エヴァンズは答えた。「ウォルストンは悪党どもの親玉で、きみたちはやつらに攻撃されるおそれがある、そう知っているのはケイトと私だけだ。そのウォルストンは、ケイトが海に呑まれて死んでしまったと信じ込んでいる。そして私の方はロックとフォーブズに撃たれて川で溺れ死んだことになっている。――うまく始末できたとふたりが喜んでいるのを聞いたって話はしたよね。となるとウォルストンは、きみたちはなにも知らない、セヴァーン号の水夫が島にいることさえ知らない、と考えているはずだ。そして、一味のひとりをフレンチ・デンに送ってよこせば、誰もが遭難者にするように迎え入れてくれるだろうってね。いったん入り込んでしまえば、内側から扉を開けて、仲間たちを簡単に中へ引き入れることができる。——そうなったらもうどんなに抵抗しても無駄だ」

「じゃあ、ウォルストンか誰かが助けを求めてきたら、銃で迎えてやればいい」とブリアンが言った。

「丁寧に迎えてやるって手もあるんじゃないかな?」ゴードンが口を挟んだ。

「なるほど、その手もあるね、ゴードン君」とエヴァンズ。「その方がいいかもしれない。策略には策略でってわけか。ともかくやつらの出方を見てから、どう対処するか決めよう」

そう、慎重にも慎重を期して行動するべきだろう。うまく事が運び、エヴァンズが小型艇を手に入れさえすれば、遠からず島を離れられるのだ。しかし、それまでにまだどれほどの危険が待ち受けていることか。はたして少年たちは無事に全員揃ってニュージーランドへ向かう船に乗り込むことができるのだろうか。

翌日の午前中も何事もなく過ぎた。エヴァンズは、ドニファンとバクスターを連れて、落穴森の方へ一キロばかり行ってみたりもした。オークランド丘陵のふもとの木立に身を隠して進みながらあたりをうかがったが、変わったことはなにひとつなく、ついてきたファンも特におかしなそぶりは見せなかった。

しかしその夕方、日没の少し前に、事態が動いた。崖の上で見張っていたウェッブとクロスが慌てて降りてきて、ふたりの男が近づいてくると告げたのだ。男たちは湖の南岸をジーランド川に向かっているという。

ケイトとエヴァンズは見つからないようすぐに貯蔵室（ストア・ルーム）に戻ると、銃眼越しに男たちを見た。ロックとフォーブズだ。

「間違いない」とエヴァンズ。「策略でくるつもりだ。難破から逃れてきた乗組員のふりをしてここにやってくるぞ」

「どうします？」ブリアンがたずねた。

「温かく迎えてやるんだ」エヴァンズは答えた。

「あの悪党どもを歓迎するなんて、ぼくにはできませんよ！」ブリアンが声を上げた。

「ぼくがやるよ」とゴードン。

「頼むよ、ゴードン君」エヴァンズが言った。「くれぐれもケイトと私がいることを悟られないように。頃合いを見計らって姿を見せるから」

ふたりは廊下脇の倉庫のひとつに身をひそめて扉を閉めた。ほどなくしてゴードン、ブリアン、ドニファン、バクスターがジーランド川のほとりに駆けつけた。ふたりの男は少年たちに気づくと、ひどく驚いたふりをした。ゴードンも負けじと大げさに驚いた態度をとってみせた。

ロックとフォーブズはいかにも疲れ切っている様子だ。ふたりが岸辺までたどり着くと、川を挟んで次のような会話が交わされた。

「あなたたちはどなたですか？」

「この島の南で難破したんだ。セヴァーン号っていう三本マストの船だ。小型艇で逃げてきたんだよ」

「イギリスの方ですか？」

「アメリカ人だ」

「ほかの人たちは？」

「死んじまったよ。俺たちだけ助かったんだ。だが、もうへとへとだ……。で、あんたらは何者なんだい？」

「ぼくたち、この島に入植してるんです」

「頼むよ、俺たちを助けてくれないか。見ての通り、なにもかも失くしちまったんだ……」

「難破した人を助けるのは当然のことです」とゴードン。「どうぞ、歓迎しますよ」

ゴードンが合図すると、近くに繋いであったボートにモコが乗り込み、何度かオールで漕いでふたりの男をジーランド川右岸に連れてきた。

ウォルストンにはほかに差し向ける手下がいなかったのだろうが、それにしてもロックの顔つきときたら信用ならないものだった。人相を読み取ることに慣れていない子どもたちでもそれはわかった。実直そうな顔を必死に取り繕っていたが、狭い額、肥大した後頭部、異様に突き出た下顎、どう見ても悪党面だった。フォーブズの方は——ケイトによると、まだ少しは人の心が残っているらしいが——ロックよりはましな顔つきをしていた。だからウォルストンはフォーブズも一緒に差し向けたのだろう。

ふたりの男は偽りの遭難者の役を演じていた。しかし、いろいろ詮索されて疑われでもしたら困るので、とにかく疲れ果てて倒れそうだと言って、少し休みたいからフレンチ・デンに一晩泊めてくれと頼んできた。そこで、すぐにふたりを案内した。中に入ったとたんに、男たちが探るような視線を広間（ホール）のあちこちに注いだのを、ゴードンは見逃さなかった。ふたりは少年たちの持っている武器、なかでも砲眼に据えられた大砲を見て、とても驚いた様子だった。

遭難の話は明日にして、今日のところは早く寝たいとロックとフォーブズが言うので、少年たちは歓待役を演じるこの不愉快なお芝居をつづけなくてよくなった。「草の束で充分だ」とロックが言った。「でも、あんたらの邪魔になっちゃ悪いから、別の部屋があれば……」

「ありますよ」ゴードンが答えた。「調理場にしてる部屋ですけど。どうぞ明日まで休んでください」

男たちは貯蔵室（ストア・ルーム）に入ると、戸口が川に面していることをまず確かめてから、部屋のなかを素早く眺め回した。

それにしても、少年たちはなんとも手厚くこの自称遭難者たちをもてなしたものである。ふたりの悪党はきっとこう考えたはずだ――こんなお人好しのガキどもをぶちのめすのに、あれこれ頭をひねるまでもない。

男たちは貯蔵室（ストア・ルーム）の隅で横になった。とはいえ、ずっとふたりだけでいるわけではない。モコもこの部屋で寝ることになっているからだ。しかし男たちはモコのことなど気にもかけていなかった。眠ったふりをしながら自分たちの様子を見張ってでもいたら、首を絞めて殺してしまおうと考えていたのだ。示し合わせた時間になったら、ロックとフォーブズは貯蔵室（ストア・ルーム）の扉を開けるはずだ。すると、土手のあたりをうろついていたウォルストンが、四人の仲間を引き連れて押し入ってくる。そうやって一気にフレンチ・デンを乗っ取るつもりなのだろう。

九時頃、男たちが寝入ったと思われる頃合いになると、モコは貯蔵室（ストア・ルーム）に入り寝台に横になった。なにかあればすぐみんなに合図することになっていた。

ブリアンたちは広間（ホール）に残り、廊下の扉を閉めた。エヴァンズとケイトも広間（ホール）に戻ってきて、少年たちと合流した。すべてエヴァンズが予想していた通りの展開だった。ウォルストンがフレンチ・デンの近くにひそんで、突入する機会をうかがっているのは間違いない。

「気を引き締めていこう」エヴァンズが言った。

二時間が過ぎた。ロックとフォーブズが計略を実行するのは今晩ではなく別の晩なのだろうか、とモコが思いはじめたそのとき、貯蔵室（ストア・ルーム）のなかでかすかな物音がした。天井から吊されたランプの明かりに浮かび上がるのは、ふたりが部屋の隅を抜け出して扉の方へ這っていく姿だった。

扉は積み上げた大きな石でしっかりとふさがれている。それを破って押し入ってくるのは、不可能とは言わないまでも、かなり難しいだろう。

ふたりは扉の石を取り除きはじめた。ひとつ、またひとつと右側の壁のところに並

ふたりが扉の方へ這っていく姿が見えた。

べていく。数分後には、扉の前から石はなくなった。あとは内側から扉を閉めている閂（かんぬき）を外すだけで、自由にフレンチ・デンに入れるようになる。

しかしロックが閂（かんぬき）を外し、扉を開けようとした瞬間、誰かの手がその肩をつかんだ。振り向くと、ランプに照らされた航海士の顔があった。

「エヴァンズ！　なぜここに！」

「みんな、かかれ！」エヴァンズが叫んだ。

ブリアンたちはたちまち貯蔵室（ストア・ルーム）になだれ込んだ。まずフォーブズが、力の強い四人――バクスター、ウィルコックス、ドニファン、ブリアン――によって、逃げないよう取り押さえられた。

ロックの方は、素早く身をかわしてエヴァンズを押しのけると、ナイフを突き出した。刃がエヴァンズの左腕をわずかにかすめた。それからロックは開いた扉から外へ飛び出した。一〇歩もいかないうちに一発の銃声が響いた。

撃ったのはエヴァンズだ。しかし弾は外れたらしい。悲鳴は聞こえない。

「ちくしょう！　仕留め損なった！」エヴァンズが叫んだ。「だがもうひとりは……。これでとにかくひとりは減る」

エヴァンズは手にしたナイフを振り上げた。

一発の銃声が響いた。

「頼む！　助けてくれ！」少年たちに組み伏せられたまま、フォーブズが声を上げた。

「そうよ、お願い、エヴァンズ！」ケイトはふたりのあいだに身を投げ出した。「助けてあげて。この人、わたしを救ってくれたの」

「わかった」とエヴァンズ。「言う通りにするよ、ケイト。とりあえずいまのところはね」

フォーブズはきつく縛り上げられ、廊下の倉庫に押し込められた。貯蔵室（ストア・ルーム）の扉が閉められ、ふたたび石でふさがれた。少年たちは夜が明けるまで警戒を解かなかった。

28

フォーブズへの尋問――状況――偵察計画――戦力分析――野営の跡――消えたブリアン――助けに向かうドニファン――深手――フレンチ・デンからの悲鳴――フォーブズの出現――モコの砲撃

その夜は一睡もしなかったので疲れ切っていたが、少年たちは夜が明けてもわずかな休息も取ろうとは思わなかった。策略に失敗したウォルストンは、力でねじ伏せにくる。いまやそれは明らかだ。航海士の銃撃を逃れたロックは仲間のもとに戻り、企みを見抜かれた以上は扉をぶち破って突入するしかない、と報告したに違いなかった。

空が明るくなると、エヴァンズ、ブリアン、ドニファン、ゴードンの四人は、警戒しながら広間（ホール）の外へ出た。日が昇るにつれて朝靄が少しずつ晴れていき、湖が見えてきた。東からのそよ風にさざ波が立っている。

フレンチ・デンの周辺は、ジーランド川の方も落穴森の方も静まりかえっていた。飼育場では家畜たちがいつもと同じように行ったり来たりしている。スポーツ広場を走り回るファンも、不安そうな様子は微塵もない。

エヴァンズはまず、地面に足跡がないか調べた。案の定、たくさんの足跡が見つかった。特にフレンチ・デンの近くは多い。足跡の向きは入り乱れていて、夜のあいだにウォルストンの一味が川のあたりをうろつきながら、貯蔵室（ストア・ルーム）の扉が開くのを待っていたことがわかる。

血痕はひとつも残されていない。つまり、航海士が撃った弾はロックにかすりもしなかったのだ。

だが、わからないこともある。ウォルストンは遭難者役のふたりと同じように、ファミリー湖の南からきたのか、それとも北から南下してフレンチ・デンまでやってきたのか？　北からだとすると、逃げたロックは落穴森の方で仲間と合流したはずだ。

その点をはっきりさせるために、フォーブズを尋問して、ウォルストンがどの経路をたどってきたのか聞き出すことにした。フォーブズは話すだろうか。話すとしても、本当のことを言うだろうか。ケイトに命を救ってもらったことで、心の底にわずかでも善良な心が芽生えているだろうか。フレンチ・デンに泊めてほしいと頼んだのは少年たちを騙すためだったということを忘れて、口を割るだろうか。

尋問は自分がやろうと、エヴァンズは広間に戻った。閉じ込めていた倉庫の扉を開け、縄を解くと、広間に連れてきた。

「フォーブズ」エヴァンズは口を開いた。「お前とロックの策略は失敗に終わった。こちらが知りたいのは、ウォルストンがなにを企んでいるかだ。お前なら知っているはずだ。話してくれるか？」

みんなの前に引き出されたフォーブズは、うなだれたまま誰とも目を合わせようとせず、黙りこくっている。

ケイトが声をかけた。

「フォーブズ、わたしがセヴァーン号で殺されそうになったとき、あなたは思いやりの心を見せてくれた。それなのに、いたいけな子どもたちがもっと怖い目に遭おうとしてるいま、なにもしてくれないの？」

フォーブズは答えない。

「ねえ、フォーブズ」ケイトはつづけた。「この子たちはあなたの命を助けてくれたのよ。殺されたって仕方ないようなことをしたのに。あなただって人の心をすっかり失くしてしまったわけじゃないでしょう。どんなに悪事を重ねたとしても、善の道に戻ることができるの。自分がどれほどおぞましい人殺しに手を貸してきたのか、考えてごらんなさい」

フォーブズは押し殺したようなため息を苦しげに吐き出した。

「俺になにができるんだ……」くぐもった声で答えた。

「教えてくれ」とエヴァンズ。「昨夜なにをするつもりだったのか、これからなにをするつもりなのか。お前はウォルストンたちを待っていたんだろう。扉を開けたとたん、やつらが入ってくる手はずになっていたんだな」

「そうだ」

「そしてこの子たちを――お前を温かく迎え入れてくれたこの子たちを殺すつもりだったのか？」

フォーブズはさらにうなだれ、なにも答えなかった。

「ところで、ウォルストンたちはどの方角からここまでやってきたんだ？」

「湖の北からだ」

「お前とロックは南からきたんだな」

「ああ」

「やつらは島のほかの場所にも行ったのか？　西の方とか」

「まだだ」

「やつらはいまどこにいる？」

「知らねえ」

「ほかに知ってることはないか？」

「いや……、もうない」

「ウォルストンはまたやってくると思うか？」

「ああ」


おそらく一味は、エヴァンズの銃撃にたじろぐとともに、策略が見破られたことを知り、とりあえずいったん引くのが賢明と考え、好機をうかがっているに違いない。

もうこれ以上は聞き出せないと見て取り、エヴァンズはふたたびフォーブズを倉庫に連れ戻し、扉を外からしっかりと閉めた。

依然として状況はきわめて深刻だった。ウォルストンはいまどこにいるのだろうか。落穴森のどこかにひそんでいるのだろうか。フォーブズはそれには答えなかった――あるいは答えたくなかったのかもしれない。しかし、それについてはどうしてもはっきりさせておく必要がある。そこでエヴァンズは、落穴森まで偵察に出てみようと考えた。もちろん危険が伴わないわけではないことは承知のうえだ。

昼頃、モコはフォーブズに食事を持っていった。フォーブズは力なくうなだれたまま、ほとんど手をつけなかった。この男の心のなかでなにが起こっているのだろう？良心が目覚め、悔恨の念にとらわれているのだろうか？それはわからなかった。

昼食後、エヴァンズは落穴森のはずれまで偵察する計画を話した。悪党どもがまだフレンチ・デン周辺にいるかどうか、確かめておかなければならないのだ。少年たちももちろんこの提案を受け入れ、万一の事態にも対応できるよう入念な準備がおこなわれた。

フォーブズが捕らえられたいま、ウォルストンの一味は六人になった。少年たちは一五人、ケイトとエヴァンズを入れると一七人だ。しかし幼い子たちは戦うことができない。そこで、エヴァンズたちが偵察に出ているあいだ、アイヴァーソン、ジェンキンズ、ドール、コスターの年少組四人は、ケイト、モコ、ジャックと一緒に広間（ホール）に残り、バクスターがその警護にあたることになった。それ以外のブリアン、ゴードン、ドニファン、クロス、サーヴィス、ウェッブ、ウィルコックス、ガーネットはエヴァンズに同行する。屈強な六人の大人を相手に、たかだか八人の少年では勝負にならないだろう。だが、こちらはそれぞれが銃と拳銃を持っている。やつらの方は、セヴァーン号から持ち出した銃が五丁あるだけだ。この条件であれば、遠隔戦に持ち込むのが得策だろう。ドニファン、ウィルコックス、クロスは射撃の名手で、その腕前は相手よりはるかに上だ。それに弾薬も豊富にある。一方、向こうには、あと数包の弾薬しか残っていないはずだ。

午後二時、エヴァンズの指揮のもと、偵察隊が出発した。それを見送るとバクスター、ジャック、モコ、ケイトは年少組を連れてフレンチ・デンへ戻り、扉を閉ざした。ただ、扉は石でふさがなかった。なにかあった場合、エヴァンズたちがすぐに避難できるようにするためだ。

それに、南や西からの攻撃は心配しなくてもいい。その方角からフレンチ・デンを襲おうと思ったら、ウォルストンたちはまずスルーギ湾に出てから、ジーランド川沿いを遡る必要がある。だがそうすると、あまりに時間がかかってしまう。そもそもフォーブズによれば、連中は湖の西岸を南下してきたので、島の西側にはまだ足を踏み入れていないということだ。したがって攻撃されるとしたら北からだ。背後から不意を突かれるおそれはない。

偵察隊はオークランド丘陵のふもと伝いに注意深く進んだ。飼育場を越えると藪や木立がつづくので、姿を見られず森まで行くことができる。

先頭を歩くのはエヴァンズだった。ただ、血気にはやるドニファンがともすると前に出ようとするので、そのたびに制止しなければならなかった。フランソワ・ボードワンの亡骸を埋めた小さな塚を過ぎると、エヴァンズは斜めに進んでファミリー湖のほとりを目指す方がいいと判断した。

ファンは、ゴードンがなだめるのも聞かず、しきりになにかを探しているようだ。耳をぴんと立て、地面を嗅ぎ回っている。と、なにかの跡を見つけたらしい。

「気をつけろ！」ブリアンが言った。

「わかった」とゴードン。「これは動物の足跡じゃないね。ファンの様子を見てごらんよ」

「音を立てないように進むんだ」エヴァンズが言った。「ドニファン君、きみは射撃が得意だろう。やつらが射程内にあらわれたら頼んだぞ。腕前を見せてくれ」

ほどなくして、最初の木立にたどり着いた。落穴森のはずれのその場所には、人がいた痕跡があった。木の枝の燃えさしが残り、灰もまだ温かい。

「間違いない。連中はここで一晩過ごしたんだ」ゴードンが言った。

「おそらく数時間前までここにいたんだろう」とエヴァンズが応じた。「崖のふもとまで引き返した方がいいかもしれない……」

そう言い終わらないうちに、右手で銃声が響いた。弾がブリアンの頭をかすめ、寄りかかっていた木の幹に突き刺さった。

ほとんど同時にもう一発の銃声が響く。叫び声があがり、五〇歩ほど離れた木立の下でひとつの影が倒れた。

ドニファンが、最初の銃声で煙が見えたあたりを狙って発砲したのだ。

ファンが走り出した。それにつられるようにして、ドニファンも猛然と突進していく。

「みんな進め！」とエヴァンズ。「ひとりで行かせるのは危ない！」

すぐにドニファンに追いつくと、一行は草むらに倒れている男を取り囲んだ。男はぴくりとも動かない。

「パイクだ」エヴァンズが言った。「死んでいる。悪魔も今日は手ぶらで帰らずにすむってわけだな。これでひとり減った」

「ほかの連中もそう遠くないところにいるはずですね」

「ああ、そうだろう。見つからないようにするんだ。……膝を突いて、身体を低く！」

三発目の銃声。今度は左手からだ。弾はサーヴィスの額をかすめた。身をかがめるのが一瞬遅れたのだ。

「怪我は?」ゴードンが走り寄る。

「大丈夫、なんでもない。ただのかすり傷さ」

いまは離ればなれにならない方がいい。パイクが死んでも、まだウォルストンと四人の手下が近くの木蔭に隠れているはずだ。エヴァンズと少年たちは草むらにしゃがんで身を寄せ合い、どこから攻撃されても応戦できるようにした。

突然、ガーネットが叫んだ。

「ブリアンは?」

「いないぞ!」ウィルコックスが答えた。

たしかにブリアンの姿が見当たらない。ファンはどこかでいっそう激しく吠えつづけている。まさか一味の誰かと格闘しているのではないか。

「ブリアン!……ブリアン!」ドニファンが叫んだ。

もしかすると軽率だったかもしれない。しかし少年たちは、エヴァンズが止める間もなく、ファンを追って走り出した。木から木へと身を隠しながら進んでいく。

「エヴァンズ航海士、危ない!」クロスは身を投げ出すように地面に伏せると叫んだ。

エヴァンズが本能的に身をかがめたその瞬間、弾が頭のすぐ上をかすめた。

ふたたび身を起こしたエヴァンズの目に、森のなかを逃げていく男の姿が見えた。

昨夜取り逃がしたロックだ。

「待て、ロック！」

エヴァンズが銃を撃つと、ロックの姿は不意にかき消えた。まるで地面に突然穴が開いて飲み込まれてしまったかのようだった。

「また外したか？」とエヴァンズ。「ちくしょう、ついてない！」

すべてはあっという間の出来事だった。と、近くで犬が激しく吠えた。そしてドニファンの声。

「がんばれ、ブリアン！　負けるな！」

エヴァンズたちは声の方へ急いだ。二〇歩ほど先で、ブリアンがコープと争っている。

悪党はブリアンを地面に打ち倒すと、ナイフを振り上げた。まさに振り下ろされようとするそのとき、ドニファンが駆けつけ、コープに飛びかかった。拳銃を抜くだけの時間もなかったのだ。

ナイフはドニファンの胸に突き刺さった。少年は声も上げずにその場に崩れ落ちた。

コープは、エヴァンズとガーネットとウェッブが立ちはだかっているのを見て取ると、北の方へ逃げた。その背中に向けて何丁もの銃が一斉に火を噴いたが、コープは

「危ない！」クロスは地面に伏せると叫んだ。

姿を消してしまった。ファンも追いつけずに戻ってきた。

ブリアンは起き上がるとすぐドニファンに走り寄った。そして頭を抱え上げるようにして起こすと、なんとかして意識を取り戻させようとした。

エヴァンズたちも、急いで弾薬を装塡すると、ふたりのもとへ駆けつけた。

戦いははじまった。いまのところ、情勢はウォルストン側が不利だった。パイクは死に、コープとロックも戦える状態ではない。

しかし不幸なことに、ドニファンが胸を刺されてしまった。傷はかなり深そうだ。目を閉じたままの顔は血の気が失せ、蠟のように白い。身動きもせず、ブリアンがいくら呼びかけても声は届かない。

エヴァンズは少年の上にかがみ込むと、上着をはだけ、血に染まったシャツを引き裂いた。左の第四肋骨のあたりに小さな三角形の傷があり、血が流れている。ナイフの切っ先は心臓にまで達したのだろうか？　いや、大丈夫だ。まだ息をしている。しかし肺まで達しているおそれはある。呼吸がだいぶ弱まっているではないか。

「フレンチ・デンへ運ぼう」とゴードンが提案した。「あそこじゃないと手当てできない」

「ドニファンを助けなくちゃ」とブリアン。「なんてことだ……、ぼくのせいでこんな目にあって……」

エヴァンズもフレンチ・デンへ戻ることに異論はなかった。いまなら敵もすぐには攻撃してこないだろう。おそらくウォルストンは、情勢が思わしくないのを見て、落穴森の奥までいったん後退しようと決めたに違いない。

だが気がかりなのは、ウォルストン、ブラント、ブックの姿を見かけなかったことだ。一味のなかでもとりわけ凶悪なのがこの三人なのだ。

ドニファンの容態では、揺れないように運ぶ必要があった。木の枝で手早く担架を作り、ドニファンを寝かせたが、やはりまだ意識は戻らない。四人でそっと担架を持ち上げ、ほかの者は銃や拳銃を手にそのまわりを囲んだ。

一行はまっすぐにオークランド丘陵のふもとを目指した。湖岸をたどるよりもこの方がいい。崖沿いを進むあいだは、左手と後方を警戒するだけですむ。困難な道のりだったが、途中、面倒なことはなにも起こらなかった。ときおりドニファンの息があまりに苦しそうになると、ゴードンは止まるよう合図し、その息づかいを確かめる。そしてまた歩き出すのだ。

こうして道のりの四分の三を進み、フレンチ・デンまであと八、九〇〇歩のところまできた。洞穴の出入口は断崖の蔭になっていてまだ見えない。

そのとき突然、ジーランド川の方から叫び声が聞こえた。ファンはその声に向かって猛然と走り出した。

フレンチ・デンがウォルストンたちに襲われているに違いない。

実際になにが起きたのかは、あとになってわかった。

ロック、コープ、パイクの三人が落穴森で待ち伏せし、エヴァンズ率いる偵察隊を引きつけているあいだ、ウォルストンはブラントとブックを連れて水の涸れた飛石川をたどり、オークランド丘陵をよじ登ったのだ。ウォルストンたちは崖の上を足早に進むと、細い谷を下ってジーランド川の土手に出た。貯蔵室（ストア・ルーム）の出入口からほど近いあたりだ。三人は石でふさがれていない扉を難なく打ち破り、フレンチ・デンに押し入ったのである。

このような状況で、エヴァンズはいち早く駆けつけて大惨事を未然に防ぐことができるのだろうか。

エヴァンズの決断は迅速だった。ドニファンをひとりで放っておくわけにはいかない。クロス、ウェッブ、ガーネットにそばに残ってもらう。ゴードン、ブリアン、サーヴィス、ウィルコックス、そしてエヴァンズが、最短の道で駆けつける。数分後、スポーツ広場まで見渡せるようになったとき、一行の目に飛び込んできたのは、絶望に突き落とされるような光景だった。

ウォルストンが広間（ホール）の戸口から出てくる。ひとりの子どもを抱え、川の方へ引きずっていく。

ジャックだ。ケイトがウォルストンにつかみかかり、子どもを奪い返そうとするが、どうにもならない。

すぐに手下のブラントが幼いコスターを抱えてあらわれた。やはり川の方へ向かっている。

ブラントにはバクスターが向かっていったが、乱暴に突き飛ばされ、地面に転がった。ほかの子どもたち——ドール、ジェンキンズ、アイヴァーソン——の姿はない。モコもいない。フレンチ・デンのなかで、すでに殺されてしまったのだろうか。

ウォルストンとブラントは川へと急いでいる。泳いで渡ろうというのか？　いや違う、ブックがボートのそばで待っている。貯蔵室（ストア・ルーム）から引き出してきたのだ。

対岸に渡られてしまったら、三人に追いつくことはできない。やつらの退路を断てず、ジャックとコスターを人質として奪われたまま、熊岩の拠点まで逃げられてしまうだろう。

エヴァンズたちは息を切らせ死にものぐるいで走った。やつらが川向こうに逃げ去る前に、スポーツ広場までたどり着かなければ。ここから発砲したのでは、ジャックやコスターに弾が当たってしまう危険がある。

しかしファンがいた。ファンはブラントに飛びかかり、喉元に嚙みついた。ブラントは犬を振り払おうとして、コスターを放した。そのあいだにもウォルストンはジャックを引きずってボートへ急いでいた。

不意に、ひとりの男が広間から飛び出してきた。

フォーブズだ。

閉じ込められていた倉庫の扉を破って、仲間のもとに戻ろうというのだろうか。

ウォルストンはそう信じて疑わなかった。

「こっちだ、フォーブズ！　早くこい！　早く！」

エヴァンズが銃を構え、引き金を引こうとしたそのとき、フォーブズがウォルストンに飛びかかった。

予想もしてなかった攻撃に不意をつかれ、ウォルストンは思わずジャックを放した。

そして振り向きざまにフォーブズをナイフで刺した。

フォーブズはウォルストンの足元に崩れ落ちた。

一瞬の出来事だった。エヴァンズたちはまだスポーツ広場から一〇〇歩ほどのところにいた。

ボートではブックが、ようやく犬をもぎ離したブラントとともに、ウォルストンを待っていた。ウォルストンはもう一度ジャックを捕まえ、ボートまで連れていこうとした。

だがそれは叶わなかった。ジャックが隠し持っていた拳銃でウォルストンの胸の真ん中を撃ったのだ。深手を負ったウォルストンは、息も絶え絶えに仲間のところまで這っていった。ふたりはその腕をつかんでボートに乗せると、力一杯漕ぎ出した。

そのとき一発の砲声が轟いた。散弾が激しく降り注ぎ、川面を叩く。
モコが貯蔵室（ストア・ルーム）の砲眼から小型大砲を撃ったのだ。

こうして、落穴森で姿を消したふたりを別にすれば、チェアマン島はセヴァーン号の殺人者たちの脅威から解放された。ウォルストンたち三人は、死体となってジーランド川を海へと運ばれていった。

ジャックは拳銃でウォルストンの胸の真ん中を撃った。

29

戦いを終えて――戦いの功労者――不幸な男の最期――森での捜索――熊岩へ――ドニファンの回復――修理作業――二月五日の出発――ジーランド川を下って――スルーギ湾との別れ――チェアマン島の最後の岬

チェアマン島の少年たちにとって、新たな時代がはじまろうとしていた。これまでは、迫り来る恐ろしい危険を生き残るために戦ってきた。しかしこれからは、島を離れて故国へ帰り、家族と再会するために最後の力を尽くすことになるのだ。

戦いのあいだの極度に張り詰めていた緊張が解けた後、少年たちの心にはきわめて自然な反応が生じていた。勝利の実感がまだ湧かず、どこか気が抜けたようになっていたのだ。いざ危険が去ってみると、自分たちが感じていたよりもずっと深刻な危険だったように思えてきた。実際その通りだった。たしかに、落穴森のはずれで最初に銃火を交えたときから、少年たちはある程度は好運に恵まれてきた。しかし、フォーブズが思いがけず加勢してくれなかったら、ウォルストン、ブック、ブラントの三人には確実に逃げられていた。ジャックやコスターに当たってしまうおそれがあるから、モコも散弾で砲撃することができなかったはずだ。そうなったら、その後の展開はどうなっていただろう？　人質を助けるために、どのような要求に屈することになっていただろう？

あのときの状況を冷静に思い返せるようになると、ぞっとするような恐怖と不安がありありと蘇ってきた。しかしそれもすぐに薄れた。ロックとコープの行方はつかめていないが、チェアマン島は以前の平和をほぼ取り戻したのだ。

戦いの功労者は、みんなの称賛を受けた。モコは、貯蔵室（ストア・ルーム）の窓から絶好の瞬間に大砲を撃ったことで。ジャックは、ウォルストンに向かって冷静に拳銃の引き金を引いたことで。そしてコスターも、「ぼくだって拳銃を持ってたら同じようにしたのに」ということで。

もちろんファンも忘れてはいない。みんなからたくさん撫でてもらい、モコからは髄の詰まった骨を山ほど賜った。コスターをさらおうとした悪党に嚙みついたご褒美だ。

あらためて言うまでもないが、モコが大砲を撃った後、ブリアンは担架を守る仲間のところに急いで駆け戻った。数分後には、まだ意識を失ったままのドニファンが広間(ホール)のベッドに寝かされた。フォーブズはエヴァンズに助け起こされた後、貯蔵室(ストア・ルーム)に運ばれた。ケイト、ゴードン、ブリアン、ウィルコックス、そしてエヴァンズが、夜を徹してふたりの負傷者の看護をつづけた。

ドニファンがかなりの重傷を負っているのは誰の目にも明らかだった。ただ、呼吸はそれほど乱れていないので、コープの一撃も肺までは届かなかったはずだ。傷の手当てに、ケイトは木の葉を使った。アメリカの西部開拓地域で広く用いられ、ジーランド川のほとりの茂みにも生えているハンノキの葉だ。これをよく揉んで傷口に当てておくと、恐ろしい化膿を防ぐのに効果がある。しかしフォーブズの方は同じようにはいかなかった。腹部を深々と刺されていたからだ。フォーブズも自分が助からないとわかっていた。意識が戻ると、ベッドにかがみ込むようにして手当てをつづけるケイトに呟いた。

「ケイト、ありがとう……本当にありがとう。もういいんだ……俺は助からない」

その目からは涙が流れていた。

悔悟の気持ちが、この男の心に残る人間らしさを揺り動かしたのだろうか。……そうなのだ。まわりの悪い声や悪い手本に引きずられるままセヴァーン号の虐殺に手を貸したが、少年たちに恐ろしい運命が迫るのを目にして憤慨し、命を投げ出してまで助けようとしたのだ。

「しっかりしろ、フォーブズ！」エヴァンズが声をかけた。「お前は罪を償った。生きるんだ」

だがこの不幸な男には、もはや助かる見込みはなかった。いくら手を尽くしても、容態は悪くなる一方だった。少しのあいだ苦痛が弱まると、不安そうなまなざしをケイトとエヴァンズに向けた。フォーブズは他人の血で手を染めたが、自分の血を流すことでその過去を贖ったのだ。息を引き取ったのは朝四時頃だった。フォーブズは悔い改め、人々の許しを受けてこの世を去った。神もこの男をお赦しになったのだろう、長く苦しむことはなく、ほとんど安らかとも言える最期だった。

亡骸は翌日、フランス人漂着者が眠る墓の近くに穴を掘って埋葬した。いまではふたつの十字架が、ふたりの墓の場所を示している。

依然として気がかりなのは、ロックとコープの存在だった。やつらが危害を加えてくるおそれがあるうちは、完全に平和が戻ったとは言えない。

そこでエヴァンズは、熊岩港へ赴く前に、まずこのふたりと決着をつけようと決めた。

エヴァンズはその日のうちにゴードン、ブリアン、バクスター、ウィルコックスとともに出発した。それぞれ銃を抱え、拳銃を腰に差している。もちろんファンも一緒だ。やつらの足取りを見つけるのに、ファンの勘ほど頼りになるものはない。

捜索は難しくもなければ、手間取りもしなかった。そのうえ危険でもなかった。もうウォルストン一味の残党についてはなにも気にしなくてもいい。落穴森の茂みに点々とつづく血痕をたどっていくと、コープが死んでいるのを見つけた。銃弾を受けた場所から数百歩のところだ。パイクの死体もあった。最初の銃撃で倒した男だ。ロックは、まるで地面に飲み込まれるように忽然と姿を消したが、その理由もすぐに明らかになった。エヴァンズに撃たれて致命傷を負ったあと、以前ウィルコックスが掘った落し穴に落ちたのだ。この穴に三人の死体を埋めて墓にした。

これでドニファンさえ重傷を負っていなかったら、フレンチ・デンに戻った一行は、もはや心配の種はなにひとつない、とみんなに朗報を伝えた。フレンチ・デンは曇りひとつない喜びに包まれていただろう。いまやみんなの心は希望に向かって大きく開かれているのだから。

翌日、エヴァンズ、ゴードン、ブリアン、バクスターで、今後の作業計画について話し合った。なによりも重要なのは、セヴァーン号の小型艇を手に入れることだ。そのためには熊岩に何日か滞在して、小型艇を元通りに修理する必要がある。

そこで、エヴァンズ、ブリアン、バクスターの三人が、水路で湖から東川へと入って熊岩に向かうことになった。これが最短かつもっとも安全な行き方だった。

ボートはジーランド川の流れが渦巻いているあたりで見つかった。モコが撃った散弾は上をかすめただけで、どこも壊れていなかった。修理道具や食糧、武器と弾薬を積み込むと、一二月六日の朝、ボートはエヴァンズの指揮のもと、ほどよい追い風を受けて出発した。

ファミリー湖の横断にはそれほど時間はかからなかった。風が安定していたので、帆脚綱を操作するまでもなかった。一一時半近くになった頃、ブリアンは航海士に、湖水が東川に注ぐ小さな入江を指し示した。ボートは引き潮に乗って東川を下っていった。

河口にほど近いところ、熊岩のそばの砂浜に、小型艇は陸揚げされていた。

エヴァンズはどのように修理すべきか詳しく調べた。

「道具は揃っているけれど、木材が足りない。肋材と外板を修理する木材だ。たしかフレンチ・デンにはスルーギ号の板材や湾曲材があったね。この小型艇をジーランド川まで引いていければいいんだが……」

「ぼくもそう考えてました」ブリアンが言った。「無理なんでしょうか？」

「無理ではないと思う」エヴァンズが答えた。「セヴァーン海岸から熊岩まで運んでこられたんだから、熊岩からジーランド川までも運べるんじゃないかな。あそこなら作業もしやすいし、いずれはフレンチ・デンからスルーギ湾に向かって、そこから海に乗り出すんだからね」

この計画を実行できるのなら、もちろんそれにこしたことはない。そこで翌日の上げ潮を利用して、ボートで小型艇を曳きながら東川を遡ることにした。

まずエヴァンズが取りかかったのは、船体の穴を、フレンチ・デンから持ってきた槙皮(まいはだ)でとりあえず塞ぐことだった。この最初の作業は、日が暮れる頃になってようやく終わった。

洞穴で休み、夜は静かに過ぎていった。そこは、以前ドニファンたちが失望湾にやってきたときに住処として選んだ洞穴だった。

翌朝、一行は小型艇を曳綱でボートにつなぎ、上げ潮とともに出発した。上げ潮のあいだは、オールを使いながら順調に進んだ。しかし引き潮になると、水が入り込んで重くなった小型艇を曳くのは並大抵の苦労ではなかった。なんとかファミリー湖に着いたときには、五時になっていた。

夜に湖を横断するのは無謀だ。エヴァンズはそう判断した。それに、日が暮れると風も弱まってきた。夏によくあるように、朝日が昇る頃にはまた風が吹いてくるはずだ。

一行はその場所で野営をすることにした。旺盛な食欲で食事を平らげると、頭を大きなブナの幹にもたせかけ、ぐっすりと眠った。足元の焚き火は明け方まで燃えていた。

「出発だ！」朝の光に湖面が明るくなるとすぐ、航海士は声をかけた。

思っていた通り、日が昇るとともにふたたび風が北東から吹きはじめた。フレンチ・デンに向かうには絶好の風だ。

帆を上げたボートは、小型艇を曳きながら、西に針路を取った。小型艇はいまや船縁まで水に浸かり、すっかり重くなっていた。

ファミリー湖を横切るあいだ、何事も起きなかった。それでもエヴァンズは念のため、いつでも曳綱を切れるようにしておいた。小型艇が沈没したりすれば、ボートも引きずられて沈んでしまうからだ。心配するのももっともである。小型艇が水に飲み込まれてしまったら、島からの脱出は果てしなく延期され、さらに長い歳月をここで過ごす羽目になるのだ。

午後三時頃、オークランド丘陵が西に見えてきた。五時にはジーランド川に入り、土手の蔭に錨を下ろした。エヴァンズたちは仲間の歓声に迎えられた。これほど早く戻ってくるとは思っていなかったのだ。

一行の留守のあいだに、ドニファンの容態はいくぶん快方に向かっていた。ブリアンが手を握ると、応えられるまでになっていたのだ。肺は無傷だったこともあり、呼吸もだいぶ楽になっている。厳しい食事制限はつづいていたが、体力も回復しつつある。ケイトが薬草の湿布を二時間ごとに取り替えてくれるおかげで、傷もまもなくふさがりそうだ。すぐには治らないかもしれないが、ドニファンの生命力ならば全快するのも時間の問題だろう。

翌日から修理作業がはじまった。最初の大仕事は、小型艇を陸に揚げることだ。長さ一〇メートル弱、最大幅二メートル弱。少年たちにケイトとエヴァンズを含めた一七人でも問題なく乗れる大きさだった。

陸揚げさえすんでしまえば、あとの作業は順調に進んだ。エヴァンズは船乗りとしてだけでなく船大工としても優秀だったので、修理作業を熟知していた。そして、こ

ボートと小型艇は土手の蔭に錨を下ろした。

の手の作業に欠かせないバクスターの器用さを高く買っていた。資材は充分にあるし、道具も揃っている。折れた梁曲材（りょうきょくざい）や剝がれた外板、壊れた横木などは、スクーナー船の残骸の木材を利用して修復することができた。それから、古くなった槙皮（まいはだ）を松脂（まつやに）に浸して詰め直し、継ぎ目をふさいで水がまったく入らないようにした。

　この小型艇には船首に甲板がついていたが、それを広げて船体の三分の二ほどまでにした。これで悪天候でも甲板の下に避難することができる。もっとも夏の終わりのこの時期なら、天気が崩れる心配はほとんどない。乗船者は甲板の上でも下でも好きな場所にいればいいだろう。スルーギ号の中檣（トップマスト）は主檣（メインマスト）として使った。ケイトはエヴァンズの指示に従って、スルーギ号の予備の後部縦帆（スパンカー）を裁断し、前檣帆（フォースル）、船尾の補助帆、船首の三角帆を作った。こうした帆があれば小型艇はいっそう安定し、どんな風向きでも帆走できるだろう。

　修理には三〇日かかり、ようやく終わったのは一月八日だった。あとはいくつか細かい調整をするだけだ。

　航海士は念には念を入れて修理するつもりだった。この小型艇は、マゼラン海峡周辺の島々を縫って狭い海を抜けられるのはもちろん、万が一ブルンスウィック半島東岸のプンタアレナスまで行く必要がある場合には、何百キロもの距離を航行できるよ

修理には 30 日かかった。

うにしておかなければならないのだ。

修理作業の期間中に、クリスマスと一八六二年の新年を盛大に祝ったことをつけ加えておこう。少年たちは、これがチェアマン島での最後の新年となるように、と心から願っていた。

その頃になるとドニファンもかなり回復し、弱々しい足取りながらも、広間を出て外を歩けるようになった。新鮮な空気と栄養豊富な食事のおかげで、目に見えて体力もついてきた。とはいうものの少年たちは、ドニファンがすっかり元気になり数週間の航海に耐えられるようになるまでは、出航するつもりはなかった。

そのあいだに、フレンチ・デンはこれまでと同じ日常を取り戻していた。

ただ、勉強や授業や討論会は多少なおざりにされていた。年少組の四人――ジェンキンズ、アイヴァーソン、ドール、コスター――などは、休暇を満喫している気分になっていたのではないだろうか。

ウィルコックス、クロス、ウェッブはもちろん狩りを再開し、南沼のほとりや落穴森に足繁く出かけていた。いまでは輪差や罠には見向きもせず、相変わらず弾薬を出し渋るゴードンの言葉もどこ吹く風と、あちこちで銃声を響かせている。おかげでモコの調理室は新鮮な肉であふれ、航海用に缶詰を取っておけるようになった。

もしドニファンが以前のように先頭に立って狩猟組を率いるようになっていたら、どれほど熱中して獲物を追いまわしたことだろう。なにしろもう弾薬をけちけちと節約しなくていいのだ。ドニファンは仲間と一緒に狩りに出かけられないのが残念でならなかった。しかしあきらめるしかない。軽率な行動は厳に慎むべきだ。

一月も残すところあと一〇日となった頃、ついにエヴァンズは船の荷積みに取りかかった。少年たちとしては、スルーギ号から救い出したものはすべて持っていきたいところだったが、さすがにそれだけの場所はない。なにを持っていくか選ばなければ。

最初にゴードンが、スルーギ号から持ってきた金貨を積み込んだ。故国に帰るためにおそらく必要になるだろう。モコは一七人分の食糧を積み込んだ。航海は三週間ほどかかる見込みだが、もう少し余分に用意した。なにか事故が起きて、プンタアレナスやガラント港やタマール港に到着する前に、どこかの島に上陸することになるかもしれないからだ。

つづいて、弾薬の残りと銃と拳銃が船の備品箱に入れられた。さらにはドニファンが、二門の大砲も持っていきたいと言った。あまりに重いようなら、途中で手放せばいいだろう。

ブリアンが積み込んだのは、着替えの服一式、書棚の本の大部分、調理のための道具――特に貯蔵室（ストア・ルーム）にあったストーブ――、そして航海用時計、望遠鏡、羅針盤、測程儀、折り畳み式ゴムボートといった、航海に必要な用具類だ。ウィルコックスは網や釣糸のなかから、航海中に魚を獲るのに使えそうな道具を選んだ。

飲み水については、川で汲み上げた水をゴードンの指示で小さな樽に一〇本ほど詰め、船底の内竜骨に沿って並べた。ブランデーやジン、そしてトルルカやアルガローバの実でつくったリキュールも残っていたので、忘れずに積み込んだ。

荷積みが終わったのは、二月三日だった。あとは出港の日取りを決めるだけだ。だがそれは、ドニファンが船旅に耐えられると思えるようになったらの話だ。

ドニファンは、自分はもう大丈夫だと胸を張った。傷口は完全にふさがった。食欲も戻り、かえって食べ過ぎに気をつけないといけないくらいだ。いまではブリアンかケイトの腕を借りながら、スポーツ広場を毎日数時間散歩するまでになっている。

「出発しよう！」とドニファンは言った。「はやく出航したいんだ。海に出ればすっかり元気になるさ」

こうして出航は二月五日に決まった。

島を出る前日、ゴードンは飼育していた動物を放してやった。グアナコ、ビクーニャ、ノガンをはじめとする鳥たち。いままで世話になったことを感謝もせず、あるものは一目散に走り去り、あるものは素早く羽ばたいて飛び去った。やはり自由への本能には抗えないものである。

「みんな恩知らずだなあ！」ガーネットが叫んだ。「あんなに面倒見てやったのに」

「世の中ってそんなもんさ」サーヴィスがおどけた調子で悟ったようなことを言うので、みんな笑いに包まれた。

翌日、少年たちは船に乗り込んだ。ボートも曳いていくことにした。エヴァンズはそれを艀船（はしけぶね）[1]として使うつもりだった。

しかし出航の前に、ブリアンたちはフランソワ・ボードワンとフォーブズが眠る墓をもう一度だけ訪れたいと思った。少年たちは心を込めて墓参し、最後の祈りを捧げた。それがこの不幸な男たちに対する最後の手向けだった。

ドニファンは、船尾で舵を取るエヴァンズのそばに座った。船首ではブリアンとモコが帆脚綱を握っている。ただ、ジーランド川を下るには、風よりも川の流れに頼らなければならない。オークランド丘陵の岩壁があるので、風向きが一定しないのだ。

他の者たちは、ファンも含めて、甲板前方の思い思いの場所に座った。

1　陸地と停泊中の船を往復して貨物や人を運ぶ小舟。

舫い綱が解かれる。オールが水を掻く。

長いあいだ自分たちを守る住処となってくれたフレンチ・デンに向かって、誰からともなく大きな歓呼の声が上がった。オークランド丘陵が川岸の木立の向こうに消えていくのを見ながら、誰もがあふれる思いで胸がいっぱいになった。もっとも、ひとりゴードンだけは、愛着のあるこの島を離れるのが悲しくてたまらなかった。

ジーランド川を下るあいだは、ゆるやかな流れに運ばれるだけなので、それほど速く進むことはできない。昼頃になるとエヴァンズは、泥沼森の沼地のあたりで錨を下ろさざるをえなかった。

このあたりは水深が浅く、これだけの荷を積んだ船は座礁してしまうおそれがあるのだ。満潮を待ってから、引き潮に乗って下る方がいい。

それまで六時間ほどの休息だった。一行はその時間を使ってたっぷりと食事をとった。食後、ウィルコックスとクロスはタシギを何羽か仕留めようと、南沼のほとりに向かった。

ドニファンは船尾から、右岸の上を飛ぶ見事なシギダチョウを二羽撃ち落とした。もうすっかり元気になっている証拠だった。

船が河口に着いたときには、だいぶ遅い時間になっていた。暗闇では岩礁を抜けることはできない。慎重なエヴァンズは、夜が明けるのを待ってから海に乗り出すことにした。

実に安らかな夜だった。日が暮れるとともに風がやみ、ミズナギドリやカモメといった海鳥も岩場の巣穴に帰ってしまうと、スルーギ湾は完全な静寂に浸された。明日になって風が陸地から吹けば、南沼の突端にある岬までの海は穏やかになるだろう。それを利用して三〇キロ以上は進まなければならない。あのあたりの海は、沖風になると波のうねりが激しくなるのだ。

夜が明けると、エヴァンズはすべての帆を上げさせた。こうして船は、熟練した航海士の指揮でジーランド川から海へ出た。

少年たちのまなざしは、オークランド丘陵の頂へと向けられた。それからスルーギ湾の岩礁へ。だがそれも、アメリカ岬を回ると見えなくなった。

イギリス国旗が斜桁（しゃこう）にひるがえった。砲声が一発轟いた後、少年たちの歓呼の声が響いた。

八時間後、船はケンブリッジ島とのあいだの狭い海に入ってチェアマン島の南岬を越え、レイナ・アデライダ諸島の沿岸を進んでいた。

チェアマン島の島影は、北の水平線上から消えてしまった。

30

水路を抜けて――マゼラン海峡――蒸気船グラフトン号――オークランドへの帰還――ニュージーランドの首都での歓迎――エヴァンズとケイト――結び

大小さまざまな島々を縫って狭い水路を抜けるこの航海については、詳しく語るまでもない。不測の出来事もなく、天候もずっと晴天がつづいた。そもそも幅が一〇キロ程度しかない水路では、たとえ強風に見舞われても、大波が逆巻くようなことはなかったはずだ。

どこまでいっても人のいる様子はなかった。このあたりの先住民は必ずしもよそ者に友好的でないので、むしろ出会わない方がよかった。一、二度、夜のあいだ島の内陸に火影が見えたが、先住民が浜辺に姿をあらわすことはなかった。

ずっと晴天がつづいた。

二月一一日、追い風に恵まれ順調に航海をつづける小型艇は、レイナ・アデライダ島とキング・ウィリアム島を隔てるスミス海峡を抜けて、マゼラン海峡に入った。右手にはセント・アンナ山。左手のボーフォール湾の奥には、壮大な氷河が段状に重なっている。標高の高いところに広がるその氷河のひとつを、ブリアンはハノーバー島――少年たちは相変わらずチェアマン島と呼んでいたが――のはるか東に見たのだった。

船旅は快適だった。とりわけ潮の香りに満ちた空気が、ドニファンの身体によかったのだろう。ドニファンはよく食べ、よく眠った。船を降りて仲間たちともう一度ロビンソンのような無人島生活を送れると自分で思えるほど、元気になっていた。

一二日の昼には、キング・ウィリアム島の方向にタマール島が見えてきた。その港――むしろ入江と言った方が適切だが――には船影はひとつもなかった。そこで停泊はせず、タマール岬をまわり、マゼラン海峡を南東に抜ける針路を取った。

片側には、デソラシオン島の平坦で荒涼とした海岸がつづいている。チェアマン島とは違い、青々とした緑は見当たらない。反対側は、クルッカー半島の鋸歯状に切れ込んだ海岸がくっきりと見える。エヴァンズは南に向かう水路をたどってフォワード岬をまわり、ブルンスウィック半島東岸を北上してプンタアレナスを目指すつもりだった。

しかし、それほど遠くまで航海する必要はなかった。

一三日の朝、船首に立っていたサーヴィスが叫んだのだ。

「右に煙が見える！」

「漁師の焚き火かな？」とゴードン。

「いや……、蒸気船の煙だ！」エヴァンズが言った。

たしかに、その方角の陸地は遠すぎて、海岸で漁師が火を燃やしていても煙は見えるはずもなかった。

ブリアンはすぐに前檣帆（フォースル）の帆綱に飛びつくと、マストの上まで登った。そしてブリアンも叫んだ。

「船だ！……船だぞ！」

まもなく船が見えてきた。八、九〇〇トンはある蒸気船で、時速二〇キロ近い速度で航行している。

小型艇から歓声が上がり、銃声も響いた。

蒸気船は小型艇に気づいた。一〇分後、小型艇は蒸気船グラフトン号に横づけされた。

スルーギ号の冒険は、すぐにグラフトン号船長トム・ロングに伝えられた。スクーナー船スルーギ号が行方不明になった事件は、イギリスでもアメリカでも大きな話題になっていたこともあり、トム・ロング船長は小型艇の乗船者をただちに自船に迎えた。そのうえ、このまま直接オークランドまで送り届けようと申し出てくれた。グラフトン号はオーストラリア南部、ヴィクトリア州の州都メルボルンに向かっていたので、航路から大きく外れることもない。

航海は長くはかからなかった。二月二五日、グラフトン号はオークランド港に錨を下ろした。

チェアマン寄宿学校の生徒たち一五人[1]がニュージーランドから七〇〇〇キロも遠くに流された日から、すでに丸二年が過ぎていた。

子どもたちが戻ってきたときの家族の喜びようは、とても言葉で描ききれるものではない。なにしろ、全員太平洋に呑み込まれてしまったとばかり思っていたのだ。嵐で南アメリカまで流された少年たちは、ひとりも欠けていなかった。

漂流した少年たちをグラフトン号が故国へ送り届けるという知らせは、すでにオークランド中に広まっていた。子どもたちが家族の腕に飛び込んだときには、町中の人々が駆けつけ喝采で迎えた。

人々は、チェアマン島で起きたことの一部始終をどんなに知りたがったことか。その好奇心はすぐに満たされた。まずドニファンが何度か講演をおこなった。これが大きな成功を収めたので、ドニファンも大満足だった。つづいて、バクスターが実に詳細に記録していた日誌、『フレンチ・デン日誌』が出版され、ニュージーランドの読者のためだけでも何千部にもなった。さらには、アメリカやヨーロッパの新聞がこぞってこの日誌の翻訳を載せた。誰もがスルーギ号の遭難事件に関心を寄せていたのだ。ゴードンの思慮分別、ブリアンの犠牲的精神、ドニファンの勇猛果敢、年少組も年長組もみんなが示した堅忍不抜の心。こうしたものが世界中の称賛の的となった。

ケイトとエヴァンズがどのように歓迎されたか、もはや贅言を尽くすまでもないだろう。子どもたちを救うために、ふたりがどれほど献身的に働いたことか。人々から寄付を募って、エヴァンズに商船チェアマン号が贈られた。こうしてエヴァンズは、オークランドを母港とする条件で、チェアマン号の船主兼船長となった。そして航海でニュージーランドに寄港するたびに、苦楽をともにした「仲間たち」の家族から温かいもてなしを受けるのだった。

1　チェアマン寄宿学校の生徒は一四人であるが、作者はモコも含めて一五人と記している。

善良なケイトは、ブリアン家、ガーネット家、ウィルコックス家をはじめ、多くの家庭からぜひ雇い入れたいと競って望まれたが、看護を尽くして命を救ったドニファンの家に落ち着くことになった。

さて、結びの教訓として次のように述べて、『二年間の休暇』と題するにふさわしいこの物語を終えることにしよう。

たしかに、寄宿学校の生徒がこの物語の少年たちのような休暇を過ごす境遇に陥ることはまずないだろう。しかし、すべての子どもたちに知っておいてもらいたい。規律と熱意と勇気があれば、いかに危険な状況であろうと、必ず切り抜けられるのだ。そして忘れないでほしい。スルーギ号で遭難した少年たちは、苦難を通じて鍛えられ、生きるための厳しい試練を重ねることで、戻ってきたときには年少組はほとんど年長組のように、年長組はほとんど大人のように成長していたのだ。

解説

鈴木雅生

ジュール・ヴェルヌといえば、本書をはじめ、『海底二万里』『地底旅行』『八十日間世界一周』などが特に知られているが、驚くほどの多作家で、長篇だけでも六〇編以上からなる〈驚異の旅〉と題された連作を生涯かけて書きつづけた冒険小説の大家だ。そのヴェルヌの少年時代に関して、まことしやかに伝えられてきた逸話がある。一一歳の頃、初恋の従姉のために珊瑚の首飾りを持ち帰ろうと、見習水夫と偽ってインドへ向かう帆船に乗り込み密航を企てるも、大洋に出る前に父親に捕まり厳しく叱責され、「これからは夢想のなかでしか旅をしません」と誓った、というものだ。どうやらこれは後世の伝記作者によって作られた伝説らしいが、北極から南極に至る地球上のあらゆる土地を経めぐり、地底や海底を探り、果ては月世界にまで至る〈驚異の旅〉を生み出す尽きることのない想像力の源泉には、幼少期にまで遡る航海への憧れと冒険への欲望があることは間違いない。

冒険を夢見る少年

ジュール・ヴェルヌが一八二八年に生まれたフランス西部の港町ナントは、ロワール川の河口から五〇キロほど上流、いくつもの支流の合流点に位置する。古くから大西洋への玄関口として栄え、一八世紀には西アフリカと新大陸を結ぶ三角貿易によってフランス有数の港へと成長した。一九世紀に入ると奴隷売買禁止などの影響もあり繁栄に翳りが見えはじめるが、ヴェルヌが生まれた当時もさまざまな国の船が行き来する一大貿易港であることに変わりはなかった。

幾重にも林立するマスト、波止場に山と積まれた船荷、遠い国から運ばれた船乗りたち、広い海はないが潮の匂いが立ちこめ、異国の香りがただよう。母方の家系が船主として貿易に従事していたこともあり、少年の心に旅への好奇心とロワール川の先に広がる大海への憧憬が芽生えるのはごく自然なことだった。ヴェルヌが残した数少ない回想記のひとつ「幼少年時代の思い出」[1]のなかには、空想のなかで甲板に乗ったりマストをよじ登ったりするだけでは飽き足らなくなり、一隻の帆船に忍びこんだ八歳の頃の思い出が語られている。

ある日、私は思い切って三本マストの帆船の舷墻（げんしょう）を乗り越えた。当直の番人が一杯引っかけに出ていたのだ。私は甲板に立つ。帆綱を摑み、滑車のなかを滑らせてみる。嬉しいことに、船倉への昇降口が開いている。のぞきこむと、立ちのぼる強烈な匂いに頭がくらくらする。タールのつんと刺す匂いが香辛料の香りと入り混じっている。（…）私は船尾楼甲板に上がる。そして大胆にも、舵輪を四分の一ばかり回してみる。するといまにも船が波止場から離れるような、繋留索が解かれてマストに帆が張られるような気がする。そう、八歳の舵手である私が、これからこの船を海に向けて操縦するのだ。

しかし、行き交う船舶にも増して航海と冒険への憧れをはぐくんだのは、さまざまな書物であった。航海用語や船の操縦についての知識を得たのは、米国の作家フェニモア・クーパーの海洋小説を繰り返し読むことによってであったという。なかでも少年時代のヴェルヌの想像力をかき立て、生涯にわたって消えることのない影響を与えたのが、デフォーの『ロビンソン・クルーソー』とウィースの『スイスのロビンソン』である。後に七二歳のヴェルヌは、自らの作家としての歩みを振り返りながら次のように書く。

ロビンソン物語は私の子ども時代の愛読書で、その思い出はいまなお薄れていない。これまでに何度となく繰り返し読んだことで、その思い出は私の心のなかでますます強くなった。その後、最近書かれた作品を読んでも、幼い頃に受けた印象にまさる印象を受けたことは一度もなかったほどである。この種の冒険に対する好みに否応なく導かれて、後年たどるようになった道に足を踏み入れることに

1 「幼少年時代の思い出」は、一八九〇年頃、六〇歳を超えたジュール・ヴェルヌがアメリカの子供向け雑誌 *The Youth's Companion* の依頼で執筆したエッセイ。英訳が一八九一年四月九日号に掲載された。オリジナルの原稿は一九三一年にロンドンのオークションで競売にかけられ、一九七四年になって『カイエ・ド・レルヌ』誌のジュール・ヴェルヌ特集号で発表された（« Souvenirs d'enfance et de jeunesse », *Cahiers de L'Herne*, n°25, 1974, p. 57-62)。日本語訳は、私市保彦「ヴェルヌ『青少年時代の思い出』とヴェルヌ伝説」（『武蔵大学人文学会雑誌』、三〇号四巻、一九九九年、九一～一〇七頁）に読むことができる。

なったのは間違いない。[2]

書物への耽溺は、少年時代のヴェルヌにもうひとつの情熱を目覚めさせる。それが文学だ。一二歳の頃から詩を書き始めたというヴェルヌは、一七歳の頃にはヴィクトル・ユゴーの影響を受けて小説や戯曲の習作に手を染めるようになっていた。だが、代々法曹界に関わってきた家庭の長男として生まれたヴェルヌは、一八歳で大学入学資格試験（バカロレア）に合格すると、父親の希望に添って法学の道に進むことを余儀なくされる。

冒険小説作家の誕生

ナントで二年間法学を学んだ後、二〇歳のヴェルヌは法学部の学生としてパリで生活をはじめる。しかしその心はすでに文学に奪われていた。父親への忠誠と仕送りの名目のために法学の勉強を最後まで続けはしたが、古今の文学を貪り読む日々を送るとともに、文学サロンに出入りしてさまざまな作家や文化人と親交を結ぶ。なかでも小説『椿姫』で一躍文名を上げていた四歳年長のデュマ・フィスとは強い友情で結ばれ、ふたりの共作による一幕物の韻文劇『折れた麦藁』が一八五〇年六月に文壇の大御所デュマ・ペールの経営する歴史劇場で前座劇として上演された。

演劇界デビューを果たした青年は、ナントに戻って事務所を継ぐようにという父親の提案を拒み、パリにとどまり筆一本で身を立てる決意を固める。演劇が小説よりも大きな力を持っていたこの時代、若きヴェルヌが夢見ていたのはなによりも劇作家としての成功だった。二〇代前半から三〇代前半にかけてのヴェルヌは、劇場の秘書や証券取引所の株式仲買人として働きつつ、時折短篇や中篇の小説を雑誌に寄稿しながら、主にオペラ・コミックの台本や喜劇の執筆に力を注いでいた。とはいうものの、一〇年余りのあいだに上演まで漕ぎ着けたのは七本、戯曲の多くは日の目を見ることがなかった。結婚して一家の主となり、長男が生まれて父親となっても、依然として自らの文学的野心をほとんど実現できていなかった。

転機はピエール゠ジュール・エッツェルとの出会いだった。ヴェルヌの一四歳年上のエッツェルは出版界の大立者で、すでにバルザック、スタンダール、ユゴーをはじ

2　一九〇〇年に出版された『第二の祖国』の序文。

め数多くの作家の作品を世に出す一方、自らもP・J・スタールの筆名で創作をおこなう作家でもあった。ナポレオン三世の第二帝政時代がはじまるとともにベルギーに亡命していたエッツェルは、一八六〇年に帰国するとパリでの出版活動を再開し、若い読者に向けた『教育と娯楽誌』——教育と娯楽をひとつのものと考え、好奇心をかき立てつつ有用な知識を伝えることを目的とした雑誌——を準備していた。

一八六二年、そのエッツェルのもとにほとんど無名と言っていい三四歳の作家から原稿が持ち込まれる。気球によるアフリカ横断の冒険を描く長篇小説だ。波瀾に満ちた筋、地理学的ディテールの緻密さ、そして従来の小説には見られなかった豊富な科学的情報。編集者エッツェルはこのヴェルヌという作家のなかに、準備中の雑誌の理念を実現させることのできる「金の卵」を見抜き、若干の修正を要求したうえで、最初の出版契約を結んだ。こうして翌六三年一月に刊行されたのが、ヴェルヌの冒険小説の第一作『気球に乗って五週間』である。

当時は気球打ち上げが人々の関心を集めていた[3]こともあり、この作品は大きな成功を収め、何度かの増刷もたちまち売り切れた。これを受けてエッツェルは、この作品と同じジャンルの作品を引き続き書いていくことを強く主張した。ヴェルヌ自身は演劇への野心を捨てきれないでいたが、結局は出版社側の要求に応じ、以後は科学的知識と地理学的な正確さに立脚した冒険小説というこの新しいジャンルに全精力を傾けることになる。幼少期のヴェルヌをはぐくんだ冒険への憧憬と文学への情熱は、エッツェルとの出会いによってひとつに結びつけられたのだ。

エッツェル書店の専属作家

一八六四年、ようやく創刊となった『教育と娯楽誌』に連載するための作品として執筆されたのが、北極征服の冒険を描く『ハテラス船長の航海と冒険』だった。この第二作の原稿と引き換えに、ヴェルヌはエッツェルと専属契約を結ぶ。これ以降作家は揺るぎないリズムに従って、毎年二巻から三巻分の小説をエッツェル書店から刊行する。『地底旅行』（六四年）、『月世界旅行』（六五年）、『海底二万里』（七〇年）……、〈驚異の旅〉の総題のもとに次々と発表される冒険小説は、地球全土と世界全体を、

3　一八五八年に気球に乗って史上初の空中撮影をおこなった写真家のナダールは、ヴェルヌの小説刊行後の六三年一〇月に、〈巨人号〉と名づけた巨大気球を打ち上げた。

既知の領域のみならず未知の領域も含めて描き出そうとする壮大な企図に貫かれており、見知らぬ世界と科学的知識に対する時代の好奇心に合致していた。一八七二年にはアカデミー・フランセーズから〈驚異の旅〉が表彰され、同じ年から連載が始まった『八十日間世界一周』（刊行は七三年）は演劇化もされ大当たりとなる。デビューから一〇年余りで、ヴェルヌは世界的名声を誇る作家となったのだ。

この驚異的な成功は、編集者エッツェルの存在抜きには考えられない。エッツェルは、ヴェルヌの冒険小説と挿絵とを分かちがたく結びつけ〈驚異の旅〉としてシリーズ化し、その巧みな販売戦略[4]によって売上げ部数を伸ばしただけではない。近年の研究によれば、作品の構想段階から踏み込んだ話し合いをしていただけでなく、すべての小説の草稿や校正刷りに直接手を入れて文体面の推敲や、加筆、削除をおこなっていたほか、物語の筋に関わる変更や、場合によっては結末の変更まで要求していたことが明らかになっている。[5]エッツェルはヴェルヌの創作そのものへ積極的に関与していたのだ。

ともすると「検閲」とも捉えられかねない過剰な介入を、作家はむしろ歓迎していた。「あなたの書き込みで、私はなにがうまくいっていないのか、理解できるのです。

私はあなたの書き込みを読むのが大いなる楽しみなんです」[6]。ヴェルヌはときに自らの意見を押し通すこともあるものの、大抵の場合は仮想の読者の代弁者であるエッツェルの指摘や提案をできるかぎり受入れて、校正を繰り返しながら作品の完成度を高めていった。エッツェルの介入がなければ、ヴェルヌの小説は別の様相を呈していただろう。当時の読者を魅了し、現代に至るまで一世紀半にわたって読者を魅了しつづけている〈驚異の旅〉は、作家と編集者の密接な協力関係——現代の日本における漫画家とその編集者の関係を先取りするかのような関係——にもとづく共同作業の成果なのだ。

したがって、一八八六年三月にエッツェルが七二歳で世を去ったとき、ヴェルヌが

4　ヴェルヌの小説は連載が終了すると、比較的安価な挿絵なし小型単行本の形で出たあと、大判の挿絵版が分冊刊行を経て仮綴や贅を凝らした装丁を施された形で発売された。

5　執筆におけるエッツェルの介入については、私市保彦『名編集者エッツェルと巨匠たち』（新曜社、二〇〇七年）第十一章「ヴェルヌの発見」、そして特に石橋正孝『〈驚異の旅〉または出版をめぐる冒険』（左右社、二〇一三年）に詳しい。

6　ピエール゠ジュール・エッツェル宛一八六六年九月一〇日付書簡。

失ったのは単なるひとりの編集者ではなかった。作者と二人三脚で併走しながら、ときに厳しい批判も交えた詳細な助言と鼓舞で作品を完成まで導く「精神上の父」であり無二の友人である存在を失ったのだ。しかし〈驚異の旅〉は終わらない。すでに出版社の経営を任されていた息子のルイ＝ジュール・エッツェルがヴェルヌとの共同作業を父親から引継ぎ、ヴェルヌは一九〇五年にその生涯を終えるまで一貫して年二巻分ずつの新作をエッツェル書店から刊行しつづける。ここに訳出した『十五少年漂流記』――フランス語原題は『二年間の休暇』――は、新たな編集者であるルイ＝ジュールとの最初の共同作業であった。

　もっともこの小説の構想については、すでにエッツェルの生前から話し合っていたらしい。エッツェルは死の三カ月前にヴェルヌに対してこう書き送っている。

> 　次のような話は考えられないだろうか。中学生の一団、おそらく海軍学校の生徒たちが練習航海で海に出るものの、嵐に流され、難破して無人島に漂着する。難破の際に教官も乗組員も献身と義務から少年たちにボートを譲って命を落としたにもかかわらず、少年たちはそれまでに受けてきた実践的な教育のおかげで難局

を切り抜ける。一言でいえば、一〇〇名ほどの若いロビンソンたちの話だ。[7]

大人たちがいなくなる状況や少年たちの人数のほかにも、エッツェルの提案では無人島生活の期間を五年か一〇年としていたり、難破を逃れた少年のひとりが必死に捜した末に漂着した仲間を発見したりと、実際にヴェルヌが書いたものとは異なる部分も多い。しかし、作家と編集者のあいだでは、次に取り組む作品として、少年たちによるロビンソン物語が構想されていたことは確かであろう。

子どもだけを主要登場人物とするのは〈驚異の旅〉における初めての試みであり、編集を引継いだルイ＝ジュールとの書簡のやりとりからは、大人とは異なる登場人物たちの行動や言葉づかいを書き分けるのに苦労していた様子が見て取れる。また、〈驚異の旅〉の小説とは切り離すことができない挿絵についても、それぞれの登場人物を読者の目にしっかりと印象づける必要性を充分に意識しており、「モコはあまりに幼すぎるし、ほかの少年たちはイギリス人らしく見えない」[8]などといった理由で、

7　ヴェルヌ宛一八八五年一二月二日付書簡。

画家のブネットに対して何度も描き直しを求めている。こうしてルイ＝ジュールとの最初の共同作業を通して一八八六年秋頃から一年ほどかけて執筆された『十五少年漂流記』は、一八八八年一月から一二月まで『教育と娯楽誌』に連載されたのち、単行本として刊行された。

ロビンソンたちの寄宿学校

ダニエル・デフォーの『ロビンソン・クルーソー』は、一七一九年に出版されて以来多くの作家の想像力を刺激し、無数の改作・翻案がなされてきた。これらの孤島漂流譚は「ロビンソンもの（robinsonnade）」と呼ばれ一九世紀に欧米で大流行し、ウィースの『スイスのロビンソン』、クーパーの『火口島』、バランタインの『珊瑚島』をはじめ、おびただしい数の作品が生み出された。二〇世紀に入ってからも、ジロドゥの『シュザンヌと太平洋』、ゴールディングの『蝿の王』、トゥルニエの『フライデーあるいは太平洋の冥界』『フライデーあるいは野生の生活』など、ロビンソン物語に触発された作品が書かれてきた。

幼少期から「ロビンソンもの」を愛読していたヴェルヌが、自身でこのジャンルを手がけるのは『十五少年漂流記』が初めてではない。すでに『神秘の島』(一八七五年)では気球で無人島に漂着した男たちが全能の技師を中心に自然科学の力によって島を開拓する物語を、『ロビンソンの学校』(一八八二年)では人生の価値を理解するためにロビンソンのような無人島生活を伯父から課せられる青年の物語を発表していた。改めてロビンソン物語に取り組むにあたって、作家は従来の「ロビンソンもの」にはなかった要素、子どもの集団による無人島生活をテーマに据える。大人のいない環境に置かれた国籍も年齢も異なる一五人の少年たちが、年長組が年少組を導きながら、自分たちの力だけでさまざまな困難を乗り越えていく「ロビンソンたちの寄宿学校」を描き出すのだ。

「ロビンソンもの」の基本構造は、なんらかの事故によって孤島に漂着した人間が、わずかな物資で生き延びながら新たな生活を作り上げ、やがて元の世界に帰還する、というものであるが、『十五少年漂流記』もまたこの構造をなぞるように展開する。物語の始まりは嵐の大海原。荒れ狂う波に翻弄される一隻の船の上で絶望的な奮闘を

8 ルイ゠ジュール・エッツェル宛一八八七年一〇月五日付書簡。

つづける少年たちを緊迫感とともに描きながら、語り手はいくつもの疑問――この子どもたちは誰なのか、なぜ大人がいないのか、どうしてこのような危険な状況に陥ったのか――を宙吊りにしたまま、読者を一気に物語の只中に投げ込む。未知の陸地の発見、船の座礁、離船の試みとその失敗、そして高波。読者は陸地への漂着までの息もつかせぬ展開を追いながら、物語の軸となる三人（ブリアン、ゴードン、ドニファン）の性格の違いや対立関係を垣間見る。

見知らぬ土地への漂着を語るこの導入部（一～三章）と、故郷への帰還を語る短い終幕部（三〇章）に挟まれる形で、「ロビンソンもの」の中心をなす孤島生活が描かれる（四～二九章）。『十五少年漂流記』では二年近くにおよぶ日々が語られるが、少年たちの孤島生活は明確に異なる三つの時期に分けることができる。

少年たちの孤島生活

①漂着からフレンチ・デン到着まで（四～一〇章）……約二カ月間

未知の陸地に漂着した「ロビンソンもの」の主人公たちが、難破船から必要な物資を回収して当面の生存手段を確保した後でまずおこなうのは、自らの置かれている状況の把握だ。それは「島か大陸か」という問いとなってあらわれる。漂着した土地が島であるか大陸であるかによって、次に取るべき行動が大きく変わってくるからだ。大陸であれば、人間の居留地までの移動を直ちに開始する必要がある。もし島であれば、有人島か無人島かが問題になる。有人島なら島民のもとへ移動。無人島なら、近くに別の陸地が存在する場合は船の建造に着手しなければならないし、存在しない場合は救助を待つあいだの住居を整備しなければならない。

ヴェルヌの少年たちの関心が最初に向かうのもまた「島か大陸か」である。したがって漂着後の生活の初期、いまだ自分たちの置かれている状況がわからない段階においては、漂着した土地の正体を知るための探検を中心に物語が展開する。まずはブリアンによる北の岬への予備調査（五章）。そして四人の年長組が内陸へと踏み込んでいく（七～九章）。だが、東に見えた水の広がりをめぐって「島か大陸か」の判断は絶えず揺らぎ、問題の解決は先送りされる。そればかりか、小川（クリーク）の飛び石、草葺き小屋（アジューパ）、と新たな発見があるたびに土地をめぐる疑問はますます複雑化する。ここには先住民が住んでいるのか、住んでいるとしたら危険な存在なのか。未知の土地を進む少年たちの前に、世界は解読できないままの謎めいた暗号として立ち現れてくる。

その暗号を読み解く鍵が、半世紀以上前に漂着し、この地で生涯を終えたフランソワ・ボードワンである。彼の残した地図によって土地の全貌が開示されるとともに、ここが中央に巨大な内陸湖を持つ無人島であることが明らかになるのだ。土地についての知識を先住者から継承することで、少年たちは自らの置かれている状況を正確に把握する。

この地が絶海の孤島であることが判明した以上は、自然の脅威を避け長期にわたって安全に身を落ち着けることのできる住処を確保しなければならない。それはボードワンが暮らしていた洞穴だ。船の解体、資材や食糧の運び出し、筏の組み立て。少年たちはゴードンを中心に固く団結することで一カ月にわたる困難な作業をやり遂げ、冬の訪れの前にフレンチ・デンに身を落ち着ける（一〇章）。これからの生活は、島の外から救いの手が差し伸べられるのを待ちながら、独力で自分たちの生活を築き上げることに費やされるだろう。一五人の孤島生活は次の段階へと入るのだ。

②フレンチ・デンでの生活（一一〜二一章）……約一年五カ月

閉ざされた島というトポスは、漂着した人間を既知の世界や歴史的時間から隔絶し、白紙状態の時間と空間に投げ入れる。野生を剝き出しにした世界は混沌と捉えどころがなく、あらゆる軛（くびき）から解き放たれた時間のなかで未来はもはや予測できない。既知の安定した枠組みを喪失した漂着者は、生き延びるためにその不定形な時間と空間を飼い馴らし、自らの知識と限られた物資だけを頼りに新たな世界を一から創出することを余儀なくされる。「ロビンソンもの」において物語の中心を構成するのは、この無人島開拓の部分である。

『十五少年漂流記』の主人公たちは、洞穴の拡張とともに住処の整備が一段落すると、島の本格的な開拓に乗り出す。それに先立っておこなわれるのが、島の主立った場所の命名だ（一二章）。「ファミリー湖」「ジーランド川」「オークランド丘陵」「落穴（おとしあな）森」……。土地を名づけるという行為は、その地を自らの秩序のなかに組み込んで支配することにほかならない。大航海時代の冒険者たちがそうであったように、少年たちは命名によって自分たちが発見した土地の領有と支配を宣言するのだ。その意味でも、この命名のエピソードが「植民地」としての島の認識と対になって語られているのは示唆的と言えるだろう。

島が「植民地」となったことで、探検が持つ意味もそれまでとは大きく変わってくる。土地の正体を明らかにして自分たちの置かれている状況を把握するという目的は後景に退き、「入植者」として土地を開拓し、その資源を最大限に利用することに関心が向けられるのだ。北部へ（一四～一五章）、スルーギ湾へ（一六章）、東部へ（一七章）、南沼へ（一八章）と遠征を繰り返しながら、少年たちは新たに発見した土地を次々と名づけ、自らのテリトリーを拡張していく。そこにあるのは、もっぱら功利的・実用的な関心だけである。未知の自然を前にしても、その美しさや壮大さに魅了されることはない。自分たちが生き延びるために有益なものを発見することだけが重要なのだ。鳥獣や植物に向ける興味も、食用あるいは利用が可能かの一点に収斂する。だからこそ、車馬代わりになるグアナコや乳を出すビクーニャなどが重宝される一方、肉が臭くて食用にならないペンギンは無視され（一三章）、楽しみのためにナンドゥを飼い馴らそうとするサーヴィスの試みは挫折するのだ（一四章）。

このような空間の馴致・利用と並行して、時間もまた秩序に組み込まれる。暦の管理と日誌による記録、時計を用いた時間の正確な分節化、少年たちはヨーロッパの時間概念を持ち込んで島の時間を支配する。日曜を安息日と定め、クリスマスを盛大に祝う。さらには、日々の生活を日課表に従って自発的に組織する（一三章）。午前と午後の二時間ずつの勉強、週二回の討論会、息抜きさえもが日課表で管理され、体力を養うための運動として全員に課せられる。たまに年少組が純粋な楽しみとして遊びに興じたりもするが、ほとんどの活動は来るべき冬に備えて住処を整備するか、食糧や燃料を集めることに費やされる。ヴェルヌの描く少年たちは、自らの非力さを思い知らされるたびに「どうしてぼくたちは子どもなんだろう」（一九章）と繰り返し口にするが、管理された時間のなかで規律と勤勉によって最大の利益をあげることを目指すという点においては、ブルジョワ的価値観の体現者である大人と本質的な差異はない。

『十五少年漂流記』では、空間と時間のこの「文明化」を通じた島の開拓のテーマに、もうひとつのテーマである集団のドラマが縒(よ)り合わせられる。少年たちの集団がゴードンをリーダーに組織化され、生活を共同で作り上げていく過程が描かれる一方で、その集団の存立自体を脅かす不安要因が次第に前景化されていくのだ。それが「国籍の違いに由来する感情のもつれ」(序文)である。フランス人ブリアンに向けられたイギリス人ドニファンの対抗心は作品の冒頭からすでに示されていたが、孤島での生活が安定していくのと反比例するように、ふたりの軋轢は拡大していく。雪合戦(一三章)やクオイツの試合(一八章)でこじれた関係は、ブリアンが二代目のリーダーに選出されるに至ってもはや修復不能なまでに悪化し、スケートでの事件(一九章)が決め手となって「協調の精神」に支えられた共同生活が破綻する。ドニファン一派の離脱とともに集団は分裂し、少年たちの「植民地」は内部から崩壊し始めるかと思われる。しかしまさにそのとき、思いもよらぬ「他者」が出現するのだ。

③反乱水夫たちの上陸以後(二二〜二九章)……約四カ月

島外からやってくる「他者」もまた「ロビンソンもの」には欠かせない。島の閉ざされた空間でひたすら生活を構築する、というある意味で単調な主人公たちの日々は、外部からの予期せぬ到来者——敵対的な場合も友好的な場合もある——によって大きく揺さぶられ、物語は劇的な展開を見せることになる。本家『ロビンソン・クルーソー』においては、カヌーで島に上陸する残忍な食人種と、その捕虜となっていたのを助けて忠実な召使かつ友人となるフライデーとして描かれていた二種類の「他者」は、『十五少年漂流記』ではセヴァーン号の反乱水夫たちと、その人質となっていたケイトとエヴァンズにそのまま引き継がれる。サーヴィスがケイトを「フライデー小母さん」と呼ぶことを提案し、反乱水夫たちを「ロビンソンに出てくる野蛮人」になぞらえるのはそのためだ（二二章）。

他者の出現が少年たちにもたらすのは、まずは対立の解消である。敵対的な他者であるウォルストン一味の脅威を前に集団内部の確執は乗り越えられ、崩壊の危機に瀕していた「植民地」がふたたびひとつにまとまる。少年たちはブリアンの指揮のもと巨大な凧を揚げて反乱水夫の動静を探り、外敵に立ち向かう準備を着々と強化する。

一方ケイトとエヴァンズという友好的な他者は、それまで欠如していた「大人」として少年たちの集団に加わる。ケイトが担うのは母親としての役割だ。こまやかな心遣いで身の回りの世話をし、病気や怪我をした少年がいれば愛情をこめて看護する。ケイトの登場とともに「雌牛の木」が見つかり、少年たちに「乳」を授けるのは、まさに象徴的と言えるだろう。

ウォルストンたちの脅威がフレンチ・デンに迫り、いよいよ対決が避けられなくなったときに、天から舞い降りた「救い主」のように現れるのがエヴァンズだ（二六章）。「善良で強い意志を持ち、いざとなればわが身を惜しまない」この航海士は、その知識と勇気で少年たちを導く頼もしい父親にほかならない。エヴァンズは少年たちが暮らす島を世界地図という秩序のなかに位置づけるとともに、冷静な判断と適切な指示によってウォルストン一味との戦いを指揮する。激闘の末に敵を排除し脅威をしりぞけてからは、戦利品の小型艇を修理して少年たちを故郷へ連れて帰る。少年たちは代理の父母に助けられて、本当の家族の元へと帰還を果たすのだ。

冒険の魅力

『十五少年漂流記』は、「規律と熱意と勇気があれば、いかに危険な状況であろうと、必ず切り抜けられる」という教訓とともに、苦難を通じて鍛えられた少年たちが大きな成長を遂げて戻ってきたことを伝えて幕を閉じる。作者は最後に、少年たちを主人公とするこの波瀾に満ちたロビンソン物語が、「規律と熱意と勇気」を称揚し、成長の重要性を説く教育的な物語でもあることを明らかにするのだ。

娯楽と教育を一体のものとして読者に差し出す、という考え――エッツェルが創刊し、『十五少年漂流記』を含むヴェルヌの作品の大半が連載された『教育と娯楽誌』の理念でもある――は、作品中にちりばめられた科学的知識が物語から浮くことなく、筋と密接に結びついた形で提示される点にも反映している。読者は島を探索する少年たちとともにナンドゥ、グアナコ、トルルカ、アルガローバといった耳慣れない名前の動植物の特徴や生態を知る。チェアマン島の正確な位置を地図で教えるエヴァンズからは、マゼラン海峡一帯の地理と歴史の知識を得る。偵察用に凧を改造する場面では、物理学や工学に基づいた考察に耳を傾けることになる。

もっとも、それらの情報には必ずしも正確とは言えないものも混じっている。南米

9　フランス国立図書館の電子図書館ガリカ（Gallica）で見ることのできるヴェルヌの草稿では、ケイトに相当する登場人物は「北米の西部開拓地域の平原にいるネイティブアメリカン」の女性で「ワラ（Walha）」という名前になっている。最終的にアメリカ人女性ケイトに変更されたのは、この女性が『ロビンソン・クルーソー』におけるフライデーのような「召使」ではなく、少年たちの「母親」であることを明確にするためとも考えられる。ケイトが幼い子を「パプース」という北米ネイティブアメリカンの言葉で呼んだり、ケイトと「アメリカの西部開拓地域」とのつながりが強調されたりするのは、「ワラ」の名残であろう。

には生息していないはずのカバやジャッカルが登場したり、氷点下三〇度まで下がる冬にフラミンゴが森のなかで罠にかかったりする。また、現代の価値観からすると首を傾げたくなるような描写も皆無ではない。チェアマン寄宿学校の生徒は欧米からやってきた良家の子弟に限られる。黒人のモコは他の少年たちとは別に貯蔵室（ストア・ルーム）で寝起きし、リーダーを選ぶ際にも選挙権はない。女性は誰でもケイトのように家事や料理や子どもの世話が好きだとされる。自分たちの命を守るためとはいえ、少年たちはなんの躊躇（ためら）いもなくウォルストン一味に発砲して命を奪う。

　教育的側面がほとんど意味を持たなくなったいまでもこの作品が読まれつづけているのは、荒海との格闘、未知の土地の探索、猛威をふるう自然、侵入者の撃退といった冒険小説としての魅力が、読者を捉えて放さないからだろう。だがこういった血湧き肉躍る劇的な場面にも増して読者を惹きつけるのは、サバイバル生活の詳細な描写であるに違いない。狩りや採取から獲物の調理、住居の整備に家畜の飼育、燃料用の薪や灯火用の油脂の確保など、無人島での自給自足生活は生き生きと具体的に記述される。そこから伝わってくるのは、大人の保護を失った不安や悲壮感よりはむしろ、子どもだけの世界を構築していく昂揚感――秘密基地づくりにも通じるような昂揚感だ。家庭からも学校からも切り離され、自分たちの力だけで生き抜く少年たちの姿に、社会のなかで諸々のルールや制約に縛られて生きているわれわれもまた夢想と憧れをかき立てられずにはいられない。幾世代にもわたって読者を魅了してきたこの作品は、人々の心に冒険への渇望があるかぎり、これから先も読み継がれていくことだろう。

ジュール・ヴェルヌ年譜

一八二八年

二月八日、フランス西部の港町ナントに生まれる。父ピエール・ヴェルヌは代訴人、母ソフィーは海運業者の家系。ポール（一八二九年生まれ）、アンナ（一八三七年生まれ）、マチルド（一八三九年生まれ）、マリー（一八四二年生まれ）の五人兄弟姉妹の長男。

一八三八年　一〇歳

この頃から一家は、夏をナント郊外の小村シャントネーにある別荘で過ごすようになる。

一八四〇年　一二歳

兄弟でナントのサン＝ドナシアン小神学校の半寄宿生となる。

一八四三年　一五歳

ナントの王立中学に進学。

一八四六年　一八歳

大学入学資格試験（バカロレア）に合格。

一八四八年　二〇歳

【二月革命により第二共和制の成立】

一一月、法律を学ぶためパリへ。伯父の紹介で文学サロンに出入りするようになる。

一八五〇年　二二歳
六月、デュマ・フィスとの共作の戯曲『折れた麦藁』が歴史劇場で上演される。八月、法学士号を取得。

一八五一年　二三歳
雑誌『家庭博物誌』に初めて短篇小説が掲載される。
【一二月二日、大統領ルイ＝ナポレオン・ボナパルトがクーデターに成功。第二共和制が終わり、翌年第二帝政が始まる】

一八五二年　二四歳
ナントに戻って事務所を継ぐようにという父親の提案を拒み、パリの劇場リリック座の秘書となる。

一八五三年　二五歳
四月、ミシェル・カレとの共作のオペレッタ『目隠し鬼ごっこ』がリリック座で上演される。以後しばらく、オペレッタ台本作家として活動する。

一八五五年　二七歳
九月、リリック座の秘書の職を辞す。

一八五六年　二八歳
友人の結婚式で、若い寡婦オノリーヌ・ド・ヴィアヌと知り合う。結婚に備え、生活の安定のために株式仲買人となる。

一八五七年　二九歳
一月、オノリーヌと結婚。

一八五九年　三一歳
友人で音楽家のイニャールとともに、イギリスとスコットランドを旅行。初めての国外旅行だった。

一八六一年　三三歳
七月、イニャールらとともにスカンジナビアを旅行。旅行中の八月三日に息子ミシェルが誕生。

一八六二年　三四歳
編集者エッツェルと出会い、『空中旅行（*voyage en lair*）』（『気球に乗って五週間（*Cinq semaines en ballon*）』の最初のタイトル）の出版契約を結ぶ。

一八六三年　三五歳
一月、『気球に乗って五週間』刊行。

一八六四年　三六歳
一月、『ハテラス船長の航海と冒険（*Voyages et aventures du capitaine Hatteras*）』出版契約。エッツェルとの最初の専属契約だった。三月、『教育と娯楽誌』の創刊、『ハテラス船長の航海と冒険』の連載が始まる（翌年一二月まで）。一一月、『地底旅行（*Voyage au centre de la terre*）』刊行。パリ地理学協会へ入会。

一八六五年　三七歳
一〇月、『月世界旅行（*De la terre à la lune*）』刊行。一二月、エッツェルと第二の専属契約。

一八六七年　三九歳
四月、弟ポールとともに当時世界最大の蒸気船グレート・イースタン号で大西洋を横断してアメリカ合衆国を訪れる。七月、ソム川河口の小漁村ル・クロトワに居を移す。

一八六八年　四〇歳

五月、エッツェルと第三の専属契約。
七月、小帆船を購入、息子の名前にちなみ〈サン＝ミシェル号〉と名づける。

一八六九年　四一歳
三月、『海底二万里（*Vingt mille lieues sous les mers*）』の連載が『教育と娯楽誌』ではじまる（翌年六月まで）。
一一月、『月世界へ行く（*Autour de la lune*）』の連載が『デバ』紙ではじまる（同年一二月まで）。

一八七〇年　四二歳
『月世界へ行く』刊行。レジオン・ドヌール勲章シュヴァリエを受勲。
【七月一九日、普仏戦争勃発、第二帝政の崩壊、第三共和制の成立】

一八七一年　四三歳
【一月一八日パリ陥落、普仏戦争終結】
七月、妻の故郷であるアミアンに転居。
九月、エッツェルと第四の専属契約。
一一月三日、父ピエール死去。

一八七二年　四四歳
三月、アミアン・アカデミーの会員に選出される。八月、アカデミー・フランセーズが〈驚異の旅〉シリーズを表彰。一一月、『八十日間世界一周（*Le tour du monde en quatre-vingts jours*）』の連載が『ル・タン』紙ではじまる（同年一二月まで）。

一八七三年　四五歳
『八十日間世界一周』刊行。

一八七四年　四六歳
一月、『神秘の島（*L'île mystérieuse*）』の

連載が『教育と娯楽誌』ではじまる（翌年一二月まで）。一一月、ポルト・サン・マルタン座で『八十日間世界一周』の戯曲版が上演、大当たりとなる。

一八七五年　四七歳

『神秘の島』刊行。五月、エッツェルと第五の専属契約。

一八七六年　四八歳

一月、『ミハイル・ストロゴフ（*Michel Strogoff*）』の連載が『教育と娯楽誌』ではじまる（同年一二月まで）。本格的な航海が可能な二代目〈サン＝ミシェル号〉を購入。秋、問題行動を起こした息子ミシェルをメトレー少年院に強制収容。

一八七七年　四九歳

大型ヨットの三代目〈サン＝ミシェル号〉を購入。

一八七八年　五〇歳

一月、『十五歳の船長（*Un capitaine de quinze ans*）』の連載が『教育と娯楽誌』ではじまる（同年一二月まで）。反抗がおさまらない息子ミシェルを、一年半にわたってインド行き商船に乗り込ませる。

一八八〇年　五二歳

一一月、シャトレー座で『ミハイル・ストロゴフ』の戯曲版が上演、大当たりとなる。

一八八二年　五四歳

一月、『ロビンソンの学校（*L'école des Robinsons*）』の連載が『教育と娯楽誌』

ではじまる（同年一二月まで）。

一八八六年　五八歳
三代目〈サン＝ミシェル号〉を売却。
三月九日、甥のガストン・ヴェルヌに自宅前で狙撃され、足が不自由になる。
三月一七日、編集者エッツェル死去。

一八八七年　五九歳
二月一五日、母ソフィー死去。

一八八八年　六〇歳
一月、『十五少年漂流記（*Deux ans de vacances*）』の連載が『教育と娯楽誌』ではじまる（同年一二月まで）。五月、アミアン市会議員に選出。以後、一九〇三年まで文化行政を中心に、市政に関わる。

一八九二年　六四歳
レジオン・ドヌール勲章オフィシエを受勲。

一八九七年　六九歳
この頃から健康状態の悪化が顕著になる。八月二七日、弟ポール死去。

一八九八年　七〇歳
パリ地理学協会を退会。

一九〇二年　七四歳
白内障のため視力が著しく低下。

一九〇五年
三月二四日、ジュール・ヴェルヌ死去。享年七七。死因は糖尿病。

訳者あとがき

大学でフランス語を学びはじめた頃、『十五少年漂流記』のフランス語原題が『二年間の休暇（*Deux ans de vacances*）』だと聞いて、馴染みある題名とのあまりの違いに驚くと同時に、その原題が幼少期に夢中になって読んだ記憶のある物語とうまく結びつかずに戸惑ったのを覚えている。大人なしでサバイバルに明け暮れ、しまいには悪者にまで襲われる少年たちの無人島生活と、「休暇（バカンス）」というどこか南国リゾート風の優雅な休日を連想させる語がどうにも嚙み合わないように感じたのだろう。後にフランス語の「vacance」という語はラテン語の「vacans」、すなわち「空（から）であること、自由であること、仕事や義務を中断すること」を意味する語に由来することを知り、原題が意味するのは「少年たちがそれまでの日常の枠組みから引き離されて無人島で過ごす二年間の日々」だと納得はした。それでもやはり『二年間の休暇』という原題を前にすると一抹の居心地の悪さを感じてしまうのは、『十五少年漂流記』という題名が子ども時代の幸福な読書の思い出と結びついているからだろう。

　その愛着ある『十五少年漂流記』を翻訳することになり、実に数十年ぶりにこの作品を読み返してみた。愕然とした。ほとんどなにも覚えていないのだ。昔読んだのが子ども向けの抄訳版だったからかもしれないが、漂着して洞穴で暮らして悪人と戦う、という大まかな筋は残っているものの、個々のエピソードはきれいに抜け落ちている。そのため初読といってもいいような新鮮な昂揚感とともにこの作品と「再会」できたのは望外の喜びだった。もちろん中老を過ぎたいまでは、子どもの頃とは違って、素朴に（そしてある意味では純粋に）物語を楽しむことはできない。あまりにご都合主義的な展開や、清々しいまでの勧善懲悪に失笑し、そこかしこに見え隠れする人種差別や階級格差や女性観に一九世紀後半の時代意識を透かし見てしまう。島の開拓過程に植民地建設という帝国主義的モチーフを嗅ぎ取ったり、少年たちの関係を当時の英米仏間の国際的対立と重ね合わせたりもする。しかし、そういった「醒めた」読み方（これはこれで楽しいのだが）をする自分とは別に、否応なく物語に引き込まれる自分もいる。緊張と緩和を織り交ぜて展開に起伏をつけたり、期待を絶えず宙吊りにしたりと、読者の興味を片時も離さないヴェルヌの巧みな筋の運びに身を委ねて、頁を繰る手ももどかしくテクストを読みふける快楽。『十五少年漂流記』と「再会」した際に味わったこの読書の喜びを共有できれば、という思いに後押しされて、翻訳に取りかかった。

ヴェルヌの『八十日間世界一周』『海底二万里』といった他の作品と同様、この作品もまた明治期以降繰り返し翻訳されてきた。その嚆矢は一八九六年（明治二九年）の森田思軒訳『十五少年』である。英訳からの重訳、かつ抄訳ではあったが、「一千八百六十年三月九日の夜、彌天の黒雲は低く下れて海を圧し、闇々濛々咫尺の外を弁ずべからざる中にありて、断帆怒濤を掠めつ、東方に飛奔し去る一隻の小船あり。」（冒頭の一文）と、漢文の修辞を駆使した雄渾絢爛な文体で訳されていた。この思軒訳が青少年の絶大な支持を受けて広く読まれたことから、日本では『十五少年漂流記』の題名が定着することとなる。それから現在にいたるまで、実に多くの訳書が刊行されてきた。その数は優に一〇〇を超えるという。大半が児童向けの抄訳や翻案であるとはいえ、フランス語原典からの完訳に限ってみても、現在文庫本で入手できるものだけで、私市保彦訳『二年間の休暇』（岩波少年文庫）、大友徳明訳『二年間の休暇』（偕成社文庫）、荒川浩充訳『十五少年漂流記』（創元ＳＦ文庫）、朝倉剛訳『二年間の休暇』（福音館文庫）、横塚光雄訳『十五少年漂流記』（集英社文庫）と、すでに五点を数える。

これだけの既訳があるのにそこにまた新しい訳を加えるのは、屋上に屋を架し、床上に床を施すようなものかもしれない。それでも先行訳にはない何かを加えられるとすれば、原典を読んだときに自分が受けた印象と魅力を自分なりに再現するという点においてだろう。これを翻訳の基本方針としたうえで、原文が持つスピード感とリズムを活かしながら、平明ではあっても大人の読書にも堪える強度を備えた訳文にすることを心がけた。また、フランス語から日本語にする際に、原文におけるさまざまなレベルでの論理のつながり（文と文、段落と段落、場面と場面等）が緩むことがないように意識し、一読して状況や情景がすっと頭に入ってくるような訳文を目指した。これらの試みがどの程度まで効果をあげているのかは、お読みになった方々のご判断に委ねるほかはない。

底本に使用したのはリーブル・ド・ポッシュ版（Jules Verne, *Deux ans de vacances*, Le Livre de Poche, 2002）である。二〇二四年に入ってガリマール社のプレイヤード叢書から『十五少年漂流記』を収めた巻がようやく出版されたが（Jules Verne, *L'École des*

Robinsons et autres romans, Gallimard, coll. « Bibliothèque de la Pléiade », 2024）、すでに翻訳作業は終わっていたため改めて本文全体を見直すことはせず、註や解説を参照するにとどめた。

〈驚異の旅〉においてヴェルヌのテクストと挿絵は不可分の関係にあることから、本訳書ではブネットによる九一点の木版画をすべて収録した。度量衡についてはヤード・ポンド法からメートル法に改めた。日本人にはその方がイメージしやすいと判断したからだ。また、原文には明らかな誤植、あるいは作者の記憶違いと思われる箇所がいくつかある。日付や数字の間違い、人物名の表記揺れについては物語上矛盾が生じないように最小限の訂正を加えた。動植物名や地名についても、ヴェルヌと同時代の『一九世紀ラルース百科事典』やシュティーラーの地図等を参照し、明白な間違いと判断できるもののみ訂正した（例えば、野生のネコ「パジェロ pajeros」が原文では「パペロ paperos」に、雌牛の木「ガラクトデンドロン galactodendrons」が原文では「ガラクテンドロン galactendrons」になっている）。これらの訂正については、煩雑を避けるため逐一註に挙げることはしなかった。

なお題名については、個人的に思い入れがあり、人口にも膾炙している『十五少年漂流記』を採った。ただ、フランス文学研究者の端くれとしては、原題をまったく無視するというのも、どうも落ち着かない。そこで副題のような形で『二年間の休暇』も併記することにした。姑息な折衷策といえばそれまでだが、もしかすると『十五少年漂流記』と『二年間の休暇』が異なる作品だと思い込んでいる人の誤解を解くくらいには役立つかもしれない。

ヴェルヌについては専門外ということもあり、「解説」の執筆にあたっては多くの研究書に助けられた。ともすると「青少年向け大衆作家」とのみ見られがちなヴェルヌが、国内外の優れた研究者による精力的な読み直しによって「再発見」されていることを知り、大いに刺激を受けた。「年譜」については、主にフォルカー・デースによる浩瀚（こうかん）な伝記『ジュール・ヴェルヌ伝』（石橋正孝訳、水声社、二〇一四年）の記述をもとに作成した。

光文社翻訳編集部の今野哲男さんと編集長の小都一郎さんには、『ポールとヴィルジニー』『戦う操縦士』に引き続き、今回も企画から刊行まであらゆる面でお世話になった。遅々として進まない私の仕事ぶりを温かい励ましとともに見守ってくださっただけでなく、小都さんにはブネットの挿絵の入った版の美本を入手していただいた。

いつものように入念な校閲で訳稿の完成度を高めてくださった校閲部の方々をはじめ、本書の刊行に関わったすべての方に心から感謝を捧げたい。

二〇二四年三月

鈴木雅生

本書には、中南米地域の先住民を指して「インディオ」との呼称や、「近くに先住民の一団がいるのかもしれない。もしそれが南米の大草原地帯（パンパス）に出没する残忍な先住民だとしたら、助かるどころか、恐ろしいことになる」など、今日の観点からは用いるに相当の配慮を要する記述があります。

これらは、本作が成立した一八八八年当時のフランス社会における固定観念に基づくものですが、編集部では本作の歴史的価値および文学的価値を尊重し、原文に忠実に翻訳することを心がけました。それが今日にも続く人権侵害や差別問題を考える手がかりになると判断したものです。差別の助長を意図するものではないということを、ご理解ください。

編集部

十五少年漂流記（じゅうごしょうねんひょうりゅうき） 二年間の休暇（にねんかんのきゅうか）

著者 ヴェルヌ
訳者 鈴木雅生（すずきまさお）

2024年7月20日 初版第1刷発行

発行者 三宅貴久
印刷 萩原印刷
製本 ナショナル製本

発行所 株式会社光文社
〒112-8011東京都文京区音羽1-16-6
電話 03（5395）8162（編集部）
03（5395）8116（書籍販売部）
03（5395）8125（制作部）
www.kobunsha.com

落丁本・乱丁本は制作部へご連絡くだされば、お取り替えいたします。
ISBN978-4-334-10374-3 Printed in Japan

いま、息をしている言葉で、もういちど古典を

長い年月をかけて世界中で読み継がれてきたのが古典です。奥の深い味わいある作品ばかりがそろっており、この「古典の森」に分け入ることは人生のもっとも大きな喜びであることに異論のある人はいないはずです。しかしながら、こんなに豊饒で魅力に満ちた古典を、なぜわたしたちはこれほどまで疎んじてきたのでしょうか。

ひとつには古臭い教養主義からの逃走だったのかもしれません。真面目に文学や思想を論じることは、ある種の権威化であるという思いから、その呪縛から逃れるために、教養そのものを否定しすぎてしまったのではないでしょうか。

いま、時代は大きな転換期を迎えています。まれに見るスピードで歴史が動いていくのを多くの人々が実感していると思います。

こんな時わたしたちを支え、導いてくれるものが古典なのです。「いま、息をしている言葉で」——光文社の古典新訳文庫は、さまよえる現代人の心の奥底まで届くような言葉で、古典を現代に蘇らせることを意図して創刊されました。気取らず、自由に、心の赴くままに、気軽に手に取って楽しめる古典作品を、新訳という光のもとに読者に届けていくこと。それがこの文庫の使命だとわたしたちは考えています。

このシリーズについてのご意見、ご感想、ご要望をハガキ、手紙、メール等で翻訳編集部までお寄せください。今後の企画の参考にさせていただきます。
メール　info@kotensinyaku.jp

光文社古典新訳文庫　好評既刊

魔術師のおい
ナルニア国物語①

C・S・ルイス／土屋京子◉訳

異世界に迷い込んだディゴリーとポリーの運命は？　悪の女王の復活、そしてアスランの登場…ナルニアのすべてがいま始まる！　ナルニア創世を描く第1巻。（解説・松本朗）

ライオンと魔女と衣装だんす
ナルニア国物語②

C・S・ルイス／土屋京子◉訳

魔法の衣装だんすから真冬の異世界へ——四人きょうだいの活躍と成長、そしてアスランと魔女ジェイディスの対決を描く、ナルニアで最も有名な冒険譚。（解説・芦田川祐子）

馬と少年
ナルニア国物語③

C・S・ルイス／土屋京子◉訳

カロールメン国の漁師の子シャスタと、ナルニア出身の〈もの言う馬〉との奇妙な逃避行！　隣国同士の争いと少年の冒険が絡み合う〝勇気〟と〝運命〟の物語。（解説・安達まみ）

カスピアン王子
ナルニア国物語④

C・S・ルイス／土屋京子◉訳

ナルニアはテルマール人の治世。邪悪なミラーズ王の暗殺の手を逃れたカスピアン王子は、ナルニア再興の希望を胸に、伝説の角笛を吹き鳴らすが…。（解説・井辻朱美）

ドーン・トレッダー号の航海
ナルニア国物語⑤

C・S・ルイス／土屋京子◉訳

いとこのユースティスとともにナルニアに呼び戻されたエドマンドとルーシー。カスピアン王やリーピチープと再会し、未知なる〈東の海〉へと冒険に出るが…。（解説・立原透耶）

銀の椅子
ナルニア国物語⑥

C・S・ルイス／土屋京子◉訳

ユースティスとジルは、アスランから行方不明の王子を探す任務を与えられ〈ヌマヒョロリ〉族のパドルグラムとともに北を目指すが、行く手には思わぬ罠が！（解説・三辺律子）